Sarah Schmidt
Seht, was ich getan habe

PIPER

Zu diesem Buch

Verstört starrt Lizzie Borden auf ihren Vater, der blutbefleckt auf dem Sofa liegt. Auch ihre Stiefmutter ist tot – ebenfalls erschlagen mit einer Axt. Weitere eindeutige Spuren werden am Tatort nicht gefunden. Während die meisten Nachbarn die Bordens als eine hoch angesehene Familie kennen, erzählen diejenigen, die ihnen nahestehen, eine andere Geschichte: von einem jähzornigen Vater, einer boshaften Stiefmutter und zwei einsamen Schwestern. Schnell erklärt die Polizei Lizzie zur Hauptverdächtigen, da ihre Erinnerung an den Morgen lückenhaft ist. Sie wird während des Prozesses zwar freigesprochen, aber die Gemeinde von Fall River, Massachusetts, ächtete sie bis zu ihrem Lebensende. Die wahren Umstände der beiden Morde sind bis heute nicht geklärt.

Nach ihrem Master of Arts in Kreatives Schreiben begann *Sarah Schmidt* als Bibliothekarin zu arbeiten. Dabei stieß sie 2005 auf die Geschichte von Lizzie Borden, die sie seither nicht wieder losließ. Ihre leidenschaftliche Suche nach den Hintergründen der Mordfälle brachte sie sogar dazu, mehrere Nächte im Haus der Bordens, das heute ein Bed & Breakfast ist, zu verbringen. »Seht, was ich getan habe« ist ihr Debüt, das international hohes Ansehen erlangte. Sarah Schmidt lebt mit ihrer Familie in Melbourne und schreibt derzeit an ihrem nächsten Roman.

Sarah Schmidt

SEHT, WAS ICH GETAN HABE

Roman

Aus dem Englischen von pociao

PIPER

Mehr über unsere Autoren und Bücher:
www.piper.de

Wenn Ihnen dieser Roman gefallen hat, schreiben Sie uns unter Nennung des Titels »Seht, was ich getan habe« an *empfehlungen@piper.de*, und wir empfehlen Ihnen gerne vergleichbare Bücher.

MIX
Papier aus verantwortungsvollen Quellen
FSC® C083411

Ungekürzte Taschenbuchausgabe
ISBN 978-3-492-23527-3
Juni 2019
© der deutschsprachigen Ausgabe:
Piper Verlag GmbH, München 2018,
erschienen im Verlagsprogramm Pendo
Redaktion: Kerstin von Dobschütz
Umschlaggestaltung: U1 berlin/Patrizia Di Stefano
Umschlagabbildung: Margie Hurwich/Arcangel Images
(Frau) und Johner Images/Getty Images (Birne)
Satz: Uhl+Massopust, Aalen
Gesetzt aus der ITC New Baskerville
Druck und Bindung: CPI books GmbH, Leck
Printed in the EU

Für Cody.
Und für Alan und Rose, die gegangen sind,
bevor ich fertig war.

Wir entwachsen der Liebe wie anderen Dingen
Und legen sie in die Lade –

Emily Dickinson

Knowlton: »Hatten Sie seitdem eine
gute Beziehung zu Ihrer Stiefmutter?«
Lizzie: »Ja, Sir.«
Knowlton: »Eine herzliche?«
Lizzie: »Das kommt vielleicht darauf an,
was man unter Herzlichkeit versteht.«

Lizzie Bordens Aussage vor Gericht

TEIL EINS

1 LIZZIE
4. August 1892

Er blutete noch. »Jemand hat Vater getötet!«, schrie ich. Ich atmete petroleumgetränkte Luft, leckte den zähen Belag von den Zähnen. Die Uhr auf dem Kaminsims tickte und tickte. Ich betrachtete Vater: wie sich seine Hände in die Oberschenkel krallten, wie der goldene Ring an seinem kleinen Finger an eine Sonne erinnerte. Ich hatte ihm den Ring zum Geburtstag geschenkt, als ich ihn nicht mehr haben wollte. »Daddy«, hatte ich gesagt, »ich schenke dir diesen Ring, weil ich dich lieb habe.« Er hatte gelächelt und mich auf die Stirn geküsst.

Das war nun lange her.

Ich sah Vater an. Ich berührte seine blutende Hand, *wie lange dauert es, bis eine Leiche kalt wird?*, beugte mich näher über sein Gesicht, bemüht, seinen Blick auf mich zu lenken, und wartete darauf, dass er zwinkerte, mich wiedererkannte. Ich rieb mir mit der Hand über den Mund und schmeckte Blut. Mein Herz raste wie in einem

Albtraum, *schneller, schneller,* während ich Vater anstarrte und sah, wie sein Blut am Hals entlang in den Stoff des Anzugs sickerte. Die Uhr auf dem Kaminsims tickte und tickte. Ich ging aus dem Zimmer, schloss die Tür hinter mir und tastete mich bis zur Treppe, wo ich erneut nach Bridget rief: »Schnell! Jemand hat Vater getötet!« Ich rieb mir über den Mund, leckte über die Zähne.

Bridget kam herunter und brachte den Gestank nach fauligem, fettem Fleisch mit sich. »Miss Lizzie, was...«

»Er ist im Wohnzimmer.« Ich zeigte auf die dicken, tapezierten Wände.

»Wer?« Bridgets Gesicht, gereizt und verwirrt.

»Zuerst dachte ich, er wäre verletzt, aber mir war nicht klar, wie sehr, bis ich näher kam«, sagte ich. Die Sommerhitze glitt an meinem Hals empor wie ein Messer. Meine Hände schmerzten.

»Miss Lizzie, Sie machen mir Angst.«

»Vater ist im Wohnzimmer.« Es war schwierig, irgendetwas anderes zu sagen.

Bridget lief von der Hintertreppe durch die Küche, und ich folgte ihr. Sie rannte zur Wohnzimmertür, legte die Hand auf den Knauf und *dreh ihn, dreh ihn.*

»Sein Gesicht ist völlig zerfetzt.« Irgendetwas in mir hätte Bridget beinahe in den Raum gestoßen und ihr gezeigt, was ich gefunden hatte.

Sie nahm die Hand vom Knauf und wandte sich zu mir um. Ihr Blick schweifte über mein Gesicht wie der einer Eule. Schweiß rann von ihrer Schläfe bis zum Schlüsselbein. »Was soll das heißen?«, fragte sie.

Wie durch ein kleines Fernglas in meinem Kopf sah ich Vaters Blut, eine Mahlzeit, Reste eines Gelages, zurückgelassen von einem wilden Hund. Die Hautfetzen auf seiner Brust, das Auge, das auf seiner Schulter lag. Sein Körper als Buch der Offenbarung. »Jemand ist hier eingedrungen und hat ihn mit einem Messer angegriffen.«

Bridget zitterte am ganzen Leib. »Wie meinen Sie das, Miss Lizzie? Wie kann jemand sein Gesicht zerfetzt haben?« Ihre Stimme schlug um, wurde weinerlich. Ich wollte nicht, dass sie in Tränen ausbrach, wollte sie nicht trösten müssen.

»Weiß ich auch nicht«, sagte ich. »Möglicherweise mit einer Axt. Wie wenn man einen Baum fällt.«

Bridget begann zu schluchzen, und über meinen Knochen explodierten seltsame Gefühle. Sie wandte sich zur Tür und drehte das Handgelenk, bis sich die Tür einen Spaltbreit öffnete.

»Lauf und hol Dr. Bowen«, sagte ich. Dann spähte ich an ihr vorbei und versuchte, Vater zu sehen, doch es gelang mir nicht.

Bridget drehte sich zu mir um und kratzte sich an der Hand. »Wir müssen uns um Ihren Vater kümmern, Miss Lizzie...«

»Bring Dr. Bowen her.« Ich ergriff ihre Hand, die rau und klebrig war, und führte sie zur Hintertür. »Beeil dich, Bridget.«

»Sie sollten nicht allein bleiben, Miss Lizzie.«

»Und wenn Mrs Borden nach Hause kommt? Sollte ich nicht hier sein, um es ihr zu sagen?« Meine Zähne klapperten kalt gegen meine Zähne.

Sie sah zur Sonne auf. »Na gut, ich versuch, so schnell wie möglich zu machen.«

Bridget rannte derart hastig los, dass die Tür gegen ihren Rücken schlug wie ein Paddel und sie kurz stolperte, als sie auf die Second Street trat. Die weiße Haube war wie ein Segel im Wind. Sie sah sich über die Schulter nach mir um, mit bekümmertem Gesicht, doch ich scheuchte sie mit einer knappen Handbewegung fort. Sie lief weiter und rempelte eine alte Frau an, die ihren Spazierstock verlor und ihr nachrief: »Wohin denn so eilig, Missy?« Bridget achtete nicht auf sie, *wie ungehö-*

rig, und verschwand aus dem Blickfeld, während die Frau ihren Stock wieder aufhob. Als sie ihn auf das Pflaster stieß, klang er klebrig.

Ich sah Leute vorbeigehen, und es gefiel mir, wie ihre Stimmen die Luft durchdrangen und einem das Gefühl gaben, alles sei in Ordnung. Ich spürte, wie sich mein Mund zu einem Lächeln verzog, als ich sah, wie die Vögel unter den Zweigen des Baums und über sie hinweghüpften. Einen Augenblick lang dachte ich daran, sie zu fangen und in meinen Taubenschlag in der Scheune zu bringen. Was für ein Glück sie hätten, wenn ich mich um sie kümmerte. Ich dachte an Vater, während mein Magen vor Hunger knurrte und ich zum Wassereimer am Brunnen ging, um meine Hände darin zu versenken, schwipp, schwapp. Ich hob die Hände zum Mund und trank, leckte das Wasser mit der Zunge auf. Es war weich und süß. Alles geschah, als hätte sich die Zeit verlangsamt. Ich sah eine tote Taube, die grau und reglos im Hof lag, und mein Magen grummelte. Ich blickte zur Sonne auf, dachte an Vater und versuchte, mich an die letzten Worte zu erinnern, die ich an ihn gerichtet hatte. Schließlich nahm ich eine Birne aus der Gartenlaube und ging zurück ins Haus.

Auf der Küchenanrichte stand ein Teller mit Maiskuchen. Ich bohrte meine Finger in ihre Mitte, bis sie sich in Brocken von Gletschermilch verwandelten. Eine Handvoll davon schleuderte ich gegen die Wand und hörte, wie sie in schlaffen Wellen zerfielen. Dann trat ich zum Herd, zog den Topf mit der Hammelbrühe zu mir heran und holte tief Luft.

Es gab nichts als meine Gedanken und Vater. Ich kehrte zum Wohnzimmer zurück, versenkte die Zähne in der Birne, blieb vor der Tür stehen. Die Uhr auf dem Kaminsims tickte und tickte. Meine Beine fingen an zu zittern, die Füße trommelten gegen den Boden, und ich biss ein Stück Birne ab, um sie zu beruhigen. Hinter der Tür zum Wohnzimmer roch es nach Pfeifentabak.

»Vater«, sagte ich. »Bist du das?«

Ich stieß die Tür ein Stück auf und dann noch ein Stück, meine Zähne in der Birne vergraben. Vater lag auf dem Sofa. Er hatte sich nicht gerührt. Ich hatte knackige Birnenschale im Mund, und der Geruch war wieder da. »Du solltest mit dem Rauchen aufhören, Vater. Deine Haut riecht muffig.«

Auf dem Boden neben dem Sofa lag Vaters Pfeife. Ich klemmte sie mir zwischen die Zähne, meine Zunge presste sich gegen das kleine Mundstück. Ich holte Luft. Draußen hörte ich Bridget schreien wie eine Verrückte: »Miss Lizzie! Miss Lizzie!« Ich legte die Pfeife wieder auf den Boden, meine Finger streiften die Blutlachen, und warf noch einen kurzen Blick auf Vater, ehe ich hinausging und die Tür halb hinter mir zuzog.

Dann öffnete ich die Hintertür. Bridget sah aus, als stünde sie in Flammen, ihr Gesicht war feuerrot. »Dr. Bowen ist nicht zu Hause.«

Ich hätte sie am liebsten angespuckt. »Dann such ihn! Hol jemand, egal, wen. Na los, mach schon.«

Ihr Kopf schleuderte herum. »Solln wir nicht Mrs Borden Bescheid sagen, Miss Lizzie?« Ihre Stimme klang wie das Echo in einer Höhle, *Schluss jetzt mit der Fragerei.*

Ich stampfte mit dem Fuß auf; das Haus ächzte und stöhnte. »Ich habe dir doch gesagt, dass sie nicht da ist.«

Bridget legte die Stirn in Falten. »Wo ist sie denn? Wir müssen sie holen, schnell.« *Lästig, aufdringlich.*

»Erzähl mir nicht, was ich zu tun habe, Bridget.« Ich hörte, wie meine Stimme um Türen und Ecken glitt. Das Haus; spröde Knochen unter den Füßen. Alles klang lauter als notwendig, verletzte das Ohr.

»Tut mir leid, Miss Lizzie.« Bridget rieb sich die Hand.

»Geh und such jemand anderes. Vater braucht dringend Hilfe.«

Bridget seufzte tief auf, und dann sah ich ihr nach, wie sie die Straße hinunterlief, an einer Gruppe kleiner Schulkinder vorbei, die Himmel und Hölle spielten. Ich biss erneut ein Stück Birne ab.

Da hörte ich von der anderen Seite des Zauns eine Frau meinen Namen rufen. Es fühlte sich an, als bohrte sie sich in mich hinein. »Lizzie. Lizzie. Lizzie«, drang es in mein Ohr. Ich kniff die Augen zusammen, als die Gestalt auf mich zukam. Dann presste ich das Gesicht gegen das Fliegengitter und setzte die vertrauten Bruchstücke zusammen. »Mrs Churchill?«

»Ist alles in Ordnung, mein Kind? Ich hörte Bridget auf der Straße schreien, und dann sah ich dich so verloren an der Tür stehen.« Mrs Churchill kam auf das Haus zu und zupfte an ihrer roten Bluse.

An der Tür fragte sie noch einmal. »Ist alles in Ordnung mit dir, Kleines?«, und mein Herz raste, schnell, schneller, als ich sagte: »Kommen Sie rein, Mrs Churchill. Jemand hat Vater getötet.«

Ihre Augen und ihre Nase verzogen sich, ihr Mund formte ein stummes O. Aus dem Keller kam ein lauter Knall; mein Hals zuckte.

»Das ist doch Unsinn«, sagte sie mit erstickter Stimme. Ich öffnete die Tür und ließ sie eintreten. »Was ist passiert, Lizzie?«, fragte sie.

»Weiß ich nicht. Ich kam ins Wohnzimmer, und da lag er, halb zerstückelt. Er ist da drin.« Ich deutete zum Wohnzimmer.

Mrs Churchill bewegte sich langsam in die Küche, rieb sich mit dicken, sauberen Fingern über die Rote-Königin-Wangen, über das goldene Halsband mit der Kamee und bedeckte dann mit beiden Händen die Brust. Dort in all seiner Pracht der diamantenbesetzte goldene Ehering, *den hätte ich auch gern.* Ihr Busen wogte, weiche Brüste, mit denen sie ihre Kinder gestillt hatte. Ich wartete darauf, dass ihr Herz den Brustkorb sprengte und auf den Küchenboden fiel.

»Ist er allein?« Wie eine Maus.

»Ja. Sehr.«

Mrs Churchill ging ein paar Schritte auf das Wohnzimmer zu, blieb dann stehen und drehte sich zu mir um. »Soll ich hineingehen?«

»Er ist sehr schwer verletzt, Mrs Churchill. Aber Sie könnten. Wenn Sie wollten.«

Sie wich zurück und kam wieder zu mir. Ich zählte nach, wie oft ich Vaters Leiche gesehen hatte, seit ich sie gefunden hatte. Mein Magen knurrte.

»Wo ist deine Mutter?«, fragte sie.

Ich verdrehte den Kopf zur Decke, *ich hasse dieses Wort*, und schloss die Augen. »Sie wollte eine kranke Verwandte besuchen.«

»Wir müssen ihr dringend Bescheid sagen, Lizzie.« Mrs Churchill zog an meiner Hand, als wollte sie mich in Bewegung setzen.

Meine Haut juckte. Ich löste mich aus ihrem Griff und kratzte meine Handfläche. »Ich will sie jetzt nicht stören.«

»Sei nicht albern, Lizzie. Das ist ein Notfall.« Sie schimpfte mit mir, als wäre ich ein kleines Kind.

»Sie können ihn sehen, wenn Sie wollen.«

Verwirrt schüttelte sie den Kopf. »Ich glaube nicht, dass ich...«

»Ich meine, wenn Sie ihn sehen würden, wüssten Sie, warum es keine gute Idee ist, Mrs Borden zu verständigen.«

Mrs Churchill legte ihren Handrücken auf meine Stirn. »Du fühlst dich ganz heiß an, Lizzie. Du kannst nicht klar denken.«

»Mir geht es gut.« Meine Stirn entzog sich ihrer Hand.
Ihre Augen weiteten sich, drohten, aus den Höhlen zu springen, und ich beugte mich dicht zu ihr hinüber. Sie fuhr zusammen. »Vielleicht sollten wir lieber nach draußen gehen, Lizzie...«

Ich schüttelte resolut den Kopf. »Nein, Vater darf nicht allein bleiben.«

Mrs Churchill und ich standen nebeneinander vor der Tür zum Wohnzimmer. Ich konnte hören, wie sie atmete, wie ihr Speichel schwer über den Gaumen glitt, ich nahm den Duft nach Nelke und Olivenölseife in ihrem Haar wahr. Das Dach knarrte, und die Tür zum Wohnzimmer öffnete sich ein winziges Stück weiter. Meine Zehen krümmten sich, ein Schritt und noch einer, so war ich meinem Vater ein bisschen näher gekommen. »Mrs Churchill«, sagte ich. »Was glauben Sie, wer die Leiche waschen wird, wenn es so weit ist?«

Sie sah mich an, als hätte ich eine fremde Sprache benutzt. »Das... weiß ich auch nicht.«

»Vielleicht könnte meine Schwester das übernehmen.« Ich drehte mich zu ihr, sah, wie Trauer über ihre Stirn huschte, und schenkte ihr ein Lächeln, *Kopf hoch, na los, Kopf hoch!*

Ihre Lippen teilten sich wie ein Meer. »Darüber brauchen wir uns jetzt nicht den Kopf zu zerbrechen.«

»Ach so. Na gut.« Ich wandte mich wieder der Wohnzimmertür zu.

Eine Weile blieben wir beide stumm. Meine Handfläche juckte. Ich spielte mit dem Gedanken, die Zähne zum Kratzen zu benutzen, und hob die Hand zum Mund, als Mrs Churchill plötzlich fragte: »Wann ist es passiert, Lizzie?«

Rasch senkte ich die Hand wieder. »Das weiß ich nicht. Ich war kurz rausgegangen, dann kam ich wieder, und er war verletzt. Bridget war oben. Und jetzt ist er tot.« Ich versuchte zu denken, aber alles hatte sich verlangsamt. »Ist das nicht komisch? Ich kann mich nicht mehr daran erinnern, was ich getan habe. Passiert Ihnen das auch manchmal... dass Sie die einfachsten Dinge vergessen?«

»Vermutlich schon, ja.« Ihre Worte schwappten einfach so aus dem Mund.

»Er sagte, er fühle sich nicht wohl und wolle allein sein. Ich gab ihm einen Kuss, ließ ihn auf dem Sofa liegen und ging nach draußen.« Das Dach knackte. »Das ist alles, woran ich mich erinnere.«

Mrs Churchill legte mir die Hand auf die Schulter und drückte sie, bis mir ganz heiß und kribbelig wurde. »Überanstrenge dich nicht, mein Kind. Das ist alles sehr... ungewöhnlich.«

»Da haben Sie recht.«

Mrs Churchill tupfte sich über die Augen, die vom Weinen und Reiben gerötet waren. Sie machte einen seltsamen Eindruck. »Das kann nicht sein«, sagte sie. Irgendwie sah sie eigenartig aus, und ich versuchte, nicht an Vater zu denken, der allein auf dem Sofa lag.

Meine Haut juckte. Ich kratzte. »Ich habe wirklich Durst, Mrs Churchill.«

Sie starrte mich an, mit geröteten Augen, und ging dann zur Anrichte. Dort goss sie mir eine Tasse Wasser aus der Kanne ein. Das Wasser sah trüb und warm aus. Ich nahm einen Schluck. Ich dachte an Vater. Das Wasser war wie Teer in meiner Kehle. Ich hätte es auf den Boden kippen und Mrs Churchill bitten sollen, es aufzuwischen, mir frisches Wasser zu holen. Ich nahm noch einen Schluck. »Danke«, sagte ich und lächelte.

Mrs Churchill kehrte zu mir zurück, legte den Arm um meine Schulter und hielt sich an mir fest. Sie drückte sich gegen mich und fing an zu flüstern, doch dann stieg mir ein Geruch nach saurem Joghurt von irgendwo in ihrem Innern in die Nase, und mir wurde übel. Ich schob sie weg.

»Wir müssen deiner Mutter Bescheid sagen, Lizzie.«

Von draußen kamen jetzt Geräusche, näherten sich einer Seite des Hauses. Mrs Churchill flog zur Hintertür und öffnete sie. Vor mir standen jetzt Mrs Churchill, Bridget und Dr. Bowen. »Ich hab ihn gefunden, Miss«, sagte Bridget und bemühte sich, ihren Atem zu beruhigen, *sie hechelt wie ein alter Köter.* »Ich bin so schnell gelaufen, wie ich konnte.«

Dr. Bowen schob die runde Nickelbrille auf der schmalen Nase nach oben und fragte: »Wo ist er?«

Ich deutete in Richtung Wohnzimmer.

Dr. Bowen, seine gerunzelte Stirn. »Alles in Ordnung, Lizzie? Hat jemand versucht, dir etwas anzutun?« Seine Stimme war weich, wie Milch und Honig.

»Mir etwas anzutun?«

»Derjenige, der deinen Vater verstümmelt hat. Er hat nicht versucht, auch dir etwas anzutun, oder?«

»Ich habe niemanden gesehen. Niemand ist verstümmelt außer Vater«, gab ich zurück. Die Dielen des Fußbodens dehnten sich unter meinen Füßen, und einen Moment lang glaubte ich zu versinken.

Dr. Bowen stand vor mir und griff nach meinen Handgelenken, *große Hände.* Sein Atem streifte meinen Mund. Ich fuhr mir mit der Zunge über die Lippen. Seine Finger pressten sich gegen meine Haut, bis Blut floss. »Dein Puls ist zu schnell, Lizzie. Ich kümmere mich darum, sobald ich nach deinem Vater gesehen habe.«

Ich nickte. »Möchten Sie, dass ich mitkomme?«

Dr. Bowen. »Das ist ... nicht notwendig.«

»Ah«, sagte ich.

Dr. Bowen zog sein Jackett aus und reichte es Bridget. Er griff nach seiner alten ledernen Arzttasche und ging zum Wohnzimmer. Ich hielt den Atem an. Er öffnete die

Tür, als führte sie zu einem Geheimnis, und schob sich ins Zimmer. Ich hörte, wie er laut nach Luft schnappte und »Lieber Himmel!« murmelte. Die Tür stand gerade weit genug offen. Irgendwo hinter mir schrie Mrs Churchill auf, und ich drehte mich nach ihr um. Dann schrie sie erneut, so wie Menschen in Albträumen schreien, und das Geräusch rasselte durch meinen Körper, bis meine Muskeln sich schmerzhaft anspannten.

»Ich wollte ihn nicht sehen. Ich wollte ihn nicht sehen«, kreischte Mrs Churchill. Dann heulte auch Bridget auf und ließ Dr. Bowens Jackett fallen. Die beiden Frauen hielten sich aneinander fest und schluchzten.

Ich wollte, dass sie aufhörten. Es gefiel mir nicht, wie sie auf Vater reagierten, *sie stellen ihn bloß*. Ich trat zu Dr. Bowen, stellte mich neben ihn an den Rand des Sofas, um den Blick auf Vaters Leiche zu versperren. »Gehen Sie nicht da rein, Miss Lizzie«, rief Bridget. Es war still im Wohnzimmer, und Dr. Bowen schob mich zur Seite. »Lizzie«, sagte er. »Du hast hier nichts verloren.«

»Ich will nur...«

»Du darfst hier nicht bleiben. Hör auf, deinen Vater anzusehen.« Er bugsierte mich hinaus und schloss die Tür. Mrs Churchill schrie noch einmal auf, sodass ich mir die Ohren zuhielt. Ich lauschte meinem Herzschlag, bis sich alles taub anfühlte.

Nach einer Weile kam Dr. Bowen blass und verschwitzt wieder heraus und sagte: »Rufen Sie die Polizei.« Dann biss er sich auf die Lippen, sein Kiefer klang wie ein kleiner Donner. An seinen Fingerspitzen klebten kleine Tropfen von Blut, *Konfetti*, und ich versuchte mir vorzustellen, wie sie Vater berührt hatten.

»Sie sind auf ihrem alljährlichen Picknick«, flüsterte Mrs Churchill. »Auf der Wache wird niemand anzutreffen sein.« Dann rieb sie sich die Augen, bis sie wund waren.

Ich wollte, dass sie aufhörte zu schluchzen, deshalb sagte ich lächelnd: »Schon gut. Irgendwann kommen sie wieder. Alles wird wieder gut, nicht wahr, Dr. Bowen?«

Der Arzt musterte mich, und ich betrachtete seine Hände und dachte an Vater.

Ich war vier, als ich Mrs Borden kennenlernte. Sie ließ mich löffelweise Zucker essen, wenn Vater nicht hinsah. Wie sang meine Zunge! »Kannst du ein Geheimnis für dich behalten, Lizzie?«, fragte Mrs Borden.

Ich nickte. »Ich kann die größten Geheimnisse behalten.« Nicht einmal Emma hatte ich gesagt, dass ich unsere neue Mutter lieb hatte.

Sie schob mir löffelweise Zucker in den Mund; meine Wangen waren prall von dem süßen Zeug. »Dann behalten wir unser Zuckerfrühstück am besten für uns.«

Ich nickte und nickte, bis mir alles vor den Augen verschwamm. Später, als ich durchs Haus rannte, »Karoo! Karoo!« schrie und über das Sofa im Wohnzimmer kletterte, rief Vater: »Emma, hast du Lizzie vom Zucker essen lassen?«

Emma kam mit gesenktem Kopf ins Wohnzimmer. »Nein, Vater. Ich schwöre.«

Ich lief an ihnen vorbei, und Vater packte mich am Arm. Ich spürte den Ruck im Gelenk. »Lizzie«, sagte er, während ich kicherte und versuchte, ihm auszuweichen. »Hast du etwas Verbotenes gegessen?«

»Nur Obst.«

Vater beugte sich dicht über mein Gesicht. Er roch nach Butterkuchen. »Und sonst nichts?«

»Sonst nichts.« Ich lachte.

Emma musterte mich und versuchte, mir in den Mund zu spähen.

»Lügst du etwa?«, fragte Vater.

»Nein, Daddy. Das würde ich nie tun.«

Er sah mich forschend an und suchte sogar in den Grübchen meiner Wangen nach Zeichen von Ungehorsam. Ich lächelte. Er lächelte. Und dann war ich schon wieder weg, tollte herum, und als ich in der Küche an Mrs Borden vorbeirannte, zwinkerte sie mir zu.

Wenig später traf die Polizei ein und machte Fotos von dem dunkelgrauen Anzug, den Vater an diesem Morgen zur Arbeit getragen hatte, und von den schwarzen Lederstiefeln, die seine Füße bis zu den Knöcheln bedeckten. Alle sechs Sekunden flammte ein Blitzlicht auf. Der junge Polizeifotograf erklärte, er wolle den Kopf des alten Mannes nicht aufnehmen. »Könnte das vielleicht jemand anderes übernehmen? Bitte?«, sagte er und strich sich mit der Hand über die Stirn, als tropfte Öl von seinem Kopf.

Ein älterer Polizist sagte, er solle hinausgehen, bis sie einen echten Mann gefunden hatten, der die Aufgabe zu Ende brachte. Dabei brauchten sie gar keinen Mann. Eine Tochter würde reichen. Ich hatte Vater den ganzen Morgen liebevoll betrachtet; sein Gesicht flößte mir keine Angst ein. Ich hätte sie fragen sollen: »Wie viele Fotos brauchen Sie? Wie nah soll ich rangehen? Welcher Winkel führt Sie zu dem Mörder?«

Stattdessen injizierte Dr. Bowen mir eine wunderbar warme Medizin, nach der ich mich federleicht und seltsam fühlte. Sie setzten mich mit Mrs Churchill und Bridget ins Esszimmer und sagten: »Sie haben doch nichts dagegen, wenn wir Ihnen ein paar Fragen stellen, oder?«

Der kleine Raum war erfüllt von einem widerlich süßen Geruch nach warmen Körpern, Gras und Polizeiatem, der nach halb verdautem Hühnchen und feuchter Hefe stank. »Natürlich nicht«, erwiderte Mrs Churchill. »Aber ich möchte mich nicht darüber auslassen müssen, in welchem Zustand Mr Borden war.« Sie brach in Tränen aus und machte Geräusche, die an einen Wirbelwind erinnerten. Im Geiste schwebte ich ins obere Stockwerk des Hauses, wo alles wie ein Echo war. Ich dachte an Vater.

Ein Polizist kniete vor mir, legte eine Hand auf die meine und flüsterte: »Wir werden herausfinden, wer es getan hat, und den Täter mit allen Kräften verfolgen.«

»Menschen sind zu schrecklichen Taten fähig«, sagte ich.

»Ja, da haben Sie vermutlich recht«, nickte der Polizist.

»Ich hoffe, dass Vater keine Schmerzen erleiden musste.«

Der Mann starrte auf seine Hände und räusperte sich. »Ich bin mir sicher, dass er nicht allzu viel gemerkt hat.« Er griff nach seinem Notizbuch. »Vielleicht könnten Sie mir alles erzählen, woran Sie sich von diesem Morgen erinnern.«

»Ich weiß nicht...«

»Es gibt keine falschen Antworten, Miss Borden.« Seine einschläfernde Stimme, ein Singsang. Der hüpfende Adamsapfel erinnerte mich an Halloweenspiele.

Ich sah dem Polizisten in die Augen und grinste, *es gibt keine falschen Antworten,* wie nett von ihm, mich zu beruhigen. Ich war überzeugt, dass Gott ihn von nun an mit Wohlwollen betrachten würde. »Ich war draußen in der Scheune, und als ich wiederkam, fand ich ihn.«

»Erinnern Sie sich, warum Sie in der Scheune waren?«

»Ich hatte versucht, ein Senkblei für meine Angelschnur zu finden.«

»Sie wollten angeln gehen?« Kritzel, kritzel.

»Mein Onkel nimmt mich immer mit. Sie sollten mal sehen, was ich alles fangen kann.«

»Sie erwarten seinen Besuch?«

»Oh, er ist schon da. Er ist hier.«
»Wo?«, fragte der Polizist wie ein Pony auf der Suche nach Futter.
»Im Moment ist er unterwegs, um etwas Geschäftliches zu erledigen. Er ist gestern angekommen.«
»Wir müssen ihm einige Fragen stellen.«
»Warum?« Meine Finger schlugen gegeneinander, poch, poch, poch, poch, bis ins Zentrum meines Körpers hinein. Ich folgte dem Gefühl, blickte an mir selbst hinab und bemerkte eine weiche graue Taubenfeder, die an meinem Rock klebte. Ich zupfte sie ab und rieb sie zwischen den Fingern; mir wurde heiß und schwül.
»Es tut mir leid, so direkt zu sein, Miss, aber es handelt sich um Mord. Wir müssen Ihren Onkel fragen, ob er draußen etwas Ungewöhnliches bemerkt hat.«
Ich strahlte ihn an. »Ja. Ja, natürlich.« Ich quetschte die Taubenfeder in meine Faust und hielt sie fest wie die Liebe.
Der Polizist fragte immer weiter. Mein Blick schweifte durch das Zimmer, dann zur Decke empor, als versuchte er, durch den spinnwebartig gesprungenen Putz und das Holz in den Raum über uns zu spähen: Ein paar Stunden zuvor war ich dort oben gewesen und hatte zugesehen, wie Vater und Mrs Borden einander bei der Vorbereitung auf den Tag behilflich waren. Mrs Borden hatte ihr dichtes hellgraues Haar geflochten und zu einem Knoten geschlungen, und Vater hatte gesagt: »Charmant wie immer, meine Liebe.« Das kam gelegentlich vor, dass sie so freundlich und liebevoll miteinander waren. Der Polizist stellte immer neue Fragen, und in meinem Kopf breitete sich allmählich Nebel aus.
Neben mir hörte ich Bridgets hohe Piepsstimme, mit der sie einem zweiten Polizisten antwortete. »Ihre Schwester ist zu Besuch bei 'ner Freundin in Fairhaven. Schon seit...«

»Zwei Wochen«, unterbrach ich sie. »Sie ist seit zwei Wochen dort, und es wird Zeit, dass sie nach Hause kommt.«

Der zweite Polizist nickte. »Wir werden sie umgehend zurückbeordern«, sagte er schroff.

»Gut. Ich kann das nicht alles allein regeln.«

»Ich schließ die Türen ab«, sagte Bridget plötzlich. »Das Haus ist Tag und Nacht verschlossen.« Der zweite Polizist machte sich Notizen und kritzelte so wütend in sein Heft, dass sich Schweißperlen auf seinem dichten Schnurrbart sammelten. Manchmal wurde auch Vaters Bart feucht vor Ärger, und wenn er mit einem sprach und dem Gesicht so nahe kam, dass man seine Worte auch wirklich verstand, übertrug sich diese Feuchtigkeit auf das eigene Kinn und sickerte in die Haut ein. Der Nebel hatte sich in meinem Kopf festgesetzt. Ich hatte das Bedürfnis, Bart und Gesicht meines Vaters zu streicheln, bis er wieder so aussah wie vorher. Ich warf einen Blick zum Wohnzimmer.

»Und Sie sind sich sicher, dass die Türen auch heute Morgen abgeschlossen waren?«, fragte der zweite Polizist Bridget jetzt.

»Ja. Ich musste die Tür heute Morgen aufschließen, um den armen Mr Borden reinzulassen, als er viel zu früh von der Arbeit kam.«

Ich musste lächeln, als ich hörte, wie Bridget über meinen Vater sprach. Dann wandte ich mich ihr und dem Polizisten zu. »Aber es kommt schon mal vor, dass die Tür zum Keller nicht verschlossen ist«, sagte ich.

Bridget sah mich von oben bis unten an. Ihre raupendicken Augenbrauen bildeten Risse wie die Erde, und der zweite Polizist machte sich fleißig Notizen, Notizen. Meine Füße zeichneten Kreise auf dem Boden. Ich riss die Augen auf und spürte, wie sich das Haus erst nach links, dann nach rechts neigte und die Hitze in die

Mauern eindrang. Alle zerrten am Kragen, um die enge Bekleidung zu lockern. Ich saß still und hielt meine Hände gefaltet.

Draußen hörte ich Schwärme von Menschen, die sich vor dem Haus versammelten. Stimmen wie Kanonenschüsse. Ich schwankte in der Hitze, hörte, wie die Nägel in den Dielen nachgaben. Taubenfüße trippel-trappelten über das Dach, und ich dachte an Vater. Die Sonne bewegte sich hinter einen Schatten, und das Haus knarrte. Ich fuhr auf meinem Stuhl zusammen. Bridget fuhr auf dem ihren zusammen. Mrs Churchill auch. »Scheint, als hätten wir alle Angst«, sagte ich und hätte am liebsten gelacht. Mrs Churchill fing wieder an zu schluchzen, und ich bekam eine Gänsehaut. In meinem Kopf hämmerte mir ein Schlächter den Verstand zu den Ohren hinaus auf den Esstisch. Das Korsett zwängte meine Rippen ein, und unter den Armen und zwischen den Beinen bildeten sich kleine Tümpel von Schweiß. Bridget stand auf, zupfte den schmuddelig weißen Rock von der Rückseite ihrer Schenkel und trat zu Mrs Churchill, um sie zu trösten. Die beiden unterhielten sich leise. Die Polizisten machten sich Notizen, gingen ein und aus und beobachteten mich.

Ich fuhr mir mit der Hand über das Gesicht und ließ die Feder auf den Teppich fallen, als ich winzige Tropfen von Blut auf den Fingern entdeckte. Ich hielt sie an die Nase und steckte sie dann in den Mund. Ich leckte, schmeckte Vater, schmeckte mich selbst. Ich blickte hinab auf meinen Rock, entdeckte auch dort Blutflecken. Ich starrte darauf, sah, wie sie sich in Flüsse auf meinem Schoß verwandelten, *ich kenne diese Flüsse!*, und dachte an die Zeiten, als ich mit Emma im Quequechan River gespielt hatte, als wir beide noch jünger waren, und wie Vater uns vom Ufer aus zurief: »Geht nicht zu weit hinein. Man kann nie wissen, wie tief es hier ist.«

Mein Körper sehnte sich nach einer Vergangenheit mit Emma und Vater: Ich wollte wieder klein sein. Ich wollte schwimmen, dann angeln, wollte, dass Emma und ich in der Sonne trockneten, bis unsere Haut glühte. »Komm, wir spielen Bären!«, sagte ich zu ihr; wir wurden braun und riesig und schlugen uns gegenseitig mit unseren Bärentatzen auf die schwarze Nase. Emma kratzte mir die Haut blutig, und ich bohrte meine Klauen in ihre pelzbedeckten Rippen auf der Suche nach dem Herz. Emma wollte erneut zuschlagen, doch dann sagte Vater: »Emma, sei lieb zu Lizzie«, und wir umarmten uns.

Erst zwei Jahre zuvor hatte ich meine Bildungsreise nach Europa gemacht. Welche Freiheit hatte ich dort! Emma war nicht da, um mir zu sagen, wie ich mich benehmen oder was ich sagen sollte, und so genoss ich jede Sekunde. Auf Vaters Drängen hin war ich mit Verwandten gefahren, geborenen und angeheirateten Bordens, mit denen ich zu Hause kaum ein Wort wechselte. Wir setzten die Segel, schluckten die Winde des Ozeans und lernten, den Wellen zu trotzen. Was stellten wir alles an!

Rom. Meine in Boston fabrizierten Schuhe blieben im Kopfsteinpflaster stecken, sodass ich ständig stolperte und mich lächerlich machte. Ich kaufte neue, italienische Kalbslederstiefel, ging schnurgeradeaus, ging, wie eine Dame gehen sollte – ohne Aufsehen zu erregen. Ich schritt dahin, und meine Ohren waren erfüllt von dem schnellen Italienisch ringsum, bis ich am liebsten in den Singsang, der von einem Mund zum anderen flog, hineingesprungen wäre.

Alles erinnerte mich daran, wie klein Fall River war und wie groß ich endlich wurde. Dort drüben die Spanische Treppe, bedeckt von blühendem Lavendel und teppichroten Azaleen. Männer und Frauen stiegen hinauf, mit sonnengebräunten Gesichtern und geküssten Lippen; zwei schwarz-weiß gemusterte Ziegen zogen einen kleinen grauen Karren mit orangerotem und grünem Gemüse, und ich stand mit meiner Cousine am Fuß eines marmornen Brunnens, zeigte auf ein dunkelrotes römisches Gebäude und flüsterte: »Dort lebte John Keats!«, *bin ich nicht kultiviert?*

Dort drüben trugen die Männer mit Kaninchenfell gefütterte Fedoras, saßen an einem runden Tisch und tranken starken schwarzen Kaffee. Dort drüben kleideten sich die Frauen alle in züchtige Spitze. Dort drüben drei Leser. Dort drüben schüttelten Tauben ihr Gefieder und pickten nach Körnern. Wie gern hätte ich eine mit nach Hause genommen. Dort drüben, dort drüben, dort drüben. Meine Augen weiteten sich angesichts all der Dinge, die ich entdeckte. Ich wusste mehr von der Welt als Emma, und das machte mich glücklich. Ich schickte ihr eine Postkarte nach der anderen, damit sie nicht das Gefühl hatte, etwas zu verpassen, schickte ihr Grüße und gab ihr jeden Grund, mich noch mehr zu vermissen.

In Paris aß und trank ich, was ich wollte. Butter, Entenfett, Leberfett, Sahnebrie, dunkelrote Weintrauben, Birnen-, Clementinen- und Lavendelgelee, Buttercremetorten, Kaviar, Schnecken mit gerösteten Pinienkernen und Knoblauchbutter. Ich tat es den Franzosen gleich und leckte meine Finger ab, ohne darauf zu achten, was die Leute von mir dachten, wenn sie es sahen. Vater hätte es missbilligt und mich als ungehobelt bezeichnet. Ich aß alles auf, ich aß sein Geld und war bezaubernd, wohin ich auch ging. Ich lernte, meine Zunge um besonders betonte Vokale zu wickeln oder mich mit wildfremden Leuten zu unterhalten. Niemand kannte mich; niemand erwartete etwas von mir. Wäre es nach mir gegangen, hätte es immer so bleiben können.

Ich, die Entdeckerin. Wie bin ich überall herumgelaufen. Eines Tages sah ich eine Frau, die sich in die Seine stürzte und wie ein Schwan unter den gebogenen weißen Brücken und Pont Saint-Michel entlangschwamm. Die Geräusche, die sie dabei machte – eine Oper. Sie lächelte, trieb fort und verschwand. Ich klatschte in die Hände und rief Bravo!, um sie dazu zu beglückwünschen, wie sie die Verantwortung für sich selbst übernahm. Hätte nur Emma das sehen können! Wie weit man als Frau kommen konnte, wenn man sich wirklich darauf konzentrierte. Und das tat ich.

Mein Rock klebte an den Schenkeln. *O Gott! Blutsauger!* Ich löste den schweren Stoff von der Haut und versuchte, die winzigen Blutflecken darauf zu verbergen. Vom Wohnzimmer aus öffnete Dr. Bowen eine der Türen zum Esszimmer und sagte: »Wir brauchen Laken für die Leiche.« Als ich hörte, wie er »Leiche« sagte, biss ich die Zähne zusammen. Ich rutschte auf meinem Stuhl hin und her und bemühte mich, einen Blick ins Wohnzimmer zu werfen, um nachzusehen, ob mit Vater alles in Ordnung war.

»Bridget, wo bewahren die Bordens ihre Bettwäsche auf?«, fragte Mrs Churchill.

»Im Schrank im Gästezimmer. Ich komme mit Ihnen.«

»Sie müssen über die Hintertreppe gehen, meine Damen«, erklärte ihnen der Polizist. »Halten Sie sich vom Wohnzimmer fern.«

Sie nickten und verließen den Raum. Ihre Schritte erzeugten einen leisen, regelmäßigen Rhythmus, als sie die mit einem Teppich belegte Treppe hinaufgingen. Jemand reichte mir ein Glas Wasser. Ich nahm einen Schluck. Die Uhr auf dem Kaminsims tickte und tickte. Ich nahm noch einen Schluck. Dr. Bowen legte mir die Hand auf die Stirn und fragte, wie es mir gehe. Ich wollte gerade antworten, als zwei lang gezogene Schreie aus dem oberen Stockwerk kamen. »Was um Himmels willen...?«, sagte Dr. Bowen.

Und noch einmal erklangen zwei lange Schreie. »Hilfe! Zu Hilfe!«, kreischte Bridget. Die Schreie, die Schreie.

2 EMMA
4. August 1892

Ich stand an Helens Fensterscheibe gelehnt und spürte die Morgensonne warm wie Mutters Berührung. Wie sie auf meiner Haut brannte. Wie sie mich an sie erinnerte, an all die Jahre ohne sie. Sie war in mein Zimmer gekommen und hatte die Vorhänge zurückgezogen. Ich hatte mir so gewünscht, dass sie blieb, dass ich sie sein könnte, damit ich sie für immer für mich hatte. Doch im Nebenzimmer schrie Baby Alice, und Mutter lief hinüber. Ließ mich allein. Jahre später schrie Baby Lizzie, und ich begann zu verstehen, dass es so etwas wie für immer nicht gibt.

Die Morgensonne. Ein Vogel flog am Fenster vorbei, und ich schob die Gedanken an Mutter beiseite.

In Helens Haus war alles still: keine Uhr, keine Schritte auf den Dielen, keine erhobenen Stimmen, keine zugeknallten Türen, kein Vater, keine Abby, keine Schwester. Meine Wangen wurden groß und rund wie Heißluftballons. Ich hatte seit zwei Wochen keine Schwester mehr gehabt, hatte mich nicht mit den Nöten, Gefühlen und dem Innenleben von jemand anderem beschäftigen müssen. In diesem Haus hatte ich meine Seele nur für mich.

Ich presste mich stärker gegen die Scheibe und dachte daran, wie ich, wenn ich hier in Fairhaven fertig war, mein Zuhause verlassen würde, über fremde, blau gepflasterte Straßen reisen, sie in meiner Arbeitsmappe skizzieren und dabei meine Finger mit pastellfarbigen Wachsstiften beflecken würde. Anschließend würde ich mir im tiefen Meer die Hände waschen und für den abwegigen Fall, dass ich überhaupt an meine Familie dachte, eine Postkarte mit der schlichten Nachricht »Das Abenteuer geht weiter« versenden. Ich würde darauf achten, Postkarten aus Orten zu schicken, an denen Lizzie auf ihrer Europareise nicht gewesen war, und Vater daran erinnern, dass ich eine Menge geopfert hatte, damit Lizzie lernte, sich gut zu benehmen, und dass ich das alles verdiente.

Und wenn ich schließlich wieder nach Amerika zurückkehrte, würde ich aus der Second Street ausziehen und ein abgeschiedenes, ruhiges Leben führen. Leben wie Maria a'Beckett und meine eigenen *Northern Lights* malen. Es gäbe keine Lizzie mehr, keinen Vater, keine Abby. Endlich, mit zweiundvierzig, hätte die Heuchelei ein Ende.

Die Sonne wanderte weiter, und meine Schultern strafften sich. Mein Körper richtete sich auf. Unten in der Küche wuchtete Helen einen gusseisernen Kessel auf den Herd. Ich fuhr zusammen.

»Tee, Emma?«, rief sie. Es klang fast wie ein Singsang.

Ich lächelte. »Ja. Immer ja.«

Der Unterschied zwischen zwei Häusern.

Bevor ich die gewaltigen sechzehn Meilen zu Helens Haus in Fairhaven in Angriff nahm, hatte Lizzie mich angefleht, in der Second Street zu bleiben, sie nicht zu verlassen.

»Nein«, hatte ich gesagt. All meine Träume waren in dieses kleine Wort eingehüllt: Ich würde privaten Kunstunterricht nehmen, meine heimliche Rebellion gegen Vater.

Sie hatte mich mit glänzenden Augen gemustert. »Du machst einen schrecklichen Fehler, wenn du weggehst.« Lizzie war wie eine Lokomotive und versuchte, mir ein schlechtes Gewissen zu machen. Ich hob die Hand, als wollte ich sie schlagen, verließ dann jedoch einfach ihr Zimmer, ohne darauf zu achten, dass sie mir nachrief. Ich ließ sie einfach schreien.

Zwei Tage nach meiner Ankunft in Fairhaven kam der erste Brief von Lizzie.

Nun, für mich ist das kein Zuckerschlecken, lass dir das gesagt sein, Emma. Du kannst dir nicht vorstellen, was ich mir am Esstisch alles anhören muss. Vater ist grässlich langweilig. Ist dir schon mal aufgefallen, wie er die Lippen zusammenkneift, wenn er »heute« sagt?

War mir nicht aufgefallen. Zuerst amüsierten mich ihre Briefe. Ich las sie Helen beim Abendessen vor, und wir beide brüllten vor Lachen. Dann fing Lizzie an, sich über Abby auszulassen.

Zufällig hörte ich, wie Mrs Borden ihrer albernen Schwester erzählte, dass sie sich jetzt »sicher« fühle, da nach Vaters Tod dessen ganzer Besitz an sie überginge und er uns nichts hinterlassen würde. Emma! Was für eine Lügnerin. Stell dir diese Frechheit vor. Was sollen wir da machen?

Ich konnte ihre Stimmen in meinem Kopf hören, alte Kopfschmerzen, hörte sie quer durch den Salon einander etwas zurufen, durch die Küche, auf der Treppe, durch die Wände der Zimmer im oberen Stockwerk. Sechzehn Meilen entfernt und ich war immer noch zu Hause. Ich faltete Lizzie in kleine Stücke.

Doch die Briefe hörten nicht auf.

Ich habe wieder diese seltsamen Träume, Emma. Ich dachte, sie seien Wirklichkeit. Du musst nach Hause kommen.

Nach Hause kommen. Ich dachte an Lizzie in ihrem blütenweißen Zimmer. Wie sie auf dem Bett lag und Straußenfedern zwischen ihren kurzen Fingern drehte. Die Federn hingen am Kopfende wie überreife Früchte. Sie schnalzte mit der Zunge und zog die Wangen ein, wie sie es immer tat, und ich ballte die Faust und dachte daran, sie mir auf die Schenkel zu schlagen, dieselbe alte Frustration, ein Flickenteppich von blauen Flecken. Stattdessen verbrannte ich einen Brief nach dem anderen.

Ich brauchte lange, um mich an ein Leben außerhalb meiner Familie zu gewöhnen. Wenn Helen und ich uns in diesen ersten Tagen versehentlich streiften oder zur gleichen Zeit zu sprechen begannen, sah ich mir über die Schulter, jedes Mal auf eine Konfrontation gefasst. In ihrem Haus zu wohnen war eine Erlösung. Ich vergaß Abbys Getrampel im Haus, Vaters arthritisch verkrümmte Finger an der linken Hand, das ständige Rein und Raus an der Eingangstür, den widerlichen Gestank nach schlechtem Atem morgens, ehe das Haus gelüftet wurde, Lizzies Seufzen in der Nacht.

Um mich leichter an ein Leben ohne meine Familie zu gewöhnen, ging ich in die Stadt und zeichnete streunende Katzen, Blumenarrangements auf den Tischen der Restaurants, Mütter und ihre Kinder, angenehme Dinge dieser Art. Wie sich Finger ineinander verhakten. Ich vergrub mich unter Fremden. Auf dem Weg zurück zu Helen blieb ich irgendwo stehen, um wild wachsende dunkelrote und gelbe Blumen zu pflücken. Ihr Duft: Nachmittagssonne auf den Blütenblättern, hohes Gras, das sich an den Stängeln gerieben hatte, trockene Erde. Dinge, die mir einfielen:

1. Für Himbeergelee braucht man nur einen Hauch von Zucker, wenn man Apfelsaft verwendet.
2. Über Mutters Bett gebeugt. »Ich verspreche dir, immer auf Lizzie aufzupassen.« Ein Kuss auf ihre rissigen Lippen.
3. Mutter reicht mir zum ersten Mal Baby Alice. »Sie riecht nach ih-bäh-bäh.« Doch als Mutter mir die kleine Alice zum letzten Mal in den Arm legte, nachdem sie vor Schmerzen gekrümmt gestorben war, roch Alice nach gar nichts mehr.
4. Wie ich mich, statt auf Lizzie aufzupassen, in meinem Zimmer eingeschlossen und geometrische Formen gezeichnet hatte, bis mir das Handgelenk wehtat. Lizzie war das Treppengeländer heruntergerutscht und hatte sich den Arm gebrochen. Vater hatte meine Stifte zerbrochen.
5. Eines Tages werde ich mir Jakobs bunten Rock im Ashmolean Museum ansehen.
6. Ich wünschte, nicht Mutter wäre gestorben, sondern Vater.
7. Lizzie, die sich an Abbys Beine klammert. Wie konnte sie sie so leicht ins Herz schließen?
8. Wie schnell vergisst der Körper seine Vergangenheit?

Die Sonne breitete sich auf meinen Fingern aus. Ich musste daran denken, wie ich Vater zum letzten Mal hatte weinen sehen. Mutter war gestorben. Er hatte alle vergessenen Stellen ihres Körpers mit Küssen bedeckt, das Innere eines Fußgelenks, die Lücke unter der Augenbraue, die freien Räume zwischen den Fingern. Es hatte mich erschreckt, ihm zuzusehen.

Eines Nachmittags, als ich aus der Stadt nach Hause kam, schloss ich Helens Haustür auf, ging ins Wohnzimmer und wollte gerade die Blumen in eine Vase stellen, als Helen hinter mir auftauchte. »Erwartest du Besuch?«
»Nein.« Bitte, sag jetzt nicht, dass Lizzie da ist.
»Ein Mann war hier und hat nach dir gefragt. Er sagte, er sei dein Onkel.«
Mein Kiefer verkrampfte sich. »Hatte er leicht vergrößerte Vorderzähne?«
Helen nickte. »Das ist er. Dein Lieblingsonkel, nicht wahr?«
»Nein. Es war John, der Bruder meiner Mutter. Warum in aller Welt will er mich hier besuchen?« Ich strich mir über den Hals. Woher wusste er, dass ich hier war? Lizzie? Sie hatte ihn doch nicht etwa geschickt, um mich nach Hause zurückzuholen? Sie wusste, dass ich nicht auf ihn hören würde; in letzter Zeit hatte ich seine Besuche kaum noch ertragen. Widerlich, wie John mit Vater sprach, als wollte er etwas von ihm, wie Lizzie um ihn herumscharwenzelte, dann um Taschengeld bettelte und es bekam, wie er scheinbar immer auf irgendetwas aus war oder mir jedes Mal sagte, ich sähe aus wie Mutter, und ich sie dann noch mehr vermisste als ohnehin schon.
»Hat er gesagt, ob er noch mal wiederkommt?«
»Ich hatte keine Gelegenheit, ihn danach zu fragen. Er wirkte böse, hätte mir fast meine eigene Haustür vor der Nase zugeschlagen. Er wollte wirklich nur mit dir sprechen.«
Ich schüttelte den Kopf. »Das tut mir leid.« Immer musste ich mich für meine Familie entschuldigen.

»Du weißt, du kannst hierbleiben, solange du willst.« Helen kam zu mir und nahm meine Hand. Die Wärme. Helen, die gute Freundin. Ich hielt sie fest. Die Möglichkeit, nicht mehr nach Hause zurückzukehren – ich würde sie ergreifen. Was würde ein neues Leben für mich bedeuten!

»Wäre ich eine Last für dich?«

Helen schwenkte die freie Hand. »Sei nicht albern. Du könntest hundert Jahre bei mir bleiben, Hauptsache, Lizzie kommt nicht nach.«

Ein ganzes Jahrhundert nur ich. Endlich tun, was ich wollte. Ich konnte es kaum erwarten, Lizzie zu erzählen, dass ich länger bleiben würde.

Ich schrieb meinen Brief an Lizzie. Dann nahm ich den längeren Weg zur Post, lief weiter, bis die gepflasterten Straßen in Feldwege übergingen und Häuser den Feldern wichen. Ich drückte Wildblumen und Blätter an die Lippen, bevor ich sie auseinandernahm und den Aufbau der Natur studierte. Wiedergeburt. Bäume begrüßten mich mit Vogelgesang, ermunterten mich, weiterzugehen, nicht umzukehren. Meine Fußgelenke lockerten sich. Die Sonne fiel aufs Gras, wärmte die Erde darunter, und ich saß da und strich mit den Fingern über grüne und gelbe Halme.

Jetzt löste ich mich von der Scheibe und zog mich langsam an, rieb mit der Hand über meinen Körper, um die Muskeln zu lockern. Es war, als wäre ich allein zu Hause in der Second Street, als erlebte ich noch einmal einen Morgen, der mehr als zwanzig Jahre her war, als Vater seinen Geschäften nachging und Abby mit der unablässig plappernden Lizzie losgezogen war, um Eiscremesoda zu trinken. Abby hatte gefragt, ob ich mitkommen wolle.

»Nein.« Meine Antwort war schroff; ich hatte bereits eigene Pläne.

»Wie unhöflich du bist! Du solltest so nicht mit Mutter reden«, sagte Lizzie und drohte mir mit ihrem tintenfleckigen Zeigefinger.

»Noch mal, nein danke.« So war ich allein im Haus zurückgeblieben. Ich hatte ein paar Sekunden lang gewartet und dann losgekreischt, das Haus mit meiner Stimme und meinem Körper erfüllt, bis die Gläser im Esszimmerschrank klirrten. Vater hätte diesen kindischen Gefühlsausbruch ernsthaft missbilligt. Aber es war niemand da, der mir mein Alter vorhalten konnte, und deshalb tat ich, wozu ich Lust hatte. Ich stand im Wohnzimmer und lauschte dem Haus, das unmerklich im Wind schwankte und in den Wänden beruhigend wisperte. Das Haus gab mir das Gefühl, im Innern eines Riesen, einer Pyramide zu stehen, innerhalb eines meerestiefen Brunnens: als würde ich verschluckt. Ich lächelte. Was für ein Wunsch.

Ich wanderte durchs Haus, als gehörte es mir. Ich ging in mein Zimmer und stand in der kleinen Türöffnung zu Lizzies Kammer, die kaum größer als die Zelle einer Nonne war. Wenn es im Leben gerecht zuginge, hätte ich Lizzie dazu bewegt, ins Gästezimmer zu ziehen, und dieses winzige zu meinem Atelier gemacht. Dann hätte ich keine Angst gehabt, dass Lizzie zu Vater rennen und ihm alles petzen würde, was ich sagte oder tat. Vater hatte nie verstanden, was so schwierig daran ist, mit seiner Schwester auf engstem Raum zu leben.

»Es ist ein Raum innerhalb eines Raums. Schenkt dir das nicht das Gefühl, sie immer in deiner Nähe zu haben?« Vater und sein silbergrau gesprenkeltes, kinnlanges Haar, seine Bewegungen, wenn er versuchte, zu helfen.

»Diese Kammer ist kaum mehr als ein Wandschrank!«
»Räume sind Räume!«
»Und sie redet im Schlaf. Das macht mich nervös.«
Er hatte seine Finger knacken lassen, bis mein Trom-

melfell zu kribbeln begann. »Es gibt eine Tür. Mach sie zu, und du hast dein eigenes Zimmer.«

Mit einundzwanzig wusste ich, dass mein Zimmer immer noch mit viel Fantasie eingerichtet war. Auf dem Tisch aus dunklem Holz: ein Globus, ein Foto von mir, wie ich auf Mutters Schoß saß, eine Postkarte vom Pariser Opernhaus (gefunden in der Reisetasche meiner Tante), eine Schachtel Kohlestifte. Im Regal: Enzyklopädien, eine Sammlung mit Notenblättern, eine kleine, in Leder gebundene Bibel, die John mir geschenkt hatte. Nach Mutters Tod hatte er gehofft, dass ich sie benutzen würde, um einen Weg zu Gott zu finden, zu Friede und Akzeptanz. Aber ich wollte nichts akzeptieren. Eine Zeit lang hatte ich Lizzie für ihren Tod verantwortlich gemacht. Wäre sie ein lieberes Kind gewesen, hätte Mutter mehr Grund gehabt, bei uns zu bleiben. Wie viel Staub diese Bibel inzwischen angesammelt hatte.

Mitten in dem stillen Haus, ganz allein, hob ich den Rock bis über die Knöchel und zog die Strümpfe aus. Schockiert stellte ich fest, wie blass meine Haut war. Dann zog ich auch den Rock aus. Wie leicht konnte ich mich jetzt bewegen! Ich ging hinunter ins Wohnzimmer, setzte mich auf Vaters Sofa, lehnte den Kopf ins Polster und spreizte ein wenig die Beine, wie ein Mann. Ich hatte den Platz meines Vaters besetzt. Ich überlegte, wie ich den Haushalt führen würde, wenn ich die Verantwortung hätte. Wenn das die Zukunft war, gab es eine Menge, worauf ich mich freuen konnte. Ich lächelte.

Eine kleine Taube flog gegen das geschlossene Fenster. Ihre Brust prallte dagegen, ehe der Schnabel folgte. Ich schloss die Beine, setzte mich kerzengerade und beruhigte mein Herz. Dann sah ich an meinem halb nackten Körper hinab. Sollte ich mich schämen? Der Tag, an dem ich ganz ich sein konnte, war vorbei.

Helen rief erneut von unten. »Der Tee ist fertig, Emma.«

Ich ging hinunter in die Küche. Helen hatte Bananenpfannkuchen gemacht und ein Glas Apfelmarmelade auf den Tisch gestellt. »Wie hast du geschlafen?«, fragte sie.

»Ich fürchte, ich war ein bisschen zu aufgeregt wegen der Klasse, um richtig zu schlafen.«

»Bist du sicher, dass du keine zehn mehr bist?« Helen goss den Tee ein, gab Milch dazu, einen Klacks Sahne auf den Teller und pustete sich das braune Haar aus den Augen.

»Das war nicht nett, Helen.« Gelächter.

Wir bestrichen die Pfannkuchen mit Butter. Helen betrachtete mich und fragte: »Ist alles in Ordnung? Du siehst aus, als hättest du Nesselsucht.«

»Alles gut.« Aber ich kannte das Gefühl. Es ging wieder los. Vor Jahren hatte ich gehört, wie Abby bei Dr. Bowen über erhöhte Temperatur und Stimmungsschwankungen klagte. Er hatte nichts gesagt, und Abby lebte weiter mit ihren Tränen und ihrem Zorn. Dann spürte ich es auch, wie ein seltsames, ererbtes Geschenk, diese Sache, die von Frau zu Frau weitergegeben wurde, ob sie es wollten oder nicht. Genauso war es gewesen, als ich zum ersten Mal meine Periode bekommen hatte. Lange hatte ich geglaubt, dass irgendetwas mit mir nicht stimmte, dass in meinem Innern etwas gestört war. Ich war sehr spät dran; erst mit siebzehn. Die letzte aus meinem Freundinnenkreis, die zur Frau wurde. Sie hatten über mich gespottet, aber Abby war nett gewesen. »Bei mir war es auch erst spät so weit. Aber wenn wir es einmal haben, dann bleibt es für Jahre.« So wie sie »wir« sagte, klang es, als wären wir vom selben Schlag.

»Du musst es positiv sehen«, sagte sie und strich mir über die Schulter. »Jetzt bist du fähig, Mutter zu werden.« Ich dachte darüber nach, wie es sein mochte, ein Baby in sich wachsen zu spüren, Kinder zu erwarten. Einmal, nachdem Baby Alice gestorben war, flehte ich, blöd, wie ich war, Gott an, sie mir wiederzugeben, in meinem Körper lebendig werden zu lassen. Ich würde das tun, was Mütter tun, ein Bündel schreiender Haut aus mir herauspressen. Anschließend würden wir zusammen unsere Schwesternschaft da wieder aufnehmen, wo wir sie verlassen hatten, und bis ans Ende unserer Tage glücklich sein. Dann kam Lizzie. Ob ich enttäuscht gewesen wäre, wenn meine Tochter nicht wie Alice war, sondern sich als Lizzie entpuppte: ein Teil Liebe, ein Teil Scharfsinn, ein Teil Geheimnis?

»Wenn das so erstrebenswert ist, warum hast du dann keine Kinder?« Ich meinte es nicht so schroff, wie es mir über die Lippen kam.

Abby zuckte mit den Achseln. »Leider ist das Leben manchmal so. Wir bekommen nicht alles, was wir wollen, wenn wir es wollen. Das wirst du eines Tages auch noch lernen.« Etwas an dem, was sie sagte, fühlte sich auf der Stelle wahr an, und so kam es, dass ich sie hasste.

Wir hörten Karren die Straße entlangrollen, schweres Holz, das an der Mühle über steinernen Grund knirschte. Helen gähnte und steckte mich an. Komisch, wie so wenig Arbeit einen so müde machen kann. »Vermutlich sollte ich den Tag angemessener beginnen.«

»Oder auch nicht. Du solltest dich ausruhen.« Ich hörte mich selbst. Es klang beinahe wie Lizzie.

»Wenn ich die Backerei nicht hinter mich bringe, kann ich beim Abstinenzlertreffen der Frauen am Sonntag nichts verkaufen.«

»Deshalb brauchst du ein Hausmädchen. Lizzie lässt gewöhnlich Bridget für ihren Ortsverband backen.«

»Was anderes hätte ich auch nicht erwartet«, gab Helen zurück.

»Trotzdem. Bridgets Sodabrot verkauft sich sehr gut.«

Wir tranken gemächlich unseren Tee. Dann sagte Helen: »Du solltest dich allmählich auf deinen großen Nachmittag vorbereiten.«

Ich warf einen Blick auf die kleine goldene Uhr, die um meinen Hals hing. Zehn Uhr. Die Zeit verstrich. Ich achtete nicht darauf, und ein Pendel schwang um. »Ich glaube, ich mache einen Spaziergang und lasse mich vom Tag inspirieren.«

Helen klatschte in die Hände. »Fabelhaft.«

Ich kramte nach einem Notizheft und Stiften und setzte mich auf dem leeren Grundstück hinter Helens Haus in die Sonne. Alles ringsum leuchtete, und für einen Moment verstand ich, wie es für Lizzie möglich war, so stark an Gott zu glauben. Die Blätter an den Bäumen; kleine Bewegungen der Äste; die Art, wie der Wind über den Weizen blies; Muster, die entstanden und wieder vergingen – all das skizzierte ich. Als ich noch in der Schule war, hatte ich meistens für Vater gezeichnet. Meine beste Arbeit – »Landschaft mit Pferd« – hatte ich ihm geschenkt. Ich hatte ihn in seinem Schlafzimmer aufgesucht und gehofft, dass er mich nicht gleich wieder wegschicken würde. Ich wünschte mir, dass er etwas Zeit für mich hätte, mir ein Kompliment machen würde. »Wie schön, Emma!«

Mich auf die Stirn küsste.

Doch als ich ihm das Bild überreichte, sagte er nichts weiter als: »Ach.« Dann räusperte er sich und legte die Zeichnung auf den Boden. »Lauf und sieh nach, was deine Schwester macht.«

Und schon war ich wieder draußen und schloss die Tür hinter mir. Meine Finger ballten sich zu kleinen, leeren Fäusten.

Ich ertappte mich dabei, ein kleines Kind zu zeichnen, das in einem nicht weit entfernten Bach spielte. Ich machte es pummelig, so wie Lizzie gewesen war. Den Kopf zeichnete ich besonders groß, gab ihm jede Menge Locken, ein Mündchen wie einen Schmetterlingsflügel und weiche runde Bäckchen. Ein richtiger kleiner Engel.

Wenn Lizzie nicht zu Hause war, gab es Zeiten, in denen ich ihre Abwesenheit schätzte. Immer ein ambivalentes Gefühl: Erleichterung, aber auch Einsamkeit. Die längste Abwesenheit war die während Lizzies Europareise. Erst dreißig und sah schon die Welt. Ich protestierte: Als Älteste hatte ich mich mehr als einmal meiner Chancen beraubt gesehen. Man erklärte mir, dass ich eine weit größere Verantwortung zu Hause hätte, dass die Familie sich es nicht leisten konnte, obwohl sie eine der reichsten von Fall River war. Ich hegte den Verdacht, dass Vater mich deshalb nicht gehen lassen wollte, weil er genau wusste, dass ich nicht wiederkommen und obendrein Lizzie dazu anstacheln würde, ebenfalls auszuziehen. Wenn ich nicht ans Haus gebunden war, würden auch die Bordens keine Rolle mehr für mich spielen. Damit lag er durchaus richtig.

Als Lizzie Vater beim Abendessen gefragt hatte, ob sie die Verwandten auf der Reise begleiten dürfe, hatte er gesagt: »Ja, natürlich.« Es klang beinahe fröhlich.

Lizzie hatte mir gegenüber nichts von ihren Plänen erwähnt. Diese Schlange!

Abby tupfte sich mit einer Serviette über den Mund und lächelte, wobei ihre grauen Zähne zum Vorschein kamen. »Wir wissen doch, wie viel dir das bedeutet, Lizzie. Du wirst dich bestimmt glänzend amüsieren.«

Lizzie grinste triumphierend. »Ist das nicht wundervoll, Emma? Und so unerwartet!«

Ich war so wütend, dass mir der Appetit verging. »Allerdings.«

Vater drohte mir mit dem Finger. »Du könntest dich ruhig ein bisschen für deine Schwester freuen.«

Ich lockerte mein Halstuch. »Entschuldigt mich, bitte.« Ich schob den Stuhl nach hinten, ließ sie alle sitzen und lief in den Garten, um mich zu beruhigen. Wie lange hatte Lizzie diesen Plan geschmiedet? Am liebsten hätte ich laut geschrien, doch ich nahm mich zusammen. Ich unternahm nichts, horchte nur auf die Grillen ringsum. Später kam Vater nach draußen und erklärte mir die Gründe dafür, warum er Lizzie ziehen ließ, kurz und bündig so: »Ausnahmsweise musst du Lizzies Bedürfnisse jetzt einmal deinen eigenen voranstellen. Du bist die Reifere von euch beiden. Lass sie die Welt sehen und zur Frau werden.«

Ich musste mich unglaublich zusammenreißen, um nichts zu entgegnen.

In den Monaten vor der Reise hielt Lizzie Hof in ihrer kleinen Nonnenzelle, wo sie tagelang ihre Reisetruhe ein- und wieder auspackte. »Ich kann mich einfach nicht entscheiden, was ich mitnehmen soll.« Lizzie hatte keinen Sinn für die praktischen Seiten des Lebens. Ich wusste genau, was ich mitnehmen würde: ein paar Kleider, Notizbücher und Stifte, ein Buch, Mutters Pelzmantel. Ich dachte an all die Zeit, die ich weit weg von Abby, weit weg von Lizzie verbringen könnte. Sehr unwahrscheinlich. Daher konzentrierte ich mich lieber auf die positive Seite ihrer Abwesenheit.

Als der Abreisetermin näher rückte, wich Lizzie nicht von Vaters Seite, sprach sanft und ging mit ihm in die Kirche. Vaters kleines Mädchen war wieder da. Oft hörte ich, wie Lizzie zu Abby sagte: »Ich fange jetzt schon an, euch zu vermissen.« So viel zu der angeblichen Liebe zwischen ihnen.

Später sagte Lizzie dann zu mir: »Ich hasse sie, Emma. Vater ist genauso schlimm wie sie.«

Und dann war Lizzie weg. An dem Morgen, als sie aufbrach, hielt eine weiße Kutsche vor dem Haus. Das Zaumzeug der weißen Stute war mit zinnoberroten

Rosetten und Schleifen verziert. »Gefällt es dir?«, fragte Lizzie mich, bevor sie aus der Haustür trat. »Ich habe dafür gesorgt, dass sie hübsch aufgeputzt wird. Es verleiht ihr ein gewisses Etwas, findest du nicht?«

Die halbe Straße hatte sich vor unserem Haus versammelt, um Lizzie zu verabschieden, und sie winkte den Nachbarn zu. »Passt bloß auf, dass Fall River sich nicht verändert, solange ich weg bin.« Manche lachten, andere warfen ihr böse Blicke zu. Mrs Churchill gab Lizzie ein Stück Kirschtorte mit auf den Weg. »Und du vergiss nicht, wie es zu Hause schmeckt.« Lizzie küsste sie auf beide Wangen, schnupperte an dem Kuchen, leckte an der Glasur und stellte ihn dann auf den Kutschensitz. In diesem Moment wünschte ich, die Erde hätte sich aufgetan und sie alle in den Abgrund gerissen.

Der Fahrer hievte Lizzies Truhe auf den Kutschbock. Dann kam Lizzie zu mir und umarmte mich heftig. »Ich werde dich vermissen, Em Em.«

Namen aus der Kindheit. So kaltherzig war ich nicht. »Ich dich auch, Swizzy.«

Lizzie küsste mich fest auf den Mund. Wir waren beide erhitzt. »Es wird Zeit«, sagte der Kutscher. Wir lösten uns voneinander. Lizzie verabschiedete sich zum letzten Mal von Abby und Vater, und ehe wir uns versahen, klapperten die Pferdehufe über die Second Street, die Menge zerstreute sich und kehrte zu ihrem eigenen Leben zurück.

Das Haus war still. Manchmal öffnete ich die Tür zu ihrem Zimmer und blieb auf der Schwelle stehen. Ich hob die Arme über den Kopf, weil ich nicht wusste, was ich mit mir anstellen sollte. Ich hatte ein Gefühl von Glück und Verlust gleichzeitig. Es war so, als fehlte mir ein Körperteil.

Ich stellte mich mehr auf die Gegenwart von Vater und Abby ein, ihre alt gewordenen Körper, die Art, wie sie das

Essen schlürften oder Vater plötzlich der Atem stockte, wenn er schnarchte, Abbys rundes Gesicht, in dem das Grübchen in der Wange aussah wie eine Mondsichel. Sie waren immer da.

Gelegentlich schickte Lizzie mir eine Postkarte. »Kleine Spaziergänge durch Rom«, »endlose Spanische Treppe«, »das Essen, Emma! Dieses herrliche Essen.« Ich verschlang ihre Worte. Etwas davon hätte auch mir gebührt. Ich machte unzählige Spaziergänge durch Fall River und versuchte, mich nicht allzu sehr mit bestimmten Dingen zu beschäftigen. Aber es war schwer, die Sommerhitze ohne sie zu ertragen.

Ich ging viel zu Fuß. Die Karren der Baumwollspinnerei holperten über das Gestein. Morgens hüllte der Dampf aus der Fabrik die ganze Stadt in Sommerdunst, geschwängert von einem chemischen Gestank, der mich auf dem Weg in die Stadt zum Husten brachte. Hin und wieder redete ich mir ein, dass Fall River die französische Riviera sei, ein unmögliches Kunststück ohne die Aussicht auf ein Meer. In der Stadt war immer alles gleich: Käfige mit Vögeln, die krächzten und sangen, hingen auf den Veranden der Häuser und in Ladeneingängen; Pferde und Karren erleichterten das Hin und Her der Menschen; Kinder hüpften über Bordsteinkanten, die dicken Bäckchen vollgestopft mit Bonbons. Mr Potter, der Telegrafenbeamte von Western Union, winkte Geschäftsleuten zu und versuchte, den zusätzlichen kleinen Finger an der rechten Hand zu verstecken. An den heißesten Tagen öffneten sie in der Polizeiwache die äußeren Türen der Zellen, sodass man von der Straße aus die krakeelenden und fluchenden Säufer hinter den Gittern sehen konnte. Einmal bemerkte ich einen Gefangenen, der seine Hose herunterließ, seinen Penis in die Hand nahm und ihn hin und her schwenkte, ehe der warme Urin an seinen Beinen hinablief. »Hey, Süße«, rief er mir zu. »Wenn du wüsstest, wie gut sich das anfühlt!«

Am Ende meiner Spaziergänge stand ich vor der Auslage der Konditorei und starrte auf die vergilbten Mullgardinen und dachte an die vielen Male, die Lizzie und ich hier gewesen waren. Ich wartete, bis die Türen aufgingen, und füllte meine Lungen mit Zucker. Dann kehrte ich um.

Als Lizzie schließlich wieder nach Hause kam, hieß ich sie mit Küssen willkommen. Sie verlangte, dass wir unsere Zimmer tauschten.

»Ich finde, es wird Zeit, dass du es mir überlässt.« Lizzie kaute auf jedem Wort herum, das aus ihrem Mund kam, wie ein Drache, der Knochen ausspuckt. Sie hatte sich kaum danach erkundigt, wie es mir ging oder wie ich die Zeit verbracht hatte.

»Das finde ich nicht«, gab ich zurück.

Lizzie trat dicht an mich heran und kniff mir in die Wangen. »Dann erzähle ich Vater von deinem Geheimnis«, flüsterte sie. Samuel. Ich schob ihre Hände weg und quetschte sie, bis Lizzies blaue Augen so groß wie der Himmel wurden. Ich hätte ihr einen Knochen brechen können. Stattdessen endete es damit, dass Lizzie mein Zimmer bekam und ich mich dafür schämte, meine Schwester so vermisst zu haben.

»O Gott, Emma!«, rief Helen laut über die Wiese.

Ich nahm Haltung an. Hinter mir hörte ich Schritte, sie waren wie kleine Donnerschläge auf der harten Erde. Erneut rief sie meinen Namen. Ich drehte mich zu der Stimme um.

»Was ist denn?«

»Ich habe schreckliche Nachrichten.« Helen blieb stehen. Es fühlte sich an wie ein Verlust der Schwerkraft, als mir ein Bild nach dem anderen durch den Kopf wirbelte:

unser Haus in Flammen, Mutters geschändetes Grab, Vater, der Lizzie schlug, Bridget, die ihre Stelle aufgab. Die Vorstellung, mit Abby allein zu sein.

»Ein schlimmer Unfall.« Helen war erschüttert.

Eine kleine Faust prallte in meine Magengrube. Lizzie. Was war mit Baby Lizzie passiert? Ich sehnte mich nach unserer Mutter.

Helen reichte mir ein Telegramm. Meine Beine trugen mich zurück zum Haus, obwohl ich lieber geblieben wäre, wo ich war. Irgendwie wurden die Taschen gepackt. Dann saß ich in einer Droschke auf dem Weg zum Bahnhof, nach Hause. Die Straße entlang. Noch weiter die Straße hinunter. Meine Lippen waren ausgetrocknet, mein Hals wie zugeschnürt. Noch weiter die Straße entlang fingen meine Hände an zu zittern. Pferdehufe: Schellen. Die Straße entlang. Die Straße entlang. Ich kam am Bahnhof an.

Der Ledersitz im Zug war unbequem. Mein Körper stammelte, die Muskeln erinnerten sich. »Deiner Mutter geht es nicht gut«, hatte Vater mir erklärt, als ich erst zehn war. »Sie braucht deine Hilfe im Haus.« Wochenlang hatte Vater es vermieden, mir in die Augen zu sehen. Ich interpretierte seinen bevorstehenden Kummer als Enttäuschung und Groll gegen mich. Ich hatte versucht, so brav wie möglich zu sein, indem ich ihm aus dem Weg ging, die kleine Lizzie badete und ihr eine Gutenachtgeschichte erzählte. Hin und wieder setzte ich mich an Mutters Bett und berichtete ihr die Neuigkeiten des Tages: Hochzeiten, Geburten, wichtige Geschäfte, Gemeindepolitik. Nachrufe wurden nicht erwähnt. »Stirbt denn niemand mehr, Emma?«, lachte Mutter. Doch, man starb, war gestorben. Sie würde sterben. Lizzie hatte einfach nur Mutters Hände halten und sie in ihren Mund stecken wollen. Ich verstand nicht, wie sich ihre Welt einfach weiterdrehen konnte. »Ganz viele feuchte Küsse«, erklärte Lizzie mir, und dann rief sie plötzlich: »Wach auf, Mama! Ich esse dich auf!«

Im Zug zurück nach Fall River beobachtete ich ein hustendes Kind und eine besorgte Mutter. Weiter die Schienen entlang. Weiter die Schienen entlang. Ein schrecklicher Unfall. Ich dachte daran, wie Lizzie zwei Monate zuvor im Morgengrauen in mein Bett geschlüpft war und geflüstert hatte: »Ich will nur, dass er leidet...« Die Art, wie sie gelacht hatte. »Stell dir vor, er würde die Treppe hinunterstürzen! Was glaubst du, welche Geräusche er machen würde?«

Damals hatte ich mir nichts dabei gedacht. Der Zug ratterte weiter die Schienen entlang. Weiter. Noch weiter. Das Telegramm lag die ganze Zeit auf meinem Schoß:

Vater verletzt. Mrs Borden vermisst. Ein schrecklicher Unfall. Komm nach Hause.

3 BRIDGET

3. August 1892

Als ich das erste Mal versuchte, das Haus zu verlassen, zog Mrs Borden sich auf wundersame Weise eine allmächtige Erkältung zu. Sie zitterte am ganzen Leib und bekam Fieber, Schweißausbrüche und alle möglichen Schmerzen. Wir mussten Dr. Bowen rufen, der erklärte: »Bettruhe, Liebe und Zuwendung, das ist es, was Sie brauchen.« Mr Borden gab mir den Auftrag, mich um seine Frau zu kümmern. Ich brachte ihr das Essen, Hühnerbrühe mit Klößchen, die ich in eine Schale kippte, wobei ich mir die Finger bekleckerte, und Mrs Borden richtete sich in der weißen Baumwollbettwäsche auf, die königsblaue Haube fest um die schlaffen Wangen gebunden, und sagte: »Was würde ich bloß ohne dich machen? Du kümmerst dich um mich wie um deine eigene Mutter.« Sie schlürfte die Brühe und schlabberte ein bisschen. Ich wischte es weg. Oh, sie hatte nicht die geringste Ähnlichkeit mit meiner Mammy, aber sie tat mir leid. Ich stand neben ihr, mit einem Tuch in der Hand, tupfte ihr über die Stirn und erzählte ihr Geschichten von zu Hause. Ich massierte ihr die Krämpfe aus den Füßen, und sie verzog den Mund wie eine Katze, bis ihre Wangen ganz rund wurden. Sie tat mir leid. Und so schaffte sie es zum ersten Mal, dass ich blieb und mich liebevoll um sie kümmerte, bis ich keine andere Wahl hatte, als zu bleiben.

Als ich es das nächste Mal probierte, hatten Emma und Lizzie vorübergehend das Haus gespalten, indem sie alle angrenzenden Türen zwischen sich abgeschlossen hatten. Mrs Borden erhöhte meinen Lohn auf drei Dollar pro Woche und gab mir die Sonntage frei. »Mach dir nichts aus ihrem Getue«, sagte sie leise. »So etwas kommt hin und wieder vor. Wir werden es überleben.«

Ich wog meine Optionen ab. Ich hatte viel Glück gehabt. Dann akzeptierte ich das Geld und alles, was damit zusammenhing. Mrs Borden sagte, ich hätte die richtige Entscheidung getroffen. Aber eigentlich blieb mir gar nichts anderes übrig. So konnte ich etwas nach Hause schicken, und eines Tages würde ich genug gespart haben, um nach Irland zurückzukehren, zu den moosgrünen Feldern und zerklüfteten Felsen, dahin, wo die Aromen von frischem Lachs und schlammigem Wasser durch die Luft schwammen, dahin, wo ich am meisten gelacht hatte, wo Nannas Geist auf mich wartete, an den Ort, wo meine Kindheit in Bäumen und Straßen und einem beengten, strohgedeckten Elternhaus lebendig war, dahin, wo die Leute über Liebe redeten, als wäre es Teil des Atmens.

Ich horchte auf das Haus, hörte nur ein Knarzen im Dach und streckte die Beine im Bett lang aus. Laken aus Baumwolle klebten auf meiner Haut. Wie lange würde ich es als Dienstmädchen bei den Bordens noch aushalten? Ich dachte an meine Familie, an die vielen Gesichter, die erstickenden Umarmungen, die Stimmen, die sagten: »Gott steh uns bei«, wenn etwas schiefging, und »Bridget dies, Bridget das.« All diese Menschen um mich herum, Tag und Nacht, liebevoll und streitsüchtig, meine Nanna und Granddaddy, Mammy und Daddy, meine Brüder und Schwestern, alle in diesem Haus, alle zusammen: Manchmal war es zu viel und trotzdem nicht genug.

Ich wälzte mich auf die Seite, zündete die Petroleumlampe an und hielt sie gegen die Wand. Seitdem waren sieben Jahre vergangen. Eine einsame Zeit. An der Wand hing das Foto, das am Tag vor meiner Abreise nach Amerika aufgenommen worden war, mein magerer, neunzehnjähriger Körper und Nanna mit dem kleinen Gesicht einer alten Dame, nur Haut und Knochen in ihrem Sessel. Wir konnten uns den Fotografen eigentlich nicht leisten, aber Mammy bestand darauf und sagte: »Wir bezahlen ihn später.« Zwei Abzüge wurden gemacht: einer für mich und meine Reise, einer für sie und Irland.

»Ich werd euch wiedersehen«, erklärte ich ihnen. »Ich will euch alle wiedersehen.«

Am nächsten Tag war ich aufgebrochen.

Jetzt war ich sechsundzwanzig. Jetzt war ich bei den Bordens. Es wurde schwierig, zurückzukehren. Ach, und wie sehr hatte ich es versucht.

Ich wollte keinen einzigen weiteren Tag mit Lizzie mehr ertragen, keinen einzigen weiteren Tag mit einem von ihnen, egal, wem, keinen einzigen weiteren Tag mit Gott weiß was. Es war heiß in der Mansarde. Die Wände ringsum knackten, altes Holz. Ich betrachtete Nanna und meine Familie und erzählte ihnen: »Ich werde Mrs Borden sagen, dass ich sie bald verlasse. Ich komme wieder nach Hause.« Ich lächelte. Es fühlte sich gut an. Ich setzte mich im Bett auf und rekelte mich. Dann hockte ich mich auf den Boden und streckte den Arm nach der schweren, runden Gewürzdose aus Metall unter dem Bett aus. Die grüne Farbe war abgeblättert, aber in ihrem Innern klapperten Münzen. Ich nahm den Deckel ab, griff nach der Karte mit dem Abziehbild des heiligen Matthias, küsste ihn auf den Mund und zählte meine Ersparnisse. Einhundertvier Dollar. Fast zwei Jahre heimliches Sparen. Es reichte für die Schiffspassage nach Hause und um mich am Leben zu erhalten, bis ich eine neue Stellung gefunden hatte.

Als ich von Pennsylvania nach Fall River gekommen war, hatte mir Mrs McKenney, die Arbeitsvermittlerin, erklärt: »Ich werde dich in den besten Familien unterbringen.« Die besten Familien versprachen höhere Löhne, mindestens vier Dollar pro Woche. Die besten Familien würden mich meiner eigenen näher bringen. Mrs McKenney hatte mich überprüft und meine Zeugnisse studiert.

»Sie mögen uns Iren nicht immer in ihren Häusern, aber wir sind die loyalsten von allen.«

Ich nickte.

»Du siehst nach einer wundervollen Hausangestellten aus. Ich kenne eine Familie, die dich gut gebrauchen könnte.« So hatte sie mich mit meiner Reisetasche ein Stück weiter die Second Street hochgeschickt, um bei Mr Borden vorzusprechen. Die Straße war mit Buchen und Pappeln gesäumt, ihr Grün ließ keine Sonne durch und machte mir eine Gänsehaut. Ich kam an der St. Mary's Cathedral vorbei, hörte den Chor eine Hymne zu Ehren Gottes singen, bekreuzigte mich rasch, Vater, Sohn und Heiliger Geist, und ging weiter. Ein kahlköpfiger kleiner Junge rempelte mich auf dem Gehsteig an und streifte mit seinen Patschhändchen meine Beine. Ich wusste, dass die Frauen bei mir zu Hause ihm eins hinter die Löffel gegeben hätten. Ja, ich dachte daran und lachte ihm zu. Die Second Street war mit Pferdeäpfeln übersät, kleine grüne Wildblumen mitten auf der Straße. Ich überquerte sie, schlängelte mich zwischen dem Mist hindurch und klopfte an eine grüne Tür. Ein Turm von einem Mann, Mr Borden, mit gepflegtem grauem Haar und einer Pfeife in der Hand, öffnete mir die Tür und ließ mich eintreten. »Ich zahle zwei Dollar pro Woche«, sagte er. Das war nicht das, was ich mir erhofft hatte.

Ich strich mit den Fingern über die Münzen, und meine Haut roch nach altem Nickelfett und einem Hauch von Muskat. Es stach mir in der Nase, und ich musste niesen. Ich verschloss die Dose wieder und schob sie unter das Bett. Mein Herz pochte laut unter dem Nachthemd. Es war Zeit, mich auf den Tag vorzubereiten.

Ich stieg die Hintertreppe hinunter, hielt die Lampe hoch und roch Petroleum wie ein Bergarbeiter. Als ich Mr und Mrs Bordens Zimmer erreichte, horchte ich mit dem Ohr an der Tür, bis ich das Bett quietschen hörte, wartete, bis Mr Borden gefurzt hatte und Mrs Borden sich im Bett umdrehte. Lange dauerte es nicht. O ja, ich kannte ihre Gewohnheiten zur Genüge.

Die Treppe hinunter, in die Küche. Die Uhr schlug zweimal, das Zeichen für eine halbe Stunde. Halb sechs.

Draußen erklang schwach wie ein Windspiel das Klirren von Glasflaschen; der Milchmann brachte frische Vollmilch. Gleich waren wir dran. Ich stellte mich an die Hintertür und wartete auf ihn.

»Diesmal warst du schneller, Bridget.« Er stellte seinen hölzernen Milchkasten auf die Treppe und streckte sich ein wenig.

»Es war zu heiß, ich konnte nicht schlafen.«

Er reichte mir eine Flasche, sie fühlte sich kühl an. »Hat die alte Borden noch mal davon gesprochen, dass sie zur Swansea Farm will, damit du ein bisschen Ruhe und Frieden hast?«

»Im Moment fahren sie nirgendwohin. Gestern Abend

hab ich gehört, wie Mr Borden sagte, dass er sich erst um den Abschluss eines Immobilienverkaufs kümmern müsste. Daraufhin ist Miss Lizzie explodiert.«

»Das ist ja nichts Neues.« Er hatte die Angewohnheit, den Mund beim Sprechen zu weit zu öffnen, sodass man seine abgebrochenen Zähne sah.

»Es ist bloß, weil sie Miss Emma vermisst. Ich glaub ja nicht, dass sie so bald wieder nach Hause kommt.«

»Ich an ihrer Stelle würde auch wegbleiben.«

»Es ist nicht immer so schlimm«, sagte ich. Ja, aber manchmal eben doch.

»Das sagt ihr Frauen immer.« Er bückte sich, um unsere leeren Flaschen einzusammeln. Seine Hüften knackten bei der Anstrengung. Das kam nicht mal bei Mrs Borden vor. Er griff nach seinem Milchkasten. »Na, dann bis morgen früh.«

»Bis dann.«

Er ging weiter. Ich trug die frische Milch ins Haus, schraubte den Deckel einer Flasche auf und nahm einen heimlichen Schluck. Die dicke Sahneschicht, die sich oben abgesetzt hatte, der Geschmack von Gras. Ich stellte die Milch in die Eisbox in der Spülküche und schichtete Holz für das Feuer in den Herd. Auf der Küchenanrichte stand ein großer Topf mit Hammelbrühe, von der wir schon seit Tagen aßen. Allein bei dem Gedanken daran, sie noch einmal auf dem Teller zu haben, drehte sich mir der Magen um. Ich ging nach draußen, auf der Suche nach frischer Luft. Beim Gurren einer Taube in der Scheune dachte ich daran, dass Lizzie bald auf sein und nach ihren geliebten Vögeln sehen würde. Sie drückte sie vorsichtig an die Brust, streichelte einen Flügel, ein Köpfchen und ließ sie das Futter aus ihrer Hand picken. Lizzie hätte längst aus dem Haus sein und eine eigene Familie haben müssen. Vögel sind kein Ersatz. Einmal fragte sie, ob ich mit in die Scheune kommen und ihr helfen könnte, die Tauben ruhig zu halten, während sie sie nach Läusen absuchte. Ich drückte die Vögel an die Brust und hinderte sie mit der linken Hand daran, den Kopf zu bewegen. Die ganze Zeit hatte ich Angst, sie zu erwürgen. Ihre kleinen Krallen bohrten sich in mein Handgelenk; das war ich nicht gewöhnt, und es gefiel mir auch nicht. Lizzie durchkämmte das Gefieder und beugte sich dicht darüber. »Mein hübsches kleines Vögelchen«, murmelte sie und pfiff leise vor sich hin. Die Tauben gurrten. Ich hatte noch nie gesehen, dass sich ihr Gesicht so rasch besänftigte.

»Haben Sie schon mal dran gedacht, sich 'nen Hund zuzulegen, Miss Lizzie? Wär doch nett, wenn hier einer rumlaufen täte.«

Sie strich durch die Federn, presste zwei Finger zusammen wie eine Kneifzange und zog ein winziges Insekt heraus. »Um zu riskieren, dass er von einem Pferdewagen in der Umgebung überrollt wird? Das würde ich nicht wollen.« Sie zerquetschte das Insekt zwischen den Fingern und wischte sich die Hand am Rock ab. Lizzie breitete die Flügel der Taube aus, ganz zart waren sie, und sagte: »Jetzt schau, wie weit du fliegen kannst!«

Ich bereitete das Frühstück vor. Aus der Kühlbox kam das dick geschnittene Schweinesteak, das ich zwei Tage zuvor in Whitehead's Market gekauft hatte. Oh, was würde ich für eine Mahlzeit daraus zaubern! Löffelweise Butter, Salz, Pfeffer, Brot, um den Saft aufzutunken. Eine kleine Freude zu Beginn des Tages. Ich machte dies, und ich machte das.

Harte, laute Schritte auf der Hintertreppe, wie Ziegelsteine, die übereinanderfallen. Dann ein Husten. Mr Borden. Er war schon auf der untersten Stufe, als er sagte: »Wo ist das Rizinusöl, Bridget?«

»Das ist alle, Sir.«

Seine Arme verschränkten sich über dem Bauch, und er lehnte sich gegen den Türrahmen.

»Möchten Sie sich vielleicht setzen, Mr Borden?«

Er scheuchte mich weg. »Wird schon wieder. Mir ist nur ein bisschen flau im Magen, das ist alles.« Einen Augenblick später stürzte er durch die Hintertür ins Freie. Ich rannte ihm nach und hörte, wie er sich im Garten übergab, lange und schwer, eine Kuh in den Wehen. Ich hoffte, dass seine Kleidung nichts abbekommen hatte. Ich legte keinen großen Wert darauf, den Anzug zu reinigen.

Als er wieder hereinkam, beäugte er das Steak. »Du hast das Fleisch zu dick geschnitten.« Er bohrte seinen Finger hinein. Mr Whiteheads Metzgergehilfe hatte es geschnitten. Meiner Ansicht nach hatte er es gut gemacht.

»Der Metzger sagte, es sei ein großes Schwein gewesen, Mr Borden.«

Er grunzte, ließ mich stehen und ging ins Wohnzimmer. Ich hörte, wie er ein Buch aus dem Regal nahm und furzte, es klang wie eine alte Trompete. Die Pfanne war jetzt heiß, und ich gab die Butter hinein, sah, wie der gelbe Klumpen schmolz und brutzelte und dabei bräunte. Ich legte das Steak hinein. Es zischte. Dann fing ich mit den Maiskuchen an, und der Morgen nahm seinen üblichen Gang.

Wenig später kam Mrs Borden hinunter, genauso blass wie ihr Mann. »Alles in Ordnung, Marm?«

Sie schüttelte den Kopf. »Ich habe schlimme Magenschmerzen.«

»Schon wieder? Mr Borden auch.«

Sie rieb sich den massigen Bauch. »Allmählich habe ich den Eindruck, dass uns jemand vergiften will.« Die Dramatik ihres Auftritts, der Schweiß, das verkrampfte Gesicht.

»Das würde ich nie tun, Marm.«

Sie trat dicht neben mich und berührte meinen Ellbogen. »Das habe ich nicht einmal gedacht.«

»Ist Miss Lizzie auch krank?«

Sie zuckte die Achseln. »Das weißt du wahrscheinlich besser als ich.«

Ich wendete das Steak in der Pfanne. Ihr Magen gab alle möglichen Geräusche von sich. Es dauerte nicht lange, bis sie genau wie Mr Borden durch die Hintertür verschwand, um sich zu übergeben. Als sie zurückkam, fuhr sie sich mit dem Arm über den Mund und fragte: »Haben wir noch Rizinusöl?«

»Nein, Marm.«

»Ach, herrje.« Sie kratzte sich die Schläfen und verließ die Küche.

Ich wandte mich wieder meinen Aufgaben zu, und bald war das Frühstück fertig. Ich stellte alles auf den Tisch und zerteilte das Schweinesteak in Portionen. Als Mr Borden hereinkam, sagte er: »Geh und hol Lizzie. Ich möchte, dass sie mit uns frühstückt.«

Ich nickte. Die Aussicht gefiel mir nicht. Ich ging in die Spülküche. Im Zuckersack lag ein Fingerhut, den ich mit Zucker füllte und in meine Schürzentasche steckte. Anschließend stieg ich die Vordertreppe hinauf und machte dabei besonders viel Krach. Als ich auf Lizzies Tür zuging, hörte ich: »So wahr der Herr lebt: Es soll dich in dieser Sache keine Schuld treffen.« Das Gebet sprach sie seit Wochen. Aber es war keine Liebe in dem, was sie sagte, weder Rhythmus noch Herz. Manchmal dachte ich daran, ihr zu sagen: Er ist taub, egal, wie viel du betest, es wird nicht erhört.

Ich klopfte.

»Was ist?«

»Ihr Vater möchte, dass Sie zum Frühstück runterkommen, Miss Lizzie.«

Ihre Füße auf dem Teppich. Sie öffnete die Tür. Die Hälfte ihres Haars war zu einem Zopf geflochten und auf dem Kopf zusammengerollt, die andere Hälfte fiel in kastanienbraunen langen Locken bis weit über die Schultern wie eine Pferdemähne. »Was gibt es denn?«

»Schweinesteak.«

Sie kaute auf der Innenseite ihrer Wangen und verzog den Mund. »Hast du auch noch was anderes für mich?«

Ich schob die Hand in die Schürzentasche und zog den Fingerhut heraus. Lizzie schnappte ihn mir weg, steckte den kleinen Finger hinein und schleckte den Zucker ab. »Warten sie?«

Ich nickte, sie seufzte. »Na gut. Ich bin in…«

»Beiden war's heut Morgen nicht gut.«

»Wirklich? Wie schlimm ist es denn?«

»Sie hatten Rumoren im Bauch. Sie waren schon draußen im Garten.«

Sie lächelte und steckte die Zunge in den Fingerhut. »Ich richte mir nur eben noch die Haare, dann komme ich.« Sie gab mir den Fingerhut zurück und schloss die Tür. Wie hatte ich diese Routine satt.

Ich stand an der Wand des Esszimmers und wartete, ob jemand mich brauchte, als Lizzie hereinkam und sich ans Tischende setzte. »Guten Morgen«, sagte Mrs Borden. Ich fragte mich, warum sie sich überhaupt die Mühe machte. Lizzie zerbrach einen Maiskuchen und stopfte sich die Hälfte in den Mund.

»Was hast du heute vor, Vater?«

»Ich werde natürlich arbeiten.«

»Natürlich, Vater.«

»Und du?«, fragte Mrs Borden.

»Ich bereite mich auf die Sonntagsschule vor.« Lizzie war zuckersüß.

Mrs Borden nippte an ihrem Tee. »Was wirst du deinen Schülern diesmal beibringen?«

Lizzie neigte den Kopf zur Seite. »Was würdest du ihnen denn beibringen?« Ihre Stimme klang, als hätte sie in eine saure Himbeere gebissen.

Mrs Borden errötete. »Keine Ahnung. Ich würde mich wahrscheinlich an die Kirchenlieder halten.«

Mr Borden kaute bedächtig und schwieg.

Lizzie verdrehte die Augen. »Man kann Kindern keine Moral beibringen, indem man sie singen lässt, Mrs Borden.«

Mr Borden legte Messer und Gabel auf das saubere Tischtuch, und schon hatte die Butter vom Schweinefleisch einen Fleck gemacht. Noch etwas, das ich waschen müsste. Er hielt sich die Hand vor den Mund und rülpste. »Und manchmal kann man Kindern auch gar keine Moral beibringen, egal, wie man es anstellt.«

Lizzie errötete. »Vater?«

»Ich bin wirklich überrascht, dass der Pfarrer dich so oft unterrichten lässt.«

Lizzie war einen Augenblick lang sprachlos. »Ich bin eine gute Lehrerin, Vater. Die Kinder mögen mich.«

»Kinder mögen andere Kinder vermutlich immer.«

»Andrew...« Mrs Borden blieben die Worte im Hals stecken.

Ich drückte mich gegen die Wand, wäre am liebsten in ihr verschwunden, um nicht mit ansehen zu müssen, wie sich eine erwachsene Frau vor ihrem Vater windet. Die Wand fühlte sich heiß an, und Lizzie warf mir einen Blick zu, unter dem mein Gesicht erglühte. Es gefiel mir nicht, das zu sehen, dieser Unterhaltung zuzuhören.

»Was ist los, Vater?«

»Deine Mutter und ich mussten uns heute Morgen übergeben.«

Lizzie straffte die Schultern und wurde ganz steif. »Ja, Bridget hat es erwähnt.«

»Es gibt überhaupt keinen Grund dafür.«

»Ich weiß nicht...«

»Es sei denn, wir hätten eine Krankheit im Haus.«

»Haben wir nicht, Vater.«

Er drohte ihr mit dem Zeigefinger. »Du hast deine Tauben immer noch nicht abgegeben, Lizzie.«

»Weil es nicht nötig ist. In der Scheune sind sie sicher aufgehoben.«

»Unsinn. Du lässt sie fliegen, und dann kommen sie durchs Dach wieder rein und lassen überall ihren Dreck hinfallen.« Er deutete auf die Zimmerdecke, den Himmel, auf Gott.

Lizzie ballte unter dem Tisch ihre Hände zu Fäusten. Es gefiel mir nicht, in diesem Zimmer zu sein.

»Das habe ich nicht getan, Vater.«

»Jedenfalls will ich, dass du sie loswirst.«

»Nein.«

Mr Borden richtete sich zu seiner vollen Größe auf, ein Riese. »Widersprich mir nicht, Lizzie.«

»Aber sie gehören mir. Du solltest lieber das Dach reparieren lassen, wenn du solche Angst vor Krankheiten hast.« Ihre Augen waren weit aufgerissen. Ich sank gegen die Wand, sie fühlte sich in meinem Rücken hart an. Lizzie hätte es besser wissen müssen.

»Ist es das, was du deinen Kindern beibringst? Gehorsam und Respekt?« Er lehnte sich in seinem Stuhl zurück, bis er knarzte und ich Angst hatte, er könnte nach hinten kippen und sich das Genick brechen.

Lizzie schlug so fest mit der Faust auf den Tisch, dass ihr Steak vom Teller auf den Boden fiel. »Das ist ganz was anderes.«

Daraufhin stand Mr Borden auf, strich die Hose glatt und ging auf Lizzie zu. Ich hatte das schon öfter gesehen und wappnete mich. Ich sah die kleinen gelben Speichelfäden in seinem Bart. Er trat ganz dicht an Lizzie heran und schlug ihr ins Gesicht. Oh, was für ein Geräusch erfüllte das Zimmer, der Klang von Haut, ein Hackmesser im Fleisch, und Lizzies Kopf flog zur Seite, ihre Schultern verbreiterten sich, wie Flügel, und mein Herz raste, meine Knie gaben unter mir nach, und dann brach mir der Schweiß auf der Stirn aus. Lizzie starrte ihren Vater an.

»Andrew, bitte...« Mrs Borden umklammerte ihre Serviette.

»Tu, was ich dir sage, Lizzie.«

Lizzie schüttelte den Kopf. »Du bist einfach nur widerwärtig.«

Erneut schlug Mr Borden zu. Ich wusste nicht, wo ich hinschauen sollte. Lizzie lief aus dem Esszimmer, stürmte die Treppe empor und knallte die Tür hinter sich zu. Mr und Mrs Borden sagten nichts, daher fing ich an, den Tisch abzuräumen, bemüht, nicht zu viel Lärm zu machen. Ich ging hinaus, mein Gesicht brannte, und am liebsten hätte ich einfach losgeheult. Wie gern hätte ich auf der Stelle das Haus verlassen.

In diesem Augenblick hatte ich Mitgefühl mit Lizzie, mit ihrem Schmerz. Einen ähnlichen Moment hatte es auch damals in Cork gegeben, auf dem Landsitz, wo ich gearbeitet hatte. Der Hausherr hatte mich einmal zu oft begrapscht. Er war ein Riese von Mann, der nach meinen Brüsten griff, so wie er es immer machte, als ich ihm gerade Kaffee einschenkte, und diesmal sah ich ihn an, sah seine dunkelrote, weinselige, pilzförmige Knollennase, die englischen Streichholzzähne und schlug seine Hände weg, schlug ihm meine Hände auf die Brust, ins Gesicht. Der heiße Kaffee schwappte über, und er sprang auf.

»Sieh nur, was du angerichtet hast!«, brüllte er.

»Behalten Sie Ihre gottverdammten Hände bei sich. Sie hätten mich nicht anfassen dürfen!«

Er kam so dicht an mich heran, dass mir der Geruch von feuchter Wolle und Kaffeesatz in die Nase stieg. »Ich bin derjenige, der hier die Befehle erteilt. Für wen hältst du dich eigentlich?«

Das sollte ich schnell genug erfahren. Ich wurde entlassen und erhielt nicht einmal ein Zeugnis. Es war meine dritte Anstellung. Allmählich blieb mir nicht mehr viel Auswahl.

»Das hättest du nicht tun dürfen«, sagte mein Bruder. Wir standen alle zusammen in unserer geheizten Küche, als ich ihnen erzählte, was passiert war.

»Du hast ja keine Ahnung, was das bedeutet.«

Er fuhr sich mit seinen Wurstfingern durchs Haar. »Und wenn du schon so schlau bist, was willst du dann jetzt machen?«

Wie andere Frauen und Männer vor mir zählte ich mein Geld und rechnete aus, wie weit es mich bringen würde. Weit weg von hier, weit weg von schmierigen Landbesitzern. Amerika. Mammy und Daddy wollten mich nicht gehen lassen. Sie sagten, sie würden ihr kleines Mädchen vermissen; ich sollte es doch wenigstens erst in Dublin probieren.

»Ich habe gehört, dass man dort viel mehr verdienen kann. Lasst mir doch mein Abenteuer«, bettelte ich.

»Es wird uns umbringen«, sagte Nanna. »Aber dich würde es noch viel mehr umbringen, wenn du hierbleiben müsstest.« Und dann streichelte sie meine Wange mit ihrem Fingerstummel, dessen eine Hälfte sie verloren hatte, als sie unter ein Pferd geraten war. Er war weich und knubbelig wie der Kopf eines frisch geschlüpften Vogels.

Ohne Probleme hatte ich unten in Queenstown den Fahrschein für die Überfahrt auf der SS Republic bekommen. Eine entschlossene, erwachsene Frau. Dann hatte ich in den Straßen unserer Nachbarschaft an die Türen geklopft und gesagt: »Ich reise nach Amerika. Kommt zu meiner Abschiedsfeier.«

Und sie kamen. Sie überschütteten mich mit Essen und Trinken, Kohl und Schinken, Lamm und Sodabrot. Mammy hatte jede Menge Rosinenbrote gebacken, mit vielen Pflaumen drin, wie ich sie am liebsten mochte, und dann stießen sie stundenlang mit Glühwein und allerlei Selbstgebranntem auf mich an.

In meinen Ohren klangen Geigen und Trommeln, Flöten und Lauten, bis mein Herz zum Takt von *The Devil and the Bailiff* schlug. Und man tanzte mich von Nachbar zu Nachbar, von Bruder zu Schwester zu Bruder. Alle lachten und schrien den Text mit. Ich sog alles in mich auf und versuchte, nicht an das Ende zu denken.

Daddy hatte den Fotografen bestellt, und so standen wir da, die Arme einander um die Schultern gelegt, alle miteinander schwitzend, hielten still und bemühten uns, nicht zu blinzeln, bis Nanna plötzlich sagte: »Ich sterbe, bevor dieses verfluchte Foto im Kasten ist.« Daraufhin bogen wir uns vor Lachen, der Fotograf stampfte mit den Füßen auf und erklärte, wir seien zu nichts zu gebrauchen. »Jetzt muss ich es noch mal machen.«

Ich hatte nichts dagegen.

Nachdem wir stundenlang gefeiert hatten, begann das große Wehklagen. Ich legte mich aufs Sofa und sah zu ihnen auf, all diesen Menschen aus meiner Kindheit, die mich schon so lange kannten. Sie waren zu mir gekommen, einer nach dem anderen, und hatten mich auf die Stirn und die Wangen geküsst, hatten mir gesagt, dass sie mich vermissen würden und hofften, mich eines Tages wiederzusehen, und dass ich schon ein kleines bisschen tot sei, weil ich sie verlassen müsse.

Mein Gesicht war mit ihrem feuchten Salz bedeckt, so

sehr weinten wir, und als Mammy an der Reihe war, mich zu herzen und sich von mir zu verabschieden, stieß sie einen durchdringenden Klagelaut aus, legte ihre Hände auf meinen Leib und heulte mir ins Ohr. Sie klang wie ein tödlicher Wind, ein leises, herzzerreißendes Stöhnen, und dann schlossen sich meine Schwestern an, Nanna, die anderen Frauen, ein Kreis von Kummer und Leid, der auf mich zudonnerte. Ich bekam es mit der Angst zu tun. Und sie machten weiter, wie Katzen, wie Füchse, die sich in der Nacht erhitzten.

Schließlich stimmte Daddy *Blow the Candles Out* an, und es gelang ihm, seine Stimme süß wie Bier klingen zu lassen. Wie Wellen im Hafen fielen alle anderen ein, begleitet von den irischen Dudelsäcken, deren melancholischer Klang mir die Tränen in die Augen trieb. In diesem Moment begriff ich, dass ich keine Ahnung hatte, was mich in Amerika erwartete.

Ich ging zu meiner Nanna, die ganz klein in ihrem Sessel saß, und kniete mich vor ihr auf den Boden, schlang die Arme um sie, berührte ihre leeren, alten Wangen und schmiegte mich an ihre Füße. Der Butterduft ihres Haars. Gelbe Haut spannte sich über die Knochen. Gelb das Gesicht, gelb die Arme, gelb auch der Fingerstummel. Ihre Augen waren verschrumpelte Halbmonde, noch immer genauso dunkelbraun wie meine, und sie sahen mich zärtlich an, als ich sie für unsere letzte Umarmung an mich drückte. Ich konnte die Arme ganz um sie legen und spürte ihre Rippen, die sich an mich drückten. Halt sie fester, dachte ich. Halt sie fester, Bridget. Aber ich hatte Angst, sie zu zerbrechen. Nannas Atem an meinem Ohr, kurz und müde, ihr Herzschlag, der in meinen überging. Was für ein Klang!

»Ich liebe dich, Nanna«, sagte ich.

»Ich dich auch.«

Und dann verlor ich die Fassung und trauerte um

Nanna, ließ meiner neunzehnjährigen Liebe zu ihr freien Lauf. So hatte ich mich selbst noch nie gehört. Nanna bebte am ganzen Körper, und ich klammerte mich an sie, als sie fragte: »Werde ich dich jemals wiedersehen?« Ich antwortete nicht.

Am nächsten Tag war ich an Bord des auslaufenden Schiffs, zusammen mit Dutzenden anderen. Das Schiffshorn tutete, und ich übergab mich über die Reling. Wehe, es würde sich nicht lohnen.

Als sich die Dinge wieder beruhigt hatten, ging Mr Borden zur Arbeit, und ich widmete mich meinen morgendlichen Aufgaben, fand es aber schwierig, den Schlag ins Gesicht zu vergessen. Und genauso schwierig, das Borden-Fieber abzuschütteln.

Mrs Borden kam auf der Suche nach mir in die Küche. »Alles in Ordnung?«, fragte sie. Sie hielt sich den Bauch, als hätte sie nach wie vor Schmerzen.

»Alles wie immer, Marm.«

»Ich habe etwas, das uns aufmuntern wird«, sagte sie und wedelte mit dem Telegramm. »Schau mal, was ich gestern bekommen habe. Hab ich es dir schon erzählt? An diesem Samstag bekommen wir Besuch.«

Hatte sie nicht. »Wen denn, Marm?«

»Ein paar alte Freundinnen.« Wie ihr Gesicht aufleuchtete! Als ich es sah, musste ich lächeln. »Ich kenne sie noch aus der Schule. Stell dir das vor! Nach so langer Zeit.«

»Das wird bestimmt sehr schön für Sie.«

»Ja.« Sie überflog erneut das Telegramm und sagte: »Du und ich werden in den nächsten zwei Tagen viel zu tun haben. Du musst anfangen zu putzen und dir Gedanken darüber machen, was du kochen willst. Ich möchte sie keinesfalls enttäuschen.«

Ich wusste nicht, warum Putzen für Besuch mich aufmuntern sollte. Sie sagte, ich solle mit dem Teppich im Salon anfangen. »Am besten nimmst du ihn nach draußen und klopfst ihn gründlich aus.« Das schwere, alte Wollding mit seinem verblassten Muster von Veilchen, weißgelben Schwertlinien und endlos wiederholten, ineinander verschlungenen grünen Stängeln. Sie täte besser daran, einen neuen zu kaufen. Doch ich holte den Teppichklopfer aus dem Keller, warf ihn in die Mitte des Teppichs und rollte das ganze Ding zu einer langen Röhre auf.

Die zerrte ich durch den Salon ins Wohnzimmer, eifrig darauf bedacht, bloß nicht die kleinen Tische mit Mrs Bordens Porzellanfiguren umzustoßen, diesen grässlichen, glasierten Katzen und verschüchterten Hunden, die mit eingezogenem Schwanz um Futter bettelten. Der Teppich schleifte über den Boden und den seit Wochen angehäuften Dreck wie eine Säge. Mein Unterhemd klebte am Rücken. Ich zerrte den Teppich noch ein Stück weiter, dann hörte ich plötzlich einen Knall und ein Scheppern. Ich ließ den Teppich fallen. »Puh!«, rief ich.

Es hatte gereicht, um Lizzie nach unten zu locken. »Was für ein Krach!« Auf der Wange prangte noch immer ein kleines rotes Mal ihres Vaters beim Frühstück. Oh, wie gut kannte ich all das!

»Tut mir leid, Miss.«

Sie rümpfte die Nase. »Was machst du da?«

»Mrs Borden möchte, dass ich ihn ausklopfe. Sie erwartet Gäste für Samstag.«

»Wen denn?«

»Weiß ich nicht.«

»Vater hat mir nichts davon gesagt.« Sie stemmte die Hände in die Hüften. »Was ist denn los?«

»Ich hab einen Tisch umgeworfen.« Ich zeigte es ihr.

Sie warf einen Blick auf den Scherbenhaufen, dann

huschte ein Lächeln über ihr Gesicht. »Sieh nur, was du angerichtet hast.« In einer Hand hatte sie einen Porzellanhund mit erhobenem Schwanz und gespitzten Ohren, in der anderen die Hundebeine. Lizzie lachte, hielt die Teile aneinander, löste sie wieder voneinander. Sie wollte mich hänseln. Ich fuhr mir mit dem Handrücken über den Mund. Es fühlte sich an wie ein Erdbeben.

»Es ist schon der zweite, den ich kaputt gemacht habe.« Meine Stimme klang wie ein Winseln.

»Sie muss es ja nicht erfahren.« Sie schloss die Hand um die Scherben und hielt sie fest.

»Trotzdem wird sie's merken. Sie liebt ihn.« Lizzie hielt das Bein an den Hund. »Mach doch nicht so ein Theater. Wenn ich du wäre, würde ich ihn einfach wegschmeißen.« Sie reichte mir die Teile.

Die Scherben stachen mir in die Handfläche und ritzten die Haut auf. Wie hatte Lizzie sie festhalten können, ohne sich zu verletzen?

»Vielleicht kann man ihn reparieren?«

Sie lächelte durchtrieben. »Oder du sagst einfach, dass jemand ihn gestohlen hat.«

»Das würd sie mir nicht glauben.«

Lizzie zuckte die Achseln. Ich steckte den Hund in meine Schürzentasche. Ich würde später darüber nachdenken, was ich mit ihm machen sollte.

»Ich muss den Teppich sauber machen.«

»Solange du nicht noch mehr Porzellan zerbrichst.«

Ich fand diesen Kommentar nicht lustig; dafür sollte sie bezahlen. Ich deutete auf den Teppich. »Ich sollte Sie nicht darum bitten, aber könnten Sie mir wohl dabei helfen, den Teppich rauszutragen?«

»Nein. Auf keinen Fall.«

»Tut mir leid, Miss.«

»Ich muss sowieso jetzt los. Komm ja nie wieder auf die Idee, dass ich deine Arbeit erledigen soll.«

»Nein, Miss.«

Sie trat ganz dicht an mich heran, so dicht, dass mich ihr Atem streifte. »Fragst du nicht, was ich vorhabe?«

»Wenn Sie wollen.«

Sie starrte mich an. »Schon gut. Ich würde es dir sowieso nicht sagen.«

»Tut mir leid, Miss.«

Lizzie trat gegen die Teppichrolle, ging zur Garderobe neben der Haustür und nahm ihren Sommermantel heraus. »Was bist du bloß für ein Miststück«, sagte sie. Dann ging sie hinaus und knallte die Tür hinter sich zu. Ich konnte es kaum abwarten, endlich dieses Haus, diese Familie zu verlassen. Doch zuerst hievte ich den Teppich hoch, dieses blöde, schwere, alte Ding.

Als ich durch die Hintertür trat, schmerzten meine Hände, und die Handgelenke waren bis zum Zerreißen gespannt. Ich schleifte den Teppich durch das hohe Gras und dachte an die Zeit zurück, als ich in die Second Street gekommen war, und wie Mr Borden zuerst nicht geglaubt hatte, dass ich sein Geld wert war. Ich war gerade dabei, das Geländer der Vordertreppe zu polieren. Mr und Mrs Borden saßen im Salon. »Die Kleine ist sehr tüchtig«, hatte Mrs Borden gesagt. So wienerte ich weiter, bis das Holz dermaßen glänzte, dass sich meine Zähne darin spiegelten. Damit hätte ich einen Preis in einer Ausstellung gewinnen können.

»Sie ist nicht kräftig genug. Warum sollen wir sie behalten, wenn wir dich und die Mädchen haben?«

»Ich schaffe das nicht alles allein«, hatte Mrs Borden ihm erklärt. »Mein Rücken ist nicht mehr das, was er mal war. Sie kann die schwereren Aufgaben übernehmen.«

Dann stellte Mr Borden mich auf die Probe. Er ließ mich Holzkisten hochheben oder Gegenstände ziehen wie ein irischer Ochse. Es war ihm egal, dass ich gut allein zurechtkam oder eine Mahlzeit kochen konnte. Er wollte ein Rückgrat für seine Frau. Und sie wollte jemanden, dem sie Befehle erteilen konnte und der ihr Gesellschaft leistete. Nachdem er mich Löcher in den Garten hatte graben lassen, bis ich Blasen an den Händen hatte, nur damit er einen zusätzlichen Birnbaum am Zaun hatte pflanzen können, musterte Mr Borden mich von oben bis unten, kniff seine graublauen Augen zusammen und meinte: »Na schön. Wir behalten dich. Vorausgesetzt, du tust, was man dir sagt.«

Ich wäre aufgesprungen und hätte die Hacken zusammengeknallt, wenn ich nicht zu erschöpft gewesen wäre. Als Mrs Borden davon erfuhr, sagte sie: »Ich glaube, du bist genau die Richtige für uns. Unser letztes Hausmädchen, Maggie, konnte sich nicht einfügen.«

»Das kann ich.«

»Wundervoll. Es ist wichtig, dass ich jemanden habe, dem ich in jeder Hinsicht vertrauen kann.«

»Ja, Marm.«

Ein paar Monate später trug sie mir Nachrichten an ihre erwachsenen Kinder auf.

»Bridget, sag ihnen, dass ihr Vater und ich nach Swansea fahren.«

»Kannst du sie bitten, ihre Teetassen nicht einfach überall stehen zu lassen, Bridget?«

»Bridget, bitte erzähl mir, wenn sie von mir sprechen, egal, wie.«

Und ich ging zu ihnen und hämmerte an ihre Tür, als schlüge ich die Trommel in einem Feld.

»Ihre Mutter sagt...«

»Ihre Mutter ist...«

Und Lizzie fasste alles zu einer einzigen Antwort zusammen: »Du kannst Mrs Borden ausrichten, dass wir runterkommen, wenn wir fertig sind.«

Zuerst war es lustig gewesen, diese märchenhafte Art,

übereinander zu sprechen. Doch als ich sah, wie Emma im Wohnzimmer die Fotos von Mrs Borden mit dem Gesicht nach unten auf den Kaminsims legte, fragte ich mich, was genau mit »einfügen« eigentlich gemeint gewesen war.

Ich rollte den Teppich auseinander und versuchte, ihn über die Wäscheleine zu werfen. Er plumpste zu Boden. Ich hatte einfach nicht die Kraft dazu. Deshalb stellte ich mich an dem verwitterten Holzzaun auf eine Holzkiste und spähte hinüber in Dr. Kellys Garten.

»Bist du da, Mary?«, rief ich. Ich wartete einen Augenblick lang und gab mir alle Mühe, nicht auf Dr. Kellys Keller zu schielen – den Ort, wo die schlimme Sache passiert war, von der Lizzie mir erzählt hatte.

»Früher hat Vaters Schwester in dem Haus gewohnt. Sie hat es getan, als niemand hinsah«, hatte Lizzie gesagt.

»Hat was getan?« Zu der Zeit war ich seit sechs Monaten bei den Bordens und hatte mich bei Lizzie beklagt, weil es so anstrengend war, das Wasser jedes Mal aus dem Keller nach oben holen zu müssen.

»Willst du wissen, was richtig anstrengend ist? Mit einem strampelnden Kind fertigzuwerden.« Die Geschichte sprudelte aus ihr heraus, als hätte sie sie mir schon die ganze Zeit erzählen wollen.

Sie sprach ganz schnell. »Sie hat ihre Kinder ertränkt. Holder und Eliza, in der Zisterne in ihrem Keller.«

»Lieber Himmel!«

»Und jetzt rate mal, was sie dann gemacht hat.« Lizzie presste die trockenen Lippen aufeinander.

Ich wollte es gar nicht wissen.

»Sie ging zurück ins Haus und schlitzte sich die Kehle auf.« Lizzie erzählte es so unverblümt, als wäre es nichts Besonderes, als käme so etwas jeden Tag vor.

»Was war denn los mit Ihrer Tante?«

»Das weiß kein Mensch. Vater hat gesagt, dass sie schon immer schwermütig war und eines Tages einfach den Verstand verlor.«

Das erste von vielen Geheimnissen, die ich erfuhr. Für eine Weile konnte ich an nichts anderes denken als an die Zisterne. Wie es sich anhörte, als die Köpfe der Kinder im Wasser versanken, ob ihre Mutter sich hatte anstrengen müssen, um zu verhindern, dass ihre strampelnden Beinchen ihr Gesicht trafen, ob sie ihnen etwas zugeraunt hatte.

Ein paar Wochen später sah Emma, wie ich auf die Kellertreppe starrte.

»Wer hat es dir erzählt?«, fragte sie.

»Miss Lizzie.«

Emma rieb die Hände über ihr Gesicht und seufzte leise. »Das hätte sie nicht tun sollen.«

»Hat sie die Kinder da wirklich reingeworfen?«

Ihre Wangen waren bleich, der Blick hohl. »Ja. Das einzige Kind, das sie nicht ertränkt hat, war Maria.«

Ich konnte mich nicht beherrschen. »Und dann hat sie sich selbst was angetan?«

»Ja.«

»Wann war das?«

»Bevor ich zur Welt kam. Heute denken wir nicht mehr oft darüber nach. Es hat keinen Sinn.«

»Oh.«

Wir betrachteten die Kellertreppe, dann schloss Emma die Augen, murmelte etwas und kehrte zum Haus zurück.

Ich hatte andere Hausangestellte sagen hören, dass das Hausmädchen die Mutter gefunden hatte, als sie einen Eimer Wasser aus dem Brunnen holen wollte. Augen und Mund waren aufgerissen, und das Rasiermesser ruhte noch in der Hand, als könnte sie es nicht loslassen. Immer sind wir diejenigen, die sie finden. Das sind die schlimmsten Tage bei unserer Arbeit.

Erneut rief ich laut nach Mary, und sie kam durch den Garten gehumpelt. »Was hast du?«, fragte ich.

»Mir ist das Plätteisen auf den Fuß gefallen.« Sie zeigte an ihrem schlanken Bein hinab auf den Verband, auf dem ein kleiner Blutfleck prangte.

»Wie oft muss ich dir denn noch sagen, dass man gebrochene Hacken nicht ausbügeln kann?«

»Noch einmal vielleicht, Bridget.« Sie grinste breit und verzog dann vor Schmerz das Gesicht.

Ich imitierte eine Königin und senkte die Stimme. »Ihr Iren seid vielleicht nicht besonders helle, aber bluten könnt ihr.«

Sie legte zwei Finger an die Schläfe und salutierte, dann lachten wir. Mary humpelte zum Zaun, stellte sich auf ihre Kiste, und wir waren auf gleicher Höhe. Sie hatte dieselben dunkelbraunen Augen wie meine Schwester, leuchtend, immer noch erfüllt von der Vorstellung, sich ohne Hilfe von Mammy und Daddy durchzuschlagen. Ein paar Monate zuvor hatte Mrs Kelly Mary herübergebracht, damit sie sich mir vorstellen konnte. »Die Bordens scheinen mit dir zufrieden zu sein. Bring unserem Mädchen bei, wie man anständig einen Haushalt führt.« Mary brauchte keine Hilfe. Sie musste nur ihren vorlauten Mund halten, um zurechtzukommen.

»Warum hast du gerufen?«

»Kannst du mir helfen, den Teppich über die Leine zu hieven?«

»Warum lässt sie dich denn so was machen?«

»Überraschung des Jahres, Mary! Wir kriegen Besuch, am Samstag.«

Mary tat so, als sei sie schockiert. »Du meinst, jemand will freiwillig zu euch kommen? Na gut, warte!« Mary verschwand, ging am Zaun entlang und kam im hintersten Teil von Bordens Garten zu mir hinüber. Jede von uns ergriff ein Ende und schwang den Teppich empor. Doch wir mussten es noch einmal probieren, weil wir die Leine beim ersten Mal verpassten. Krümel, Dreck und Essensreste prasselten uns auf Stirn und Augen.

»Viel Spaß damit.« Mary reichte mir den Teppichklopfer, und ich holte aus. Es hörte sich an, als würde ich auf eine alte Kuh einschlagen. Mein Mund war voller Staub, das ganze Leben der Bordens. Ich spuckte ihn aus.

»Also, das war nicht gerade damenhaft.« Mary drohte mir mit dem Zeigefinger.

»Gut. Ich habe es auch lange genug geübt.« Erneut versetzte ich dem Teppich einen Schlag. Die Sonne brannte mir auf Rücken und Hals. Noch ein Schlag. Dann sagte Mary plötzlich ernst: »Bridget, ich habe Mrs Borden im Garten gesehen.«

Ich hörte auf zu klopfen und spuckte auf den Boden. »Was sagst du?«

»Jeden Morgen kommt sie hier raus, manchmal ist es nicht mal hell.«

»Was macht sie? Hat sie dich gesehen?«

»Glaub ich nicht. Heut Morgen hab ich sie auch wieder beobachtet. Sie boxt sich in den Bauch«, sagte Mary leise. Irgendwo in der Ferne hörte ich, wie sich eine Tür öffnete, dann wieder schloss.

Mrs Borden hatte das schon einmal getan. Ich hatte gehört, wie Lizzie Emma Mrs Bordens Tagebuch vorgelesen hatte. Die beiden hatten sich krummgelacht. Mrs Borden hatte geschrieben, dass sie wieder eine Periode hatte, nachdem sie seit Jahren nicht mehr geblutet hatte. Sie sagte, es fühlte sich an, als wären ihre Eingeweide verletzt, als könnten sie aus ihr herausfallen. »Hör dir das an!«, hatte Lizzie mit ihrer besten Mopsstimme gesagt. »Ich wache schweißgebadet auf. Andrew rührt mich nicht an.« Emma und Lizzie lachten. Mir tat Mrs Borden leid.

Endlos hatte sie sich über ihre grauenhaften Gedanken und Gefühle ausgelassen und wie sie Mr Borden manchmal den Tod wünschte. Je öfter sie solche Gedanken hatte, umso mehr blutete sie, als würde sie bestraft. So hatte sie angefangen, sich in den Bauch zu boxen, und versucht, die schrecklichen Gedanken zu stoppen. Die Mädchen hatten nur gelacht.

Und jetzt war Mrs Borden erneut gewalttätig gegen sich selbst. Ich wusste schon, wie es weitergehen würde. Wie sie nachts mit Blut zwischen den Beinen aufwachte und Schmerzen im Innern fühlte. Dann stand sie leise auf, hielt ihr Nachthemd wie eine Bandage zusammen und humpelte die Hintertreppe hinunter in den Keller, um sich zu waschen. Nie überließ sie das Nachthemd oder die Laken anschließend mir. Anders als Lizzie, anders als Emma. Mrs Borden wollte nicht, dass ich davon wusste.

»Was glaubst du, warum sie das macht?«, fragte Mary.

»Weiß nicht.« Ein Pferdewagen rollte vorbei, Hufe klapperten über das Steinpflaster, das Zaumzeug klirrte. »Vielleicht ist es ganz gut, dass ich weggehe.«

»Ach, ja? Letztes Mal hast du das auch gesagt, und dann hattest du nichts zum Weggehn.«

»Ich hab mein ganzes Geld gespart. Ich sag es Mrs Borden bald.«

»Sie lässt dich nicht.«

»Ist mir egal. All diese Albernheiten. Irgendwas muss passieren. Es macht mich ganz wirr im Kopf.«

»Sie wird dich niemals gehen lassen.«

»Ihr wird gar nichts anderes übrig bleiben.« Eine Taube gurrte in der Scheune. »Aber jetzt muss ich weitermachen und mir mein Geld verdienen.«

Mary legte mir die Hand auf die Schulter und massierte sie leicht. »Gott passt auf dich auf, Bridget.«

Ich klopfte weiter den Teppich aus und schluckte Unmengen von Staub.

Als ich wieder ins Haus kam, saß Mrs Borden mit versteinertem Gesicht im Wohnzimmer. »Du hast ganz schön lange gebraucht, um den Teppich auszuklopfen.«

»Mrs Borden?«

»Es warten noch eine Menge Aufgaben auf dich.«

Ich verstand nicht, worauf sie hinauswollte, deshalb ging ich in den Keller, um mein Putzzeug zu holen. Sie ließ mich die Fotos Staub wischen, die Regale Staub wischen, die Rahmen Staub wischen, das Klavier, die Porzellanfiguren. Und die ganze Zeit saß sie auf dem Sofa, auf Mr Bordens Platz, mit den Händen auf den Schenkeln, als wäre sie die Herrin eines Anwesens, die Befehle erteilte. Mrs Borden verhärtete sich. Tja, das war nicht schwer, wenn nur sie und ich im Haus waren. Wahrscheinlich hatte Lizzie sie geärgert.

»Ich habe dich gehört, wie du da draußen mit der Kleinen von den Kellys geschwatzt hast.« Sie spuckte es mir förmlich ins Gesicht.

Ich spürte, wie ich rot wurde, als würde ich aufflammen und vergehen. Was genau hatte sie mich sagen hören? Sie hievte sich vom Sofa hoch und stützte sich dabei auf einen Beistelltisch. Dann war sie plötzlich neben mir. Ihr Atem streifte den meinen.

»Ich mache dich also wirr im Kopf, wie? Was würden deine liebe alte Nanna und Mammy von dir denken, hm? Du machst es dir anscheinend zur Gewohnheit, Leute im Stich zu lassen, was?« Mrs Borden leckte sich über die Lippen. In diesem Augenblick hasste ich sie, hasste, was sie über die arme Nanna gesagt hatte, als hätte sie ihre liebevolle Seele gekannt. Hasste mich selbst dafür, ihr je etwas über mein Zuhause erzählt zu haben. Ihr Atem streifte meinen Atem, ein stinkendes Stück Schweinefleisch steckte noch zwischen ihren Zähnen. Ich wich zurück. Mrs Borden packte mich am Handgelenk und kniff mir ins Fleisch.

»Bitte, Mrs Borden. Sie tun mir weh.«

Sie verstärkte den Druck ihrer Hände. Ihre Haut war wie Pergament.

»Warum hast du ihr gesagt, dass du weggehen willst?« Ihre Augen füllten sich mit Tränen. Jetzt wusste sie es also.

»Ich hätte es Ihnen auch gesagt.«

Als ihr Gesicht noch näher auf mich zukam, spürte ich, wie mein warmer Atem von ihrer Haut abprallte. »Es wird Zeit, dass ich mich wieder auf den Weg mache, Marm.«

»Wem hast du noch davon erzählt?«

»Nur Mary.«

»Du hast mich vor aller Welt blamiert.«

»Das wollte ich nicht.«

Sie kam noch näher, so nahe, dass sich fast unsere Nasen berührt hätten. Altersflecken, bläuliche Ringe unter den Augen, rote Äderchen auf den Wangen. »Ich habe dir den Lohn erhöht und dir noch mehr bezahlt. Hasst du mich so sehr? Bin ich so widerwärtig?«

»Nein, Marm. Es liegt an diesem Haus.« Ich erkannte meine eigene Stimme nicht wieder.«

Da schlug mich Mrs Borden mit voller Kraft ins Gesicht. Es klang wie ein Hackmesser, mein Kopf flog zur Seite, der Körper folgte, und das Echo hallte im Zimmer nach wie in einer Hexenhöhle. Ich schmeckte Blut.

»Wag es nicht, einfach so zu verschwinden«, kreischte sie, heulte sie.

Draußen hörte man einen Pferdekarren, das Bimmeln eines Eiswagens, einen Mann und eine Frau, deren Schuhe auf dem blauen Naturstein ausglitten, als sie versuchte, mit ihm Schritt zu halten. All das konnte ich von hier drinnen aus hören und fragte mich, ob sie Mrs Borden da draußen auch hören konnten. Ich hob die Hand. Am liebsten hätte ich zurückgeschlagen.

Mrs Borden kratzte sich die Schläfen, kratzte mit aller Macht. Ich steckte die Hand unter den Arm. »Geh nach oben, und erledige deine Arbeit«, sagte sie dann. Ihre Stimme klang jetzt wie ein ruhiger Bach.

»Lassen Sie mich was erklären, Marm...«

»Geh.«

Ich griff nach meinen Putzlappen, meinem Eimer. Mrs Borden sah mir zu. Ich ging an ihr vorbei, zum vorderen Teil des Hauses, und meine Haut streifte die ihre, ein sprödes Geräusch, wie Laken beim Trocknen auf der Leine. Als ich die Treppe erreichte, sagte Mrs Borden: »Wenn du fertig bist, kannst du mir das hier erklären.« Sie verstummte, und dann hörte ich etwas rasseln. Ich erstarrte. Es war meine Gelddose in Mrs Bordens Hand, all die Stunden und Jahre, die ich hier verbracht hatte. Rassel, rassel.

In Lizzies Zimmer hörte ich gar nicht mehr auf mit dem Staubwischen. Ich hasste Mrs Borden. Ich hätte vor Wut toben können, aber ich hielt mich zurück und dachte, es wäre besser, auf Nummer sicher zu gehen und mir mein Geld wiederzubeschaffen. Ich entstaubte Lizzies Plunder, albernes Zeug, das sie nie anrührte. Wenn ich nur halb so viel hätte wie sie. Ich wischte den Staub vom Bücherregal und ließ meinen Tränen freien Lauf, meiner Sehnsucht nach Mammy und Daddy, wollte hören, wie sie mich zurechtwiesen: »Wir haben dir gleich gesagt, dass Amerika kein Ort für ein junges Ding wie dich ist«, wünschte, dass irgendwas, irgendwer dieses Haus betrat und dem Ganzen ein Ende machte, damit ich zur Tür hinausgehen konnte, um nie wieder zurückzukehren. Meine Staubtücher fuhren über Buchrücken, über *Ein Yankee am Hofe des König Artus* und *Die Woodlanders*. Wann hatte sie die zum letzten Mal gelesen? Sie flogen über *Frankenstein*, über *Wuthering Heights*, über *Das Schloss von Otranto*, und ich musste an zu Hause denken, an die Zeiten, als wir neben dem bullernden Ofen um den Tisch gesessen und uns Geschichten erzählt hatten, Stunden voller Geister, Stunden, erfüllt von Geschichten über kalte Hände, die aus dem Dunkeln kamen und über unsere Gesichter krochen, Geschichten über ertrunkene Einwanderer, die auf den Grund des Meeres sanken, bevor sie zum Ufer zurückschwammen, zurück zu ihren Familien.

Daddy und Granddaddy schenkten selbst gebrannten Whiskey aus und warteten auf Komplimente für ihren guten Tropfen.

»Brennt einem ja fast ein Loch in die Kehle«, erklärte Mammys Bruder Frank, trank dann aber ein Glas nach dem anderen, so lange, bis es nicht mehr brannte.

Ich wischte den Staub von den Buchrücken, von den Regalen, von Lizzies Kopfende am Bett und ihrer Frisierkommode. Lizzie hielt sich für etwas Besonderes; ihre kleine Sammlung von mit Blumen bemalten Vasen, ihre Fläschchen mit Jasmin- und Zibetparfüm rochen wie ungewaschene Körper. Ich bemerkte, dass ihr Schmuckkasten nicht verschlossen war. Das hätte ich mir lieber erspart. Sie bewahrte ihre Kruzifixe darin auf, aus Holz und aus Silber, in unterschiedlichen Größen je nach Ausmaß ihrer Liebe zum Herrn. Außerdem einen Saphirring; der große Stein war von winzigen goldenen Klauen eingefasst. Ein Tiger mit seinem Opfer. Ich hatte ihn noch nie an ihrer Hand gesehen. Er musste neu sein. Ich hob ihn ans Licht, um ihn zu betrachten. Unter dem Stein befand sich ein kleines Preisetikett. Vierzig Dollar. Ein Ring, den Mr Borden ihr nie erlaubt hätte. Ich legte ihn zurück in den Schmuckkasten und schloss den Deckel. Lizzie war mal wieder unartig gewesen. Wie in dem Jahr, als sie Mr Borden erklärt hatte: »Ach, Vater! Jemand ist ins Haus eingebrochen und hat deine Sachen gestohlen.«

»Woher weißt du das?«

»Ich habe es gehört. Ich glaube, ich habe ihn verscheucht, bevor er Gelegenheit hatte, noch mehr zu stehlen.«

Wir waren im Wohnzimmer gewesen, und Mr Borden hatte mich gefragt, was ich dazu zu sagen hätte oder ob womöglich ich die Tat selbst begangen hätte. »Ich habe nichts gesehen, Sir. Ich war unten im Keller beim Wäschewaschen.« Emma hatte auch nichts mitbekommen.

Er bewegte den Finger zwischen Emma und mir hin und her, als suchte er sich eine Mannschaft zusammen. »Wie kann es sein, dass nur Lizzie den Einbrecher gehört hat? Kriegt ihr denn gar nichts mit von der Welt?«

»Vater, das Haus war verschlossen. Ich habe nicht für möglich gehalten, dass irgendetwas nicht stimmte«, sagte Emma schließlich atemlos, ahnungslos.

Mr Borden befahl uns dreien, mit ihm durchs Haus zu gehen, wie ungezogene Kinder. Er zeigte auf das Fenster und forderte mich auf, daran zu rütteln, um zu sehen, ob es richtig schloss. Keines ließ sich öffnen.

»Vater«, sagte Lizzie schließlich, »hältst du das wirklich für notwendig?«

Mr Borden antwortete nicht.

Nach einer Stunde Hausdurchsuchung endeten wir im Schlafzimmer von Mr und Mrs Borden. Wir standen am Fenster, während Mr Borden die Schubladen durchsuchte. Emma kratzte sich am Ellbogen. Lizzie beobachtete ihren Vater.

»Er hat die Straßenbahnfahrscheine mitgenommen.« Lizzie trat auf ihn zu und legte ihm die Hand auf den Arm. Als Emma tief Luft holte, stiegen aus ihrer Kehle Geräusche wie von einem Akkordeon. Die Luft im Zimmer wurde immer dicker.

Mr Borden zog den Arm zurück. »Ist doch seltsam, dass jemand ausgerechnet so etwas stiehlt.«

»Vielleicht dachte er, man könnte sie irgendwie zu Geld machen.« Lizzie zuckte mit den Achseln.

Mr Borden musterte seine Tochter. Sie sahen sich an. Lizzies Gesicht war erhitzt und rosig, sie hatte die Augen weit aufgerissen. Er ballte die Hand zu einer Faust und löste sie dann wieder.

»Vater«, sagte Emma mit lauter Stimme. Er wandte sich zu ihr um. »Lizzie braucht Ruhe. Es muss beängstigend gewesen sein, den Einbrecher zu hören und nicht um Hilfe rufen zu können. Hören wir auf mit der Sucherei.«

Mr Borden warf einen langen Blick auf die offenen Schubladen ringsum. »Sieht so aus, als wären auch ein paar Münzen und eine Halskette verschwunden.«

»Wenn mir noch irgendwas anderes einfällt, das ich vielleicht gehört haben könnte, sage ich es dir, Vater, und du kannst es dann der Polizei erzählen.« Plötzlich war Lizzie zuckersüß.

Emma streckte die Hand nach Lizzie aus, und Lizzie ergriff sie. Dann verließen die beiden Schwestern das Schlafzimmer und polterten laut die Hintertreppe wieder hinunter, wie kleine Kinder. Ich wandte mich zum Gehen.

»Moment«, sagte Mr Borden. Er stand neben seinem Bett und schaukelte auf den Fußballen vor und zurück. Dann blieb er wieder stehen. »Hast du jemals jemandem den Schlüssel gegeben?« Seine Stimme klang erstickt.

»Nein, Sir. Ich habe ihn immer bei mir.«

Mr Borden grunzte. »Du kannst jetzt gehen.«

Ich nickte und ging.

Ein paar Tage später erledigte ich im Keller die Wäsche, als ich einen Straßenbahnfahrschein entdeckte, der in einer Tasche von Lizzies Rock steckte. Ich schaute auch in die andere Tasche. Noch ein Fahrschein. Lizzie musste noch viel lernen, wenn es um das Verbergen von

Geheimnissen ging. Ich zerriss die Scheine, knüllte sie in der Wanne mit heißem Wasser zusammen und sah zu, wie sie sich grau verfärbten.

4 BENJAMIN
3. August 1892

Ich lernte John in Fairhaven kennen, nach einer blutigen nächtlichen Schlägerei, in der ich meinen letzten Dollar verloren und mir das Bein an einem Stück Stacheldraht aufgerissen hatte. Ich begegnete ihm so wie den meisten Leuten – zufällig, unbeabsichtigt, wir liefen uns einfach über den Weg. Es dämmerte schon, und ich war völlig durchnässt. Ich stand in einer Gasse und urinierte an die Wand, als ein älterer, baumlanger Kerl rasch in die Gasse einbog und dann auf mich zuwankte, bevor er einen Schwall von Flüssigkeit auf meine Stiefel kotzte. Dann riss er sich zusammen und stieß ein höfliches Lachen aus. »Das kam unerwartet.«

»Kann man wohl sagen.«

Er wischte sich über den Mund, musterte mich von oben bis unten und sagte: »Ich pisse auch gelegentlich mal draußen. Es ist irgendwie befreiend, finden Sie nicht?«

Es gefiel mir nicht, dass er mich unterbrochen hatte. »Ich tue nur, was ich tun muss.«

Er nickte und sagte dann: »Gefällt mir, wenn man nicht allzu viel über die Dinge nachdenkt. Es hat was für sich.«

Das hätte auch mein Papa sagen können. »Klingt fast, als hielten Sie mich für blöd, alter Freund.«

Er schwenkte die Hand. »Ganz im Gegenteil.« Sein Blick wanderte zu dem Kopfsteinpflaster, dann verzog er das Gesicht und meinte: »Entschuldigen Sie das Missgeschick mit Ihren Stiefeln. Ich fürchte, ich habe Milch getrunken, die schon zu sauer war.« Die Art, wie er sich über den dunklen Anzug strich, erinnerte mich an einen Bankier.

»Hat Ihre Mama Ihnen denn nicht beigebracht, erst dran zu riechen, bevor Sie sie trinken?« Ich wollte gerade meine Hose wieder hochziehen, als ich eine dröhnende Stimme hinter uns hörte: »He, Sie da! Hören Sie sofort damit auf!«

Ich drehte mich rasch um und sah einen pickligen, leicht gebeugten Polizisten am Eingang der Gasse. Ich achtete nicht auf ihn.

Der Polizist kam näher, seine Stiefel schrammten über das Pflaster. Ich biss die Zähne zusammen und spürte, dass einer lose war. Gerade als ich die Hose wieder zuknöpfte, baute sich der Polizist vor mir auf wie ein Schulmeister und sagte: »Dreckskerl!«

Ich sah ihn an. »Tss-tss. Mit Beleidigungen kommt man nicht weit.«

Der Polizist stieß mir seinen Finger in die Brust. »Ich rede, wie es mir passt.« Dann warf er einen Blick auf den älteren Mann und zog die Brauen hoch. »Spielt ihr beiden hier etwa Vater und Sohn?« Der Polizist gluckste in sich hinein und deutete auf den Schritt des Mannes. »Haben Sie ihm Ihren Schwanz gezeigt?« Der Mann wurde rot.

Dieser Polizist legte es offenbar drauf an, andere zu schikanieren. Sein Ton gefiel mir nicht.

»Sie verstehen nicht«, sagte der Ältere. »Es ist ganz anders, als Sie glauben.«

»Urinieren in der Öffentlichkeit verstößt gegen das Gesetz, wussten Sie das? Wie heißen Sie?«

»John.«

»Sie sehen mir nicht so aus, als gehörten Sie zu der Drecksbande, John. Anders als der hier.« Der Polizist kam näher und beschnüffelte uns wie ein Hund.

»Fassen Sie mich ja nicht an«, sagte ich. Mit leiser Stimme.

»Sie haben hier gar nichts zu melden. Die Regeln mache ich.« Damit zog der Polizist einen Gummiknüppel aus dem Gürtel und schlug ihn erst gegen die Backsteinmauer, dann gegen Johns Bein. Das knickte ein wie Reisig.

»Rühren Sie mich nicht an«, warnte ich ihn.

Der Polizist trat noch dichter an mich heran. »Dreckiger Hund!«

Jetzt reichte es mir. Ich verpasste ihm einen Schlag mit meiner eisernen Faust, und sein Kopf ruckte zur Seite. Doch das war nur der Anfang. Ich ballte die Fäuste und schlug zu, bis ich etwas bersten hörte und ein Schwall von Blut aus seinem Mund strömte. Er krümmte sich und verlor seinen Gummiknüppel. John schnappte sich ihn, schlug ihn gegen seine Hand, und einen Augenblick lang dachte ich, dass er ihn gegen mich einsetzen wollte.

»Das würde ich lieber nicht tun«, sagte ich.

»Ich auch nicht.« Er reichte mir den Knüppel. Der Polizist hockte auf allen vieren zwischen uns, eine Tischplatte aus blauer Baumwolle und Wolle. Ich holte aus und ließ den Knüppel auf ihn niedersausen. Der Polizist schrie auf. Ich hievte ihn hoch, sodass sein Blut meine Hände beschmierte, und sagte: »Dafür, dass Sie einen älteren Mann geschlagen haben.«

Der Polizist sackte zurück und spuckte einen Zahn aus. Er würde so schnell nicht wieder aufstehen. Dann sagte John zu mir: »Das kam etwas unerwartet.«

Ich sah ihn an, entdeckte den Anflug eines Grinsens und eine kleine Lücke zwischen den Vorderzähnen. Er streckte die Hand aus, und ich schüttelte sie. Seine Haut fühlte sich weich an, wie es bei älteren Leuten normal ist, die nie mit den Händen gearbeitet haben. Mein Daumen und mein Handgelenk waren voller Blut und nach dem Händedruck auch seine Hand. Er nahm ein weißes Baumwolltaschentuch aus der Brusttasche und wischte es ab.

»Benjamin«, stellte ich mich vor.

»Freut mich sehr, Sie kennenzulernen, Benjamin. Wer weiß, was passiert wäre, wenn Sie nicht da gewesen wären.« John beäugte mich und deutete dann auf meinen blutenden Schenkel. »Sie scheinen einiges hinter sich zu haben.«

Ich betrachtete mein kaputtes Hosenbein und die offene Wunde darunter. »Nichts, womit ich nicht fertigwerden könnte.«

»Das glaube ich Ihnen sofort. Aber Sie werden sich darum kümmern müssen.«

»Das hat Zeit.«

John wischte sich noch einmal die Hand ab und inspizierte seine Fingernägel. Sein Magen gurgelte, dann rülpste er. »Verzeihung«, sagte er und rieb sich den Bauch. »Scheint, als wäre das Thema immer noch nicht ganz erledigt.«

Mein Bein schmerzte, in Erinnerung an den stechenden Schmerz, als ich über den Stacheldrahtzaun sprang, und den blutigen Zahn eines Mannes, den mir jemand in die Hand gedrückt hatte, nachdem ich ihn verprügelt hatte. Wahrscheinlich war ich zusammengezuckt, denn John fragte: »Wollen Sie sich etwas ausruhen?«

»Das wird schon wieder.«

»Wir könnten irgendwohin gehen und uns eine Weile hinsetzen. Was trinken. Ich habe das Gefühl, dass ich Ihnen etwas schuldig bin, nachdem Sie sich so für mich eingesetzt haben.« John, überfreundlich, mehr als beharrlich.

Ich warf einen Blick auf den Polizisten, der noch nicht wieder zu Bewusstsein gekommen war. Würde John mich verpfeifen, wenn ich nicht mit ihm ging? Manche Leute haben Angst, andere verbreiten Angst. Ich wusste, zu welcher Seite ich gehörte. Bei John war ich mir nicht so sicher. »Na gut«, nickte ich. »Machen wir Pause.«

John lächelte. »Ich kenne ein ruhiges Plätzchen, aber wir müssen laufen. Schaffen Sie das?«

»Ich habe schon Schlimmeres erlebt.«

Wir verließen die Gasse, gingen tiefer nach Fairhaven hinein, am Gerüst um das Rathaus vorbei, dem nur noch das Dach fehlte, an allen vornehmen Gebäuden vorbei, bis wir vor einer stillen, schmutzigen Häuserfassade an einer Straßenecke standen. »Hier wird uns keiner belästigen«, sagte John. Ich nickte.

Wir gingen hinein, nahmen die Ausdünstung von Dirt-Bourbon wahr und sahen dort Männer. Männer, die sich an halb leeren Gläsern festhielten oder an ihren Eiern, Männer, die ihre letzte Chance beim Glücksspiel probierten. Männer wie mein Papa. Sie schenkten uns keine Beachtung. Wir setzten uns an die Bar. Ich konnte John riechen und erkannte an seinem Geruch, dass er nicht an Orten wie diesem zu Hause war. Ich sog seinen Geruch auf – sauber, abgesehen von einem Hauch von Schweiß.

Der Barmann schlurfte eilig zu uns herüber. »Was darf's denn sein?«

Ich kramte in meiner Tasche, sie war leer. Ich warf einen Blick auf John, der ein Bündel Scheine aus seiner Tasche zog. »Zwei Whiskeys zum Aufwärmen.«

Der Barmann schenkte die Gläser voll, brachte sie uns und verschwand wieder.

Wir nippten daran, meine Kehle war warm von der Flüssigkeit, und ich nickte. John lächelte. »Was hatten Sie eigentlich heute Morgen vor, Benjamin?«

»Dies und das.«

»Ein Mann mit Geheimnissen. Ich respektiere das.«

»Und Sie?«

»Ich habe mich die ganze Nacht übergeben, deshalb dachte ich, ein bisschen frische Luft könnte nicht schaden, doch leider...«

»Leider, das können Sie ruhig laut sagen.«

»Außerdem bin ich ohnehin ein Frühaufsteher. Der frühe Vogel frisst den Wurm.« John zwinkerte mir zu, schlürfte seinen Whiskey und machte beim Schlucken ein gurgelndes Geräusch. Seltsamer Mensch.

In der Bar ging es lautstark zu. Die Männer forderten sich gegenseitig heraus und gaben den Kampf dann schnell wieder auf. Nach einer Weile fragte John, woher ich käme.

»Das ist eine lange Geschichte.«

»Aber Sie sind nicht von hier?«

»Nein.« Es passte mir eigentlich nicht, auf diese Art freundlich mit ihm zu sein, aber wir hatten uns unter außergewöhnlichen Umständen getroffen. »Sie?«

»Nein, ich auch nicht. Ich bin auf der Durchreise nach Fall River.«

»Was gibt es dort?«

John rieb sich die Nase. »Familie. Oder so was Ähnliches.«

»So was Ähnliches?«

»Die Töchter meiner Schwester leben dort.«

»Und Ihre Schwester nicht?«

Er strich sich mit beiden Handflächen über das Haar. »Sie ist schon länger tot.«

»Ich habe auch Schwestern.« Das sagte ich, als würden wir allmählich Kumpel.

»Verstehen Sie sich gut mit ihnen?«

»Früher ja. Ich habe sie schon eine Weile nicht gesehen.«

Das brachte ihn zum Lächeln. »Sie halten also gern Abstand zu anderen.«

»Manchmal.«

John sah mich an, als kalkulierte er etwas. »Was wollen Sie von mir?«, fragte ich schließlich.

Erneut strich er sich mit den Handflächen übers Haar. »Ich versuche nur, den Mann, der mir geholfen hat, genauer einzuschätzen.«

»Ich durchschaue bestimmte Situationen und bringe sie in Ordnung«, sagte ich. Das war nur die halbe Wahrheit. Aber das wusste er nicht.

John grinste. »Glaube ich Ihnen sofort.«

Wir starrten uns an. John knabberte an seinen Fingernägeln, als dächte er nach, und nach einer Weile sagte er: »Ich hoffe, es ändert nichts an unserer gerade erst beginnenden Bekanntschaft, aber ich frage mich, ob Sie mir vielleicht noch einmal aus der Patsche helfen könnten.« Seine Stimme bebte ein wenig.

»Inwiefern?«

»Ich brauche jemanden, der ein Problem aus der Welt schaffen kann.«

»Welcher Art?«

»Familiärer.«

Ich nickte. »Damit kenne ich mich aus.«

Er lächelte. »Das Gefühl hatte ich auch.« John musterte mich erneut, sah an meinem Bein herab. »Jemand sollte sich das ansehen.«

Blut verkrustete auf der Oberfläche meiner Hose, und das Bein verströmte alle möglichen Gerüche. »Ich hatte schon schlimmere Verletzungen.«

»Trotzdem werden Sie nicht wollen, dass Ihnen eine solche Wunde den Garaus macht.«

»Stimmt.«

Die Männer in der Bar tranken weiter, spielten weiter, blieben wach. Draußen ging die Sonne auf und warf lange Schatten in die Bar. Ich dachte an den Polizisten, ob man ihn gefunden hatte, ob er jemanden auf mich angesetzt hatte. Stillsitzen war gefährlich. »Das Problem, von dem Sie sprachen – befindet es sich in Fall River?«

»Ja.«

»Und Sie möchten es möglichst schnell lösen?«

»Je früher, umso besser.«

»Was genau muss ich tun?«

»Darüber zerbreche ich mir gerade den Kopf. Ich will nicht, dass es außer Kontrolle gerät.«

»Ich habe mich ziemlich gut unter Kontrolle.«

John nickte. »Ja, das haben Sie, aber können Sie auch schnell verschwinden? Oder Geheimnisse für sich behalten?«

Plötzlich spürte ich das erregende Gefühl von Gefahr, das durch meinen Körper raste. Solche Aufträge hatte ich schon öfter bekommen. Goldene Zeiten standen bevor. »Darin bin ich besonders gut.«

John nickte und nickte, als wäre sein Kopf auf der Suche nach einem Wendepunkt. »Gut. Wir sind nämlich sehr verschlossene Menschen. Wir brauchen einfach nur Hilfe. Eine Art Vermittler, jemanden, der uns nicht kennt und niemanden bevorzugt.« Er lächelte durch seine Zahnlücke.

»Wer genau braucht diese Hilfe?«

»Meine wundervollen Nichten.« Er machte eine Pause. »Bedauerlicherweise haben sie Probleme mit ihrem Vater. Er ist ein Dickkopf und kann keine Kritik vertragen.«

Mit Vätern kannte ich mich aus. Der Ursprung ist

wichtig. Es gab eine Zeit, in der ich einen solchen Auftrag nicht hätte übernehmen können.

John studierte seine Fingernägel und fuhr dann mit einem nach dem anderen über seine Zähne.

»Möchten Sie, dass ich mit ihm rede?«

»Ich möchte, dass Sie energisch mit ihm sind. Er muss endlich zur Vernunft kommen.«

»Welche Botschaft soll ich ihm überbringen?« Ich dachte an verschiedene Möglichkeiten, die ich hatte. Das würde ein Spaß.

»Er soll erfahren, dass ich sehr genau darauf achte, wie er seine Töchter in letzter Zeit behandelt hat.« Wieder hielt er inne und dachte nach. »Und ich möchte, dass er sich noch einmal gut überlegt, wofür er sein Geld ausgibt.«

Reiche Leute. Das interessierte mich. »Verstehe. Wie weit kann ich gehen?«

»Die Mädchen sollen wissen, dass ich mich um sie kümmere, so wie ich es ihrer Mutter versprochen habe.«

Früher war ich wie Butter – kaum wurde es irgendwo zu heiß, war ich weg. Meine Schulzeit war voller Prügeleien, Schrammen und Hänseleien über den Geruch nach Hühnerstall gewesen, der von mir ausging. Mein Papa war ein großer, ungeschlachter Kerl. Er hatte seine eigene Art, Kinder zu erziehen. Manchmal wachte ich nachts in Schweiß gebadet auf und sah, dass er sich über mich beugte.

»Du gehst heute nicht zur Schule.«

»Warum nicht?«

»Weil ich dir beibringen will, was ein echter Mann ist.«

Da wir echte Männer waren, zogen wir mit der Knarre in der Hand los und schlichen uns durch die Bäume. Jedes Mal, wenn mein Papa mir eine Kopfnuss verpasste, weil ich das Ziel verfehlt hatte, musste ich gegen eine Gänsehaut ankämpfen.

Zu Hause war Mama diejenige, die sich um den Haushalt kümmerte. Stundenlang erledigte sie alle möglichen häuslichen Pflichten, nur um sich vom Nachdenken abzulenken: »Wenn ich aufhöre, werde ich gehen, und ich bin mir nicht sicher, ob ich die Kinder mitnehmen würde.« Doch sie blieb und überschüttete uns mit Liebe.

Meine Schwestern und ich beobachteten, wie Papa Mama küsste, immer irgendwie bedrohlich, als legte er es auf Gewalt an. »Ich will dich lieben, du weißt schon, wie«, sagte Papa.

»Nein, nicht jetzt. Die Kinder.«

»Wozu taugst du eigentlich?«, sagte Papa und versetzte ihr eine Ohrfeige. »Du bist sowieso viel zu hässlich.«

Ich wollte, dass er sie in Ruhe ließ, brachte aber nie den Mut auf, mich gegen ihn zu stellen. Was stimmte nicht mit mir? Wie war es möglich, dass ich einem Tier die Klinge an die Kehle halten und ihm in die Augen sehen konnte, aber zu feige war, Papa von ihr fortzuzerren?

Eines Abends kam er nach Hause und sagte: »Diese Familie geht vor die Hunde.« Dann spuckte er auf den Boden, bevor er sich an den Tisch setzte. Wir sahen zu, wie er die kalte Hammelsuppe schlürfte, die sie am Nachmittag liebevoll für ihn gekocht hatte.

»Was ist denn los mit dir?« Mama war wie eine Maus. Sie rückte näher an ihn heran.

»Halt die Fresse, du Schlampe.« Damit schlug er sie ins Gesicht.

Ich räusperte mich und versuchte, der Mann zu sein, den Papa sich wünschte. »Lass sie in Ruhe.«

Er stand auf und kam langsam auf mich zu, Zentimeter für Zentimeter, bis seine Nase die meine berührte. Zum ersten Mal fielen mir die borstigen Haare auf, die auf beiden Seiten der Nase wuchsen, wie bei einem wilden Eber. »Willst du dich etwa mit mir anlegen?«

»Gott wird dich bestrafen. Das ist unsere Mama«, sagte ich. Innerlich war ich vollkommen verkrampft, mein Herz schlug wie rasend. Ich hatte Angst, mich übergeben zu müssen.

Papa stieß mir den Zeigefinger in den Hals. »Du irrst. Mich kann keiner bestrafen.«

Der Zeigefinger drückte stärker zu, und ich spürte, wie Papas Gewicht mir den Atem raubte.

Er packte seine Sachen und setzte den Hut auf. Dann fasste er mich an den Schultern und sagte: »Jetzt bist du dran.« Meine Schwestern warteten darauf, dass er sagte, dass er uns liebte und eines Tages wieder zu uns zurückkommen würde. Ich versuchte, meine Hoffnungen nicht allzu hochzuschrauben – ich war voller Liebe und Hass. Doch Papa ging einfach nur weg, und das war's.

An diesem Abend lag Mama auf den Knien und bekreuzigte sich. Ich geisterte durchs Haus und empfand einen Schmerz, der so groß war, dass ich das Gefühl hatte, daran zu zerbrechen. Er musste nach Hause zurückkommen. Ich spielte mit dem Gedanken, ihm zu folgen, überlegte, ob ich eine Waffe mitnehmen sollte. Ich wusste nicht genau, ob ich dazu fähig war. Stattdessen ging ich zum Mackenzie River, setzte mich ans Ufer und dachte an die Zeit zurück, als Papa mich die Angelrute hatte festhalten lassen. Leichtes Holz gegen die Strömung. »Ist das richtig so, Papa?«

»Yes, Sir, mein Sohn. Yes, Sir.« Er klopfte mir sogar auf die Schulter.

So was Nettes hatte Papa nur einmal gesagt.

Ich musste mich abkühlen, deshalb watete ich ins Wasser, bis es in meine Schuhe drang. Ich sah zum Mond auf. »Warum muss er uns das antun?«, fragte ich und flennte. Einmal hatte ich ein Reh getötet und geschluchzt und nicht aufhören können, zu zittern, und Papa hatte gesagt: »Das erste Mal ist immer am schlimmsten, aber dann wird es leichter. Glaub mir.« Zuschlagen, kämpfen, bluten, schreien, würgen. Es gab vieles, das angeblich leichter wurde.

Einmal hatte Mama zu mir gesagt: »Wenn du Gott darum bittest, das Richtige zu tun, antwortet er, dass die Entscheidung immer bei dir liegt. Du musst nur darauf vertrauen.«

Ich blickte auf, dahin, wo Gott vielleicht war, und sagte: »Herr, ich möchte die Dinge besser machen. Was ist das Richtige?«

Ich wartete auf eine Antwort. Ich dachte an Papa, all die Verletzungen, die er anderen zugefügt hatte, dachte daran, was er an meiner Stelle tun würde, dachte an ihn bei uns zu Hause und was es bedeuten könnte. Ich stellte mir vor, einen Stein über Papas Gesicht zu halten, zersplitterte Zähne zwischen den Lippen, Blut auf Wangen und Kinn. Von einem sehr dunklen Abgrund aus sagte ich mir: »Es ist richtig, andere zu beschützen, und es ist richtig, Verantwortung für Probleme zu übernehmen.« Im Geiste zerschmetterte ich mit dem Stein Papas Gesicht und fühlte mich anschließend erheblich besser. Ich hörte nicht, dass Gott zu mir sagte, es sei falsch, was ich gedacht hatte, und deshalb zwang ich mich dazu, Papas Sohn zu sein. Ich würde ihn büßen lassen, ihn nach Hause zurückholen, und alles wäre wieder gut. Dann watete ich aus dem Fluss, und das Wasser strömte aus meinen Kleidern. Eine Taufe.

Mehrere Wochen später stand eines Tages mein Onkel auf der Treppe zur Vorderveranda. Er hatte den Hut schräg über die Augen gezogen und erzählte uns hinterhältig: »Ich habe ihn gesehen. Euer Papa wohnt drüben in Rising Sun. Ich habe ihn auf einer Hochzeit getroffen.«

Meine Schwestern atmen schnell und flach und heulten gleich los. Sie hielten sich an den Händen und verschränkten die Finger ineinander, während sie unseren Onkel als Lügner beschimpften. In mir weckte es nur den Wunsch, sie zu umarmen, ihnen zu sagen, dass alles wieder gut würde und ich mich darum kümmerte.

»War er einer der Gäste?«

»Es war seine eigene Hochzeit. Ich sah, dass seine Braut ein Baby auf dem Arm hatte. Es war ihm wie aus dem Gesicht geschnitten. Fast so wie du.«

»Weißt du, wo er wohnt?«

»Versuch bloß nicht, ihn zu finden, Benjamin«, sagte Mama. »Du bleibst hier bei mir.«

Mein Onkel strich sich mit den Fingern durch den Bart. »Und ob ich das weiß. Ich bin ihm bis nach Hause gefolgt. Ungefähr eine Viertelmeile vor der Baptistenkirche gehst du...«

Ich spuckte auf den Boden. Meine Zunge krümmte sich unter einem ranzig-metallischen Geschmack. Ich saugte ihn weg.

Dann drängte ich mich an meinem Onkel vorbei und machte mich auf die Jagd nach meinen Papa. Ich ging zu Fuß. Nach zwanzig langen Meilen begrüßte mich in Rising Sun der Geruch nach verbranntem Heu und Schlamm. Stundenlang trieb ich mich in der Stadt herum und suchte hinter Fenstern und Zäunen nach Spuren einer neuen Familie. Manche Häuser waren heruntergekommen, andere leer und gespenstisch. Ich ging weiter.

Und dann entdeckte ich plötzlich aus heiterem Himmel Papa und seine neue Frau. Sie hatten sich hinter einem roten Zaun versteckt. Die Frau hatte rotes Haar und trug einen bodenlangen Rock. Sie saß auf der Vorderveranda und las einer anderen Frau aus der Hand. Papa mähte neben dem Haus das Gras und fuhr sich mit dem Hemdsärmel über den Mund. Er sah glücklich aus. Ich hatte Bilder von Steinen, Zähnen und Blut im Kopf.

Als seine Frau mit der anderen Frau fertig war, ging Papa zu ihr und küsste sie auf die Stirn. »Ich muss die Sichel reparieren lassen«, sagte er. Ich stellte mir vor, wie Papa andere auf die Stirn küsste – Mama, mich. Meine Hand fuhr zum Mund.

»Ich liebe dich«, sagte die Frau zu ihm.

»Ich dich auch.«

Was für ein Gefühl, Papa diese Worte aussprechen zu hören, als hätte er sein ganzes Leben nichts anderes gesagt. Er trat hinaus auf die Straße, und die Nachmittagsbrise frischte auf.

Als Papas Frau mich sah, kam sie hinter dem Zaun hervor. Sie roch widerlich süß, wickelte eine Locke um den Finger, mein Blick schweifte über den Stoff ihrer Bluse, ihren albernen Mund und die runden Wangen. Papas Frau runzelte die Stirn. »Alles in Ordnung mit dir? Du siehst aus, als hättest du dich verlaufen.«

Der Schweiß lief mir über den Rücken. »Nicht wirklich.«

Da grinste sie. »Aha. Nun, wenn du willst, kann ich dir zeigen, wie man das Licht sieht, all die guten Dinge, die Gott geschaffen hat. Ich kann dir seinen Geist nahebringen.«

Ich grunzte. Mit Zauberei hatte ich nichts am Hut.

Sie streckte mir die Hand entgegen. »Ich heiße Angela.«

»Benjamin.« Wir schüttelten uns die Hand. Ich saugte an meiner Zunge. Angelas Gesicht war ruhig wie ein Pfirsich, hübsch wie ein Faun, und als ich ihr Lächeln erwiderte, fiel mir etwas ein. Ich kam auf die Idee, Angela zur Strafe für Papa zu machen.

Angela.

»Komm rein.« Sie zwitscherte wie ein Vogel.

Ich folgte ihr. Ich presste die Zähne aufeinander und biss mir auf die Lippe.

»Bitte, setz dich. Mach es dir gemütlich.« Damit nahm sie neben mir Platz. »Du hast ein Gesicht wie ein Engel. Was für hübsche Grübchen.« Sie beugte sich vor und sah geradewegs durch mich hindurch. »Deine Augen erinnern mich...« Ihre Stimme war feucht, und mein Rückgrat versteifte sich.

Angela kicherte. »Du hast irgendwo den Teufel gesehen.«

»Kann schon sein.«

Ihr Haus war voller Bücher und Möbel, mehr, als wir je gehabt hatten, und im Wohnzimmer fiel mir eine kleine Figur mit einem dicken Bauch auf. »Was ist das?«

Sie machte eine Gebärde in ihre Richtung, als wollte sie eine Fliege verscheuchen. »Das ist Buddha. Man muss sichergehen, dass für alle gesorgt ist.«

Einen Augenblick lang fragte ich mich, wie es wohl wäre, in sie hineinzusehen, all das Rot. »Du bist noch zu jung, um dich allein durchzuschlagen«, sagte sie und schob sich das Haar aus dem Nacken.

Ich versuchte, mir vorzustellen, was sie hören wollte. »Ich habe keine wirkliche Familie.« Die Fenster des Wohnzimmers standen halb offen; eine leichte Brise tanzte ins Haus und brachte den Duft von Platanen und Chicoree mit.

»Es ist bestimmt nicht leicht für dich.«

Ich nickte.

»Nun, wenn du Gottes Licht erst einmal gesehen hast, wirst du nie wieder allein sein.«

Ich lachte wie ein kleiner Junge. »Klingt komisch.«

»Das dachte mein Mann auch, als ich ihn kennenlernte.«

»War das Ihr Mann, der draußen das Gras mähte?« Ich beugte mich zu ihr.

Angela wich zurück und legte einen Finger auf den Mund. »Ja, das war er.«

»Ist er ein guter Mann?«

Sie nickte. »Einer der besten.«

Jetzt ließ ich sie nicht mehr entwischen. »Wie haben Sie ihn kennengelernt?«

»Beim Spazierengehen.« Sie rieb sich die Brauen, als verursachte ich ihr Schmerzen.

»Was waren seine ersten Worte?«

Angela schüttelte den Kopf und flüsterte. »Im Augenblick geht es nicht um mich. Ich würde lieber wissen, wie ich dich heilen kann.«

»Haben Sie ihn geheilt?«

»Ja.«

Ich dachte an ihre Knochen. »Wie haben Sie das angestellt?«

»Mit Liebe.« Angelas Wangen erröteten.

»Steckt er ihn bei Ihnen rein?«

Angela rückte ein Stück auf dem Sofa zurück und wurde blass. »Das ist sehr ungehobelt. Ich weiß nicht, ob ich dir heute helfen kann.«

»Aber ich habe mich darauf gefreut.«

»Tut mir leid, du musst jetzt gehen.« Angela ging auf die Haustür zu.

Ich wollte nicht, dass mir jemand sagte, was ich zu tun hatte. Ich packte sie. Sie starrte mir in die Augen, murmelte ein stilles rhythmisches Gebet, rote Lippen beim Zuckertanzen. Ich holte tief Luft. Ihre Augen pulsierten. Ich drückte zu, als wollte ich alles Leben und Blut aus ihr herauspressen.

Ich biss die Zähne zusammen. Irgendwo im Haus schrie ein Baby. Angela versuchte, dagegenzuhalten und warf einen Blick in den hinteren Teil des Hauses. Doch sie würde mir nicht entkommen. Draußen gingen zwei Frauen am Haus vorbei, ihre Absätze versanken tief zwischen Pflastersteinen und Erde. Keuchend hielt ich Angelas knochige Handgelenke fest und zog sie an mich, bis ihre Wange die meine berührte.

»Lass mich los«, sagte sie.

Ein Stromstoß fuhr mir durch die Adern, dann fingen Hände und Haut an zu zittern. Ihr Atem wurde flach, Speichel tropfte auf meine Brust. Sie war so warm.

Das Baby schrie. Angela versuchte erneut, sich zu befreien. »Bitte, lass mich los.«

»Ich muss dir etwas sagen, Angela.«

»Was?«, flüsterte sie.

Ich erstickte sie fast in meinen Armen, spürte, wie ihr Körper sich anspannte. »Dein Mann hat bereits eine Familie.«

Das Baby schrie. »Bitte, lass mich zu meinem Kind«, bettelte Angela.

»Bevor er ihn in dich reinsteckte und dir ein Baby machte, hat er dir da von seinen anderen Kindern erzählt?« Ich war ein Felsen, der den Hügel herabdonnert.

Das Baby schrie. Angela schluchzte. »Was redest du da?«

Eng umschlungen warfen wir einen Schatten an die Wand. Dann schleuderte ich Angela aufs Sofa.

»Wer bist du?«

»Ich bin hergekommen, um mich mit deinem Mann zu unterhalten. Du solltest mir wirklich dankbar sein. Irgendwann wird er dich satthaben, besonders wenn du hässlich wirst.«

»Lass mich gehen.«

»Spielen wir doch lieber etwas, Angela...«

Sie hatte versucht, sich zusammenzurollen, als mein erster Schlag sie traf. Ich trat einen Schritt zurück, sah ihr glühendes Gesicht und dachte an Papa und wie ich ihm gesagt hatte, dass ich ihn liebe, und er mich ignorierte. Ich hob die Faust und schlug sie mit voller Wucht gegen Angelas Wange. Ein Knochen splitterte.

»Du bist schuld, dass Mama nicht mehr lächelt.«

Noch ein Schlag. Angela sank mit jedem Fausthieb tiefer ins Sofa. Ich schloss die Augen, mein Gesicht war feucht. Das Baby schrie. Alles wurde wieder gut, und es roch nach Blut, honigsüß.

Erst als Angela mit heiserer Stimme »Bitte, hör auf« stammelte und die Haustür aufging, ließ ich von ihr ab. Der Geruch nach Leder, nach etwas Herbem traf mich. Ich wandte den Kopf um zu dem Mann, der in der Tür stand, Papa. Als er Angela sah, ließ er die Schlüssel fallen. Meine Knöchel brannten.

»Was hast du getan, Benjamin?« Er schluchzte fast. So viel Mitgefühl in seiner Stimme. Wo war seine Wut?

Das Baby schrie. Angela heulte vor Schmerz. Ich drängte mich an Papa vorbei, fletschte kurz die Zähne und trat auf die Straße. Dann rannte ich los.

Als ich endlich zu Hause ankam, erwartete Mama mich auf der Veranda. »Die Polizei war hier, sie sucht dich. Herrgott, wo bist du gewesen?«

Ich umarmte sie. »Ich habe nur etwas in Ordnung gebracht. Ich liebe dich, Mama.«

Sie drehte den Kopf zur Seite, wehrte meine Hände ab. »Du bist ja voller Blut.«

Ich betrachtete meine Hände. Die kleinen Schrammen, die geschwollenen Knöchel, das verkrustete Blut, die eingerissenen Fingernägel. »Macht nichts, es ist nicht meines.«

»Die Polizei hat gesagt, dass du in Papas Haus warst.«

Ich gab keine Antwort.

Sie hob die Petroleumlampe an mein Gesicht. »Hast du diese Frau verletzt?«

»Ich habe sie nicht verletzt. Ich habe Papa verletzt. Ich habe das Richtige für dich getan.«

Mama schüttelte den Kopf, als müsste sie weinen. »Ich kenne dich nicht wieder. Ich rufe die Polizei.«

»Mama, bitte ...«

Sie schlug die Tür hinter sich zu. Ich stand auf der obersten Treppenstufe. So hatte ich mir das nicht vorgestellt. Ich dachte, sie liebte mich.

Ich hämmerte gegen die Tür und rief: »Und wer kümmert sich um mich?«

»Ich kann jemanden wie dich nicht im Haus haben. Es ist einfach zu viel«, wimmerte sie.

Ich hämmerte weiter.

»Wenn du nicht gehst, rufe ich die Polizei.«

Das hatte ich nicht gewollt. Ich hatte ihr nur erklären wollen, dass ich alles wieder in Ordnung gebracht hatte. Stattdessen war ich jetzt auf der Flucht. Ich warf einen letzten Blick auf das Haus und hoffte, dass sie mich eines Tages, wenn sie begriff, was ich für sie getan hatte, wieder so lieben würde wie zuvor. Dann rannte ich los, in die Wälder, rannte und dachte daran, wie ich eines Tages zu Mama zurückkehren würde, rannte, bis ich tief zwischen den Bäumen verschwunden war.

John suchte Sicherheit für zu Hause. Dieses Bedürfnis kannte ich. Ich könnte sie ihm geben. Meine Zunge glitt über die Zähne. »Wissen Ihre Nichten, dass Sie ihnen helfen?«

John zuckte lächelnd die Achseln. »Wer weiß? Mir gefällt die Vorstellung, ihnen einen Ausweg zu verschaffen, bevor sie selbst darauf kommen, dass sie einen brauchen.«

»Wie heißen sie?«

Er drohte mir mit dem Finger und sagte, das sei nicht wichtig, und ich schnaubte und durchbohrte ihn mit meinem Blick. »Na schön«, sagte John schließlich. »Emma ist die Ältere, Lizzie die Jüngere. Aber nur Lizzie wird zu Hause sein. Sie rühren sie nicht an.«

Ich nickte. Je weniger Menschen beteiligt waren, umso besser. »Wie sieht sie aus?«

»Warum wollen Sie das wissen?«

»Wenn ich sie nicht anrühren soll...«

Sein Kiefer spannte sich an. »Lizzie ist die junge Frau im Haus, ein bisschen kleiner als der Durchschnitt. Dann gibt es noch Bridget. Über sie ist kaum mehr zu sagen, als dass sie aussieht wie ein Hausmädchen und Uniform trägt.« Er lächelte und zeigte dabei seine Zähne.

Ich nickte.

Er sagte, er brauche mich nur für eine Nacht, er würde mich aus Fall River herausbringen und alles wäre ganz einfach. Gut und schön, aber ich wollte mehr. Ich hatte selbst Probleme, um die ich mich kümmern musste. Daher fragte ich nach der Bezahlung.

Er musterte mich von oben bis unten. »Ich lasse Ihr Bein behandeln.«

Ich lachte. »Mein Bein ist keine Bezahlung. Ich will Geld.«

John strich sich über den Bart. »Was meinen Sie zu tausend Dollar, wenn alles gut läuft?«

Mehr, als ich erwartet hatte. Sein Problem musste also wirklich groß sein. Was ich damit alles anstellen könnte. Ich dachte an Papa und wie ich seine Strafe abschließen würde. Das würde ein goldener Besuch. Ich nickte und hörte gar nicht mehr auf zu nicken.

»Und ihr Vater. Wie heißt er?«

»Andrew Borden. Seine Frau ist Abby. Sie ist ziemlich füllig, wenn Sie wissen, was ich meine. Ich glaube nicht, dass Sie mit ihr reden müssen.«

Ich wälzte alles in meinem Kopf hin und her und dachte über das Gespräch nach, das ich mit Andrew haben würde. »Fahren wir nach Fall River.«

So verließen wir die Bar und traten hinaus ins Tageslicht. Die Uhr am Kirchturm schlug zehn. Ohne ein weiteres Wort mischten wir uns unter die Menschen und gingen Richtung Bahnhof. Nachdem John die Fahrkarten gekauft hatte, sagte er: »Vergessen Sie nicht, es ist Fall River.«

»Ich weiß, wo wir hinfahren. Sie und ich werden eine interessante Eisenbahnfahrt machen.«

Er klopfte mir auf den Rücken, als wäre ich sein kleiner Hund. »Ich wollte Sie nicht verwirren.« Er reichte mir meine Fahrkarte und zeigte auf das Ende des Zuges. »Sie sitzen dort hinten.«

Die Art, wie er das sagte, gefiel mir nicht. Dann ließ er mich stehen und ging zu den vorderen Wagen. Immer muss irgendwer denken, er sei etwas Besseres als ich. Plötzlich wusste ich nicht mehr, ob ich ihm wirklich helfen sollte. Dann ging ich los, zum Ende des Zuges. Mein Bein schmerzte und fing wieder ein bisschen an zu bluten. Ich dachte an die Bezahlung. Die Lok stieß einen Pfiff aus. Ich dachte an Väter, an die Probleme, die sie auslösten. Ich musste ein Auge auf John haben. Schließlich kletterte ich in den Zug. Und der Zug setzte sich in Bewegung.

TEIL ZWEI

5 LIZZIE
4. August 1892

Ich war knapp fünf, als Vater und Mrs Borden heirateten. Emma und ich betrachteten sie wie winzige Götter von der Tür aus. Wir sahen, wie Mrs Borden ihr Haar flocht und es dann zu fransigen Schleifen an den Schläfen aufsteckte. Vater betrachtete sie und pfiff durch die Zähne. Es klang blechern. »Brauchst du Hilfe? Ich könnte Emma bitten...«

»Nein«, sagte Mrs Borden. »Als Braut muss man so etwas allein können.«

Die Kirche war mit weißen und roten Blumen geschmückt, das Läuten der Glocken erfüllte erst die Luft und dann meine Ohren; winzige Engelsflügel. Als Emma und ich durch den Mittelgang schritten und Rosenblüten streuten, roch ich die Kleider der Frauen, Veilchenhonig und Kampfer. Ich musste niesen; jemand lachte. Emma drückte meine Hand, zog mein Handgelenk an ihren Bauch, und so gingen wir auf Vater zu, während die Orgel Blut pumpte. Wir standen da und warteten, dass Mrs Borden den Mittelgang hinaufkam. Ich wiegte mich im Takt der Musik, meine Füße zuckten, kleine Schnellkäfer. Ich versuchte, Emma dazu zu bewegen, mit mir zu tanzen. Sie war reglos, wie versteinert und sah aus, als könnte sie jeden Augenblick in Tränen ausbrechen, deshalb schmiegte ich mich an sie, schlang die Arme um ihre Beine und sah zu, wie Vater und Mrs Borden sich ihre silbernen Mondsichelringe ansteckten und sich küssten.

Später hörte ich die Leute tuscheln. »Er wird diese Frau vollkommen dominieren.« Andere sagten, es werde sein Herz heilen, das seit Mutters Tod gebrochen war, *was war mit unseren Herzen?* »Abby wird die Kinder haben, die sie sich immer gewünscht hat.« Das alles redeten die Leute.

Solche Erinnerungen kamen mir, als ich an Mrs Bordens Körper auf dem Boden dachte, daran, wie sich die roten und lila Teppichblumen gegen ihre Augen und Zähne pressten, *sollen wir Blumen pressen, Emma*, und es gab mir das Gefühl, als purzelten Kieselsteine durch meinen Magen, holterdiepolter.

Zwei Polizisten rannten aus dem Esszimmer, rannten die Treppe hinauf, rannten, bis ihre Füße über meinem Kopf anhielten. Pause. »Um Gottes willen! Holen Sie den Arzt, schnell!«, brüllte eine Stimme. Das Haus knarrte, Risse an Fenstern und Türrahmen. Dr. Bowen drehte sich zu mir um. Sein Mund war purpurrot, als er sagte: »Lizzie, du musst hierbleiben.« Ich nickte. Ein Nebel senkte sich über mein Bewusstsein, und alles verlangsamte sich.

Als Bridget und Mrs Churchill ins Esszimmer zurückkehrten, setzten sie sich zu meinen Füßen auf den Boden und sahen aus, als wären sie halb tot. Ich saß kerzengerade da.

»Es ist entsetzlich, Miss Lizzie. Da oben ist alles voller Blut.« Bridgets glasige Augen waren feucht.

»Was?«, fragte ich.

»Wir haben sie gefunden, Lizzie. Abby ist da oben.« Mrs Churchills Kopf ruckelte in Richtung Decke und gab dabei allerlei seltsame Geräusche von sich.

Über die Hintertreppe donnerten Stiefel. Ein Polizist kam ins Esszimmer, die blaue Schirmmütze in der Hand. »Miss Lizzie«, sagte er. »Ich muss Ihnen leider einen weiteren Todesfall melden. Mrs Borden ...«

»Ach, ist sie endlich wieder da?«, fragte ich. Darauf hatte ich gewartet.

Der Polizist starrte mich ausdruckslos an. »Nein. Sie wurde ermordet.«

Ich dachte an Vater. Dann dachte ich an Mrs Borden. »Hat man sie auch zerstückelt?«

Der Polizist sah mich reglos an, dann blickte er zur Decke empor, wo Mrs Borden bäuchlings in einer sich vergrößernden dunkelroten Blutlache lag, mit ausgebreiteten Armen und verschrumpelten Füßen in weichen Lederstiefeln. Ihr geflochtenes und zu einem festen Knoten hochgestecktes Haar war abgehackt und aufs Bett geworfen worden. Wie grauenhaft.

Mrs Bordens Haar roch gewöhnlich nach Lavendel. Als ich sieben war, streifte sie mir damit über das Gesicht, und die dicken Strähnen kitzelten meine Wangen. Doch dann wurde ihr Haar grau und begann auszufallen. Wir fanden es in den Schüsseln auf dem Tisch. Sie merkte nicht einmal, wie sie jeden Abend ein Stück von sich selbst verspeiste.

Weitere Polizisten kamen ins Esszimmer und bildeten einen Halbkreis um mich, *mal sehen, wie viele Leute hier hereinpassen*. Mir wurde so heiß, dass ich das Gefühl hatte, mich jeden Moment übergeben zu müssen. »Was ist denn hier los?«, fragte ich.

»Sie dürfen unter keinen Umständen dieses Zimmer verlassen, Miss Borden«, erklärte ein Polizist.

»Muss ich Angst haben?« Meine Hand bewegte sich über meinen Bauch.

Bridget weinte. Mrs Churchill weinte. Was für ein schrilles Geheul.

»Wir haben Grund zu der Annahme, dass sich der Mörder noch im Haus befindet.«

»Um Gottes willen«, sagte ich. Mein Magen verkrampfte sich. »Ich brauche meine Schwester. Ich brauche dringend meine Schwester.«

Einer der Polizisten setzte sich mir gegenüber und sagte: »Was ist los, Miss Borden?«

»Wie bitte?«, gab ich zurück.

»Sie massieren sich die ganze Zeit den Kopf.« Er beugte sich über mich, bis der hölzerne Esszimmerstuhl knarzte, sinkende Holzplanken in einem Fluss.

Hände auf der Stirn, s*pitzer Haaransatz, spitzer Haaransatz,* ich zog sie zurück und legte sie in den Schoß. »Mein Kopf fühlt sich ziemlich eigenartig an, Herr Wachtmeister.«

»Das ist bestimmt die Aufregung.«

»Ja, bestimmt«, sagte ich.

Die Kieselsteine überschlugen sich weiter. Aus den Augenwinkeln sah ich Mrs Borden da oben liegen wie eine riesige Steinkrypta, die nur darauf wartete, dass ich sie betrat. Mein Körper fuhr derart zusammen, dass ich selbst überrascht war.

»Was ist?«, fragte der Polizist.

»Ich hatte gerade eine entsetzliche Vorstellung. Mrs Borden ist da oben ganz allein, genauso verstümmelt wie Vater.«

»Wir sorgen dafür, dass sich jemand um sie kümmert«, erwiderte der Polizist.

Ich malte mir aus, wie Dr. Bowen neben ihr hockte, ihren Puls fühlte und ihr beruhigend die Schultern massierte. Die Küchenwände knackten, das Geräusch gab ein Echo, schob eine Welle von Übelkeit über meinen Kopf. Jemand kümmerte sich um sie. *Aber was war mit mir?*

Das Haus füllte sich mit Gerede, eine Stimme legte sich über die andere, bis sie klangen wie ein Wespenschwarm. Es tat mir in den Ohren weh. Am anderen Ende des Zimmers erzählten Mrs Churchill und Bridget, *die beiden Hexen,* den Polizisten:

»Mir ist nichts weiter im Raum aufgefallen.«

»Nein, die Bettwäsche lag auf dem Bett...«

»Ich habe ihre Leiche erst gesehen... Nennt man das Leiche?... Als ich den Schrank im Gästezimmer zumachte und mich umdrehte.«

»Ich hab ihren Rücken berührt, um zu sehen, ob sie sich bewegt.«

»Wir waren da drin und haben nichts gehört.«

»Mir ist schlecht. Mir ist schlecht.«

Alles, was sie sagten, betäubte mein Hirn; es war wie ein Fass voller Echos, die, in Essig eingelegt, langsam zu mir zurückdrifteten. Auf der anderen Seite der Wand sagte jemand, ein Mann: »Und hier ist die Stelle, wo ihn meiner Vermutung nach der letzte Schlag traf. Ich glaube, dass man ihm damit das Auge ausgehackt hat.« Ich dachte an Vater. Erst vor wenigen Wochen hatte er Emma geklagt, dass die Welt nicht so aussah, wie sie es seiner Ansicht nach tun sollte. Sie hatte ihm auf den Rücken geklopft, *wie sie sich bei ihm einschmeichelt,* und gesagt: »Du solltest deswegen jemanden zurate ziehen.«

Vater hatte die Achseln gezuckt. »Es würde mich einen Arm und ein Bein kosten, um die Augen zu heilen.«

»Manches ist seinen Preis wert, Vater.« Emma hätte nicht so mit ihm sprechen dürfen. Ich hätte brav sein und ihr sagen müssen, dass sie ihre lose Zunge im Zaum halten soll, ich hätte sie daran erinnern sollen, wie er sich vergessen konnte.

Doch Vater hatte nur den Kopf geschüttelt und belustigt gelacht. »Wahrscheinlich hast du recht.«

»Mrs Borden würde mir bestimmt zustimmen«, sagte Emma, offensichtlich zufrieden mit sich.

»Na, gut. Ich lasse mich in den nächsten Tagen von Abby zu einem Augenarzt bringen.«

»Sehr gut, Vater.« Erneut hatte sie ihm auf die Schulter geklopft. Jetzt dachte ich daran, wie sie meine Schultern berührte, wie ich mich danach sehnte, von ihr getröstet zu werden. Sie würde mein Blut wärmen und das Gefühl von Betäubung vertreiben. Sie würde mich nie wieder allein im Haus lassen, *Emma macht alles besser.*

Die Männer unterhielten sich weiter. Ich hoffte, dass einer von ihnen Vaters Schultern massierte, so wie Emma es getan hätte oder vielleicht auch ich.

Stimmen im Wohnzimmer, Stimmen in der Küche, Stimmen über mir, gedämpft, und schlurfende Schritte. Alles lauter, als es sein sollte.

Eine Hand ergriff mein Handgelenk. Der Polizist starrte mich an. »Ist alles in Ordnung, Miss? Sie haben gerade mit sich selbst geredet. Soll ich den Arzt noch einmal herbitten?«

Ich sah mich im Esszimmer um: ein Gesicht, noch ein Gesicht, dann noch ein Gesicht, alle mir zugewandt. Einer der Polizisten hatte einen schiefen Mund, so wie es sie auch in Mrs Bordens Familie gab. Der Polizist warf mir ein ausdrucksloses Lächeln zu, wobei sich ein hässlicher Zahn über die Unterlippe schob. So hatte mir Mrs Borden auch zugelächelt. Mein Kopf schmerzte. Ich rieb mir die Stirn.

Meine Zungenspitze bebte, *ich brauche Emma.* »Ja«, sagte ich. »Ja, holen Sie ihn lieber her.« Der Polizist machte sich auf die Suche nach Dr. Bowen.

Ich dachte an Mrs Borden da oben. Die Uhr auf dem Kaminsims tickte und tickte. Alle um mich herum bewegten sich langsamer, Gliedmaßen wie Toffees. Vom oberen Ende der Treppe hörte ich ihre Stimme: »Lizzie, Schätzchen! Komm und hilf mir.« Mein Herz war zerknittert, meine Zehen elektrisiert. »Schnell, Lizzie.« Ich stand auf und sagte: »Mrs Borden?« Zwei lange Rinnsale von Schweiß liefen mir über das Rückgrat. »Lizzie, ich bin gestürzt«, rief Mrs Borden.

Ich ging auf das Wohnzimmer zu. Dann ergriff jemand meine Hand.

»Miss Borden, wo wollen Sie denn hin?« Ein Polizist stand vor mir.

»Nach oben.«

»Das geht nicht.« Er zeigte seine Zähne, wie ein Hund, und klang beinahe wütend.

»Warum nicht?« Mein Magen zog sich zusammen, *Tauben laufen durch mich hindurch.* Ich wollte Mrs Borden helfen. Ich wollte mich nützlich machen.

Mrs Churchill kam zu mir. »Liebling«, sagte sie mit einer Stimme, die halb süß und halb salzig war. »Deine Mutter ist da oben...« *Nicht meine Mutter, sondern Mrs Borden.*

»Es ist besser, wenn Sie bei uns hier unten bleiben, Miss«, sagte der Polizist, schmatz, schmatz, schmatz.

Man führte mich zurück zu meinem Stuhl und sagte, ich solle warten. Die Uhr auf dem Kaminsims tickte und tickte. Dr. Bowen polterte herein. »Der Polizist hat mir gesagt, dass Sie Schmerzen haben, Lizzie.«

Ich nickte. »Ganz schlimme.«

Er sah mich an. Seine müden Augen waren verschleiert, und ich spürte, wie er in meinen Körper eintrat, das Innere inspizierte und alle Dinge sah, aus denen ich bestand, *fabelhafte Dinge.* Ich lächelte. Dr. Bowen kramte in seiner Arzttasche wie ein Plünderer und nahm eine

Spritze heraus, die mit meinem Lieblingsstoff gefüllt war. Er pikste sie in meinen Arm. »So, Lizzie. Das wird es leichter für dich machen.«

Plötzlich kamen mir alle möglichen Gedanken. Ich fragte mich, ob Mrs Borden auch so verstümmelt war wie Vater. Würden wir die Beerdigung trotzdem mit offenen Särgen abhalten können? *Das sind schlimme Gedanken.* Ich wusste, dass man Vater ein bisschen zusammenflicken müsste, aber alle, die zur Beerdigung kamen, sollten die Möglichkeit haben, sie ein letztes Mal zu sehen und dieses Bild für immer in Erinnerung zu behalten. Ich musste Emma fragen, wie wir Vater und Mrs Borden am besten im Sarg präsentieren konnten. Wir wären beide darin einig, dass Vater nur das Beste verdiente.

»Wir bahren sie im Salon auf«, würde Emma sagen.

»Und die Sonne kommt von hinten und lässt sie leuchten«, würde ich sagen.

»Es wird viele Kränze geben.«

»Und ich werde eines der Kinder aus der Kirche bitten, ein Kirchenlied auf dem Klavier zu spielen«, sagte ich.

»Onkel John sollte die Trauerrede für Vater halten, damit auch sein Leben mit Mutter zur Sprache kommt.«

Aber ich würde Emma sagen, dass ich die Trauerrede halten sollte. Ich bin es gewohnt, kleine Predigten für meine Sonntagsschüler zu schreiben. Ich weiß, wie man das Wort Gottes in mundgerechten Portionen serviert.

»Stell dir nur mal vor, dass Vater und Mrs Borden die ganze Zeit daliegen werden, friedlich und ruhig«, würde ich sagen.

»Ja.«

»Emma, was glaubst du, was passiert, wenn sie unter der Erde sind?«

»Mit uns?«

»Ja, mit uns.«

Eine schwere Hand legte sich auf meine Schulter, dicke Finger gruben sich in mein Fleisch. »Miss Borden«, sagte ein Polizist.

»Was wollen Sie?«

»Wir würden Ihnen gern noch ein paar Fragen stellen, wenn es möglich wäre.« Der Schweiß lief ihm über die Seite des Gesichts in den dichten Schnurrbart.

»Hm.« Meine Zunge fühlte sich schwer an.

»Vielleicht lassen wir Lizzie lieber Zeit, sich auszuruhen, Herr Wachtmeister«, sagte Dr. Bowen. »Sie macht gerade eine traumatische Erfahrung durch.«

»Das verstehen wir, aber es hat zwei Morde in diesem Haus gegeben.«

Dr. Bowen ging im Zimmer auf und ab. Sein Gesicht war leichenblass. »Der arme Andrew wäre außer sich«, flüsterte er. Die Art, wie er den Namen meines Vaters aussprach, erweckte den Eindruck, als wäre er noch am Leben. Am liebsten hätte ich mich auf dem Boden zusammengerollt.

»Kennen Sie die Familie gut, Doktor?« Die Frage klang wie eine Anschuldigung.

»Ich behandle sie seit Jahren.« Dr. Bowen stieß die Finger in die Hüften, Krallen.

Wenn du brav bist, bekommst du ein Bonbon.

»Zuletzt kam Dr. Bowen ins Haus, als alle sich so unwohl fühlten«, sagte ich.

»Wann war das?« Ein Notizheft wurde gezückt und auf einer neuen Seite aufgeschlagen.

»Vor ein paar Wochen. Als Mrs Borden sagte, sie fühle sich todkrank«, erzählte ich ihm, in der Hoffnung, dass er meine Worte exakt wiedergab.

»Es schien ein einfacher Fall von Lebensmittelvergiftung zu sein«, sagte Dr. Bowen. »Das einzig Gute war, dass Lizzie und Emma nicht betroffen waren.«

Ja, das war Glück.

Der Polizist machte sich Notizen. Die Uhr auf dem

Kaminsims tickte und tickte. Ich dachte an den Morgen und wie ich zu Emma gesagt hatte: »Iss heute lieber kein Frühstück.«

»Warum nicht?«

»Ich habe gerade gehört, wie sich Mrs Borden und Bridget übergeben haben.«

»Oh.« Emmas Hand fuhr an die Kehle. »Ich habe schon ein bisschen Porridge mit Vater gegessen.«

Später hörte ich Emma in ihrem Zimmer stöhnen. Sie wälzte sich im Bett hin und her. Aber sie bat nicht um Hilfe, daher sagte ich Dr. Bowen nichts, als er kam, um die anderen zu untersuchen. Es dauerte tagelang, bis sie alle wieder auf den Beinen waren. Ich selbst erlaubte mir nur Birnen im Wohnzimmer, obwohl das eigentlich verboten war, *ich hatte klebrige Finger.*

»Wie stand es in den letzten Tagen um die Gesundheit Ihrer Familie?« Der Polizist war ein Schnüffler.

»Ich glaube, sie waren alle wieder krank, Herr Wachtmeister«, antwortete ich.

»Wann?«

»Heute Morgen. Deshalb ist Vater früher von der Arbeit nach Hause gekommen.«

»Was genau hat er gesagt, Miss?«

Ich versuchte, mir Vaters Worte ins Gedächtnis zurückzurufen, aber ich sah nur Blut und seinen offenen Schädel vor mir. Meine Stirn pochte, und ich massierte sie. »Das weiß ich nicht mehr.«

»Mit der Zeit wird es dir sicher wieder einfallen«, meinte Dr. Bowen beschwichtigend.

»Das hoffe ich. Ich möchte mich an so viel wie möglich erinnern, um der Polizei zu helfen.«

»Sie machen das sehr gut, glauben Sie mir, Miss Borden.« Der Polizist lächelte schief, der Zahn schob sich erneut über die Unterlippe.

Mein Magen verhärtete sich, das Innere war versteinert, und je länger ich den Zahn sah, umso stärker wurde das Verlangen, die Hand auszustrecken und ihn herauszureißen, zuzusehen, wie der Gaumen blutete, *aber was soll ich mit dem Zahn machen?* Ich fuhr mit der Zunge über meine Zähne, *ist schon Jahre her*, fühlte das kleine Loch ganz hinten im Mund. Emma hatte entschieden, dass mein Zahn gezogen werden musste. Damals war ich sieben gewesen. »Wenn du es machst, schenke ich dir eine Münze«, hatte sie gesagt. Es gefiel mir, wie sich das anhörte. Wir saßen auf ihrem Bett und ließen die Beine baumeln wie an einem Flussufer.

Ich hielt den Backenzahn mit zwei Fingern fest und wackelte ihn hin und her. »Wie eine kleine Falltür!«

»Vielleicht könntest du Abby hineinstecken«, sagte Emma. Wir lachten so sehr, dass das Haus knisterte.

Wieder tastete ich nach dem Zahn und wackelte ihn hin und her. »Ich trau mich nicht, Emma.«

»Keine Angst, ich kenne mich damit aus.« Sie baute sich vor mir auf und kniff die Augen zusammen. »Mach mal weit auf.« Ich riss den Mund auf, und schon waren ihre Finger drin. Der Geschmack von Salz, von Honig. Sie packte den Zahn und zog. Das Geräusch in meinem Inneren: wie wenn man im Garten Unkraut ausreißt.

»Ich hab ihn, hurra!«, rief Emma, als hätte sie einen Goldklumpen gefunden.

Ich schrie. Blut tanzte auf meiner Zunge. Ich spuckte es auf den Rock.

Emma inspizierte den Zahn. »Er ist riesig, Lizzie.«

»Mir ist schlecht.« Das Loch blutete weiter.

Auf der Vordertreppe hörte man Schritte, dann öffnete sich die Tür unseres Zimmers. Mrs Borden kam herein; sie war böse. »Was um alles in der Welt ist hier los, Kinder?«

Emma hielt den Zahn in die Luft. »Ich hab ihn!«

Mrs Borden kam mit zärtlichem Ausdruck auf mich zu. »Oh, Lizzie, wie geht es dir?«

»Es geht ihr ausgezeichnet«, sagte Emma und verschränkte die Arme vor der Brust.

Ich schüttelte den Kopf.

»Mach den Mund auf. Lass mich sehen, wie schlimm es ist.«

Ich sperrte den Mund auf, und das Blut tropfte auf ihre Hände. »Ach herrje«, sagte sie. Ich heulte. Sie drückte mich an ihren Körper, der warm war und nach Küchenfett roch, warm vor Liebe. »Du hast ja heute ein richtiges Abenteuer hinter dir.« *Das schlimmste, das man sich vorstellen kann.* Sie löste sich von mir. Mein Blut klebte auf ihrer Schulter, bildete ein Rinnsal bis zu ihrem Herzen. Sie lächelte mich an. Die Vorderzähne schoben sich über die Unterlippe.

Ich hörte, wie ein Polizist zu seinem Kollegen sagte: »Wir haben eine grüne Blechdose voller Münzen oben im Schlafzimmer von Mr und Mrs Borden gefunden. Glaubst du, der Täter wusste, dass Geld im Haus versteckt war?«

»Wer weiß? Nimm es in die Liste der Indizien auf.«

Welches Geheimnis bewahrt Mrs Borden wohl jetzt?

Irgendwo im oberen Stockwerk glaubte ich meinen Namen zu hören, das Haus wisperte: *Da unten ist etwas, das du dir ansehen solltest.* Ich senkte den Kopf gerade weit genug, um unter den Esstisch zu spähen. Fetzen von Fleisch und Galle auf dem Teppich, faulige Reste. »Wo kommt denn das her?«

Ein Polizist räusperte sich. »Entschuldigen Sie, was sagten Sie, Miss Borden?«

Ich versuchte, die Schweinerei abzuschätzen und mit all dem widerlichen Erbrochenen von Bridget und Mrs Borden zu vergleichen, das ich an diesem Morgen gesehen hatte.

»Nichts. Es ist nichts«, sagte ich. Wo kam das her? *Ob das von Vater stammt?* Ich war am Morgen erst zu Hause gewesen und dann hinausgegangen. Bridget hatte Geräusche gemacht; Mrs Borden hatte Geräusche gemacht. Ich war durchs Haus gegangen, und dann war Vater nach Hause gekommen. Wie hatte ich diese widerliche Lache unter dem Tisch übersehen können?

»Ich habe gehört, dass Sie etwas gesagt haben«, meinte der Polizist.

Reiß dich zusammen. »Da liegt etwas Seltsames unter dem Tisch.« Ich zeigte es ihm und sah, dass der Polizist sich vorbeugte wie ein Kuckuck.

»Was in aller Welt...« Er kroch auf allen vieren darauf zu, und einen Moment lang spielte ich mit dem Gedanken, mich auf seinen Rücken zu schwingen und ihn wie ein preisgekröntes Pony zu reiten. *Ich will nur weg von hier.* Ich würde mein kleines Pony durchs Zimmer lenken, ihm die Fersen in den Bauch stoßen.

»Ich habe Ihnen ja erzählt, wie schlecht es ihnen ging«, sagte ich und hatte recht.

»Haben Sie gesehen, wie es passierte?«

»Natürlich nicht. Ich hätte Bridget gebeten, den Teppich zu reinigen, wenn ich es gesehen hätte.« *Wo kam das bloß her?*

Alles tat mir weh. Bei jeder Frage des Polizisten fing es an, irgendwo hinter meinen Augen zu pochen.

»Wo befand sich Ihre Mutter?«

»Das weiß ich nicht«, sagte ich. »Ich war oben, glaube ich.«

»Was haben Sie dort gemacht?«

Die Erinnerung rollte sich zusammen wie eine Schlange. »Das weiß ich nicht mehr.« Die Uhr auf dem Kaminsims tickte und tickte. Ich hatte genug von dem Gerede. Ich wollte, dass Emma nach Hause kam.

»Es ist sehr heiß hier drinnen«, sagte ich. »Können wir

ein Fenster aufmachen?« Das Haus stieß einen Seufzer aus, als sich die Fenster öffneten. Die Leute redeten über mich, als wäre ich gar nicht da.

Sie schickten nach Alice Russell, damit sie mir Gesellschaft leistete, bis Emma eintraf. Als sie kam, sagte sie: »Was um Himmels willen ist passiert, Lizzie?« Sie streichelte meine Hand, *so wie sie es hätte tun müssen*, und ich sagte: »Sie sind tot. Wie ich befürchtet habe.«
»Wieso?« Alice war hysterisch, es war zu viel.
Ich spielte mit ihrer Hand, knetete das Fleisch, als wäre es Teig. Ihre Haut war weicher als meine. Das gefiel mir nicht. Ich knetete stärker, und sie beäugte mich verstohlen. Ich lächelte. »Jemand ist gekommen und hat sie zerstückelt.«
»Um Himmels willen!« Ihr Mund stand offen wie der aller anderen auch. Ich hatte diesen Ausdruck satt, er gab mir das Gefühl, mich verstecken zu müssen.
»Ich kann es selbst nicht glauben«, sagte ich.
Jemand hatte das Fenster im Esszimmer geöffnet, und das Haus füllte sich mit noch mehr Lärm. Ich hörte eine Taube auf einem Baum gurren und fühlte mich innerlich leer.
Der Polizist fragte: »Ist Ihnen heute Morgen jemand aufgefallen, der sich in der Nähe des Hauses herumgetrieben hat?«
»Nein, nicht heute Morgen.«
Er hielt inne. »Sie meinen, vorher schon?«
Mir blieb das Herz stehen. *Was soll ich antworten?* »Letztes Jahr wurde bei uns eingebrochen.«
»Und wer war der Täter?«
Die Schritte über uns wurden immer lauter, hallten in meinem Kopf wider. »Was machen Sie mit Mrs Borden?«
»Es gibt gewisse Vorschriften, die einzuhalten sind«, meinte er leichthin.

»Ach so.« Ich wollte dabei sein und mich vergewissern, dass alles ordnungsgemäß vonstattenging. *Ist das nicht ein richtiger Gedanke?*

»Wurde der Einbrecher gefasst, Miss?«

»Nein.«

»Können Sie mir noch ein wenig mehr über diesen Vormittag erzählen?«

In meinem Bewusstsein war alles untergegangen, das ganze Durcheinander dieses Vormittags, das alles, was einen Sinn ergab, weggerissen hatte. Ich sehnte mich nach Emma.

Alles war viel zu grell. Stimmen waren wie Nadelstiche im Ohr. Meine Hände schmerzten, weil ich sie zu lange unter die Knie geschoben hatte. Ich zog sie unter mir hervor und bemerkte eine kleine Schramme am Finger. Das Blut war um die Ränder verkrustet. Ich steckte den Finger in den Mund und rutschte auf dem Stuhl hin und her.

Der Polizist beobachtete mich mit seinen kleinen Augen. »Nun, hat Ihre Mutter...«

»Stiefmutter«, unterbrach ich ihn.

Der Polizist hob den Stift. »Ich dachte...«

»Mrs Borden ist die zweite Frau meines Vaters.« Tatsachen sind Tatsachen. Ich lächelte.

»Verstehe.« Er tauchte seinen Stift wieder ins Tintenfass und hämmerte die Faust auf das gelbweiße Papier. Ich versuchte, an seinen Fingern vorbei in das Notizheft zu schielen, doch er schützte seine Gedanken gut.

»Nach dem Frühstück waren Ihre Stiefmutter, Bridget und Sie allein im Haus, richtig?«

»Ja.«

»Können Sie sich an irgendwelche Einzelheiten erinnern, nachdem Sie Ihren Vater gefunden hatten?«

Nein, nein, nicht ich.

»Versuchen wir es zusammen«, sagte der Polizist. »Wo befand sich Mrs Borden zu diesem Zeitpunkt, Lizzie?«

Ich dachte angestrengt nach. »Man hatte sie zu einer kranken Verwandten gerufen.« Die Wände stießen gegeneinander, sodass das Rot, Blau und Grün der Tapeten um mich herumwirbelte. Mir war schwindelig. Ich legte die Hände auf die Augen und wartete, dass der Schwindel nachließ. Es waren zu viele Erinnerungen. Ich ließ keine mehr herein.

Alles, was ich sah, war ein Augenblick, wenige Tage zuvor, als ich mit Mrs Borden am Esstisch gesessen und Hammelbrühe gegessen hatte. Mrs Borden schlürfte sie von ihrem Löffel, *was für ein Schwein,* und ich sah, wie ihre Zunge grau und dick über die Lippen fuhr. Ich stellte mir ihre Zunge im Mund meines Vaters vor. Wie sie wohl schmeckte.

»Du musst Emma sehr vermissen.« Mrs Borden, fröhlich.

»Muss ich?«

Vater saß am Kopfende des Tischs und schälte eine tintenfleckige Banane. »Antworte gefälligst, wie es sich gehört, Lizzie.«

»Na schön. Ich vermisse meine Schwester. Ich würde alles dafür tun, damit sie bald wiederkommt.« Ich strich mit der Fingerspitze über das Spitzentischtuch, verhedderte mich darin.

»Ich vermisse meine Schwester auch. Ich wünschte, ich könnte sie jeden Tag sehen.« Mrs Bordens Stimme hämmerte in meinem Kopf, so wie sie es an diesem Morgen getan hatte und immer noch tat.

Ich schlug die Augen auf und starrte den Polizisten an. Das Geräusch von Taubenkrallen auf dem Dach. Tack, tack. »Mir ist doch noch etwas von heute Morgen eingefallen, Herr Wachtmeister. Ein paar Minuten vor neun kam ich nach unten... besser gesagt, um Viertel vor neun. Mein Onkel hatte das Haus bereits verlassen und war auf dem Weg zu seinem Geschäftstermin.«

»Und Ihr Vater?«

»Er war bei Mrs Borden. Sie unterhielten sich.«

»Worüber?« Seine Zunge fuhr über seine Lippen, befeuchtete sie.

Ich hatte Kopfschmerzen. »Irgendwas. Ich fragte, wie es ihnen ging.«

»Und wie ging es ihnen?« Es ärgerte mich, wie er versuchte, in allem eine Bedeutung zu suchen.

»Sie machten einen glücklichen Eindruck. Wir freuten uns auf das Abendessen mit meinem Onkel.«

Der Polizist tauchte seinen Stift in die Tinte und strich mit der Fingerspitze leicht über die Feder. Über uns dehnten sich die Dielen aus, so weit sie konnten. Die Uhr auf dem Kaminsims tickte und tickte.

»Mrs Borden fragte, was ich zum Abendessen haben wollte. Ich sagte, nichts Besonderes. Dann sagte sie noch, sie sei oben im Gästezimmer gewesen und habe das Bett gemacht und ob es mir etwas ausmachen würde, ein paar leinene Kopfkissenbezüge für die kleinen Kissen hinaufzubringen, sie habe gerade eine Nachricht erhalten, dass jemand aus der Familie erkrankt sei, und müsse dorthin. Am Schluss sagte sie auch noch etwas über das Wetter, glaube ich. Ich weiß es nicht mehr genau.«

Die leeren Räume zwischen einer Stunde, zwischen Leben und Tod, kamen jetzt auf mich zu. Ich konnte alles viel klarer sehen und dem Polizisten erklären, warum es hier in meinem Kopf war und darauf wartete, erzählt zu werden. Ich konnte ihm berichten, dass ich dann hinausgegangen war, kurz unter dem Birnbaum gestanden und eine Birne gepflückt hatte, dann in die Scheune gegangen war und sie gegessen hatte. Ich konnte ihm sagen, dass ich danach noch eine Birne gepflückt und sie im Garten gegessen hatte und wie heiß die Sonne an diesem frühen Morgen gewesen war und dass ich an den Mansardenfenstern kleine Kondenstropfen gesehen hatte. Ich konnte ihm erzählen, dass ich in die Scheune zurückgegangen war, um nach einem Senkblei zu suchen, weil mein Onkel und ich am nächsten Tag angeln gehen wollten, so wie früher. Ich hatte noch mehr Birnen gegessen. Sie waren köstlich, der Saft tropfte mir über die Handgelenke, klebrig und süß duftend. Die Vögel saßen in den Bäumen. Nachbarn plauderten draußen miteinander. Dann war ich wieder ins Haus gegangen, um im Esszimmer Taschentücher zu bügeln. *Das hätte ich fast vergessen*, könnte ich dem Polizisten sagen. »Ich habe in der Scheune eine Zeitschrift gelesen. Ich habe etwa eine halbe Stunde gelesen.« Alles war wieder da. Ich konnte sogar sehen, wie ich mit Mrs Borden gesprochen hatte, wie wir uns darüber unterhielten, dass wir einmal einen Frosch im Keller gefunden hatten und ihn nicht hatten fangen können und dass es für uns beide eine schöne Erinnerung war, obwohl ich mich nicht mehr ganz genau an alles erinnere, was ich zu ihr gesagt hatte. Vielleicht hatte ich gefragt, wie sie Vater kennengelernt hatte und ob sie sich gleich ineinander verliebt hatten, und wenn ja, wie Liebe sich anfühlte und ob sie glaubte, dass sie eines Tages auch mir begegnen würde. Das alles konnte ich dem Polizisten erzählen, weil es die Wahrheit war. All das war irgendwann in diesem Haus passiert.

Spielte es eine Rolle, wann genau?

Ich beugte mich vor und flüsterte dem Polizisten zu: »Jetzt, da ich darüber nachdenke, fällt mir ein, dass ich mit meinem Vater gesprochen habe, als er nach Hause kam. Ich habe ihm gesagt, dass Mrs Borden ausgegangen war, um eine kranke Freundin zu besuchen. Er lächelte und sagte: Sie ist immer für andere da. Dann ließ ich ihn allein, damit er sich auf dem Sofa ausruhen konnte, und ging nach draußen, und dann fand ich ihn ...«

Der Polizist streckte die Hand aus und legte sie auf

meine. »Es muss ein großer Schock gewesen sein«, sagte er, und ich antwortete: »Zuerst konnte ich nicht glauben, dass das, was ich gesehen habe, Wirklichkeit war. Ich sah, dass er Stichwunden hatte, aber ich konnte sein Gesicht nicht richtig erkennen, weil es mit Blut verschmiert war. Ich hatte solche Angst. Ich wusste nicht, dass er zu diesem Zeitpunkt schon tot war, Herr Wachtmeister.«

Dann polterte etwas auf der Hintertreppe, und ich hörte Männerstimmen.

Die tiefere Stimme sagte: »Ohne Bestätigung durch eine Autopsie ist es schwer zu sagen, aber das Blut ist schon geronnen und zum größten Teil verkrustet. Ich würde davon ausgehen, dass Mrs Borden irgendwann am frühen Morgen gestorben ist.«

Ich sah aus dem Fenster des Esszimmers. Die Uhr auf dem Kaminsims tickte und tickte. Ich wollte alles gleichzeitig: dass die Fragerei ein Ende hatte, dass ich weiterreden konnte, dass man mich in Ruhe ließ, dass jemand bei mir war, dass der Tag normal weiterging, dass ich nach Vater sehen durfte, dass ich sicher sein konnte, dass Mrs Borden wirklich weg war, dass Emma nach Hause kam und mir sagte, alles würde wieder gut.

6 BRIDGET
3. August 1892

Ich wischte Staub. Wischte Staub und dachte an die alte Mrs Borden, wie sie in meinem Zimmer stand und nach einer Möglichkeit suchte, mich an sie zu fesseln. Es war sicher nicht einfach für sie gewesen, auf allen vieren unter mein Bett zu rutschen. Was für eine Anstrengung muss es sie gekostet haben, anschließend wieder aufzustehen, mit der Dose in der Hand, und all ihr Schweiß auf meinen Laken. Ich wischte Staub. Mrs Borden und ihr trauriger Blick. Mrs Borden und ihr tyrannisches Gehabe. Mrs Borden im Garten, wie sie mich belauschte. Wie muss sie das verletzt haben. Ich hörte auf mit dem Staubwischen. Lizzie hatte einen Stapel sauber gefaltete weiße Wäsche auf dem samtbezogenen Sofa liegen. Ich sah ihn mir näher an. Drei langärmlige weiße Kittel und eine Haube. Vielleicht waren sie für mich bestimmt. Ich probierte einen an und betrachtete mich in dem großen Spiegel neben Lizzies Frisiertisch. Ich sah aus wie ein

Gespenst, wie einer von Whiteheads Metzgergehilfen, sah aus, als würde ich in dem Stoff ertrinken.

Ich zog den Kittel aus, faltete ihn wieder zusammen und legte ihn zurück auf das Sofa. Wenn es sich ergab, würde ich Mrs Borden danach fragen und sehen, ob sie wusste, was Lizzie damit vorhatte. Ich sah aus Lizzies Fenster. Was für ein Blick! Ich sah einen Großteil von Fall River vor mir, einen Flickenteppich aus Straßen, Menschen und Häusern. Doch nichts davon war für mich bestimmt. Ich fand die Dachspitze von Mrs McKenneys Vermittlungsbüro weiter unten in der Second Street. Wie anders alles hätte sein können, wenn sie mich zu einer anderen Familie geschickt hätte. Die Sonne glitt über die Fensterscheibe, und ich hörte, wie Mrs Borden durchs Haus ging und mit meiner Blechdose rasselte. In meiner Brust saß ein Schmerz, als hätte mir jemand einen Fausthieb versetzt, sodass mir die Luft wegblieb. Rassel, rassel, rassel.

Ich krümmte mich und versuchte, den Schmerz wegzuatmen, als jemand an die Haustür klopfte. Dreimal, laut wie ein Donner, wie der große böse Wolf bei den sieben Geißlein. Ich wartete, dass Mrs Borden aufmachte. Dann klopfte es erneut. »Mrs Borden?«, rief ich. »Erwarten Sie jemanden?«

Sie gab keine Antwort.

Ich lief die Vordertreppe hinunter, nahm den Hausschlüssel aus der Tasche und schloss auf. Ich stieß die Tür auf, die Sonne blendete mich, mein Mund öffnete sich. Vor mir stand ein Mann.

»Hallo, Bridget.«

Ich sah den Mann an, trat einen Schritt zurück und musterte ihn von oben bis unten. Onkel John.

»Mr Morse.«

Er lächelte, sein Mund verzog sich, das faltige Gesicht wie rissiges Leder. Er trug einen Wollanzug, schwer zu reinigen, und stank nach Schaf auf der Wiese.

»Darf ich reinkommen?« Seine Stimme wie eine Zigarre.

Ich dachte daran, ihm die Tür vor der Nase zuzuschlagen. »Natürlich.«

Und so trat er ein, wobei er sich unter der Tür ein wenig bücken musste. Ich sah mich nach seinem Gepäck um, doch er hatte keines.

»Wo sind denn Ihre Sachen, Mr Morse?«

»Ich habe keine. Ich werde nicht lange bleiben.«

»Im Moment ist bloß Mrs Borden da.« Ich trat wieder ins Haus und schloss die Tür ab. John stand dicht neben mir, wie er es immer tut. Er holte tief Luft und schnüffelte an mir, wie er es immer tut. »Soll ich Ihr Jackett aufhängen, Mr Morse?« Ich streckte die Arme aus, in der Erwartung, dass er es darüberlegen würde. Es gefiel mir nicht, wie er mich musterte. Als sähe er jemand anderen.

»Hilfst du mir?«, bat er, und so blieb mir nichts anderes übrig. Er bückte sich ein wenig zu mir herab, und ich nahm ihm das Jackett von den knochigen Schultern und sah Hautfetzen in seinem Haar, wo er sich am Hinterkopf gekratzt hatte. Ein Stück fiel auf meine Hand. Ich schüttelte es ab.

»Gut, Mr Morse«, sagte ich. »Ich häng es an die Garderobe.«

Er richtete sich wieder auf. Einen Moment lang standen wir so da, und ich starrte ihn an. Dann hängte ich sein Jackett auf und spürte seinen Blick in meinem Rücken. Ich hoffte, dass es nur ein kurzer Besuch wäre. Im nächsten Moment hörte ich schwere Schritte von der Küche ins Wohnzimmer gehen. Ich riss mich zusammen und sah, wie sich Mrs Borden mit dem Handrücken über den Mund fuhr. Als sie John sah, fuhr ihre Hand zum Herzen.

»Liebe Güte, John!«

»Habe ich dich erschreckt, Abby?« Er sagte es, als wäre es ein Spiel.

John ließ mich im Eingang stehen, trat mit ausgestrecktem Arm auf Mrs Borden zu, die Finger zu kleinen Haken gekrümmt. Dann schüttelte er ihr die Hand, als wäre sie eine Stoffpuppe.

»Schön, dich wiederzusehen, Abby.«

»Das finde ich auch. Was führt dich her?« Sie bekam kaum ein Wort heraus.

»Hat Lizzie dir nichts gesagt?«

Mrs Borden kniff stirnrunzelnd die Augen zusammen. »Wovon?«

»Ich habe ihr vor ein paar Wochen geschrieben, um ihr mitzuteilen, dass ich geschäftlich in der Stadt zu tun habe und euch besuchen komme.« Sein langer, knochiger Kiefer bewegte sich beim Sprechen eigentümlich hin und her. Mrs Borden strich sich übers Haar.

Lizzie erzählte uns nicht immer alles. Der einzige Brief in letzter Zeit war für Emma gekommen, mit der Einladung nach Fairhaven. Und was für einen Aufruhr hatte er ausgelöst! Lizzie hatte die Tür zu ihrem Zimmer zugeknallt und getobt. »Wehe, du lässt mich hier allein mit ihnen!«

»Sei nicht albern!«, hatte Emma gesagt.

So ging es immer weiter. Dann schnitt Lizzie den Ärmel von einem von Emmas Kleidern ab. »Wenn du nichts anzuziehen hast, kannst du auch nicht verreisen.«

»Was ist los mit dir?«, fragte Emma.

»Du weißt ganz genau, dass ich hier nicht allein bleiben kann«, gab Lizzie mit der Schere in der Hand zurück.

»Du führst dich auf wie ein verwöhntes Monstrum.«

»Nun, dann zwing mich nicht...« Sie schnippelte am Stoff herum, nur ein bisschen, und ließ die Baumwollfäden auf den Teppich rieseln.

So ging es tagelang. Ich verzog mich in den Keller, um nicht mitzubekommen, wie sie sich gegenseitig anbrüllten oder die Türen schlugen. Einmal stieß ich auch da unten auf Mr Borden. Er lehnte an der Backsteinmauer, als bräuchte er eine Stütze.

»Hallo, Mr Borden.«

»Bridget.« Er nickte knapp.

»Hoffentlich stör ich Sie nicht.«

»Im Moment nicht.« Er schloss die Augen und sah aus, als wäre er müde.

Der Keller war kühl und schwach erleuchtet. Ich hörte, wie wir beide langsam und schwer atmeten. So standen wir eine Weile voreinander, bis er sagte: »Du hast bestimmt zu tun.«

»Ja, Sir.« Ich ging.

Als ich wieder nach oben kam, herrschte Frieden. Zuerst dachte ich, die Schwestern wären ausgegangen, aber dann fand ich sie im Salon. Lizzie hatte den Kopf in Emmas Schoß gelegt, Emma streichelte ihr die Stirn. Welche Hitze ihre Körper ausstrahlten. Am liebsten hätte ich alle Fenster aufgerissen.

»Bridget«, sagte Emma. »Könntest du uns wohl eine Kanne Tee kochen?«

Ich sah, wie sich ihre Oberkörper im Einklang hoben und senkten. Lizzie blieb ganz still; ihre Augen waren meerblau und sanft. Eine von beiden hatte gewonnen.

Mrs Borden neigte den Kopf zur Seite und sagte zu John: »Lizzie hat nichts erwähnt.«

John pfiff leise durch die Zähne, und mir sträubten sich alle Nackenhaare. »Tja, nun bin ich jedenfalls da.« Er lachte.

Das gefiel mir nicht.

Mrs Borden lächelte vage und kratzte sich die Schläfen. »Wie lange wirst du bleiben?«

»Nur über Nacht. Höchstens ein oder zwei Tage.«

Sie versuchte, hinter ihn zu spähen. »Aber du hast kein Gepäck dabei?«

»Ja, verrückt, was? Ich habe einfach nicht dran gedacht.«

Ich wünschte, er ginge wieder.

»Ach, Andrew kann dir bestimmt aushelfen.«

»Wie gastfreundlich, Abby.« John pfiff erneut durch die Zähne, und Mrs Borden rief meinen Namen, als wäre ich gar nicht da.

»Bitte mach Mr Morse eine Tasse Tee, und bring ihm etwas zu essen.«

»Ja, Marm.«

»Bloß keine Umstände.«

»Unsinn, wir haben genügend zu essen da, nicht wahr, Bridget?«

»Ja, Marm.« Ich ging durch das Wohnzimmer an ihnen vorbei in die Küche und stellte die Hammelbrühe auf den Herd. Von hier aus konnte ich hören, wie Mrs Borden John aufforderte, Platz zu nehmen und es sich bequem zu machen, und dann sagte keiner von beiden noch etwas. Oh, war es still! So still, dass ich hörte, wie Mrs Borden jedes Mal, wenn sie den Mund aufmachte, mit der Zunge schnalzte.

Die Brühe wurde heiß, erfüllte die Küche mit ihrem Geruch, und ich löffelte sie in eine Schale, spürte, wie das Fleisch hineinplumpste und ein paar Spritzer Flüssigkeit auf meiner Wange landeten. Wie es mich juckte, wie meine Unterwäsche an der Haut klebte, am Bauch, an den Unterarmen, an den Innenseiten der Schenkel. Es war, als säße ich in Wolle gepackt vor einem lodernden Feuer. Ich pustete auf meine Handinnenflächen, um mich abzukühlen und tat, als wäre ich auf dem Weg nach Cobh, ans Meer. Pust, pust, pust.

Dann hörte ich John sagen: »Und was machen meine Nichten?«

Ich stellte die Schale aufs Tablett, ich stellte die Teekanne aufs Tablett.

»Lizzie ist in der Stadt. Emma ist in Fairhaven.«
»Ach, was für ein Zufall. Da war ich gestern auch.«
»Geschäftlich?«
»Ich bin immer geschäftlich unterwegs.« Er lachte. »Ich musste mich um ein paar Dinge kümmern. Hätte ich gewusst, dass Emma da ist, hätte ich vorbeigeschaut, um ihr Hallo zu sagen.«
»Sie ist schon seit zwei Wochen da.«
»Ohne sie ist es hier sicher etwas öde, oder?«
»Es ist ungewohnt.«
»Ja, das habe ich mir gedacht, nachdem ihr so daran gewöhnt seid, sie den ganzen Tag um euch zu haben.«
»Ja, es ist selten, dass ich sie den ganzen Tag nicht sehe.« Mrs Borden schnalzte mit der Zunge.
»Du hast in vieler Hinsicht Glück.«
»Wie meinst du das?«
»Dass du sie um dich hast. Menschen hast, mit denen du dich unterhalten kannst.«
»Ja.«
»Für einen Mann wie mich kann es ganz schön einsam werden, fürchte ich. Allein zu leben, meine ich.«

Ich nahm das Tablett und trug es ins Esszimmer.
»Klingt wie dein Essen«, sagte Mrs Borden.
»Fabelhaft!«

Ich trat vom Tisch zurück, als sie hereinkamen, und Mrs Borden zog einen Stuhl für John heran. Ihr Gesicht war erhitzt, und ihre Hände zitterten leicht. »Ich komme später wieder und räume den Tisch ab«, sagte ich.

John setzte sich, beugte sich über seine Schale und sog den Geruch ein. »Genau das Richtige.«

Mrs Borden warf mir einen raschen Blick zu, als wollte sie nicht, dass ich ging. »Vielleicht bleibst du lieber hier und schenkst Mr Morse den Tee ein, Bridget?« Mrs Borden benutzte ihre zuckersüßeste Stimme, diejenige, mit der sie mich immer einwickelte.

John schlürfte die Brühe. Wir sahen zu.

»Wie Sie wünschen, Mrs Borden.« Ich stellte mich mit dem Rücken an die Wand und wartete darauf, mich nützlich machen zu können oder bis es vorbei war.

»Erzähl mal, Abby. Wie laufen Andrews Geschäfte? Ist er noch für andere Gremien tätig? Hat er irgendwelche neue Immobilien erworben?«

Mrs Borden schüttelte den Kopf. »Diese Fragen solltest du lieber ihm selbst stellen.«

John schlürfte seine Brühe. »Da hast du recht, Abby. Entschuldige.«

»Schon gut.« Höfliches Lächeln.

»Aber es geht ihm doch gut, oder? Er ist bei guter Gesundheit?« Er schob den Löffel in den Mund und schlug ihn gegen die Zähne.

»Du kennst ja Andrew, so bald wird er sicher nicht kürzertreten.«

John schlug mit dem Löffel zweimal kurz auf den Tisch. »Bewundernswert!«

Mrs Borden lächelte. »Möchtest du jetzt Tee, John?«

John hob den Blick zu mir und musterte mich von oben bis unten. »Fabelhaft.« Er sah mich an, als wäre ich keine wirkliche Person. Mrs Borden sagte nichts dazu. Ich hätte ihm am liebsten den Löffel aus der Hand gerissen und ihm die Augen ausgestochen.

Ich trat zum Tisch und schenkte den Tee ein. Mein Arm berührte fast den seinen. »Zucker, Mr Morse?«

»Zwei Löffel.«

Ich verrührte sie im Tee. Sein Atem auf meiner Haut, durch den Ärmel auf meinem Arm. Ich sah, wie Mrs Borden mich beobachtete. »Danke, Bridget«, sagte sie. Ich kehrte zu meinem Platz vor der Wand zurück.

Sie saßen schweigend da.

Meine Finger wurden runzlig, als ich in der Spülküche das Geschirr abwusch und darüber nachdachte, wie ich Mrs Borden meine Dose mit dem Geld wieder abnehmen könnte. Eine diskrete Möglichkeit würde es nicht geben. Je nachdem, wo Mrs Borden das Ding versteckte, würde ich im ganzen Haus Schlösser aufbrechen und all ihre geheimen Verstecke durchsuchen müssen, so lange, bis ich sie fand.

Seit dem Einbruch am helllichten Tag im Jahr zuvor hatte sie es sich angewöhnt, ihre Wertsachen in einem Safe im Keller aufzubewahren, in kleinen Holzkistchen in der Spülküche oder in den abgeschlossenen Schubladen des Frisiertischs. Einmal fand ich eine Flasche Calcarea carbonica in einer vergessenen Seifenschachtel unter einem Sack Mehl. Bei ihr galt die alte Redensart: aus den Augen, aus dem Sinn.

Heißer Atem streifte meinen Nacken. Ich erschauerte, als hätte jemand meine Haut berührt.

Als ich mich umdrehte, stand John da und beugte sich mit herabhängenden Armen und großen Augen zu mir vor.

»Du hast meine Serviette vergessen.« Seine Stimme klang wie eine Straße mit Kopfsteinpflaster. Er hob die schmutzige Serviette und schwenkte sie vor meiner Nase hin und her.

»Danke, Mr Morse.« Ich griff danach, und er zog sie weg. Auf solche Spielchen hatte ich keine Lust.

So standen wir einfach da. Nur wir beide. Die Falten um seinen Mund, ein Fetzen Lammfleisch in seinem Bart. Runzeln um die Augen. Langsam kam seine Hand mit der Serviette auf mich zu, winterzweigdünne Finger, die jeden Augenblick brechen könnten. Ich beschäftigte mich weiter mit dem Geschirr und bewegte das Spültuch so ruhig wie möglich durchs Wasser. John schwenkte die Serviette und warf sie mir vor die Füße.

»Brauchen Sie sonst noch was, Mr Morse?«

»Nichts.« John lächelte mir zu und verließ die Spülküche. Meine Beine waren steif und fingen jetzt ein bisschen an zu zittern. Ich betrachtete die Serviette, die fleckigen Umrisse seines Mundes.

Dann ging ich zum Herd, warf die Serviette hinein und sah zu, wie die Flammen das Leinen schwärzten und eine Rauchwolke hervorquoll.

Mrs Borden schickte mir John hinterher, als ich nach oben ging, um das Gästezimmer herzurichten. Seine Stiefel polterten, seine Hand glitt über das blitzblank polierte Treppengeländer.

»Danke, Bridget«, sagte er, als er hereinkam.

»Keine Ursache, Mr Morse.«

John stemmte die Hände in die Hüften. Er trat zum Frisiertisch und strich mit dem Finger über die Oberfläche. »Kein einziges Staubkörnchen.«

»Ja.«

»Du verstehst etwas von deiner Arbeit, nicht wahr?« John bewunderte sich im Spiegel und fuhr sich mit der Rosshaarbürste, die auf dem Frisiertisch lag, durchs Haar. Mir war nicht danach, ihm zu antworten. Er legte die Bürste wieder hin, trat zu mir ans Fenster und starrte hinaus auf die Straße.

»Schau sie dir nur an, da unten. Alle so geschäftig.«

Ich warf einen Blick hinab und sah, dass Männer so schnell über den Gehweg stürmten, dass ihre Sommermäntel hinter ihnen her flatterten. John schnaufte neben mir. Das reichte, um mich aus der Fassung zu bringen; am liebsten wäre ich aus dem Fenster gesprungen, nur um von hier wegzukommen. Ich sah, wie Dr. Bowen auf der anderen Straßenseite vor seinem Haus stand und sich mit einer Frau unterhielt. Sie hatte den Mund aufgerissen, wie ein Löwe, und Dr. Bowen hielt ihn mit seinen Fingern offen und spähte aufmerksam hinein.

»Meinst du, hier oben kann uns jemand sehen?«, fragte John.

»Wenn er stehen bleibt und hochguckt, schon.« Wie sehr wünschte ich, dass jemand es täte, um zu sehen, was in diesem Haus los war.

Eine Weile schwieg er. Dann sagte er: »Hör mal, Bridget, gibt es eigentlich noch überzählige Schlüssel für das Haus?«

Ich wandte mich zu ihm um. »Nein, Mr Morse. Ich hab einen und die Bordens jeweils auch.«

Er rieb sich den kurzen Bart und klopfte mit dem Finger gegen das Kinn. »Verstehe. Ich dachte, ob du mir deinen vielleicht ausleihen würdest, solange ich hier bin.« Er streckte mir die gekrümmte Hand entgegen wie ein Bettler. Seine Mundwinkel hoben sich.

Ich steckte die Hand in die Schürze und tastete nach meinem Schlüssel. »Das geht nicht, Mr Morse.«

Schwer atmend kam er auf mich zu. »Nicht mal für ein paar Stunden?«

»Mr Borden möchte, dass alles abgeschlossen ist, sogar wenn wir zu Hause sind. Ich brauch meine Schlüssel selbst.« Er stand ganz dicht vor mir, sodass alles noch heißer wurde.

»Was Andrew nicht weiß, macht ihn nicht heiß.« Seine Zähne ruhten auf der Unterlippe.

Mir glühten die Ohren. »Sie kommen mir zu nah, Mr Morse«, sagte ich, bevor ich daran dachte, welche Probleme ich mir damit einhandeln könnte.

John wich zurück. »Verstehe. Mein Fehler.«

»Es ist immer jemand im Haus, der Ihnen aufmachen kann.«

»Gut zu wissen.« Sein Körper verkrampfte sich, und er schluckte, wobei der Adamsapfel auf und ab hüpfte.

»Ich geh jetzt.«

John trat zur Seite, ich ging nach unten, er folgte und erklärte Mrs Borden, dass er abends wiederkommen werde.

Mrs Bordens Schultern entspannten sich. »Sehr gut, John. Andrew wird sich sicher freuen, dich zu sehen.«

Ich reichte John sein Jackett und öffnete die Haustür schön weit für ihn. Auf der Straße lagen frische Pferdeäpfel, süßes Heu vermischt mit feuchtem Dreck und halb verfaultem Obst. Eine Brise strich vom Quequechan River über die Stadt hinweg. Ich hasste den Sommer in Fall River und den Geruch nach Tod, den er mit sich brachte. »Was für ein herrlicher Tag«, sagte John, ging die Second Street entlang und war kurz darauf verschwunden. Ich schloss die Tür sorgfältig hinter ihm ab. Dann waren nur noch Mrs Borden und ich im Haus.

Sie hatte die Hände auf den Knien und lehnte sich auf dem Sofa zurück. »Bridget.« Das T war scharf wie ein Nadelstich.

Ich riss mich zusammen und ging auf sie zu. »Ja, Marm?«

»Ich habe unser kleines Problem nicht vergessen.«

»Nein, Marm.«

»Du hast mich sehr traurig gemacht.« Sie fuhr sich mit der Zunge rund um den Mund.

»Ja, Marm.«

Ein paar Haarsträhnen fielen auf ihre Schulter. »Du hast Dinge vor mir verheimlicht.«

»Nicht wirklich, Marm.« Daraufhin errötete sie und rieb sich die Knie.

»Geh mir aus den Augen!« Es klang rau, als hätte sie sich erkältet. Ich wagte nicht, sie anzuschauen.

Ach, aber es war heiß da oben in der Mansarde, als wäre der Zorn bis zum Dach entflammt und hing nun da wie ein Vorhang. Ich lag auf meinem Bett, drehte mich auf die Seite und betrachtete meine Familie, hörte ihre Stimmen im Ohr, den süßen Gesang von *Blow the Candles Out*, ihre liebevollen Abschiedsworte, bevor ich an Bord des Schiffs ging. Ich summte mit. Ich summte mit, obwohl meine Kehle wie zugeschnürt war vor Heimweh und mir die Tränen über die Wangen rollten. Ich summte mit, um meine Familie nahe bei mir zu haben. Ich dachte an Mammys Gebäck, an den Duft nach frischer Hefe, der aus meiner Erinnerung ins Zimmer waberte, und döste ein.

Ich hätte weitergeschlummert, wäre nicht das Hacken da draußen gewesen. Tschock. Ein Flattern im Wind. Tschock. Eine Axt, die auf Holz prallt. Tschock. Ein Grunzen. Tschock. Tschock. Die Stimme eines Mannes. »Willst du wohl stillhalten.« Tschock. Mr Borden. Mein Magen verknotete sich.

Ich stand auf, ging zum Fenster und schaute hinunter. Im Garten, unweit der Scheune stand Mr Borden. Sein Jackett lag im Gras, die weißen Hemdsärmel hatte er bis zu den Ellbogen hochgerollt. Er hatte eine Axt in der einen Hand und eine Taube mit ausgebreiteten Flügeln in der anderen. Sie war steif von dem Blut, das ihr in den nach unten hängenden Kopf gestiegen war, und dem Schrecken dessen, was ihr bevorstand. Meine Knie fingen an zu zittern, und dann spürte ich, wie meine Blase nachgab und die heiße Flüssigkeit an meinen Beinen herabsickerte.

Mr Borden legte die Taube auf den Hackklotz und schwang die Axt. Tschock. Der Kopf fiel ins Gras. Mr Borden warf den Körper in ein Metallfass. Dann wischte er sich mit dem Arm über die Stirn, ehe er in den Taubenschlag griff und die nächste Taube schnappte.

Lizzies Tauben. Er machte es also endlich wahr. Mr Borden würde einen steifen Nacken haben, und mir juckte das Handgelenk, als ich mich an die winzigen Krallen erinnerte. Ich hoffte, dass er nicht ausgerechnet mich aussuchen würde, um Lizzie davon zu erzählen. Aber ich konnte den Blick nicht abwenden. Er hielt die Taube fest, und das winzige Geschöpf schlug seine Flügel gegen Mr Bordens linken Arm, sodass er es fallen ließ. Die Taube landete im Gras, wo sie sich einen Augenblick sammelte, bevor sie in einen Baum flog. Mr Borden hob die Hand über die Augen, um sie vor der Sonne zu schützen, und zuckte mit den Achseln. Dann lehnte er die Axt gegen das Innere der Scheune und warf einen Taubenkopf nach dem anderen zu den leblosen Körpern in das Metallfass. Anschließend trug er das Fass in den hinteren Teil der Scheune. Ich war überrascht, zu sehen, wie wenig Federn auf dem Boden lagen; hier ein paar und da ein paar, gerade so, dass man denken konnte, eine Katze hätte Glück gehabt und wäre schnell genug gewesen, um eine Taube zu fangen.

Ich setzte die Haube wieder auf und ging nach unten. Mein Herz raste, als ich am Hintereingang stehen blieb und wartete, was Mr Borden als Nächstes tun würde. Ich hörte, wie er den Weg entlangkam. Die Sohlen seiner schwarzen Stiefel knirschten wie Schmirgelpapier auf den Steinen. Rasch lief ich hinüber zum Küchentisch und fuhrwerkte mit der Teekanne und dem Tee herum, dessen Blätter in sich zusammenfielen wie kleine Bäume, als sie gegen die Innenseiten der Kanne prallten. Die Uhr schlug zwei. Dann ging die Hintertür auf, und er kam herein.

»Ich brauche Seife, Bridget.« Mr Bordens Hände waren fleckig, marmeladenrotes Blut klebte zwischen seinen Fingern. Auch auf seinem Kragen waren Blutspritzer, Blut über der Augenbraue, Blut im Mundwinkel. Bei dem Anblick fuhr ich mir über die Lippen, um ihn auf meine stille Art aufzufordern, es mir nachzutun und sich bewusst zu werden, dass er mit Tierblut bedeckt war. Er aber reagierte nicht, als spürte er nichts.

»Ja, Mr Borden.« Ich rannte in den Keller, schnappte mir die Seife und rannte zurück. Er lehnte am Tisch und betrachtete seine Hände, rieb die Finger gegeneinander. Ein seltsamer Geruch nach Moschus hing in der Luft. Ich fing an zu zittern. Ich wollte ihm nicht zu nahe kommen und hielt ihm die Seife mit ausgestreckter Hand entgegen. »Hier, Mr Borden.« Es war so, als hätte ich einen Ziegelstein in der Hand, als würde mein Handgelenk jeden Moment abbrechen. Er machte einen Schritt auf mich zu, nahm mir die Seife ab, und ich sah die Schweißtropfen über seiner Oberlippe.

»Alles in Ordnung, Mr Borden?«

Er drehte die Seife in den Händen, schäumte sie ein und ließ Wasser darüberlaufen. »Ja, alles gut.«

»Haben Sie sich verletzt?« Ich konnte einfach nicht lügen.

»Nein, ich habe nur im Garten aufgeräumt.« Er auch nicht.

»Ach so.«

Als Nächstes wusch er sich die Arme. Der Schaum tropfte in die Spüle.

»Hast du Mrs Borden gesehen?«, fragte er.

»Nicht seitdem Mr Morse weg ist.«

Er wandte sich um und verzog das Gesicht. »Morse?«

»Ja. Er ist zu Besuch.«

»Wo steckt er?«

»Er hatte was Geschäftliches zu erledigen. Er kommt später wieder.«

Mr Borden kaute auf den Innenseiten seines Mundes herum; seine Wangenknochen erinnerten an die eines Wolfs. »Wann ist er angekommen?«

»Um die Mittagszeit, Sir.«

»Und wie lange will der Mann bleiben?«

»Das weiß ich nicht, Sir. Auf alle Fälle über Nacht.«

Dieser Mann. Das war keine Art, den einzigen Bruder seiner geliebten verstorbenen Frau zu beschreiben.

»Wusstest du, dass er kommen wollte?«

»Ich glaube, niemand wusste es, außer Lizzie.«

»Und wo ist sie?«

»Ausgegangen, Sir.«

Mr Borden schlug mit der Faust auf den Tisch. »Wieso ist niemand da, wenn ich ihn brauche?« Dann wischte er sich das Gesicht mit einem Küchenhandtuch ab, drehte den Kopf mehrmals hin und her und verschwand irgendwo im Haus.

7 EMMA
4. August 1892

Die Second Street wimmelte nur so von Menschen. Ich stieg langsam aus der Pferdedroschke und warf einen Blick auf den Schwarm von Zuschauern vor dem Haus, ihre seltsamen Gesichter. Meine Schulter schmerzte, deshalb massierte ich den verspannten Muskel mit den Fingerspitzen. Ich war zu Hause. Ein paar Leute in der Menge legten die Hand aufs Herz, als ich vorbeiging und ihre Gesichter erkannte: Mr Porter, der junge Kutscher, dessen Sohn immer mit triefender Nase herumlief; Mrs Whittaker, dessen Pausbacken sich beim Sprechen aufbliesen, die kleine Frances Gilbert, Lizzies ungeliebte Sonntagsschülerin, die sich das wilde Haar zerzauste, während sie mit ihren Eichhörnchenaugen das Haus beobachtete. Ich versuchte, Blickkontakt herzustellen. Irgendwo eine Stimme: »Ob sie es schon weiß?« Neuigkeiten verbreiten sich schnell: Was für eine Art Unfall genau?

Ich sah zum Himmel auf, Wolkenschatten fielen über mein Gesicht, und ich bemerkte, wie sich ein Vogel auf das Dach setzte. Ich blinzelte, und alles wurde plötzlich still. Das Haus wirkte so gewöhnlich, und ich dachte immer wieder den einen Satz: »Abby vermisst.« Wie war es möglich, dass eine Frau in Abbys Alter einfach verschwand? Hatte sie sich nachts davongestohlen? Hatte sie vergessen, eine Nachricht zu hinterlassen, vergessen, Vater zu sagen, dass sie bald zurück wäre und er sich keine Sorgen machen solle? Oder hatte sie beschlossen, einer ihrer Launen nachzugeben und für immer zu gehen, war zum Fluss hinuntergegangen, in ein Boot gestiegen und flussabwärts getrieben, bis sie das Meer erreichte, wo sie über Bord gesprungen war, Salzwasser geschluckt hatte und wie ein Anker versunken war?

Die Menge teilte sich, als ich auf sie zuging. Zehn Frauen fingen gleichzeitig an zu schreien, ihre Wangen waren erhitzt vom Tratschen. Ich hörte, wie mir »Lizzie« über die Lippen kam. Schritt für Schritt spannten sich meine Schenkel ein Stück mehr an, die Schultern zuckten, der Körper war starr vor Angst.

Ein Polizist tauchte von einer Seite des Hauses auf und sagte: »Miss Borden, kommen Sie bitte hier entlang.«

Es stimmte. Es hatte einen Unfall gegeben. Ich wurde durch den Hintereingang geführt, hatte nicht daran denken wollen, was im Haus war, aber dann war ich da. Ich trat ein und bemerkte sofort die Hitze und meine trockene Zunge. Die Tür zum Wohnzimmer war geschlossen. Ich hörte die Worte »Zeitpunkt des Todes«, fremde männliche Stimmen, die gegen mein Ohr schlugen. Meine Hände versteinert.

»Ihre Schwester ist hier drinnen.« Finger zeigten Richtung Esszimmer.

Dort: Dr. Bowen, Mrs Churchill, Alice Russell. Fremde

Männer umringten Lizzie, sodass sie wie ein kleines Kind wirkte.

»Was ist passiert?« Meine Hände, Schweiß.

Alice Russell kam auf mich zu, »Ach, Emma«, und wischte sich über Stirn und Schläfen.

Meine Schwester strich über ihren Rock, unruhig auf eine Art, die mich immer wütend machte. An ihrem Kiefer entdeckte ich ein paar kleine Kratzer, als hätte sie an ihrer Haut gefummelt und ihre Nägel als Kneifzange benutzt. Ich kannte das: Sie hatte versucht, sich von ihrer Angst zu befreien. Ich sah einen Fleck auf ihrem Rock, klein und rostfarben. Meine Haut spannte über den Rippen, die Hände schwitzten. »Was ist passiert?«

In einer Ecke des Zimmers streckte ein Polizist die Brust heraus, die aussah wie ein hölzerner Vogelkäfig, strich sich mit der Hand über den Schnurrbart und behielt Lizzie im Auge. Ich hustete, woraufhin sich der Polizist aufrichtete und die Hände über dem Bauch faltete. Die Luft war salzig und dick.

»Möchten Sie Platz nehmen, Miss Borden?« Der Ton des Polizisten war hoch, zu einstudiert.

»Was ist passiert?«

Gesenkte Köpfe.

»Ihre Eltern«, sagte jemand.

»Vater«, meinte Lizzie mit ruhiger Stimme.

»Ihr Vater und Ihre Mutter sind tot.«

In meinem Kopf hämmerte es. »Warum sind so viele Leute hier?«

»Es ist eine Tragödie, Emma.« Dr. Bowen war ernst, kaum zu verstehen.

Ich suchte Lizzies Blick, ihr Gesicht war aus Stein. Wie seltsam sie aussah. Worte blieben unausgesprochen. Lizzie schluckte mühsam, sodass man sah, wie die Seiten ihrer Kehle flatterten, wie bei einem Frosch, und sagte: »Ich bin so froh, dass du wieder da bist, Emma.« Dann hielt sie mir die Hand entgegen, mit ausgestreckten Fingern, und wartete, dass ich sie ergriff.

»Was ist passiert?«

Alle hielten den Atem an. Ich setzte mich neben Lizzie und legte die Arme um ihre Schultern, sog sie in mich auf. Ein seltsamer Geruch. Seite an Seite, unsere Körper aneinandergeschmiegt, hatte ich das Gefühl, dass ich in Salz und Schweiß ertrank. Lizzies schwerer, dumpfer Herzschlag breitete sich bis in ihre Finger und Knochen aus. Es war zu viel für mich. Ich schloss die Augen und wünschte jedes Mal, wenn ich Lizzie an mich drückte, dass sie verschwinden möge.

»Emma.«

Ich schlug die Augen auf. Lizzie starrte mich an, versuchte, sich zu befreien.

»Lass mich los, Emma, oder ich falle in Ohnmacht.«

Ich ließ sie los. »Was ist passiert?«

»Onkel John ist hier«, raunte Lizzie mir zu.

Dieser Mann. Ich sah mich im Zimmer um. »Wieso?«

»Er kam gestern zu Besuch.« Lizzie, fast ein Singsang.

»Wo ist er?«

»Er hatte etwas zu erledigen. Er muss bald zurück sein«, sagte Lizzie. Sie kaute auf den Innenseiten ihrer Wangen.

Pause. Dann: »Etwas sehr Schreckliches ist heute geschehen, Emma«, sagte Mrs Churchill und setzte sich neben mich. Sie ergriff meine Hand und streichelte sie, bis sie sich taub anfühlte. Die Fakten blieben knapp und kamen von Mrs Churchill und den Polizisten, als wären sie ein und dieselbe Person:

»Jemand hat Ihre Eltern getötet.«

»Es geschah heute Morgen.«

»Wir hatten geglaubt, Mrs Borden sei unterwegs, um eine Verwandte zu besuchen, aber ...«

»Ihre Schwester steht unter Schock.«

»Lizzie fand ihn heute Morgen im Wohnzimmer.«

»Ihr Hausmädchen und Mrs Churchill entdeckten Mrs Borden im Gästezimmer.«

»Lizzie hatte Bridget losgeschickt, um Hilfe zu holen.«

»Keinerlei Anzeichen dafür, dass sich jemand gewaltsam Zutritt verschafft hat.«

Ich wollte einen Sinn in alldem finden. Wie lange war ich weg gewesen?

»Emma, halt mich wieder fest.« Lizzie, wie eine Katze.

Das Stimmengewirr hielt an. Mrs Churchill flüsterte sanft in mein Ohr: »Ich konnte nicht fassen, was da geschehen war... oh... ich sah Lizzie an der Tür... da drüben... fragte sie... wir vergewisserten uns...« Ich versuchte, das Kribbeln zu ignorieren, die Stimmen aus meinem Kopf zu vertreiben. Ich sah, wie Lizzies Zunge zwischen den Lippen hervorlugte und über die Zähne glitt. Was für ein Geräusch das machte. Ich lächelte meiner Schwester zu, strich ihr über die Schläfen, um sie zu beruhigen. Lizzies Herz pochte durch die Seiten ihres Kopfes, rasch, unregelmäßig und übertrug sich auf meine Hände. Warum hielt die Welt nicht an?

Dr. Bowen reichte mir einen kalten, feuchten Waschlappen. »Für sie.« Seine Stimme war wie eine Eisenbahn im Schneckentempo. Ich drückte den Waschlappen fest auf Lizzies Stirn. Lizzie sah so klein aus. In diesem Moment hätte ich sie am liebsten in mir getragen, sie sicher und geliebt gewusst, wie ich es meiner Mutter versprochen hatte. Alle starrten Lizzie mit pathologischem Mitgefühl neugierig an. Sie ließ mich nicht aus den Augen, so wie nach Mutters Tod. Ich küsste sie. Irgendwo unter erhitzter Haut bildeten sich Tränen.

Ich war umgeben von Gesichtern, übereinstimmendem Grauen, und alles wirkte plötzlich kleiner als sonst. Irgendwo im Haus gab es ein seltsam klagendes Geräusch; vielleicht hörte sich Blut so an, wenn es einen Körper verlässt. Ich fuhr zusammen und warf einen Blick Richtung Wohnzimmer, zu Vater und dahinter Abby, und betete, dass niemand mich zwingen würde, diese Zimmer zu betreten. Ich starrte auf meine Handgelenke; Sonnenstrahlen tanzten über die Adern, und einen Augenblick lang war ich wieder auf meinem Feld in Fairhaven, mit dem Stift in der Hand, allein. Ich hörte, wie sich Lizzies Zunge in ihrem Mund bewegte, zog den Ärmel über mein Handgelenk und rieb meiner Schwester über die Stirn.

»Wir verstehen, dass es alles ein bisschen viel auf einmal ist«, sagte ein Polizist.

»Ja.« Aber es gab noch so viele Fragen, die ich stellen wollte.

»Emma, ich glaube, ich werde ohnmächtig.«

»Vielleicht sollten Sie Lizzie nach oben bringen, damit sie sich ausruhen kann.« Wieder der Polizist.

Alice Russell beugte sich zu mir herüber und sagte: »Ihr Zimmer ist in einem fürchterlichen Zustand. Soll ich es erst einmal aufräumen?«

»Nein, das kann ich machen.« Ich war es gewohnt, die Verantwortung zu übernehmen. Ich stand auf und nickte. Ich würde dafür sorgen, dass Lizzie es bequem hatte, und ihr Zimmer aufräumen. »Ich bin gleich wieder da«, sagte ich und küsste sie auf die Stirn. Meine Fragen hob ich mir für später auf.

Ich stieg die Hintertreppe zu Lizzies Zimmer empor, wohl wissend, dass ich durch Vaters und Abbys Schlafzimmer musste. Als ich um die Biegung war, hörte ich jemanden sagen: »Wahrscheinlich hat es sie als Erste erwischt. Ich habe ein Stück von der Schädeldecke neben dem Heizkörper im Zimmer gefunden.« Ich blieb stehen, spürte, wie sich meine Muskeln verkrampften, und dann geschah es: Mein Magen stieß bittere Galle aus meinem Körper, wieder und wieder. Ich wischte mir den Mund ab, ging weiter die Treppe hinauf und betrat das Schlafzimmer von Vater und Abby. Dort war es ganz still. Die kleine Uhr auf dem Nachttisch war stehen geblieben. Frische Laken, sorgfältig unter die Matratze gestopft, reich verziertes Kopfende aus Holz, die beiden Hälften des Ehebetts. Vorsichtig berührte ich die Kanten der Bettdecke, spürte die Wucht des Verlusts. Der Duft von Lavendel und Salbei, vermischt mit Leder und feuchter Wolle, weich unter meinen Händen. Abby hatte noch vor Kurzem hier gelegen. Ich hob die Hände zum Gesicht und rieb sie sacht über meine Haut. Aus Erfahrung wusste ich, dass Düfte nicht lange anhalten.

Auch Vater hatte Spuren im Raum hinterlassen: eine kleine Handvoll 5- und 10-Cent-Münzen, Kopien von Steuerquittungen, ein zerknittertes Stück Papier mit der Anweisung, Vorräte für Swansea zu kaufen und Bridget zu bitten, seine Socken zu stopfen. Auf Vaters Seite des Frisiertischs fand ich ein kleines Foto von Mutter. Ihr Hochzeitstag, ihre junge Haut. Ich küsste das Foto. Hatte Abby jeden Tag Mutters Bild ansehen müssen?

Ich setzte mich auf eine Seite des Betts und schloss die Augen, beschwor Bilder von Vater. Es war schwer, ihn sich anders als einen alten Mann vorzustellen. Vor zwei Wochen war er ein alter Mann auf dem Sofa gewesen, mit der Tabakpfeife in der Hand; vor einem Jahr war er ein alter Mann gewesen, als er versuchte, einige landwirtschaftliche Geräte aus der Scheune zu tragen; vor zehn Jahren, zwanzig Jahren, dreißig: Vater war schon alt gewesen, als er Mutter begegnete, ihr seine Liebe gestand und mich zeugte.

Mein Magen rebellierte; die Luft im Raum war honigsüß. Ich strich mir über den Kopf, die Arme, glitt durch Leere wie in einem Traum. Ich hätte gar nicht hier sein dürfen. Unter mir krochen Männer im Erdgeschoss herum, die Schwere sang, und ich strich über das Bett:

Alles würde anders sein. Mutter, Vater, Abby. Alle drei hatten hier geschlafen, und jetzt waren sie alle tot.

Ich ging durchs Zimmer und blieb am Fenster stehen, das auf die Scheune hinausging. Dort war ich schon lange nicht mehr gewesen. Die Türen waren fest verschlossen. Ein Polizist erschien im Garten und fummelte mit Notizheft und Stift herum. Er blieb vor der Scheune stehen und betrachtete das kleine Gebäude, bevor er die Tür berührte. Seine Finger strichen sacht über das knorrige Holz. Er notierte etwas in sein Heft und drückte dann gegen das Scheunentor, trat hinein und verschwand.

Seit Jahren hatten wir unsere ausrangierten Besitztümer hier abgestellt: Teller und zerbrochene Teetassen warteten auf ein zweites Leben. Zusammengerollte Seile, ein Behälter mit Senkblei zum Angeln, alte Hämmer und Nägel, eine kaputte Axt, stapelweise Holz. Vater warf nichts weg. Und jetzt würde alles für immer dort bleiben.

Durch die Fenster sah ich, wie der Polizist sich mit der flachen Hand über die Stirn rieb und dann mit einem Finger über den Rand der Fensterscheibe. Anschließend studierte er seine Fingerkuppe und machte sich wieder Notizen. Ich presste die Stirn gegen das Glas, bis es klirrte. Dann ging ich quer durch den Raum und öffnete die Tür zu Lizzies Zimmer, löste die Grenze zwischen Borden und Borden auf. Darin: Anzeichen von Gewalt und Durcheinander, eine Spur von Fremden. Fotorahmen hingen schief, Bücher waren aus den Regalen gerissen und zu Boden geworfen worden. Wusste Lizzie von dieser Verwüstung?

Ich erhaschte einen Blick auf mein Spiegelbild: rundes Kinn, träge, müde Augen, eingefallene Schultern. Der Anblick war unerträglich. Ich schlug Lizzies Bettzeug zurück und machte einen kleinen Kokon aus Leinen für sie. Jahrelang hatte ich solche Nester für Lizzie gebaut. Ich war es leid, aber was sollte ich machen? Unter Lizzies Kopfkissen fand ich ein kleines Stück feuchten weißen Stoff. Ich hob ihn auf: ein Hauch von Metall, eingewickelt in Geblümtes, diese seltsamen Schwesterngerüche. Ich legte ihn wieder unter das Kopfkissen.

Ein Krug mit hellbraunem Wasser stand auf dem Nachttisch. Ich schenkte ein Glas für Lizzie ein, mit zittrigen Händen und pochendem Herzen. Ich befahl meinem Körper, Ruhe zu geben, dachte an den Ton des Polizisten, als er »Keinerlei Anzeichen dafür, dass sich jemand gewaltsam Zutritt verschafft hat« gesagt hatte. Die Art, wie er mit der Zunge zu schnalzen schien, der leise Pfeifton, der von seinem abgebrochenen Vorderzahn herrührte. Ich erfand Möglichkeiten: Ein Fremder hatte an die Haustür geklopft und die Wunder von Innentoiletten angepriesen. Als Vater »Nichts als Geldverschwendung, Sie Gauner!« gesagt und ihn aufgefordert hatte, zu gehen, hatte er die Beherrschung verloren. Doch es war kaum vorstellbar, dass ein schlichtes »Nein« eine derart brutale Reaktion ausgelöst hatte.

Vielleicht war es ein unzufriedener Mieter gewesen, der sich darüber ärgerte, dass Vater ohne Vorwarnung die Miete erhöht hatte.

»Da ist schon wieder ein Loch im Dach«, hatte er möglicherweise gesagt. »Deshalb kommen nachts Insekten ins Haus.«

»Darum kümmern wir uns, wenn es so weit ist«, hatte Vater geantwortet.

Der Mieter hatte den Kopf geschüttelt und neben Vaters Füße auf die Vordertreppe gespuckt.

»Verlassen Sie sofort mein Grundstück!«

»Heute nicht, Mr Borden.« Und damit hatte der Mieter Vater vor die Brust gestoßen und ihn durch die Tür ins Haus gedrückt.

Doch all das konnte nicht sein. Es hätte eines Zeugen bedurft, und niemand hatte etwas gesehen.

Bei jeder Bewegung holte ich tief Luft, inhalierte etwas Schweres, Heißes, Stinkendes. Was war das für ein Geruch? Ein Zweig schlug gegen die Fensterscheibe, kratzte daran, bis ich das Fenster öffnete und die Sonne auf dem Gesicht spürte. Ein Paar Stiefel bollerte die Vordertreppe hinauf und bewegte sich in Richtung Gästezimmer. Sie wurden lauter, und dann fiel es mir wieder ein: Hinter den Türen lag Abbys Leiche, Vaters tote andere Hälfte. Ich versuchte, meine Arbeit fortzusetzen.

Unter dem Bett fand ich ein paar Papierschnipsel. Lizzie konnte schrecklich schlampig sein. Ich hockte mich auf den Boden, sammelte die nutzlosen Worte ein, sah ein gebrauchtes Besteck, an dem noch halb verschimmelte Essensreste und Speichelspuren klebten. Ein gebrauchtes Taschentuch und eine schmutzige Bluse. Ich biss die Zähne zusammen, spürte, wie ein Nerv im Gaumen zuckte.

Es war einmal mein Zimmer gewesen, sauber, ordentlich, schön. Ich hatte meine Bücher alphabetisch geordnet und die wertvollsten mit Schutzumschlägen versehen. Bei mir war alles weiß gewesen – Überdecke, Wandfarbe, Möbel –, doch inzwischen war das Zimmer voller Rot- und Gelbtöne, großer Sonnenschirme und kitschiger Illustrationen. Lizzie hatte sich überall ausgebreitet. Jeden Tag war ich von meiner Schwester umgeben: Büschel von kastanienbraunem Haar auf dem Teppich und im Abfluss, Fingerabdrücke auf Spiegeln und Türen, Moschus, in den Vorhängen versteckt. Ich wachte auf und hatte meine Schwester im Mund, Haarsträhnen, einen Geschmack nach saurer Milch, als wäre sie in mich gefahren.

Im Jahr zuvor hatte Lizzie darauf bestanden, dass die Tür zu meinem Zimmer, das Einzige, was uns trennte, offen blieb. »Nur um zu wissen, dass wir immer füreinander da sind.«

»Ich glaube nicht, dass es für Erwachsene gut ist, so eng aufeinanderzuhocken. Es macht mich nervös.«

»Aber so möchte ich es nun mal, Emma.« Sie neigte den Kopf und machte große Augen.

Der Streit hielt wochenlang an. Lizzie gewann; es war einfacher, nachzugeben. Ich war gezwungen, ihren dummen Tagträumen zu lauschen.

»Eines Tages werde ich das alles neu erfinden«, sagte Lizzie und deutete auf sich selbst.

»Was um Himmels willen meinst du?«

»Ich werde eine Grande Dame sein, wie es sich für mich gehört.« Diese Idee hatte sie aus Europa mitgebracht.

»Grandes Dames laufen nicht herum und äußern kindische Wünsche. Warum kannst du nicht einfach du selbst sein?«

Lizzie wehmütig: »Ich warte nur auf den geeigneten Moment, um mich in mein wahres Ich zu verwandeln. Dann wird alles anders, du wirst schon sehen.« Sie sprang vom Bett und stellte sich vor den großen Spiegel.

»Emma, was glaubst du, wie wir im Innern aussehen?«

Diese krankhafte Neugier. Ich beobachtete sie, folgte den Spuren ihrer Finger, wenn sie über ihre Brust oberhalb des Herzens glitten. Lizzie berührte ihre Haut, als wäre es Nacht.

»Wir könnten uns gegenseitig neu erfinden, Emma.«

»Hör auf damit. Ich habe dieses alberne Gerede satt! Behalt deine Träumereien für dich.«

Lizzie betrachtete mich im Spiegel und wurde ernst. »Du solltest alle Möglichkeiten in Betracht ziehen.«

Das hatte ich bereits getan: Künstlerin in Europa, die zehn Sprachen spricht; Nonne, die ein Gelübde des Schweigens abgelegt hat; Wissenschaftlerin an Bord der Beagle. All das würde ich nie werden. Für diese Dinge hatte Lizzie bessere Chancen, nur weil Vater ihr alles erlaubte. Im Grunde meines Herzens wusste ich, dass ich meine Fantasien aufgeben und mich mit der Realität zufriedengeben sollte: Ich lebte mit meinem Vater und meiner Stiefmutter zusammen und mit einer Schwester, die mich nie loslassen würde. Die Gelegenheit, etwas anderes oder jemand anderer zu sein, hatte ich verpasst. Mit dieser Enttäuschung musste ich leben, und ich wünschte, Lizzie würde es auch tun.

Ich räumte weiter auf und zog die Vorhänge vor der zweiten Fensterreihe auf. Dort entdeckte ich ein paar kleinere Sprünge in der Fensterscheibe, eine tote Fliege lag auf dem Rücken. Ich schob sie in meine Handfläche und steckte sie dann in die Rocktasche. Ich war erschöpft. Ich setzte mich auf Lizzies Bett, wischte mir die Hände am Laken ab und dachte darüber nach, wie lange es dauern würde, bis man einen Hilfeschrei hörte. Wie laut ist der Tod? Hatte Lizzie ihn gehört, hatte sie etwas von diesem entsetzlichen Schock mitbekommen? Ich warf einen Blick aufs Gästezimmer, dachte an Abby und wie ihr massiger Körper dort zusammengesackt auf dem Boden aussehen mochte. Es gab Fragen, die ich ihr hätte stellen wollen.

1. Wo warst du, als Vater getötet wurde?
2. Wie weit war die nächste Fluchtmöglichkeit entfernt?
3. War Lizzie auch in Gefahr?
4. Hast du es kommen sehen?
5. Was ist passiert? Wen hast du dermaßen gegen dich aufgebracht?
6. Wie groß war dein Schmerz?

Ich stand da und betastete die Fliege in der Rocktasche.
    Alles war bereit. Ich ging zurück durch Vaters und Abbys Schlafzimmer, stieg die Treppe hinunter und be-

merkte zum ersten Mal, wie steil die Stufen waren, wie rechtwinklig und alt sie geworden waren, wie dick und schwerfällig sie einen machten. Ich sah aus dem Fenster und auf die Nachbarn, die sich reihenweise am Zaun aufgestellt hatten. Ihre Hände begrapschten das Holz. Was wollten sie im Innern dieses Hauses bloß sehen? Mein Gesicht wurde böse, und ich hoffte, dass sie mich entdeckten.

Ich stand an der Tür zum Esszimmer. »Ich bringe dich jetzt nach oben«, sagte ich.

Lizzie starrte auf die Wohnzimmertür. Ihre Augen waren wie Bleigewichte, ihre Zunge huschte über die Lippen. Vielleicht lächelte sie sogar.

Ich trat dicht an meine Schwester heran und versuchte, meinen Herzschlag zu beruhigen, schwebte leise über die Dielen und streckte ihr die Hand entgegen.

»Was glaubst du, wie er aussieht, Emma?« Lizzie, sachlich.

»Lizzie...«

»Zerstückelt und rot.« Sie fummelte an ihrem Gesicht herum, sie machte mir Angst.

»Sie steht unter einem gewaltigen Schock«, erklärte mir Dr. Bowen.

»Komm jetzt, Lizzie. Hör auf, so zu reden«, sagte ich.

»Aber es stimmt. So habe ich ihn gefunden.«

»Ich habe ihr noch mehr Beruhigungsmittel gegeben. Sie wird bald einschlafen.« Plötzlich wirkte auch Dr. Bowen alt.

»Danke.« Ich schlang den Arm um Lizzies Schultern und half ihr auf die Beine. Sie war heiß, elektrisiert.

»Ich habe dein Bett gemacht«, sagte ich. »Komm jetzt.«

Lizzie seufzte. Aus dem Wohnzimmer kamen Geräusche: Männer, die eine schwere Last trugen. »Vorsicht, der Kopf.«

Wir taumelten die Hintertreppe zu Lizzies Zimmer

hoch. In meinem rechten Ohr summte sie *The Song of Birds,* ein Lied, das wir vor Jahren komponiert hatten. Die Melodie platzte bei jedem Schritt heraus, tanzte über Lizzies Zähne.

»Das reicht jetzt, Lizzie«, flüsterte ich, und sie lächelte. Was stimmte nicht mit ihr? Ich dachte an Helen, an ihr Angebot, mich länger bei sich wohnen zu lassen. Wie sollte ich Lizzie sagen, dass ich ohne sie weiterleben würde?

Im Bett fragte sie: »Hast du mich vermisst, als du weg warst?«

»Versuch dich auszuruhen.« Ich wollte nicht auf ihre Spiele eingehen.

»Du hast meine Briefe nie beantwortet«, schmollte sie.

»Ich war beschäftigt.«

Lizzie stieß mich gegen die Brust. »Du solltest dich entschuldigen.«

Stacheln stellten sich an meinem Rückgrat auf; ich musste husten und nahm ihre Hand. Sie war genauso weich wie meine. Da waren wir, meine Schwester und ich, körperlich untrennbar miteinander verbunden. Nichts ist dicker als Blut.

Ich sah in Lizzies runde Augen: eine Pupille erweitert, der rechte Augenwinkel zuckte.

»Was ist heute passiert, Lizzie?« Ich musste alles erfahren, dabei wollte ich es gar nicht hören.

»Das würde niemand verstehen.« Lizzie sah an mir vorbei in Richtung Gästezimmer.

Ich beugte mich über sie. »Was ist geschehen?«

»Ich weiß es nicht genau.« Lizzies Atem war wie Feuer in meinem Ohr.

»Was hast du heute gesehen?«

»Das haben sie mich auch gefragt. Warum behandelst du mich so?« Ihre Stimme verharrte auf dem schmalen Grat zwischen Gesang und Aufschrei. Ich wollte nicht diejenige sein, die ihr einen Stoß versetzte.

»Es tut mir leid. Die Polizei hat mir nichts gesagt. Ich wollte es einfach nur von dir hören.«
»Ich fand ihn auf dem Sofa. Er ruhte sich aus.« Sie sagte es, als löste sie ein Puzzle.
»Und?«
»Da war ich mir nicht ganz sicher.«
Lizzies Hand wurde schwerer. Es war still im Zimmer. Draußen sang ein Vogel von sonnigen Zeiten. Ich ließ Lizzies Hand los und dachte an das, was unausgesprochen blieb. Ich wünschte, ich hätte in ihren Kopf sehen, alles mit ihren Augen, aus ihren Knochen und ihrer Haut heraus betrachten können.

Als Lizzie klein war, betete ich darum, mich in ihren Kopf hineinversetzen zu können. Ich flüsterte ihr all meine Erinnerungen an Mutter und unser Leben vor den Veränderungen zu, vor Abby. Ich wollte erklären, wie einsam es war, ehe Lizzie gekommen war, ihr von dem kleinen Schmerz erzählen, der scheinbar nie verschwunden war, nachdem Baby Alice von uns gegangen war, um bei Gott ewige Ruhe zu finden. Niemand wollte wissen, wie viele Tränen ein siebenjähriges Kind vergießen konnte. Ich lernte, zahlreiche Dinge für mich zu behalten. In unserem Haus der konstante Rhythmus der Erwachsenen, alternder Atem, Gerede über Melancholie und Geschäfte und darüber, dass Mutter und Vater sich nicht mehr so berührten wie vorher. Mutter erklärte Großmutter, dass der Schmerz über Baby Alice zu schwer zu ertragen sei. Manchmal vergaßen meine Eltern, dass ich im Zimmer war, vergaßen, dass ich noch lebte. Ich fing an, mir einen Zwilling zu wünschen, ich wollte vor mir selbst stehen und Hände ergreifen, telepathisch kommunizieren, nicht länger allein sein.

Dann berührte eines Tages Mutter die Hand meines Vaters, berührte seinen Arm. Ich gewöhnte mir an, meinen Eltern beim Liebemachen zuzuhören. Jede Nacht hielt ich den Atem an. Monatelang betete ich, bitte, bitte, ein neues Baby von Mama. Bitte, bitte, und so wurde ich zur Anatomin der Familie, die mögliche Veränderungen in Mutters Körper genau registrierte.

1. In manchen Wochen wirkten ihre Hüften und ihr Bauch fülliger.
2. Ihr Haar erschien mir dichter.
3. Sie benutzte das Wort »Heißhunger«.
4. Sie verströmte einen animalischen Geruch nach Moschus und Salz.
5. Ihre Wangen waren erhitzt.

Schließlich sagte Mutter: »Wir werden ein Baby bekommen.« Ihr Körper schwoll an, sie klagte über Schmerzen und sagte, sie könne es kaum erwarten, dass diese Phase vorbeiging. Ich half ihr, die Schuhe anzuziehen, als sie sich nicht mehr vorbeugen konnte, und massierte ihre Füße mit Lanolin und Lavendel, damit sie besser schlafen konnte.

»Du bist ein braves Mädchen, Emma«, sagte sie. »Du wirst eine wunderbare große Schwester sein.«

Ich grinste ihr zu, aber das wusste ich alles schon. Ich hatte es schon einmal gehört, war schon einmal große Schwester gewesen. Wie konnte sie das vergessen?

Die Zeit verging. Lizzie kam auf die Welt, und ich wusste, dass es mein Werk war. Ich versuchte, mich in dieser neuen Schwester wiederzufinden. Ich stand neben Lizzies Wiege, wenn sie schlief, und suchte ihr Gesicht nach vertrauten Zeichen ab. Ich zog Lizzie meine alten Kleider an, als wäre sie eine Puppe, schleppte sie überall mit mir herum, bis mein Rücken nicht mehr mitmachte, erzählte Lizzie meine Kindheitserinnerungen, in der Hoffnung, dass sie sie für ihre eigenen hielt. Lizzie und ich hatten die gleichen Augen und die gleiche Art, unser hungriges Mäulchen aufzusperren. Stundenlang brachte ich Baby Lizzie bei, so zu sprechen wie ich, »Emma, Emma« zu sagen, doch das einzige Wort, das sie herausbrachte, war »Dada«, wieder und wieder.

Es gab kurze Triumphe: Baby Lizzie mochte dasselbe Essen wie ich, liebte dieselbe Musik, fand, dass das Wiehern eines Pferdes und das Krähen eines Hahns Applaus verdienten. Lizzie kletterte jeden Morgen über meinen Körper und patschte mit ihren vollgesabbelten Babyhändchen auf meinen Rücken und die Beine. Ich war so entzückt, mich selbst im Gesicht eines anderen widergespiegelt zu sehen, dass ich anfing, Lizzie und mich als »ich« zu bezeichnen.

»Ich sieht aus, als plagte sie etwas.«

»Ich hat Hunger.«

»Ich liebe ich.«

Manchmal hörte ich Vater schimpfen. »Es ist, als wäre sie in ein frühkindliches Stadium zurückgefallen«, sagte er zu meiner Mutter.

»Vielleicht ist sie noch nicht darüber hinweg, dass Alice uns verlassen hat?«

»Trotzdem. Sie muss doch verstehen, dass sie zwei unterschiedliche Wesen sind.«

Schweigen hing zwischen uns. Lizzie zog an meinen Fingern, und ich wusste, sie wollte, dass ich mich öffnete, ihr nachgab.

»Wie fühlst du dich? Möchtest du reden?« Ich strich ein Haar aus Lizzies Stirn.

»Was glaubst du, wann werden sie alle wieder gehen?« Sie war böse.

»Ich weiß nicht, was hiernach geschieht.«

»Oh.« Lizzie behielt die Tür im Auge.

»Sie haben gesagt, dass Abby zuerst gestorben ist.« Ich wollte den Tag begreifen, wie er vor wenigen Stunden so anders hatte beginnen können als meiner.

»Ja.« Lizzie nickte.

Ich schmeckte etwas Bitteres auf der Zunge. »Haben sie dir das auch gesagt?«

»Ich habe es mir gedacht.«

»Wie...«

»Sei still, Emma. Ich möchte nicht darüber reden.«

Wann würden wir darüber reden? »Na gut.«

Lizzie lächelte. Ich versuchte, meine Hand zurückzuziehen, doch sie hielt sie fest. Diese alten Gewohnheiten zwischen uns, das Sichzurückziehen und das Sichnehmen, und Lizzie, die ewige Gewinnerin.

»Du solltest dich ausruhen.«

»Ja.«

Sie schob mich weg, drehte sich um und schlief ein. Ich beobachtete sie einen Moment lang, ehe ich hinaus und durch Vaters und Abbys Schlafzimmer ging. Am hinteren Fenster erkannte ich die gebückte Gestalt eines Mannes vor dem Haus. John. Ich biss die Zähne zusammen. Er stand unweit der Birnbäume und hatte die Arme in die Hüften gestemmt. Ich registrierte die kleine Krümmung im Rücken, das schiefe Lächeln, als er ein Taschentuch aus der Hosentasche nahm, um sich das Gesicht abzuwischen. Er sah zur Sonne auf und fuhr sich noch einmal über die Stirn. Dann ging er auf den Vordereingang zu, wo die Menge stand. Es war ein Schock, ihn zu sehen. Seit Abby bei uns lebte, hatten seine Besuche nachgelassen; jetzt kam er nur noch ein paarmal im Jahr statt jeden Monat wie früher, als Mutter noch lebte. Jedes Mal erstarrte der gesamte Haushalt.

»Guten Tag.« John schüttelte die kräftige Hand meines Vaters. Die Männer standen auf verschiedenen Seiten der Haustür.

»Guten Tag«, sagte Vater und wischte sich die Hände an der Hose ab.

John musterte ihn von oben bis unten und lächelte, als hätte er ein Stück Ingwer im Mund. »Du siehst gut aus.«

»Du auch«, sagte Vater und nickte.

Ein Szenario des Abscheus. Fremde, die sich an die Vergangenheit erinnerten. Einmal, kurz nach Mutters Tod, hatte ich gesehen, wie Vater Johns Hand erst geschüttelt und dann gestreichelt hatte, als wäre es ihre, als könnte er durch diese Geste bewirken, dass sie Johns Körper verließ und in den Raum zurückkehrte. Ein Augenblick verging. Dann sagte John: »Das reicht jetzt aber«, und Vater wandte sich ab, steckte die Hand in die Tasche und hielt sie tagelang verborgen. »Einen Moment lang hatte ich vergessen, wo ich war«, sagte er.

Die Entfernung neigt dazu, Menschen zu verändern. Das fiel mir jedes Mal auf, wenn ich John sah: alle paar Wochen, alle paar Monate, einmal im Jahr. In den Monaten sammelten sich viele unterbliebene Gespräche an. Ich wusste, dass John uns nur besuchte, um weiter an unserem Leben teilzunehmen. »Meine Schätzchen«, sagte er. »Am glücklichsten bin ich, wenn ich euch sehe.« In meiner Jugend genoss ich seine Besuche, aber als Erwachsene verlor ich rasch das Interesse an seinen Theorien über die Industrialisierung, die Jagd, das Schlachten und die Seefahrt. »Du musst lernen, das Tier auf dich zukommen zu lassen, Emma, immer auf dich zu.« In seiner Stimme schwang ein Hauch von Hinterhältigkeit mit. Er fragte nicht einmal mehr, was ich vorhatte oder was mir gefiel, als wäre ich aus dem Alter heraus, in dem man bezaubernd ist. Im Gegensatz zu Lizzie. Sie strahlte die ganze Zeit, als wäre sie aus Gold.

Lizzie liebte unseren Onkel mehr denn je und hielt ihn fest wie eine Beute. Sie gehörten einander, Lizzie war immer entzückend. Hin und wieder machten sie sich über mich lustig, wie ruhig ich sei, wie unauffällig. »Wäre sie eine Porzellanfigur, würde kein Mensch merken, wenn ich sie vom Sockel stoße und zertrümmere!«, erklärte Lizzie und brachte Onkel John damit zum Lachen. In solchen Augenblicken wünschte ich Lizzie den Tod, wünschte, dass sie nie zur Welt gekommen wäre. Doch dann fiel mir wieder ein, dass Mutter mir Lizzie geschenkt hatte, damit ich sie liebte. Ich würde Lizzie immer ohne Zögern akzeptieren müssen.

Ich beobachtete, wie John eine Birne aß, ein Bissen nach dem anderen. Seine Hose wurde von einem straffen Gürtel gehalten, die langen Beine lugten über dem Schmutz und der harten Erde hervor.

»Groß wie Vater«, sagte ich, ohne nachzudenken.

John stand still, inspizierte den Garten, indem er ruckhaft den Kopf bewegte, und entdeckte schließlich das Fenster. Er kniff die Augen zusammen und winkte mir lächelnd zu.

Ich zog mich zurück und ging nach unten in die Küche. Viele Stimmen plapperten durcheinander.

»Gibt es bekannte Feinde der Familie?«

»Behauptet, dass sie nicht im Haus war. Vorbereitungen für einen Angelausflug.«

»Offenbar war er noch warm, als Miss Borden ihn fand.«

»Scheint ein Beil gewesen zu sein, dem Zustand seines Gesichts nach zu urteilen.«

»Mrs Borden hat versucht, sich unter dem Bett zu verstecken, als der Täter über sie herfiel. Aber sie war zu massig.«

Erneut stieg die Galle in mir hoch; hier waren Antworten. Ich dachte daran, wie Lizzie Vater gefunden hatte: das Fleisch von den Knochen gelöst, ein Ort des Nichts, ein Ort jenseits des Todes.

Dr. Bowen holte mir einen Stuhl aus dem Esszimmer

und stellte ihn in die Nähe des Herds. »Man wird Ihren Vater und Mrs Borden gleich ins Esszimmer bringen. Bleiben Sie am besten hier.«

Ich wollte mich nicht setzen. »Ja, gut.« Ich versuchte zu schlucken, versuchte, nicht an die Leichen zu denken.

»Wie geht es Lizzie?«, fragte Dr. Bowen.

»Sie schläft. Vermutlich ist sie zu Tode erschreckt.«

»Lizzie hat entsetzliche Dinge gesehen. Sie braucht jetzt Ihre besondere Aufmerksamkeit und Zuneigung.« Dr. Bowen schob die runde Nickelbrille nach oben.

»Ja, natürlich.« Wie viel mehr konnte ich ihr noch geben?

Mein Herz seufzte, und ich dachte daran, wie blind Vater gegenüber meinen vielen Opfern für Lizzie gewesen war: Als junges Mädchen hatte ich sie in ihren religiösen Bestrebungen unterstützt, obwohl mein eigener Glaube an Gott immer mehr schwand; ich hatte ihr mein Zimmer überlassen, ihr ständige Aufmerksamkeit gewidmet, ihr abends Schlaflieder vorgesungen, mir an ermüdenden Tagen ihr unaufhörliches Geplapper angehört und sogar das Leben aufgegeben, das ich vielleicht mit Samuel hätte haben können. Alles nur wegen Lizzie. Mein Körper war erhitzt. Wie hatte Vater das alles übersehen können? Immer war Lizzie an erster Stelle gekommen, immer hatte er ihre Seite ergriffen, nie auf meine Meinung gehört. Ich fühlte mich nicht gut, wenn ich an diese Dinge dachte und nach wie vor Groll hegte, während er im Wohnzimmer lag.

Die Esszimmertür ging auf, Füße scharrten, jemand stöhnte. Ein Hitzestrom schoss durch meine Haut, gleich darauf gefolgt von einer Gänsehaut. Ich fühlte mich leer. Ich hatte Vater so viel sagen wollen. Vielleicht hätte ich ehrlicher ihm gegenüber sein sollen, hätte ihm erklären müssen, weshalb ich in Wahrheit nach Fairhaven gegangen war.

Die Hintertür öffnete sich. John stand im Türrahmen, sagte »Emma!« und kam händeringend langsam auf mich zu. »Was für eine Tragödie! Eine Tragödie.«

»Hallo, Onkel John.« Ich wappnete mich gegen seine Berührung.

John legte mir die Hände auf die Schultern, ohne das Zucken meiner Muskeln oder das Zögern meiner Füße zu bemerken. Er roch nach Schweiß und Kautabak, nach klebrigen Birnen, ganz leicht nach etwas Medizinischem.

»Mein Beileid, Emma.« Johns Stimme war schrill.

»Danke.« Ich wurde es allmählich leid, immer nur höflich zu sein.

»Bleiben Sie hier, John?«, fragte Dr. Bowen hinter mir.

»Natürlich. Ich würde nicht im Traum daran denken, sie allein zu lassen.«

Ich war kein Kind. »Ich schaffe das schon...«

»Unsinn. Ich bleibe so lange wie nötig. Das Ganze ist einfach unbegreiflich.« John, wie er ungläubig den Kopf schüttelte.

»Wann bist du angekommen?« Ich schmeckte die Anschuldigung auf meiner Zunge.

»Gestern. Ich wollte deinen Vater und Abby besuchen, weil ich geschäftlich in der Nähe zu tun hatte.« John, wie er auf den Fersen schaukelte.

»Wo war Lizzie?«

Er war schnell mit seinen Antworten. »Ich habe sie beim Abendessen gesehen, und dann hat sie deine Freundin Alice besucht. Sie machte einen ziemlich aufgewühlten Eindruck.«

»Warum?«

»Ich hielt es für unwichtig und habe sie nicht danach gefragt. Sie kam erst nach Hause, als ich schon im Bett war.« John beäugte mich wie ein Falke.

Eine Weile sagte keiner von uns beiden etwas.

»Zu denken, dass wir so einen schönen Abend zusammen hatten. Und jetzt das.« John schüttelte den Kopf; seine Stimme klang belegt und zittrig.

»Ja, kaum zu glauben.« Am liebsten wäre ich einfach weggelaufen. Die Galle stieg mir in die Kehle. Ich versank allmählich in mir, wartete, dass alles vorbei war.

»Ich sehe mal nach Lizzie«, sagte John. »Um mich zu vergewissern, dass alles in Ordnung ist.«

Ich riss mich zusammen. »Nein, sie schläft jetzt. Ich schaue später nach ihr.«

»Ich bestehe darauf. Sie soll wissen, dass ich hier bin, um mich um alles zu kümmern.« Er strich sich über das Haar und lächelte.

Ich biss mir so heftig auf die Zunge, dass sie beinahe geblutet hätte. Ich wollte ihn nicht einmal in der Nähe meiner Schwester haben. John ging auf die Hintertreppe zu.

»Ich gehe jetzt und komme morgen früh wieder«, erklärte Dr. Bowen. »Falls Sie mich heute Nacht brauchen, schicken Sie nach mir.«

»Ja, gut.«

Das Geräusch von Männern, die das Haus verließen.

Oben langsame Schritte auf den Holzdielen; das leise Rumoren von John und Lizzie erfüllte das ganze Haus. Ich hörte die Uhr auf dem Kaminsims, sie tickte langsamer als mein Herz. Was hatten Vater und Abby als Letztes gehört? Einen Moment lang blieb ich so sitzen und lauschte: Das Haus schien zu vergessen, dass sie je existiert hatten.

Die plötzliche Leere der Körper, die Kälte der Luft, ein Nichts. Ich stand in der Küche und überlegte, was ich als Nächstes tun sollte, doch alles, woran ich denken konnte, war das, was am Morgen passiert war: wie Abby versuchte, sich zu verkriechen, als sie mehrfach getroffen wurde, die Geräusche, als sie schreiend versuchte, den Täter zu stoppen. Wie Lizzie Vater gefunden hatte und wie sie mich dann nach Hause gerufen hatte. Die Polizei hatte gesagt, es solle mir ein Trost sein, dass das Haus eine Festung blieb.

»Niemand wird wiederkommen, um Ihnen etwas anzutun.« Eine Stimme in meinem Ohr. »Wir sorgen dafür, dass das Haus ordentlich verschlossen ist.«

Ich sah den Polizisten an. »Gut.«

»Außerdem lassen wir einige Männer zur Bewachung da.«

»Gut.«

Und dann war der Polizist gegangen.

Lange stand ich einfach nur da und horchte auf Lizzies Schritte. Ich wollte mit ihr sprechen, die Ereignisse noch einmal durchgehen, um zu verstehen, was sie gesehen hatte. Wie fand man sich am besten mit etwas ab, von dem man eigentlich gar nichts wusste? Ich sah auf meine Hände, drehte sie hin und her und fragte mich, was ich als Nächstes tun sollte.

Es gab eine Zeit in meinem Leben, als ich glaubte, einen Platz auf dieser Welt zu haben und etwas anderes zu verdienen als durchschnittliche junge Frauen, denn ich konnte mir eine Existenz außerhalb von Fall River vorstellen, außerhalb einer Familie. Dann wurde ich fünfundzwanzig, und alles, was ich über mich wusste, war vorbei. Das war das Jahr, in dem Vater versuchte, mich zu verheiraten.

»Es wird allmählich Zeit, dass du unter die Haube kommst«, hatte er eines Morgens erklärt und dabei seine schwarze Baumwollfliege im Spiegel gerade gerückt. Es schien, als wäre ihm das gerade eingefallen: dass eine Tochter in meinem Alter an einen anderen Mann weitergereicht werden musste. Bis dahin hatte Vater in dieser Hinsicht keine Eile an den Tag gelegt. Ich auch nicht. Die Vorstellung einer Heirat hatte mir durchaus gefallen, denn auf diese Weise wäre ich der Familie und meinem Vater entkommen, allerdings war ich mir nicht sicher, ob ich einen Ehemann auf die Art haben wollte, die man von mir erwartete: ein Leben Seite an Seite, tagein, tagaus, mich mit dem begnügen zu müssen, was andere wollten, im Gegensatz zu dem, was ich selbst wollte. Das hatte ich bereits mit Lizzie durchgemacht. Ich brauchte etwas anderes. Wenn ich mich für jemanden entschied, würde ich ihn mir selbst aussuchen.

Doch davon wollte Vater nichts wissen. »Ich weiß, wer am besten für dich ist. Du musst warten, bis du reif genug bist, um solche Entscheidungen treffen zu können.«

»Soll ich etwa warten, bis ich sechsunddreißig bin, so wie Abby? Du hast selbst gesagt, dass ich alt genug bin.«

Er drohte mir mit dem Finger. »Deine Mutter hat nichts damit zu tun, Emma. Kümmere dich um deine eigenen Angelegenheiten.«

Vater und seine Meinungswechsel. Wie in der Zeit, als er mich in der Schule haben wollte und dann wieder nicht mehr. Ich durchschaute ihn, begriff, dass er mich im Haus haben wollte, um Lizzie im Zaum zu halten. So sorgte er dafür, dass ich kein Leben führen konnte, das er nicht billigte. Ich hasste ihn.

Jetzt gab Vater die Parole aus, dass ich einen Verehrer brauchte. »Wir sind eine hoch angesehene Familie«, sagte er. »Es wird viele anständige junge Männer geben, unter denen wir wählen können.« Wir warteten. Wie sich herausstellte, wollte niemand eine Borden heiraten. Es gab keine Männer, die bei uns anklopften oder sich dazu herabließen, sich bei gesellschaftlichen Anlässen mit mir zu unterhalten. Mir war nicht klar gewesen, wie einsam ein Herz sein kann. Daher ließ ich das alles hinter mir und konzentrierte mich darauf, wie ich mich selbst glücklich machen konnte.

Doch Vater wurde ungeduldig. »Ich habe Kontakt zu

einer Gesellschaft außerhalb von Fall River aufgenommen, die geeignete junge Männer vermittelt.«

Er gab mir das Gefühl, aussätzig zu sein. Ich hatte den Verdacht, dass ich nicht viel dabei mitzureden haben würde, wenn es um meine zukünftigen Verehrer ging. Je länger er suchte, umso mehr missfiel mir die Vorstellung, zu heiraten. Monate vergingen. Dann kamen die ersten Antworten auf die Briefe meines Vaters und brachten ihn zum Lächeln. »Emma! Wir haben jemanden gefunden. Einen wundervollen jungen Mann aus einer respektablen Familie wie wir. Ich glaube, es wäre eine gute Lösung für alle Beteiligten.«

Ich fragte mich, ob Liebe dabei überhaupt irgendeine Rolle spielen würde. »Und was ist, wenn wir uns nicht verstehen?«

»Das ist gar nicht notwendig. Diese Arrangements sind sehr unkompliziert, Emma.« Vaters Worten zufolge wäre die Ehe so etwas Ähnliches wie eine geschäftliche Entscheidung. Wie bei Abby und ihm.

Bald stellten sich die ersten Kandidaten vor: John, Sohn eines Bankiers mit fürchterlichem Mundgeruch; Isaac, Sohn eines Bauern, mit einer Vorliebe für die Jagd; Albert, Sohn eines Arztes, der eine allzu große Faszination für Blut hatte; Thomas, zu uninteressant, um ihn in Erinnerung zu behalten, und Eugene, Sohn eines Militärs, der Kunst für Zeitverschwendung hielt.

Monate, in denen man ein glückliches Gesicht für langweilige Männer aufsetzen musste. Mir gefiel keiner von ihnen; ich ertrug es nicht, dass sie mich berührten, egal, wie. Das Einzige, was ich zu schätzen wusste, war, dass sie mir die Möglichkeit eröffneten, hin und wieder das Haus zu verlassen. Vater sorgte dafür, dass sie jedes Mal, wenn sie mit mir ausgingen, eine Kaution hinterlegten, um sicherzugehen, dass sie sich anständig benahmen und mich rechtzeitig wieder zu Hause ablieferten.

Wenn er das Geld eingesteckt hatte, konnte der Ausflug beginnen.

Einmal fuhr Albert mit mir nach Rhode Island, um mir den Atlantik zu zeigen, und zahlte Vater dreißig Dollar. Es war ein kühler, regnerischer Tag. Albert hakte mich unter, hielt mich fest wie in einem Schraubstock und führte mich bis zum Rand des Wassers. Ich sah hinaus auf das Meer, roch Salz und tote Fische, spielte mit dem Gedanken, mich auszuziehen und hineinzuspringen, damit die Wellen mich aus dieser Langeweile wachrüttelten. Ich überlegte, wie ich Vater begreiflich machen könnte, dass auch dieser Mann wie die anderen nicht geeignet war.

Enttäuschte Väter. Die Welt war voll von ihnen. War ich zu wählerisch?

Dann tauchte Samuel Miller auf.

Samuel kam zum Abendessen, hochgewachsen, schlank, schüchtern. Er stand vor der Haustür und hatte einen Strauß weiße Hortensien dabei. Die Blüten ließen die Köpfe hängen, weil es draußen so heiß war. Ich konnte Hortensien nicht ausstehen.

»Wie reizend, sehr aufmerksam«, sagte ich. Er roch nach scharfem Moschus, und ich bekam weiche Knie.

Er lächelte breit, aufrichtig. Damit hatte ich nicht gerechnet.

Abby servierte Salzkartoffeln, Schwertfisch mit heller Sauce und geröstete lila Karotten. Wir setzten uns alle an den Tisch, wobei Lizzie dafür sorgte, dass sie den Platz neben Samuel ergatterte, und dann machte Vater sich daran, den jungen Mann auszufragen.

»Was machen Sie aus Ihrem Leben?«

Ich zerteilte mit meiner Gabel eine Kartoffel.

Samuel schob sich eine dunkle Haarsträhne aus den Augen. »Ich habe gerade ein Jurastudium abgeschlossen.«

Vater lächelte wie ein Kind am Weihnachtsabend.

»Und wofür interessieren Sie sich, Emma?«, fragte Samuel.

Mein Herz presste sich gegen meine Rippen; es fühlte sich an, als wollte es mir aus der Kehle springen. Noch nie hatte mir jemand eine solche Frage gestellt.

»Sie mag nur langweiliges Zeug«, mischte sich Lizzie ein. Dann lächelte sie und beäugte mich wie ein Schakal.

»Aber, aber, Lizzie«, sagte Abby ruhig, doch mit einem fröhlichen Unterton. »Lass Emma für sich selbst antworten.« Sie zwinkerte mir zu. Ich fragte mich, ob sie nur deshalb eingegriffen hatte, weil ihr die Vorstellung gefiel, dass ich diesmal tatsächlich die Chance hätte, auszuziehen und ihr aus dem Weg wäre.

Lizzie ließ nicht locker. »Tanzen Sie gern, Samuel?«

»Gelegentlich. Mit der richtigen Partnerin.« Sein Blick suchte mich.

»Vielleicht können Sie meiner Schwester das Tanzen beibringen. Sie ist so schrecklich ungeschickt.« Lizzie kicherte und schob sich ein Stück Schwertfisch in den Mund.

Ich wurde rot. »Hören Sie nicht auf sie. Normalerweise sperren wir sie in der Mansarde ein.«

Samuel lachte und deutete mit der Gabel auf mich. »Ihr Vater hat vergessen, mir von Ihrem Sinn für Humor zu erzählen.«

Und was hatte er sonst noch vergessen?

Später, Tage später und auch danach noch, unterhielten wir uns über Bücher, über das Wunder, dass man nur stundenlang laufen muss, um einen klaren Kopf zu bekommen, und über unsere jeweilige Lieblingskunst.

»Mein Vater hat mich gezwungen, Jura zu studieren«, erzählte er mir. »Doch ich hätte viel lieber Musik studiert.«

»Was spielen Sie?«

»Violine. Aber jetzt habe ich keine Zeit mehr dafür.«
Als Samuel mich bei der Hand nahm, war es, als versänke die Haut unter die Knochen und schösse dann blubbernd wieder an die Oberfläche wie ein Schwall glühende Lava. Ich konnte ihn nicht mehr loslassen; er war meine Zwillingsseele. Ich wollte mehr von diesem Mann. Was würden wir alles erreichen können. Ich war bereit, Seite an Seite mit ihm zu leben. Ich malte mir ein neues Leben mit ihm aus, ließ mich von dieser Möglichkeit mitreißen. Und dann entfuhren mir die Worte: »Wir sollten heiraten.«

Im Geiste stellte ich mir die Jahrzehnte vor: wie wir reisten, wie ich in einem Raum malte, der von einem Violinkonzert erfüllt war, wir beide im Bett, unsere Gliedmaßen noch ineinander verschlungen, wenn unsere Körper alt wurden. Ich musste dieses Leben haben, bevor Samuel Gelegenheit bekam, mir einen Korb zu geben.

Doch er beugte sich zu mir. »Gut.« Dann spürte ich seine Lippen auf den meinen, zum ersten Mal. Ich wollte mehr von diesem Mann.

Wir erzählten es Vater. Abby zog mich an sich, strich mir über die Schultern, wärmte mich.

An diesem Abend sagte ich zu Lizzie, dass sie mein Blumenmädchen sein könnte, wenn sie wollte. Sie verschränkte die Arme über der Brust. »Auf keinen Fall.«

»Ich würde mich freuen.«

»Ich habe keine Lust, darüber zu reden.« Schmollend rauschte Lizzie aus meinem Zimmer in das ihre und knallte die Tür hinter sich zu. Ich folgte ihr und sagte durch die geschlossene Tür: »Du wirst mein Zimmer haben können, wenn ich ausziehe.«

Es klang wie Backsteine, als Lizzie ihre Bücher zu Boden schleuderte. Ich hoffte, dass sie darüber hinwegkommen würde.

Die Verlobung nahm ihren Lauf. Samuel besuchte uns,

und Vater setzte sich zu uns, wir saßen zu dritt im Wohnzimmer, zu dritt im Salon oder in der Küche, schlenderten zu dritt die Second Street entlang. »Ich möchte nur sicher sein, dass Emma nichts sagt oder tut, das ihn umstimmen könnte«, erklärte er Abby.

Was hatte ich getan, dass mein Vater eine derart schlechte Meinung von mir hatte?

Dann ergab sich eine seltene Gelegenheit: Vater und Abby fuhren auf unsere Swansea Farm. Ich lud Samuel ein und schickte Lizzie zum Spielen zu einer Freundin in der Nachbarschaft. Er verströmte denselben Geruch nach scharfem Moschus wie beim ersten Mal, und ich führte ihn nach oben in mein Zimmer.

Dort berührte Samuel mein weiß-goldenes Messingbett und betrachtete die fliederfarbene Deckenrosette über uns. »Es gefällt mir, dass sie nur eine einzige Lilie im Zentrum hat. Das ist besonders elegant.«

Ich setzte mich neben Samuel aufs Bett.

Dann streckte ich die Hand nach ihm aus, streichelte die Stoppeln auf seiner Wange, fuhr mit dem Finger über die dichte, dunkle Augenbraue. Samuel lächelte. So hatte ich noch nie jemanden berührt. Das Staunen über den Körper eines anderen. Er bebte unter meinen Händen, Erregung im Blut.

Wir küssten uns. Wie unsere Zungen sich berührten, so warm. Unsere Hände erforschten einander, bis meine Haut glühte. Ich war eine Expertin für die Erkundung des Ich und wollte mehr. »Zieh mir die Bluse aus«, sagte ich.

Er nickte und tat es. Samuel liebkoste meinen Hals, meine Schulterblätter, und es fühlte sich an, als ginge in meinem Innern die Sonne auf. Er hakte das Korsett auf, und ich atmete tief und kräftig. Die Fenster klapperten. Ich wollte mehr von diesem Mann.

Ich zog das Leinenhemd aus und saß barbusig vor

Samuel, nahm seine Hand und legte sie auf meine Brust, auf mein Herz. »Erfahre, wer ich bin, ohne dass mein Vater dabei ist.«

Samuel zog sich aus, unsere nackten Körper pressten sich aneinander. Als Samuel meine Brust küsste, an ihr lutschte, als ich das Innere seines Beins streichelte, bis hinauf in die Leiste und fühlte, wie warm er war, in welche Richtung sein Blut strömte, hörte ich plötzlich die Tür aufgehen, löste mich von Samuel und wandte mich um.

Da stand Lizzie. Ihre Augen spiegelten Verachtung, das Gesicht war vor Wut entstellt, der Mund fast weiß. »Das dürft ihr nicht!«, sagte sie, wich zurück und donnerte die Treppe hinunter.

»Du musst ihr folgen«, sagte Samuel.

»Ich weiß. Ich weiß.«

Schweigend zogen wir uns an. Samuel küsste mich, und ich bat ihn, das Haus durch die Hintertür zu verlassen. »Vielleicht würde es sie noch mehr aufbringen, dich jetzt zu sehen.«

Ich fand Lizzie auf dem Sofa im Wohnzimmer, wo sie mit den Fersen auf den Teppich trommelte.

»Lizzie, du hättest anklopfen sollen.« Ich versuchte es auf die behutsame Art.

Lizzie trommelte weiter, im Takt der Uhr auf dem Kaminsims. »Du hast dich versündigt, Emma.«

Was war Sünde genau? »Nein, habe ich nicht. Samuel und ich...«

Lizzies Getrampel verstärkte sich. »Ich werde Vater erzählen, dass du dich ihm hingegeben hast, bevor es euch erlaubt war.«

Ich zog sie kräftig am Bein. »Hör auf damit, Lizzie.«

Wir starrten uns böse an. Dann sagte sie: »Wirst du ihn wirklich heiraten?«

»Ja. Und ich kann es kaum erwarten.«

»Was?«

»Hier rauszukommen, weg von euch allen.« Meine Stimme erhob sich aus meinem tiefsten Innern.

Lizzies Wangen bliesen sich auf und wurden knallrot. »Wenn du nicht heiratest, wirst du nie hier wegkommen.«

Ich packte sie am Handgelenk und hielt sie fest.

Sie zog daran und versuchte, sich aus meinem Griff zu befreien. »Glaub ja nicht, dass du einfach gehen und ohne mich weiterleben kannst. Du brichst das Versprechen, das du Mutter gegeben hast. Wie egoistisch du bist, Emma.«

Das saß. »Wag es nicht, so mit mir zu reden!«

Lizzie riss sich los. »Ich werde Vater davon erzählen.«

Vor Wut kochend schlug ich sie ins Gesicht. »Wehe, wenn du es auch nur versuchst. Das geht dich nichts an.«

Jetzt heulte sie los. »Ich werde es allen Leuten erzählen. Und dann wird dich niemand mehr heiraten wollen.«

Von der eigenen Schwester so bloßgestellt zu werden! Ich verlor die Kontrolle über die Situation, über Lizzie. All die Freiheit drohte mir zu entgleiten. Vater durfte auf keinen Fall davon erfahren. Ich hatte Angst vor dem, was dann los wäre. Ich schluchzte den ganzen Abend, mein ganzer Körper schmerzte. Ich dachte an Samuel, daran, mit jemandem alt zu werden, an unsere ineinander verschlungenen Leiber, an die Orte, an die wir reisen würden. Dann dachte ich an die Familie, an Dinge, die man verlieren konnte. Soweit ich wusste, ließ das Leben es nicht zu, dass man beides hatte. Das hatte ich bei Mutter gesehen. Ihre Freude darüber, zwei Töchter zu haben, die zusammen herumtollten, ihr Herz voller Liebe und Sicherheit, bis eines ihrer Mädchen starb, als das Universum entschied, dass Mutter zu viel Gutes im Leben abbekommen hatte. Ihre Familie war zerstört worden. Es war besser, vorsichtig zu sein.

Als ich Samuel erklärte, dass es vorbei war, bekam ich kaum ein Wort über die Lippen. Ich hörte ihn schluchzen, als hätte man ihm ein Stück aus seinem Herzen gerissen, als tötete ihn etwas, und hatte das Gefühl, als würde alles aus meinem Körper aus mir herausgezerrt und in Brand gesetzt. Wir küssten uns ein letztes Mal, das Blut pulsierte unter unserer Haut, und dann ging er. Als ich Vater erklärte, dass wir die Verlobung aufgelöst hatten, fragte er: »Was ist geschehen? Ich habe versucht, einen guten Mann für dich zu finden.« Missbilligend schüttelte er den Kopf. Auf eine Art, die mir das Gefühl gab, unvollkommen zu sein.

Ich dachte an Lizzie, dachte an Samuel. Und wusste, dass ich die falsche Entscheidung getroffen hatte.

8 BENJAMIN
3. August 1892

Der Zug fuhr in Fall River ein, hüllte den Bahnsteig in eine dicke Rauchwolke, bauschte die Röcke der Frauen und enthüllte die Ränder ihrer Stiefel und ihre Strümpfe. Mein Bein hatte aufgehört zu bluten, aber es war schwierig, es zu bewegen; es fühlte sich an, als hätte ich eine Eisenstange unter der Haut. Die Passagiere erhoben sich, reckten sich und streckten sich und verbreiteten ihren Geruch nach Kampfer. Auch ich stand auf, presste das Gesicht gegen die Scheibe und spürte, wie die Sonne mir auf Stirn und Kopf brannte, sodass die Kopfläuse unruhig wurden. Ich kratzte mich. Dann sah ich John unter einem großen weißen Bahnsteigschild stehen und bemerkte, dass er gar kein Gepäck bei sich hatte. Sein Familienbesuch würde nicht lange dauern. Er nickte einigen Männern mit Zylinder zu, die an ihm vorbeigingen. Ich drängelte mich durch den Gang, stieg aus dem Zug und ging hinüber zu John.

»Hatten Sie eine angenehme Reise?« Sein Lächeln war so breit, dass ich ihm am liebsten eins in die Fresse gegeben hätte.

»Es war ziemlich voll«, sagte ich.

»Na ja, aber jetzt sind wir da. Gehen wir.«

Damit setzte er sich in Bewegung, und ich folgte ihm. Wir verließen den Bahnhof und traten auf eine breite Straße aus blauem Naturstein. Das laute Geschrei der Droschkenkutscher: »Ich fahre Sie zur Main Street, fahre Sie überallhin.« Man hörte das tiefe, silberne Bimmeln der Straßenbahn, das Wimmern eines Babys, das sich anhörte wie ein krankes Tier, das nach seiner Mutter ruft, Ladenbesitzer mit buschigen Schnurrbärten, hinter denen ihre Gesichter verschwanden, die die Gehsteige vor ihren Schaufenstern kehrten. Zu laut für mich. »Werden wir lange hierbleiben?«

»Nur Geduld.«

Wir gingen die Straße entlang, ich zog das verletzte Bein hinter mir her, und John sagte: »Wir sollten dafür sorgen, dass jemand sich das ansieht, bevor Sie irgendetwas anderes unternehmen.«

Verzögerungen. Keine gute Idee. »Mir geht's gut.«

»Unsinn. Es ist Teil der Bezahlung, nicht wahr?«

In dieser Hinsicht hatte ich kein Mitspracherecht. Wir gingen weiter. Der Gestank aus den Fabriken und Baumwollspinnereien schlug uns ins Gesicht. John führte mich durch viele eng bebaute Wohn- und Geschäftsstraßen; unsere Schuhe hallten wie kleine Hämmer auf dem Trottoir wider, und bald standen wir vor einer weißen Ladenfassade mit einem Türrahmen aus abgestoßener Emaille. Auf der Tür stand in abblätternden schwarzen Buchstaben V T R NÄR. Eine gescheckte Katze lag zusammengerollt im Ladenfenster.

»Wo sind wir?«

John sah sich rasch nach rechts und links um, als wäre

er auf der Hut, und sagte: »Ich kenne hier einen Arzt, der Ihnen helfen kann. Überlassen Sie das Reden mir.«

Wir traten ein. Ein Türglöckchen bimmelte, und John machte mir ein Zeichen, auf einem lederbezogenen Schemel an der Wand Platz zu nehmen. Es roch stark nach Desinfektionsmitteln, ein feuchter, pelziger Geruch hüllte mich ein. John verschwand in einem Flur, und ich fragte mich, woher er den Arzt wohl kannte. Mein Bein hatte wieder angefangen zu bluten. Die Zeit verging, dann kam John mit einem Arzt zurück.

»Das ist der Patient«, sagte er.

Der Arzt trug eine Lederschürze und lederne Anglerstiefel. Er schob seine Brille auf der Nase nach oben, hustete und hielt sich die Hand vor den Mund. »Verstehe.« Er trat zu mir, stürzte sich auf mein Bein wie ein Raubvogel und betastete es. »Ich kann die Wunde reinigen und nähen. Was meinen Sie dazu?«

John grinste, und der Doktor grinste auch. Eine zweite Katze stahl sich aus der Diele herbei und wand sich um die Beine des Arztes. Einer Katze kann man nicht trauen.

»Na schön«, sagte ich. Ich war noch nie genäht worden, sondern hatte immer auf die Selbstheilungskräfte meines Körpers vertraut.

»Gut. Der Doktor kümmert sich um Sie, und ich warte so lange draußen.« John klopfte mir so kräftig auf den Rücken, dass die Rippen schmerzten. Der Arzt führte mich durch den Flur in einen kärglich ausgestatteten Raum. »Setzen Sie sich da hin«, sagte er und zeigte auf eine Liege. »Und ziehen Sie die Hose aus.«

Das tat ich, jetzt sah man meine Schrammen und Narben und meine dünnen Knie. Die Wunde im Bein war tief. Ich hätte gern den Finger hineingesteckt, um zu sehen, wie tief genau. Der Arzt trat an einen Arbeitstisch und angelte ein paar bernsteinfarbene Gläser aus einem Regal an der Wand. In der Mitte des Zimmers stand ein großer Holztisch, auf dem ein paar Blutflecken prangten, und von irgendwoher hörte ich das Rattern eines Käfiggitters. Dann kam der Arzt mit einer Flasche und seinem Verbandskasten zu mir. Er enthielt eine große Injektionsnadel aus Messing und ein paar lange, scharfe Objekte, die aussahen wie ein dünner Meißel, eine schwere Schere und eine Kneifzange. Er nahm die Schere und die Zange heraus, hob die bernsteinfarbene Flasche und sagte: »Zuerst kippe ich Ihnen hiervon etwas über das Bein. Es ist eine Art Säure. Es wird brennen, aber es wirkt Wunder.«

Ich warf einen raschen Blick durch die Tür und sah eine schwarze Katze vorbeihinken. Dann schraubte er den Deckel von der Flasche und träufelte die Flüssigkeit auf die Wunde. Das Bein brannte dermaßen, dass ich zappelte, als marschierten Feuerameisen über meine Haut. Ich jaulte auf und hörte irgendwo im hinteren Teil des Gebäudes ein ähnliches Jaulen, als wäre es die Antwort.

»Das müsste reichen«, sagte er. »Und jetzt nähen wir das Ganze zu.« Er beugte sich über mich wie ein Fischer, mit einem kleinen Haken und Katgut-Faden, um das verletzte Fleisch wieder zusammenzuflicken. Mein Kopf war geschwollen und heiß; plötzlich hatte ich das unwiderstehliche Bedürfnis zu schlafen. Ich schloss die Augen, und einen Moment später rüttelte John mich wach. »Besser?«

Ich wischte mir den Speichel vom Mund. »Ist es vorbei?«

»War doch nicht der Rede wert, oder?« Wie er mich ansah – wie eine Eule in der Nacht.

Mein Bein war verbunden; ich zog die Hose wieder an. John half mir beim Aufstehen und sagte: »Zeit, dass wir hier verschwinden.« Ich sah mich nach dem Arzt um oder nach weiteren Patienten, konnte aber weder ihn noch sie entdecken. Wir verließen die Praxis und traten auf die Straße.

»Das wird Ihnen enorm helfen«, sagte John.

»Und was machen wir jetzt?«

»Wir trennen uns. Ich muss mich mit meiner Nichte treffen und anschließend etwas Geschäftliches erledigen. Ich treffe Sie um sechs Uhr am Bahnhof wieder, und dann gehen wir gemeinsam zum Haus.«

»In Ordnung«, erwiderte ich. »Aber ich habe Hunger.«

»Tut mir leid, aber da kann ich im Augenblick nicht weiterhelfen.« Er grinste mich durch seine Zahnlücke an. »Bis später.« Damit ließ John mich einfach stehen. Das gefiel mir nicht. Ich hätte ihm nachgehen sollen, besann mich jedoch eines Besseren – ich brauchte Geld, um mich auf die Suche nach Papa machen zu können.

Stadtzentrum. Ich sog die Luft ein. Ein Zugpferd zog einen Karren der Baumwollspinnerei an mir vorbei. Zwei Hunde beschnüffelten sich und rannten eine Gasse entlang. Menschen standen auf dem Gehweg und unterhielten sich über das Wetter. All dieses dumme Geplapper machte mich so nervös, dass ich die Zähne zusammenbeißen musste.

Auf der Main Street hatte ein Polizist einen Altwarenhändler angehalten. Als ich näher kam, wies der Polizist ihn gerade an, seinen Sack vom Rücken zu nehmen und den Inhalt am Straßenrand zu entleeren. Blechteller klapperten durcheinander. Der Rücken des Mannes war gebeugt, als der Polizist seine Sachen durchsah, die Teller begutachtete und sie dann wieder auf den Boden warf. Ich ging noch näher auf sie zu und hörte, wie der Polizist sagte: »Ich glaube nicht, dass man Ihnen das alles geschenkt hat.«

»Die Menschen sind nett. Es ist die Wahrheit, dass die Damen aus der Kirchengemeinde mir ihre alten

Bestände mitgegeben haben.« Seine Stimme war brüchig.

»Wollen Sie etwa im Gefängnis landen?«

Ich blieb neben ihnen stehen, um den Polizisten, seine über der Brust verschränkten Insektenärmchen und seine dumme, einschüchternde Visage zu betrachten. Plötzlich sagte er: »Was gibt's da zu gaffen?«

Ich roch seine Fäuste und wie er sich darauf vorbereitete, den Mann einzuschüchtern. Ich wappnete mich, denn ich hatte das Gefühl, dass er eine Strafe verdiente. »Ihr seid alle gleich: macht einem immer nur Probleme«, antwortete ich. Dabei schwankte ich langsam hin und her, sodass die Steine unter meinen Stiefeln knirschten.

Der Polizist schnalzte mit der Zunge. »Ach, ja?«

Meine Hände ballten sich zu Fäusten. »Ja.«

»Vielleicht sollten Sie sich lieber um Ihre eigenen Angelegenheiten kümmern.«

Das brachte mich zum Lachen. Die ganze Straße hörte mich.

»Diese Stadt ist voller Spinner«, sagte der Polizist und stieß dem Mann den Finger in die Brust, kräftig. »Solche wie der hier.«

Der Mann sagte nichts, versuchte nur, sein Hab und Gut wieder einzusammeln und in den dreckigen Sack zu stopfen.

»Legen Sie die Sachen zurück«, befahl der Polizist. Er war wie Papa, der uns sagte, was wir zu tun hatten. Ich holte aus und verpasste ihm ein blaues Auge.

Der Polizist bedeckte sein Gesicht mit den Händen. »Gottverdammich«, sagte er.

»Nehmen Sie Ihre Sachen, und hauen Sie ab«, sagte ich zu dem Mann. Er nickte und schaufelte alles wieder zurück. Dann verpasste ich dem Polizisten noch einen Schlag und rannte die Straße entlang. Ich hörte, wie er seine Trillerpfeife blies, sie klang grell. Ich lief weiter, trotz der Schmerzen im Bein, und konnte gar nicht mehr aufhören zu lachen, so lebendig fühlte ich mich. Wieder ertönte die Trillerpfeife, Stimmen riefen: »Haltet ihn! Haltet den Kerl!«

Ich lief ein Gässchen entlang und durch parallele Straßen wieder zurück, bis ich in der Nähe des Bahnhofs war. Mein Bein pochte, aber ich ging weiter, fand den Bahnhof und machte mich auf die Suche nach einem Pissoir. Manche rochen angenehm, manche stanken. Ich schloss die Tür einer Kabine hinter mir und hockte mich auf den Sitz, die Stiefel auf dem Porzellan. So wartete ich.

Die Glocken in der Stadt schlugen sechs Uhr. Mein Bein pochte immer noch, als ich aufstand und mich streckte. Ich tastete es ab. Kein neues Blut mehr. Vor dem Bahnhof wartete ich auf John. Er war spät dran. Das gefiel mir nicht. Die Zeit verstrich. Schließlich kam er pfeifend angeschlendert. »Ah, Benjamin.« John klopfte mir auf den Rücken. Er roch, als wäre er bei einer Frau gewesen.

»Gehen wir jetzt zu dem Haus?«

»Gedulden Sie sich noch einen Augenblick lang, ich muss Ihnen ein paar Dinge berichten.« Er stand zu dicht vor mir; ich roch seinen Schweiß, spürte seine Hitze. »Ich hatte gehofft, Ihnen einen Schlüssel für heute Nacht besorgen zu können, aber das Hausmädchen war nicht besonders zuvorkommend. Vielleicht müssen wir bis morgen warten.«

»Aber irgendwie müssen Sie mich dort reinschleusen. Ich kann es nicht ordentlich machen, wenn ich mich in dem Haus nicht auskenne.«

»Nun, ich glaube, das wird nicht möglich sein, Benjamin. Es hat etwas mit Feingefühl zu tun.«

Es ist mir schon mehrmals aufgefallen, dass manche Leute die Dinge einfach nicht richtig durchdenken. Also musste ich das Denken übernehmen. »Wenn Sie wollen, dass das Problem gelöst wird, müssen Sie mich irgendwie reinbringen«, sagte ich.

John schüttelte den Kopf. »Nein, Sie müssen selbst herausfinden, wie Sie hineinkommen.«

»Lassen Sie eine Tür offen.«

»Andrew hat Anweisung gegeben, dass das ganze Haus abgeschlossen wird. Im Übrigen gibt es noch ein Hausmädchen, gegen das man sich behaupten muss.«

Unerwartet viele Beteiligte. Manches sollte man lieber nicht vor mir verbergen. »Dieses Hausmädchen. Wird es ein Problem sein?«

John klopfte sich mit einem Finger auf die Lippen. »Bridget könnte Ihnen in die Quere kommen, aber sie ist nicht besonders aufgeweckt. Möglicherweise kriegt sie gar nicht mit, dass Sie im Haus sind.«

Hinter uns ertönte der Pfiff einer Lokomotive.

»Weiß Ihre Nichte von mir?«

»Je weniger sie weiß, umso besser.«

Ich hätte ihm sagen sollen, dass das nicht unbedingt der Fall sein musste, aber egal. »Haben Sie inzwischen entschieden, wie ich das Problem lösen soll?«

John verzog den Mund. »Das überlasse ich ganz Ihnen. Allerdings mache ich mir Sorgen, dass er erfahren könnte, wer Sie geschickt hat. Und das wäre ein Problem für mich.«

»Was genau erwarten Sie von mir, John?«

Er schnalzte mit der Zunge.

Ich hatte mir so viele Möglichkeiten für Andrew ausgedacht. Ich würde durch die Hintertür kommen und ihn überraschen, wenn er gerade die Schuhe zuschnürte. Ich würde seine Hände packen, mit einem Schnürsenkel die Handgelenke aneinanderfesseln und ihm ein paar gepfefferte Ohrfeigen verpassen. »Hören Sie gut zu«, würde ich sagen, und das würde er tun. Dann könnte ich ein bisschen mit einem Tranchiermesser herumfuchteln, bis er sich vor Angst in die Hose machte. Oder ihm mit einem alten, hölzernen Baseballschläger die Beine brechen. Ich könnte ihn verprügeln und beschimpfen, bis er Gott um Gnade anflehte; ich könnte ihn behandeln wie meinen Papa. Und dann wäre der Augenblick gekommen, das eigentliche Problem anzugehen.

»Ich erledige es diskret«, sagte ich.

John musterte mich von oben bis unten, als müsste er darüber nachdenken. »Gut. Denn am Ende möchte ich nur, dass meine Nichten glücklich sind. Auf keinen Fall sollen sie sich in ihrem eigenen Zuhause bedroht fühlen.«

»Natürlich nicht.«

»Enttäuschen Sie mich nicht.«

Ich starrte ihn an. »Sie mich auch nicht, John.«

John wandte einen Moment den Blick von mir ab, dann rieb er sich die Hände. »Fabelhaft. Sollen wir los? Ich würde Ihnen jetzt gern das Haus zeigen.«

Ich ließ ihn ein paar Schritte vorausgehen, ehe ich ihm folgte. Wir gingen über die Main Street an Häusern mit großen Vorgärten vorbei, bis wir zu Häusern kamen, die weniger Platz und weniger Privatsphäre besaßen. Hin und wieder sah ich mich nach dem Altwarenhändler um oder dem Polizisten, entdeckte aber keinen von beiden.

John pfiff beim Gehen vor sich hin. Ich konnte es schon nicht mehr hören. Wir erreichten jetzt eine Reihe von Straßen, die bis zur Entstehung von Fall River zurückgingen: Fifth, Fourth, Third. Als wir die Second Street erreichten, blieb John stehen und sagte über die Schulter hinweg: »Da sind wir.« Die Straße war von saftig grünen Bäumen gesäumt, die Fenster und Türen abschirmten. Überall machten Männer und Frauen einen kleinen Abendspaziergang, ein Pferdekarren transportierte leere Holzkisten, schmutzig graue Falter kämpften um einen Platz im Licht der Straßenlaternen.

»Sehen Sie das dunkelgrüne zweistöckige Haus? Das ist es.«

Ich hatte nicht damit gerechnet, dass es mehrere Stockwerke haben könnte. Ich war einstöckige Flachbauten gewohnt, nur kahle Fassade und ein paar Zimmer. Aus den vorderen Räumen fiel kein Licht wie bei den anderen Häusern; nichts deutete darauf hin, dass in seinem Innern etwas lebte.

»Gehen Sie in den Garten«, drängte John.

»Und was soll ich da?«

»Warten, bis ich Sie holen komme.«

Zum ersten Mal, seit ich ihn kannte, schien er nervös zu sein. Das konnte ich in meiner Nähe nicht gebrauchen. Ich nickte und warf ihm sogar ein Lächeln zu, um ihn zu beruhigen.

Er überquerte die Straße und klopfte an die Tür. Eine füllige, ältere Frau mit blauer Haube machte ihm auf. Ihre Hüften und ihr Bauch füllten den gesamten Türrahmen aus. John ergriff ihre Hände und küsste sie. Dann sagte er mit lauter Stimme: »Guten Abend, Abby.« Die Gattin. Sie wandte den Blick von ihm ab, als trüge er eine vulgäre Maske. John trat eilig ein und schloss die Tür hinter sich.

Ich zählte bis drei, achtete darauf, dass niemand in der Nähe war und am Haus vorbeiging, überquerte dann die Straße und sprang über den kleinen weißen Holzzaun. Unter der Tür quoll der Gestank von Lampenöl hervor. Ich legte die Hand auf die Tür. Das Holz war warm, ganz oben befand sich die Nummer 92 in Messinglettern. Ich drehte den Knauf. Verschlossen. Dann lief ich auf die Seite des Hauses und stahl mich an ein Fenster heran. Die Sonne ging gerade unter. Durch das Fenster konnte ich hineinsehen, erspähte die Lehne eines schwarz glänzenden Sofas und darüber das Gemälde eines Pferdes auf einer Wiese, ein kräftiges Tier, das wütend nach hinten austrat. Ich sah, wie John die Hand eines hochgewachsenen Mannes ergriff, sah, wie sie sich gegenseitig beäugten, wie der große Mann beim Lächeln die Zähne bleckte. Das war also Andrew. Ich taxierte ihn, so gut ich konnte, prägte mir sein schütteres Haar ein, die Leberflecken auf den kahlen Stellen, seine nervösen Arme und seine schmale Figur. Mein Papa war kleiner, breitschultriger und beschränkter gewesen. Und ich hatte es mit ihm aufnehmen können. Andrew würde kein Problem sein.

John und Andrew schüttelten sich die Hand, hörten gar nicht mehr auf, sich die Hand zu schütteln, und ließen sich dann los. Inzwischen war das Hausmädchen dazugekommen. »Bridget«, murmelte ich. Dichtes, dunkles Haar, breite Schultern, kantiges Kinn. Hausmädchen fiel immer irgendetwas auf, das sie nichts anging. Bridget warf einen Blick direkt auf das Fenster. Ich duckte mich und schrammte mir dabei den Ellbogen an der Hauswand auf. Dann rollte ich mich auf dem Boden zusammen und versuchte, in der zunehmenden Dunkelheit unsichtbar zu werden. Ameisen krochen über meinen Arm und bissen mich; das sommerlich trockene, stachelige Gras unter mir pikste. Ich wartete lange, bis ich erneut durch das Fenster spähte. Der Raum war leer, als hätte ich zuvor Geister gesehen.

Ich ging tiefer in den Garten hinein. Am Zaun entlang stand eine Reihe von Birnbäumen, und vom Boden stieg ein widerlich süßer Geruch nach angebissenen Früchten auf. Ich dachte an die Würmer, die unter den Bäumen die Erde durchwühlten und dabei übereinanderkletterten, bis sich ihre weichen, gallertartigen Körper zu einem einzigen verknäult hatten. Ich pflückte eine Birne und aß sie. Saft und Schale klebten an den Fingern. Als ich beim Kauen plötzlich einen stechenden Schmerz fühlte, steckte ich den Zeigefinger hinein und merkte, dass im hinteren Teil schon wieder ein Backenzahn lose war. Ich packte ihn, zog kräftig und drehte, bis er sich löste, dann warf ich den Zahn unter den Birnbaum.

Rings um mich zirpten laut die Grillen; der Mond ging auf und warf seinen hellen Glanz über das Gras. Linker Hand stand eine Scheune, und über der Wäscheleine hing ein großer Teppich. Mein Bein fing an zu jucken. Ich kratzte und genoss es, die Haut unter den Fingernägeln zu spüren, wie sie sich dort ansammelte. Ich beobachtete die Rückseite des Hauses, sah, wie die Fenster im Licht der Petroleumlampen hell und dunkel wurden, sah, wie Bridget sich von einem Zimmer zum anderen bewegte. Als sie ganz oben in der Mansarde war, nahm sie die Haube ab, stellte sich ans Fenster und sah hinaus in die frühe Nacht. Ich fragte mich, ob sie mich hier draußen im Schatten sehen würde, wenn ich ihr zuwinkte. Jede Wette, dass sie von Emmas und Lizzies Problemen mit ihrem Vater wusste. Ich hatte Lust, sie danach zu fragen. Was hätten wir für Gespräche führen können. Wie einfach meine Aufgabe dann gewesen wäre. Obwohl Bridget da oben am Fenster stand, stahl ich mich zurück zum Haus. Ich versuchte, die Fenster im Erdgeschoss hochzuschieben, doch sie waren alle versperrt. Dann probierte ich die Doppeltür im Keller, drehte den Knauf hin und her. Abgeschlossen. Als ich den Knauf erneut drehen wollte, spürte ich plötzlich Widerstand. Ich ließ los, etwas rasselte. Jemand stand auf der anderen Seite. Ein Schlüssel bewegte sich im Schloss, man hörte ein Ächzen, und ich rannte zurück zu den Birnbäumen und streckte mich flach auf dem Boden aus. Schließlich öffnete sich die Kellertür, es klang wie ein Erdbeben, und eine Petroleumlampe flammte auf. Eine Frau stand da. Sie hielt die Lampe hoch, sah einen Augenblick zu, wie ein Schwarm von Insekten um das Licht schwirrte, und verscheuchte sie dann mit dem Handrücken.

Die Frau kam heraus, kam direkt in den Garten, so nah, dass ich ihren Atem hören konnte, flach und nervös. Irgendetwas brodelte in ihr. Sie fuhr sich über die Augen, als hätte sie geweint, und stellte die Lampe auf den Boden, wobei sie einen tiefen, wütenden Seufzer ausstieß.

Ich hob den Kopf ein wenig an, hungrig nach diesem Klang. Das war ein Gefühl, das ich kannte. Wozu es einen bringen konnte! Dann seufzte sie erneut. »*So wahr der Herr lebt: Es soll dich in dieser Sache keine Schuld treffen.*« Ich hob den Kopf noch ein Stück höher, dann auch den Oberkörper. Im selben Moment erkannte ich, dass es Lizzie war. Sie hatte also tatsächlich Probleme. Von irgendwoher hörte ich eine Stimme: »Was um Himmels willen war das für ein Lärm?« Lizzies Hand flog zum Mund. Sie sah sich im Garten um, sodass ich mich wieder zusammenkauerte. Das Zirpen der Grillen dröhnte mir im Ohr, Lizzie hob die Lampe zum Teppich auf, trat näher und griff nach einem Teppichklopfer, der an der Hauswand lehnte. Mit dem Rücken zu mir fing sie an, den Teppich auszuschlagen, wieder und wieder, stöhnend vor Anstrengung. Ihre Schultern waren rund und kräftig.

»So bin ich nicht. So bin ich nicht«, fauchte sie. Sie war wie ein Güterzug auf offenem Land – nichts konnte sie aufhalten.

Auf Händen und Füßen kroch ich langsam auf sie zu. Ich wollte ihr so nahe kommen, dass ich ihre Wut riechen konnte und auch, wie groß das Problem wirklich war, das ich lösen sollte. Lizzie schrie und versetzte den Teppich in Bewegung, bis er hin und her schwang wie ein Toter. Ich war schon halbwegs bei ihr, als plötzlich John in der Kellertür stand. Er hob seine Lampe in die Höhe und sah mich auf allen vieren. Spöttisch grinsend schüttelte er den Kopf, und ich hielt inne.

»Was ist los, Lizzie?«, fragte er.

»Ich schaffe das nicht mehr.« Sie schlug zu.

John ging zu ihr, stellte die Lampe auf den Boden und legte ihr die Hände auf die Schultern. »Aber, aber«, sagte er beschwichtigend, »du schaffst alles.«

»Warum muss er mich immer so anbrüllen?«

»Warum tut jemand dies oder das? Hör einfach nicht hin.« John warf mir einen Blick zu, und ich zog mich langsam wieder an meinen Ausgangspunkt zurück und streckte mich flach im Gras aus. Er zog sie an sich, beruhigte sie: »Ich werde dafür sorgen, dass es dir besser geht. Was meinst du dazu?« Er hielt sie fest an sich gedrückt, und Lizzie schmiegte sich an ihn wie eine Katze. »Ja.«

Eine Weile standen sie so da, dann fragte Lizzie: »Bin ich eine gute Tochter?«

»Die beste, die man sich vorstellen kann, ganz bestimmt.«

»Was muss ich denn tun, damit Vater das einsieht?« Welche Anspannung in ihrer Stimme.

»Bleib einfach so, wie du bist. Er wird seine Fehler schnell einsehen.«

»Vielleicht«, sagte Lizzie. Das rhythmische Dröhnen der Grillen im Garten. »Übrigens bin ich überrascht, dich heute hier zu sehen.«

»Ich habe dir doch gesagt, dass ich komme.«

»Aber ich dachte, erst morgen.«

»Ich musste meine Pläne ändern, hatte noch etwas zu erledigen. Ich dachte, ich komme ein wenig früher und besuche vielleicht noch Emma in Fairhaven.«

»Hast du?«

»Nein. Ich traf sie unter der Adresse, die du mir gegeben hattest, nicht an. Sie war ausgegangen.«

Lizzies Kopf schnellte hoch. »Wohin?«

»Das hat mir ihre Freundin nicht gesagt. Ich hatte das Gefühl, dass sie mir nicht traute.« John legte Lizzie beschwichtigend die Hand auf die Stirn.

»Helen ist immer übervorsichtig. Es macht einfach keinen Spaß mit ihr«, erwiderte Lizzie.

Sie setzten sich auf die Stufe vor der Kellertür, und John legte ihr den Arm um die Schultern.

»Ist sonst alles in Ordnung bei euch? Abby kommt mir noch seltsamer vor als sonst. Anscheinend sucht sie ständig irgendeinen Vorwand, um das Zimmer verlassen zu können«, flötete er.

»Tatsächlich? Ist mir gar nicht aufgefallen.«

»Macht sie dir Kummer?«

»Mrs Borden ist genauso schlimm wie Vater. Manchmal habe ich das Gefühl, dass sie ihn bewusst gegen mich aufhetzt.«

John schüttelte den Kopf und wiegte Lizzie ein wenig vor und zurück. »Das muss man sich mal vorstellen: einen Vater gegen sein eigenes Kind aufzuhetzen.« John hatte eine komische Art, mit seiner Nichte umzugehen: all dieses Grapschen und Streicheln. Irgendwie gefiel mir das nicht.

»Das hat sie schon immer so gemacht. Und jetzt hat sie es tatsächlich geschafft, ihn zu überreden, ihr und ihrer Schwester ein Haus zu überschreiben.«

»Ich verstehe nicht, warum er so etwas tun sollte.«

»Er sollte es lieber Emma und mir vermachen. Schließlich ist es auch unser Geld.«

Ich stellte mir vor, wie Abby Andrew etwas einflüsterte, so wie Angela es bei Papa gemacht hatte, als sie ihn dazu verleitete, seine Kinder zu verlassen. Ich würde mit Andrew über solche Frauen sprechen müssen.

»Was würdest du sagen, wenn ich dir verrate, dass es solche Probleme bald nicht mehr geben wird?«, fragte John.

Lizzie sah zu ihm auf. »Wie meinst du das?«

»Ich werde ein Gespräch von Mann zu Mann mit deinem Vater führen und ihn daran erinnern, dass er dich und deine Schwester anständig behandeln soll.«

»Das könnte funktionieren.« Lizzies Stimme hellte sich auf.

»Das glaube ich auch, Lizzie.«

»Wann wirst du mit ihm reden?«

»Wie wäre es morgen?«

Lizzie schob einen Fingernagel unter den anderen und wischte den Dreck an ihrem Rock ab. »Wann?«

»Vielleicht, wenn er zum Mittagessen von der Arbeit kommt? Ich werde diskret sein; ich will ihn ja nicht in seinem eigenen Heim in Verlegenheit bringen. Könntest du dafür sorgen, dass Bridget und Abby um die Zeit nicht im Haus sind?« John machte es leichter für mich.

Lizzie massierte sich die Schläfen und schloss die Augen. »Das könnte klappen. Ja, das könnte klappen«, sagte sie leise.

John lächelte. »Na schön, dann machen wir es so.«

»So machen wir es.«

Er drückte Lizzie noch einmal an sich und küsste sie auf die Stirn. »Versuch, dich heute Abend ein bisschen zu beruhigen.«

»Weißt du was, ich glaube, ich gehe zu meiner Freundin Alice.«

»Fabelhafte Idee.«

Lizzie stand auf, verabschiedete sich und ging zurück ins Haus, ohne ihre Lampe mitzunehmen. Die Tür schloss sich.

Nach einer Weile sagte John: »Haben Sie alles mitbekommen?«

»Ja«, sagte ich, ohne mich aus dem Schatten zu rühren.

»Sie sehen selbst, wie sehr es sie mitnimmt.«

»Ja.«

»Bitte tun Sie Ihr Bestes.«

»Ja.«

John stand auf und klopfte sich den Staub von den Kleidern. »Ich gehe dann auch.«

»Lassen Sie mich heute Nacht ins Haus?«

»Nein. Es ist zu riskant.«

»Und wo soll ich bleiben?«

»In der Scheune da drüben.« Er zeigte darauf.

Ich war doch kein Tier. Ich sprang auf und pflanzte mich groß und massig vor ihm auf. Beinahe hätten sich unsere Nasen berührt. »Es gefällt mir nicht, wie Sie mit mir umgehen.«

»Interessiert mich nicht.«

»Das könnte sich schnell ändern.« Ich wollte ihm zeigen, wo sein Platz war.

Er zog sich zurück und klopfte mir auf den Rücken. »So ist es recht. Das ist genau die richtige Einstellung.« Er lachte, öffnete die Kellertür und ging zurück ins Haus. Die Grillen dröhnten im Garten. Es hatte keinen Sinn, draußen zu bleiben und sich von den Insekten zerstechen zu lassen, diesen abscheulichen Dingern. Ich nahm Lizzies Petroleumlampe, drehte den Docht herunter und betrat die Scheune. Dort stapelten sich Holzkisten, Kästen mit zerbrochenem Geschirr, aller möglicher Krimskrams, ausrangiertes Zeug, ein leerer Vogelkäfig. Ich bahnte mir einen Weg zur Leiter, stieg hinauf zu dem kleinen Zwischenspeicher und machte es mir unter dem Fenster gemütlich. Dann löschte ich die Lampe, betrachtete das Haus und beobachtete das Kommen und Gehen der Schatten. Ich würde einer von ihnen werden.

9 LIZZIE
4. August 1892

Im Esszimmer lagen Vater und Mrs Borden steif und starr auf der Totenbahre des Bestatters und warteten auf den Leichenbeschauer, warteten, dass er ihnen erklärte, was Totsein bedeutete.

Die Polizisten waren für einen Augenblick hinausgegangen und hatten das Innere des Hauses unbewacht gelassen. Die Nachbarn waren nach Hause zurückgekehrt, Emma war weiß Gott wo. Im Unterbewusstsein hörte ich, wie Mrs Borden nach mir rief: »Komm zu uns, Lizzie«, sagte sie. »Komm her, und ich erzähle dir ein Geheimnis.« Ich wollte sie nicht enttäuschen und stahl mich die Treppe hinab zum Esszimmer. Ich vergewisserte mich, dass ich wirklich allein war. Dann öffnete ich die Esszimmertür und warf einen Blick ins Zimmer. Mir stockte der Atem. Dort unter weißen Laken, verschreckt und still, hielten ihre Leichen einander fest wie ein Liebespaar beim ersten Mal. Ich schloss die Augen, während

Vater den Arm um seine Frau legte und sagte: »Das wird alles bald vorbei sein.«

Ich betrat das Zimmer. Eine dichte Schwade von Schweiß und Blut, von zerfetzten Muskeln und Knochen stieg mir in die Nase, wie von Tieren, *igitt*. Langsam ging ich bis zum Esstisch und blieb am Ende stehen. Ich berührte einen Zipfel des steifen Lakens und sah zur Decke auf. Unter der Lampe blätterte die Farbe in kleinen gelblich weißen Flocken herab, Sommerschnee, der auf die Laken fiel, die Vater und Mrs Borden bedeckten. Wie hätte sich Vater über so eine Schweinerei aufgeregt!

Ich verbarg ein Lächeln unter meiner Hand und schmeckte Salz. Auf dem Handgelenk entdeckte ich ein paar Spritzer Blut, winzige Tropfen, die noch immer versuchten, unter meine Haut vorzudringen. Ich leckte meinen Finger ab und rieb ihn darüber, entfernte Vater, entfernte Mrs Borden von meinem Körper. Dann hob ich die Laken. Ich spürte, wie Mrs Borden darunter summte, spürte das Echo, spürte die Schwingung in meinem Körper. Sie summte die Lieder, die sie gesungen hatte, als ich noch klein war und nicht schlafen konnte. Am liebsten hätte ich sie angeschrien: »Hör auf damit! Du bist kein Mensch mehr!« Stattdessen dachte ich darüber nach, was sie jetzt war: der Beginn eines Kadavers. Weiche Haut, zerschmettert wie ein Stein, hart, darunter kalt. Ich hob das Laken höher. Ich stieß den Finger in Mrs Bordens Schenkel, *so kalt*, und ließ das Laken rasch wieder fallen.

Ich dachte an Vater, der ausgestreckt dalag wie ein Xylophon aus Knochen, ein Arm über dem Rumpf, den anderen wie um Gnade flehend Mrs Borden entgegengestreckt. Ich ging um den Tisch herum auf Vaters Seite und hob erneut das Laken an. Sein Haar war stumpf und dünn. Er sah aus, als hätte er Schmerzen. Ich beugte mich über ihn, *nur ein bisschen*, und küsste ihn auf die

Seite des Gesichts, in die die Scheide eingedrungen war. Die Uhr auf dem Kaminsims tickte und tickte.

»Armer Vater«, sagte ich. »Kann ich etwas tun, damit du es bequemer hast?« Die Wände um mich herum zischten. Sie trugen keine Kleidung. Ich fragte mich, ob ich ihn vermissen würde. Ich zog das Laken ab und sah, wie sie dichter aneinanderrückten, wie ihre Hände sich liebkosten.

Ich biss die Zähne aufeinander. *Schluss mit der Anfasserei! Keine vorgetäuschte Liebe mehr!* Dann trat ich vom Tisch zurück auf die Tür zu. In einer Ecke des Türpfostens klebte ein Blütenblatt am Holz. Drei Tage zuvor war das Esszimmer in violetter Pracht erblüht, nachdem Mrs Borden sämtliche Vasen, die es gab, mit den ekelhaften Blumen gefüllt hatte, die sie so gern um sich hatte. Ich hatte gesehen, wie sie den Duft ihrer kleinen Blüten einatmete, wie sie lächelte und die Hüften schwang. Als sie hinausging, war ich hineingegangen und hatte die Blüten zerrupft, bis nichts mehr da war außer Stängel und Glas. So machte ich es mit allen. Für einen Moment erleichterte mich mein heftiger kleiner Impuls, doch nach einer Weile nicht mehr. Ich sammelte so viele Blütenblätter auf, wie ich konnte, verließ das Zimmer und sagte niemandem etwas.

Jetzt zupfte ich die Blüte vom Türpfosten und steckte sie in die Tasche. Ich ging vom Esszimmer ins Wohnzimmer und ließ Vater und Mrs Borden zurück. Draußen rief jemand: »Ich kann sie sehen!«, als ich am Fenster des Salons vorbei zur Vordertreppe ging und mir mit beiden Händen über das Haar strich. Als ich die Treppe hinaufging, ächzte das Holz.

Ich fuhr mit der Hand über das warme Geländer, und es schmolz unter meiner Handfläche wie Toffee. Alles verlangsamte sich, und dann lösten sich die Wände aus ihrem Fundament. Mit der Stille war es vorbei. Je näher ich dem Ende der Treppe kam, umso lauter wurde das

Dröhnen. Auf dem Treppenabsatz wütete die Hitze dermaßen, dass sich mein Mund öffnete und meinen Atem erst flach und dann groß machte. Ich hörte, wie ich schrie und dann lachte.

Ich ging ins Gästezimmer, wo sie Mrs Borden gefunden hatten, und sah, dass die Polizei alle Schubladen und Schränke geöffnet und unser Leben auf dem Boden verstreut hatte, bis es voller Staub und Flecken war. Vater hätte sich über so eine Schweinerei furchtbar geärgert. Ich stellte mir vor, wie er von mir verlangte, dass ich sie beseitigte und ich mich zu ihm umdrehte und mich weigerte. Es dauerte einen Augenblick, dann traten seine Augen hervor, und sein Hals schwoll dick und mächtig an. Er verhakte die Finger ineinander und brüllte: »Du tust, was ich dir sage!«, und ich lächelte ihn zuckersüß an und hielt mir die Ohren zu. Ich sah, wie sich sein Mund immer wieder öffnete und schloss, und tat so, als hätte er gesagt: »Ich habe unrecht, Lizzie, und du hast recht.«

Die Polizei hatte ein altes Handtuch über den Fußboden gebreitet. Es war mit blutigen Fußabdrücken bedeckt, *unsichtbare Soldaten*, und ich dachte daran, wie ich acht gewesen war und Emma und ich uns in Gespenster verwandelt und überall in der Küche Fußabdrücke aus Mehl hinterlassen hatten. *Ich war so klein, klein, klein.* So lange war das her.

Ich war auf Zehenspitzen um Emmas Bett geschlichen und hatte geflüstert: »Bring mich zum Lachen, Missus Chatter!«

Emma hatte sich umgedreht, die Spucke aus dem Mundwinkel gewischt und gefragt: »Was sollen wir machen?« und ich hatte gesagt: »Spielen wir ungezogene Mädchen!« Dann waren wir nach unten gelaufen, ich wie ein Hampelmann, sie wie eine Maus, nach unten in die kalte Küche und hatten gewartet, dass die Sonne uns wärmte. Wir hatten die Schränke durchstöbert und uns gegenseitig zugerufen:

»Wir könnten Zucker essen!«

»Wir könnten ein Messer verstecken.«

»Wir könnten uns selbst hier drin verstecken, bis jemand die Tür aufmacht, und dann rausspringen.«

»Oder wir essen alle Vorräte auf, nur das schreckliche Zeug nicht.«

Und dann hatte Emma das Mehl entdeckt und mich gefragt: »Lizzie, würdest du gerne unsichtbar sein?«

»Wie ein Gespenst?«

Als sie nickte, sah es aus, als machte sie einen Satz. »Ja.«

Ich sagte Ja, wenn das bedeutete, dass niemand die schlimmen Sachen sehen könnte, die ich anstellte, und Emma gab zurück: »Nein, niemand wird das je im Leben sehen, nicht mal, wenn du alt bist und voller Leberflecken.«

Wir standen mitten in der Küche, mit der Mehldose zwischen uns. Dann zogen wir unsere Nachthemden aus, beugten uns über die Dose und tauchten unsere Hände in das Mehl, um es in handvollgroßen Wolken über uns auszukippen.

»Vergiss dein Gesicht nicht«, sagte Emma, woraufhin ich noch eine Handvoll nach ihr warf und sie ins Auge traf. Sie brüllte mich an, mit einer Stimme, die mir Angst machte, das wusste sie, brüllte und brüllte, bis sie hörte, wie Vater die Treppe herunterkam und seinen Gürtel aufschnallte. Wir hörten, wie das Leder durch die Stoffschlaufen glitt und seine Stiefel wie Peitschenhiebe auf der Treppe. Dann wurde es still. Wir schlossen die Augen und wurden unsichtbar.

Ich schlug die Augen auf. Meine Schuhe glitten über den blutbefleckten Teppich. Die letzten Reste von Mrs Bordens Leben leckten an meinen Absätzen wie Wellen. *Ich bin im Meer.* Auf dem Meeresgrund sah ich feine Büschel von grauem Seetang, sah kleine Fische hindurchschwimmen, in der Hoffnung, sich vor den Haien verstecken zu können. Ich kauerte mich unter das Wasser, damit das Salz aus dem Meer von Blut mein Gesicht reinigte. Ich watete durch eine Welle. Ich stellte mir vor, ich wäre eine Entdeckerin, eine Tiefseetaucherin. Im Wasser treibend fand ich einen Kamm, eine Kameenhalskette, ein Stück Spitze von einem Kissenbezug, ein kleines Stück Knochen. Zeichen versunkener Schätze, Piraten abgejagte Kleinode. Ich versuchte, mir die Taschen damit zu füllen, ohne zu versinken. Dann stieß ich einen tiefen Seufzer aus. Irgendetwas trieb mir die Tränen in die Augen. Ich verließ den Ozean, verließ den Raum, spürte frische Luft im Gesicht.

Von unten kam ein dumpfes Dröhnen, das im ganzen Haus widerhallte. Die schweren Stiefel eines Polizisten polterten die Treppe hinauf. Rasch lief ich über den Treppenabsatz in mein Zimmer und schloss die Tür hinter mir ab.

In meinem Zimmer war es heiß wie in einem Backofen. Ich warf einen Blick auf das silberne Kruzifix über meinem Bett und erinnerte mich daran, dass auch er gelitten hatte. Mein Körper schmerzte, das Blut stieg mir in die Ohren und dann hinter die Stirn, bis alles schwarz und starr wurde. Ich stand vor dem Spiegel und zerrte an meinen Kleidern, *seit wann waren sie so eng?*, streifte eine Lage nach der anderen ab, bis ich nackt war. Meine Haut war blass und undurchsichtig, *so sollte man mit zweiunddreißig nicht aussehen.* Alles tat weh. Ich wollte, dass es mir besser ging. Ich zwang meine Finger auf die Arme und setzte sie in Marsch wie Ameisen. Sie schlugen sich über Hügel und Berge, legten Gräben unter meinen Armen und Brüsten an, *jetzt geht es mir langsam besser.* Die Armee rückte über meinen gewölbten Bauch vor, um Leisten und Schenkel zu inspizieren. Mein ganzer Körper kribbelte, es fühlte sich gut an. Die Haut kühlte sich ab, und auch das Haus verlor an Hitze. Eins, zwei, links, rechts, setzte die Armee ihren Marsch in Richtung Zehen fort und nahm meine schuppige Haut mit, bis sie sich verflüssigte, wunderschön. Ich presste mich gegen den Spiegel.

Dann zog ich mich Lage für Lage wieder an und strich das Haar glatt, *perfekt*. Ich spähte aus dem Fenster auf die Second Street, betrachtete die leuchtend weiße und rote Blumenpracht im Vorgarten, betrachtete die feuchten Spuren von Dreck und Moder auf den Häusern. Unter mir war Mary aus Irland dabei, Wäsche aufzuhängen. Sie kratzte sich den Kopf, dieses schiefgewachsene Geschöpf, und dann sah sie eine ganze Weile auf den Keller. Ich weiß, was sie dachte. Es passieren schlimme Dinge auf der Welt.

Ich wollte, dass Emma heraufkam, hatte aber Angst, dass sie böse auf mich war, weil ich Vater hatte sterben lassen. Es gab vieles, was ich Emma hätte erklären müssen, doch mir fehlten die Worte. Ich stellte mir vor, wie sie die Treppe hinauflief, auf der Suche nach mir. Ich machte die Tür auf, und sie hob mich hoch und setzte mich auf ihren Schoß, und ich erzählte ihr: »Es war schrecklich, Emma, ganz schrecklich. Ich glaubte schon, sie würden nie mehr aufhören mit ihrer Fragerei!« Sie sah mich zärtlich an, küsste mich auf die Stirn und sagte: »Jetzt bin ich da und kümmere mich darum, Lizzie. Geh du einfach, geh und lass das alles hinter dir.«

Ich wollte Emma etwas erzählen. Ich setzte mich neben meinem Bett auf den Boden und dachte an Dinge, von denen ich ihr nie etwas gesagt hatte. Es hatte Zeiten gegeben, in denen Mrs Borden zu mir gesagt hatte, dass ich eine Enttäuschung für Vater sei, in denen sie mich geohrfeigt und ich ihr ins Gesicht gelacht hatte. Einmal hatte ich durchs Schlüsselloch gespäht und Mrs Borden nackt und zitternd gesehen. Ich dachte an die Nacht nach Emmas Abreise nach Fairhaven, an mein beschämendes Verhalten.

Albträume hatten mich im Schlaf überwältigt und gequält, bis ich schreiend hochfuhr. Was für Sachen ich geträumt hatte! Der Morgen war nur halb wach. Ich sah mich im Zimmer um und hatte das Gefühl, dass jemand in meinen Körper gegriffen und mich der Länge nach ausgestülpt hatte. Jetzt drangen nur noch tierische Laute in meine Ohren, laut und immer lauter, bis ich meine eigenen Gedanken nicht mehr hören konnte. Ich fing an zu schwitzen und befleckte meine Bettwäsche mit Salz, *der Tag ist schon zu lang*. Ich stand auf, zog das Bett ab, zog mich selbst aus und stapelte einen Haufen Wäsche in der Zimmerecke auf, den Bridget später waschen würde. Mein Herz raste, machte einen Satz bis in meinen Hals und explodierte. Ich zitterte am ganzen Leib. Ich brauchte Emma, brauchte irgendetwas, das mich rettete. Ich zog ein Kleid an und versuchte, mich zu beruhigen, doch jedes Mal, wenn ich blinzelte oder die Augen länger schloss als nötig, blitzte die Nacht wieder auf. Hinter der Wand hörte ich, wie einer von ihnen – Vater oder Mrs Borden – sich im Bett herumwälzte, *hier war ich schon einmal*, und sehnte mich nach Geborgenheit, wollte wieder klein sein. Ich ging zum Schlafzimmer von Vater und Mrs Borden und trat ein, ohne anzuklopfen.

Schatten spielten zwischen den Vorhängen. Dort im Bett lag Mrs Borden, *Vater war schon auf*, ihr massiger Körper, der sich kaum rührte. Emma hätte gesagt, geh nicht zu ihr, aber ich konnte nicht anders. Ich ging auf sie zu, die Dielen knarrten, und Mrs Borden schnaufte wie ein kleiner Tornado. Ich trat ganz dicht heran, strich über die Bettwäsche, dann über den hölzernen Bettrahmen. Ich kniete mich auf die Bettkante, verlagerte mein ganzes Gewicht nach vorn und beugte mich über ihren Kopf. Sie merkte nicht einmal, dass ich da war. Die Seite ihres Gesichts war voller Runzeln, es war nicht das Gesicht, das ich aus meiner Kindheit kannte. Ich beugte mich noch tiefer über sie, berührte die Fältchen um ihre Augen, ihre pergamentartige Haut, *schäl sie ab, Schicht für Schicht*, bis mein Herzschlag langsamer wurde und ich einen Moment lang ruhig war. Was Berührungen bewirken können! Meine Finger glitten durch das graue Haar, strichen und strichen. Mrs Borden sah friedlich aus im Schlaf, wie sie immer ausgesehen hatte und immer aussehen würde, ich strich weiter, Haar wie das eines Pferdes, und ich beugte mich noch tiefer, roch ihre Haut, alte Mottenflügel, Speichel, küsste sie auf die Stirn, spürte, wie sich die Spitzen der Schneidezähne in Haut und Knochen bohrten. Da bewegte sich Mrs Borden unter mir. Ich zog mich zurück und sah, wie sie mich anstarrte.

»Was in Gottes Namen...«

»Mir ist so komisch. Ich hatte seltsame, schreckliche Träume.«

Mrs Borden zog die Bettdecke bis ans Kinn. »Und was soll ich dagegen tun? Dein Vater ist nicht da.« Als spuckte sie mir ins Gesicht.

Ich setzte mich dicht neben sie auf die Bettkante. Mein Herz hämmerte so sehr, dass ich mir mit der Zunge über die Lippen fuhr. »Ich möchte, dass die Albträume aufhören, aber Emma ist nicht da.«

Mrs Borden stöhnte kurz, dann stützte sie sich auf die Ellbogen und setzte sich auf. Sie starrte mich durchdringend an, und ich starrte zurück, sah, wie sich ihre Mundwinkel missbilligend verzogen und dann wieder strafften. Ich warf einen Blick auf die andere Hälfte des Bettes, wo Vater gelegen hatte, *wahrscheinlich ist sie noch warm,* und Mrs Borden folgte meinem Blick, schüttelte den Kopf und hörte gar nicht mehr auf damit. »Nein«, wisperte sie. Es brachte ein Gefühl zurück, das ich mit dreizehn gehabt hatte, als Vater und Mrs Borden mich nicht mehr in ihrem Bett hatten haben wollen. »Du kannst nicht jedes Mal nach einem Albtraum zu uns kommen, Lizzie.« Vater und seine Grausamkeiten. Ich hatte lange gebraucht, um darüber hinwegzukommen.

Ich starrte sie an, starrte bis in ihr tiefstes Inneres und wartete. Es war still im Zimmer. Dann zog sie die Decke herab, schlug sie beiseite und zeigte auf die andere Hälfte. Wenn doch nur Emma da gewesen wäre: Dann hätte ich nicht neben Mrs Borden ins Bett kriechen müssen, hätte sie nicht behandeln müssen, als wäre sie meine Mutter.

10 BENJAMIN
4. August 1892

Die Sonne traf mich mit voller Wucht. Tauben tanzten auf dem Dach. Nach einer Weile öffnete sich das Scheunentor. Man hörte Bewegung da unten, eine Frau, die wie ein Vogel zwitscherte: »Morgen, ihr Süßen.« Es war Lizzie. Im nächsten Moment schrie sie auf.

»Meine Vögel!«

Ich war ein Geheimnis, das auf allen vieren zum Ende der Leiter kroch. Als ich hinunterspähte, sah ich ihre Hände, die in einem großen Fass voller Abfälle wühlten. Dann schrie sie noch einmal und zog eine tote Taube heraus, mit geknickten, steifen Flügeln, kopflos, wie alle toten Dinge. Eine nach der anderen zog sie heraus und ließ sie fallen, bis sie sich zu ihren Füßen stapelten. »Ich hasse ihn! Ich hasse ihn!«, kreischte Lizzie und drückte sich die Tauben an die Brust, damit sie ihren Herzschlag spürten. Die Sonne fiel jetzt voll auf die Scheune, das Holz atmete. Ich erinnerte mich an Papa: wie er durchs

Haus gegangen war, wie seine nackten Füße über den Boden klatschten, bis sie vor meinem Zimmer anhielten.

»Junge! He, Junge.«

»Ja, Papa.«

»Mach auf.«

Ich öffnete die Tür. Ein Geruch nach Moschus und verbranntem Tabak, nach altem Lehm. Papa lächelte, sodass man seinen braunen Zahn sah. »Zieh deine Jacke an.«

Ich zog die Jacke an und folgte ihm nach draußen. Wir waren schnell. »Wo gehen wir hin?« Meine Füße waren flink wie Ratten.

»Du musst mir helfen.«

Wir kamen zum Hühnerstall der Familie. »Du reichst sie mir an, und ich nehme die Axt.«

Papa stürzte sich auf die Hühner. Ich hielt sie kopfüber fest, sodass ihre schuppigen Krallen gegen mein Handgelenk rieben, bis es juckte.

»Gib her«, sagte Papa.

Ich reichte ihm ein Huhn, sah, wie es mit den Flügeln schlug, sah, wie seine Augen hervortraten. Als die Axt fiel, flog das Huhn in die Luft, Blut tropfte auf meine Haut, und sein Kopf wirkte seltsam lebendig auf dem Holzklotz. Ich griff nach dem nächsten und versuchte, es ruhig zu halten, während es vor Angst flatterte.

»Ich kann sie nicht halten. Sie sind zu unruhig.«

Ich reichte ihm ein Huhn. Dann noch eines. Ein Huhn, ein Huhn.

»Sammle die Köpfe ein, und bring sie deiner Mama«, sagte er, als es vorbei war.

Die Köpfe lagen auf dem Boden verstreut wie Kleinholz. Ich hatte Angst, sie anzufassen. Einer bewegte sich noch, das Auge blinzelte, der Schnabel schnappte nach Luft. »Papa, er lebt noch.«

»Das sind nur die Nerven.«

Langsam sammelte ich die Köpfe vom Boden auf und warf sie in einen Eimer. Blutgestank. Er hüllte mich ein.

Vor der Scheune stand jetzt Andrew und brüllte. »Lizzie! Komm her, Lizzie!« Lizzie wandte sich um, und ich zog mich von der Leiter zurück. Andrew erschien im Eingang, sein Schatten füllte den offenen Rahmen ganz aus.

»Geh weg«, sagte Lizzie.

Andrew seufzte. »Ich hatte gehofft, dass du sie nicht findest, bevor ich ...«

»Du hast sie umgebracht!« Lizzie zielte mit einer Taube auf Andrew. Der Vogel prallte gegen seinen Bauch und fiel dann zu Boden. Ein Flügel brach.

Andrew trat in die Scheune und schlug Lizzie ins Gesicht. »Hör auf mit dem Unsinn!«

Lizzie schluchzte und stampfte mit dem Fuß auf. Es hörte sich an wie ein hölzerner Spielzeugsoldat. »Warum?«, fragte sie.

»Weil sie Ungeziefer sind, Lizzie.«

»Es sind meine Vögel. Ich habe für sie gesorgt.«

»Sie haben Krankheiten ins Haus gebracht.«

Lizzie bückte sich, ergriff die Taube und drückte sie an sich. »Warum musstest du so grausam sein? Du hättest sie doch einfach fliegen lassen können.«

»Du weißt, dass sie nicht weggeflogen wären. Manche Dinge sind besser tot.« Andrew bewegte sich auf sie zu und hob die Hand. Der goldene Ring an seinem kleinen Finger funkelte. Lizzie versetzte ihm einen Schlag.

»Lass mich in Frieden!« Eine Träne blieb ihr im Hals stecken.

»Lizzie, bitte, sei vernünftig.«

Sie drängte sich an Andrew vorbei, ohne den toten Vogel loszulassen. Ich kroch zum Fenster und sah hinaus. Lizzie stand mitten im Garten und schwang die Taube hin und her. Hin und her. Andrew trat zu ihr und versuchte, ihr über das Haar zu streicheln.

»Rühr mich nicht an.«

Er zog die Hand zurück. »Du wirst darüber hinwegkommen. Wir reden heute Nachmittag weiter.«

Lizzie wandte sich zu ihm um. »Du glaubst, du wüsstest alles besser. Gott wird dich strafen.« Damit ließ sie den Vogel fallen und rauschte davon.

Andrew blieb allein im Garten zurück und rieb sich mit beiden Händen über das Gesicht. Die Sonne brach über das Dach der Scheune, fuhr mir in die Knochen. Jetzt war der richtige Zeitpunkt gekommen.

Andrew entfernte sich aus dem Garten wie ein Echo, langsam, geschlagen. Ich kletterte die Leiter hinunter und öffnete das Scheunentor. Die frische Luft küsste mich auf den Mund, die blendende Sonne zauberte kleine Lichtkränze in meine Pupillen. Andrew ging am Haus vorbei, seine schlanke Figur ertrank fast in dem dunkelgrauen Wollanzug. Eine Taube flog über seinen Kopf hinweg. Er streckte die Hand nach ihr aus, verfehlte sie jedoch. Dann legte er die faltigen Hände auf die Stirn. Um ein Haar hätte ich mich auf ihn gestürzt, ihm die Faust ins Gesicht geschlagen und ihn zur Vernunft gebracht, doch da war er schon weg, im Innern des Hauses verschwunden.

Ich streckte die Hand zum Birnbaum empor, um eine der schweren Früchte zu pflücken, drückte sie, bis der Saft über meine Finger rann. Ich aß. Pflückte noch eine, warf das Kerngehäuse auf den Boden und wischte mir am Hemdsärmel den Mund ab. Ich stank entsetzlich.

Anschließend ging ich in die Mitte des Gartens, bückte mich zu dem toten Vogel und hob ihn auf. Bleischwere Federn. Ich brach einen Flügel ab – dasselbe Knacken wie bei einem Zweig oder Knochen – und hielt ihn an mein Gesicht, bevor ich ihn in die Hosentasche steckte.

Eine Tür ging auf, jemand stöhnte. Dann Schritte. Ich wollte nicht entdeckt werden, lief hastig zur Scheune und presste mich an die Außenwand. Bridget kam heraus, Eimer und Wischlappen in der Hand. Sie rieb sich mit dem Arm über das Gesicht und blieb einen Moment lang stehen. Dann stellte sie den Eimer auf den Boden, bückte sich und erbrach sich ins Gras. Welche Geräusche ihr Körper machte! Immer wieder verkrampfte sich ihr Magen und entleerte den Inhalt – eine schwere Flüssigkeit, braun und ätzend. Schließlich hockte sie auf allen vieren am Boden und legte die Stirn auf die Erde. Die Sonne warf goldenes Licht auf ihre weiße Haube und Schürze. Vögel zwitscherten.

Bridget übergab sich noch einmal, raffte sich dann wieder auf und ging mit dem Eimer auf die andere Seite des Hauses. Sie bewegte sich träge wie Teer. Als sie anfing, die Fenster zu putzen, wartete ich noch einen Augenblick und rannte dann quer durch den Garten zur Kellertür. Leise drehte ich den Knauf – abgeschlossen. Welche Schätze bewahrten sie denn bloß im Haus auf, dass ständig alles abgeschlossen werden musste? Ich rannte weiter zur Seite des Hauses, zum Hintereingang. Offen. Bridget hatte einen Fehler gemacht. Ich schlüpfte hinein. Sah eine schmale Holztreppe, Kleiderhaken aus Messing an der Wand. Ich drang weiter vor, in die Küche, wo die Läden halb geschlossen waren und das Haus in Halbschatten hüllten. Es roch nach Gebäck, nach altem Fleisch, nach Haut, nach überhitzten Körpern. Mein Magen flehte um etwas Essbares. Ich trat zum Herd, der so groß war, dass man einen ganzen Menschen hätte hineinstecken und schmoren können, und nahm den Deckel von einem tiefen, schwarz gefärbten Topf. Ein beißender Gestank. Ich wölbte die Hand und tunkte sie in die Brühe. Sie war noch warm. Ich hob die Hand zum Mund, immer wieder, sabber, sabber, die

Suppe tropfte mir über Kinn und Hals ins Hemd und zu Boden. Sie schmeckte süßlich, fast wie Marzipan. So durfte Fleisch nicht schmecken. Ich hätte nicht so gierig sein sollen. Als ich den Deckel wieder auf den Topf legte, fiel mein Blick auf einen Teller mit Maiskuchen auf der Anrichte. Ich nahm einen und schnüffelte daran, ein Hauch von Zucker. Ich legte das backsteinschwere Gebäck auf meine Zunge und leckte daran, bevor ich zubiss und es dann im Ganzen herunterschlang. Als ich die Krümel von meinem Hemd klopfte, hörte ich Schritte über mir. Ich sah zur Decke auf und bemerkte die rußgeschwärzten Kranzleisten. »Könnte Andrew sein, da oben«, sagte ich.

In dem Raum mit dem großen Sofa stand eine Uhr aus dunklem Holz auf einem Kaminsims. Mein Finger fuhr über das Holz, weiter zu den Fotos von Andrew und Abby, einem von Lizzie und einem von einer Frau, vermutlich Emma, dunkles Haar, eine wie aus Stein gemeißelte Nase, hohe Stirn. Sie sah ganz anders aus als ihre Schwester, Lizzie mit den runden Bäckchen, dem vollen Pflaumenmund und Ohren, deren gewölbte Spitzen wie kleine Segel waren. Ganz gewöhnliche Frauen.
Mein Finger glitt von dem Kaminsims über die Wand und über ein Bücherregal bis zum Fenster. Es war mit einem dicken Spitzenvorhang bedeckt, doch auf der anderen Seite der Scheibe sah ich den oberen Teil von Bridgets Haube. Ihr Kopf wippte auf und ab. Ich zog den Vorhang ein wenig zur Seite und sah, wie Bridget auf den Knien lag und ihren Lappen in einem Blecheimer ausspülte.
Oben ging jemand mit großen Schritten über die Dielen. Ich setzte mich auf das Sofa und spreizte die Hände auf dem weichen Rosshaarpolster. Das tote Tier hatte einen schönen Glanz. Von hier konnte ich durch einen

zweiten Raum mit einem Klavier bis zur Vordertreppe sehen, das Kommen und Gehen im Auge behalten. Das Haus war größer als alles, was ich je erlebt hatte. Überall würde ich mich mit Andrew auseinandersetzen können. Ich lehnte den Kopf an die Rücklehne, spürte, wie sich mein Magen verkrampfte und rebellierte, schob die Finger durch den Riss in meiner Hose und tastete über die Fäden des Arztes. Ich dachte an Papa. In diesem Haus zu sein erweckte in mir den Wunsch, ihn noch einmal zu besuchen und ihm zu erklären, was er alles falsch gemacht hatte, so wie es Andrew erklärt werden würde. Dann stand ich auf, ging ins Esszimmer, um den großen Tisch herum und klopfte mit dem Fingerknöchel gegen das Hartholz. Ich zupfte an der schweren, bis zum Boden reichenden Tischdecke aus Spitze, als wäre es Mamas Rockzipfel. Sie fehlte mir. Die Läden an den Fenstern waren offen, ein klarer Tag lag vor mir. Einen Augenblick lang sah ich die Nachbarin von nebenan, die sich den Kragen ihrer Bluse zurechtrückte. Ich presste mich gegen das Fenster, genoss die Sonne auf dem Kopf, den Augen. Zeit, sich nach Andrew umzusehen.

Als ich hörte, wie jemand die Vordertreppe herunterkam, wandte ich mich um und duckte mich, um zu sehen, wer es war. Ich erwartete Andrew und rechnete damit, dass er geradewegs auf mich zukommen würde, sodass ich ihn an den Schultern packen und ein wenig schütteln konnte. »Du weißt, warum ich hier bin, oder?«, würde ich ihn fragen. Andrew würde den Kopf schütteln.

»Du bist nicht sehr nett gewesen. Du hast nicht zugehört.« Dann würde ich ihn dicht an mich heranziehen.

Ich sah dunkle Hosenbeine, einen spindeldürren Körper und hörte eine Stimme: »Pass auf mit der Hitze, Abby. Nicht, dass es dir noch schlechter geht.« Das war John auf der Treppe. Jetzt war er ganz zu sehen; er strich sich übers Haar und zog das Hemd glatt.

»Ich habe nichts vor; ich bleibe den ganzen Tag zu Hause«, gab Abby zurück.

Das würde brenzlig für mich werden. John stand schon am Eingang des Hauses, als er mich entdeckte. »Sie!« Seine Augen weiteten sich, dann warf er einen Blick über die Treppe nach oben.

Im gleichen Moment tauchte Abby auf. Mit gesenktem Kopf konzentrierte sie sich auf die Stufen und klammerte sich dabei mit schwerer Hand an das Geländer. Ich rückte hastig einen Stuhl vom Tisch ab und verkroch mich darunter.

»Was hast du gesagt, John?«, fragte Abby.

»Wovon sprachen wir denn? Ich habe ganz vergessen, was ich sagen wollte.«

»Das passiert mir auch, und zwar öfter, als ich zugeben möchte.«

John gluckste leise und zog die Schultern zu den Ohren hoch. Mein Magen grummelte, mir wurde schwindelig, meine Augen füllten sich mit Wasser.

»Soll ich Bridget bitten, beim Abendessen für dich mitzudecken?«

»Ja, ich glaube, das wäre eine gute Idee. Ich bleibe noch eine Nacht. Ich würde gern mehr Zeit mit Lizzie verbringen.«

»Fein.«

»Vermutlich werde ich ziemlich erschöpft sein, wenn ich meine Angelegenheiten in der Stadt erledigt habe.«

John hatte nichts davon gesagt, dass wir länger bleiben würden. Er hatte mir versprochen, mich aus Fall River herauszubringen. Lügner konnte ich nicht ausstehen. Ich würde ihn zur Rede stellen müssen.

Abby öffnete den Garderobenschrank und reichte John sein Jackett.

»Wann ist Andrew wieder zu Hause?«, fragte er.

»Gewöhnlich kommt er kurz nach eins vorbei.«

»Fabelhaft. Ich bin am frühen Nachmittag wieder da.«
Abby öffnete die Tür, und er ging. Sie machte die Tür wieder zu, drehte den Schlüssel im Schloss um und seufzte. Andrew war weg. All diese unerwarteten Neuigkeiten. Ich würde mich im Haus verstecken müssen, bis er nach Hause kam, und dachte über die Optionen nach: eines der Zimmer im oberen Stockwerk, der Keller, die Garderobe unter der Treppe. Es bestand die Gefahr, dass man mich entdeckte; vielleicht fand Abby mich sogar hier unter dem Tisch. Sie würde mich sehen und anfangen zu schreien oder mir mit den Nägeln das Gesicht zerkratzen. Meine Knöchel würden sich zu Fäusten ballen und gegen Abbys Haut prallen, ihren Mund aufreißen, Zunge und Lippen zerfetzen. Ich würde sie zum Schweigen bringen, was mich betraf.

Abby stand jetzt mitten im Wohnzimmer und starrte nach draußen. Mein Magen zog sich zusammen. Sie ging zum Fenster, zog die Spitze zur Seite und klopfte gegen die Scheibe. »Du bist zu schnell, Bridget«, rief sie. »Mach das lieber ordentlich.« Dann ließ sie den Vorhang fallen, kam ins Esszimmer und blieb stehen. Abby schluchzte, vergoss ein paar zittrige Tränen, ganz allein, nur für sich. Die Zimmerdecke knarzte. Das musste Lizzie sein. Mein Magen spielte verrückt. Ich hatte Birnen gegessen, hatte Hammelbrühe gegessen.

Wieder knarzten die Dielen über uns. Abby sah auf und ging dann in die Küche. Ich hörte, wie ihr Magen brodelte, als sie zur Anrichte kam. Sie griff nach einem Stück Maiskuchen und hielt es einen Augenblick in die Höhe wie einen Briefbeschwerer. Dann biss sie ein Stück ab. Ein paar Krümel fielen in den Kragen ihrer Bluse. Abby klopfte sie ab und warf einen Blick auf den Boden und die Schweinerei, die ich dort hinterlassen hatte. »Wo kommt denn das her?«, sagte sie. Die Krümel führten sie zu der verschütteten Brühe auf dem Herd. Ich hörte ihren Magen. Ich bemerkte den Ehering, der eng auf ihrem Finger saß. An einem solchen Finger hätte ich auch gern gelutscht. Wie sie grunzte!

Abby stand da und schüttelte ihre Beine, schüttelte die abgetretenen Lederstiefel und die dicken Fußgelenke. Der Saum ihres Rocks war eingerissen. Ich hatte immer gedacht, dass Frauen wie sie Geld für ihre äußere Erscheinung ausgaben.

»Bridget kann nicht einmal den Boden sauber halten«, murmelte sie.

Wieder knarrten die Holzdielen, und Abby warf einen Blick an die Decke und folgte dem Geräusch ins Esszimmer, bis dicht an den Tisch. Ihre Beine zitterten. Sie schnüffelte und sagte: »Was um Himmels willen ist das für ein Gestank?« Dann kehrte sie in die Küche zurück. Schnüffel, schnüffel. Sie ging ins Wohnzimmer. Schnüffel, schnüffel. Ich verriet mich.

»Lizzie«, rief Abby jetzt. »Lizzie, komm mal runter.«

Oben ging eine Tür auf, und dann kam Lizzie die Treppe herab. Sie kam ins Wohnzimmer und blieb in einiger Entfernung von Abby stehen. Sie trug ein blaues Kleid unter einem langärmligen weißen Kittel. Mein Magen verkrampfte sich. Obst hat solche Auswirkungen nicht.

»Was ist?« Lizzies Stimme war kaum vernehmbar.

»Riechst du das auch – diesen entsetzlichen Gestank?«

Lizzie sog die Luft um sich herum ein und stieß sie wieder aus. »Ich rieche nichts.«

»Ich glaube, es ist mehr in der Küche.«

Lizzie ging in die Küche, holte tief Luft. »Ich rieche nichts.«

»Es stinkt nach Fäulnis oder Urin oder...«

»Wahrscheinlich riechst du dich selbst.«

»Wie kannst du so was Gemeines sagen!« Abby legte einen Arm über ihr Herz.

»Ich weiß nicht, was ich sonst sagen soll, wenn ich nichts rieche«, gab Lizzie zurück und zuckte die Achseln.

Eine Weile sagte Abby nichts mehr, und Lizzie ging langsam auf sie zu, schloss die Lücke zwischen ihnen. Sie sahen einander an. Dann sagte Abby: »Warum trägst du einen Kittel?«

Lizzie strich über den weißen Stoff und lächelte. »Sauberkeit kommt gleich nach Gottesfurcht, Mrs Borden.« Sie machte noch einen Schritt, und Abbys Magen rumorte.

»Hast du von der Brühe gegessen?«

»Ein bisschen, ja.« Abby flüsterte beinahe.

»Hast du es geschafft, noch ein bisschen für mich übrig zu lassen?«

Abby kratzte sich die Schläfen. »Ich dachte, du hättest bereits gegessen.«

»Wie kommst du darauf?«

»Jemand hat eine Riesenschweinerei auf dem Boden hinterlassen.«

»Bist du dir sicher, dass du es nicht selbst warst?«

Ich presste mein Gesicht fest gegen das Stuhlbein und sog den satten Geruch der Holzpolitur ein.

»Du Miststück!« Darauf schlug Abby Lizzie reflexartig so heftig ins Gesicht, dass es blutete.

Lizzie biss sich kurz auf die Lippen und schmeckte sich selbst. Sie verschränkte die Arme, löste sie wieder, presste sich dicht an Abby und küsste sie auf den Mund. Dann schmiegte sie sich noch enger an Abby und bog ihren Kopf leicht nach hinten. Einen Moment lang ließ Abby alles mit sich machen. Dann trat Lizzie zurück, wischte sich den Mund am Kittel ab und hinterließ einen Blutfleck. Beide Frauen schwiegen.

Lizzie ließ Abby stehen und kehrte zur Vordertreppe zurück. Ging nach oben. Abby schrie auf, schrie wie eine rote Füchsin, der man etwas weggenommen hat, presste die Hände ans Gesicht und schüttelte den Kopf, nein, nein, nein. Dann straffte sie die Schultern und trocknete mit dem Ärmel ihre Tränen. Ich hörte das Summen einer Fliege im Ohr.

Schließlich ging auch sie die Treppe hinauf; dann hörte ich sie oben. Mein Magen verkrampfte sich; ich beugte mich vor und übergab mich. Die Hammelbrühe ergoss sich auf den Teppich. Meine Augen tränten. Die Fliege summte und landete in meinem Erbrochenen. Ich hörte Lizzie und Abby reden, hörte, wie Abby sagte: »Wenn du so dastehst...« Ich übergab mich erneut, und dann antwortete Lizzie. Das Zimmer drehte sich um mich, mir war heiß. Ich versuchte, an mich zu halten, doch dann wurde mir schwarz vor Augen.

Ich erwachte im blendenden Sonnenlicht und mit einem salzigen Teppichgeschmack auf der Zunge. Wie lange war ich ohnmächtig gewesen? Draußen kreischten Kinder auf dem Trottoir. Die lang gezogenen Echos ihres Lachens jagten einander. »Lass deinen Bruder in Ruhe«, rief eine Frau. So war das, wenn man Geschwister hatte. Meine Lippen verzogen sich zu einem Lächeln.

Ich wollte gerade unter dem Tisch hervorkriechen, als ich Lizzie in einem Sessel im Wohnzimmer sitzen sah. Zusammengesackt, mit gespreizten Beinen, sodass der Rock wie beim Tauziehen straff gespannt war. Sie starrte leblos auf den Teppich. Den Kittel hatte sie ausgezogen. Sie murmelte etwas, ich konnte sehen, wie ihre Zunge zwischen den Lippen hervorlugte. Wie lange saß sie schon da? Hatte sie mich gesehen? Jetzt rieb sie sich über die Stirn, zupfte an ihrem Haar, verhielt sich still in einem stillen Haus. Mein Bein begann zu schmerzen, nachdem ich es so lange angezogen hatte. Bald würde ich mich in diesem Haus bewegen müssen. Lizzie griff nach einer angebissenen Birne, die sie auf dem Schoß liegen hatte, und versenkte die Zähne im Fruchtfleisch. Klebriger Mund. Sie biss noch ein Stück ab und stellte die Füße nebeneinander. Ein Biss, und sie setzte sich aufrecht. Ein Biss, sie hob den Kopf. Ein Biss, sie leckte sich die Lippen und verzog den Mund zu einem Lächeln.

Lizzie stand auf, ging in die Küche und warf den Rest der Birne in die Spüle. Vorsichtig kroch ich auf die andere Seite des Tischs, bis meine Hände in meinem eigenen Erbrochenen versanken. Kalt, dickflüssig. Was für eine Anstrengung, ruhig zu bleiben! Lizzie nahm einen Löffel aus der Schublade, steckte ihn in den Mund und verschwand aus meinem Gesichtsfeld. Ich nahm meinen eigenen Gestank an den Händen wahr. Lizzie kam mit einem Glas Himbeermarmelade wieder und steckte den Löffel so tief in die geleeartige Masse, dass es klirrte. Wo war Abby? Lizzie futterte, bis das Glas leer war, und stellte es auf die Anrichte. Dann hob sie beide Arme über den Kopf und verließ so die Küche. Einen Augenblick später hörte ich, wie die Hintertür aufging und wieder zuschlug. Lizzie war ein seltsames kleines Ding.

Ich kroch unter dem Tisch hervor und hörte, wie sich Lizzie und Bridget im Garten unterhielten, ein gedämpftes Murmeln. So wie die Dinge lagen, konnte ich in diesem Teil des Hauses nicht bleiben. Man würde mich entdecken. In den Garten zurückzugelangen, ohne dass sie mich erwischten, wäre schwierig. Ich müsste mich irgendwo anders im Haus verstecken, bis Andrew nach Hause kam. Ich ging über die Vordertreppe nach oben. Die Hitze zerrte an mir wie eine Krähe. Auf dem Geländer klebte ein roter Sirupklacks. Ich berührte ihn mit der Fingerspitze und steckte sie in den Mund. Es schmeckte nach frischem Blut, verräterisch. Die Tür zu einem der Zimmer stand offen, und als ich es betrat, entdeckte ich einen weiteren roten Fleck am Türpfosten. Auch ihn berührte ich und steckte anschließend den Finger in den Mund. Meine Wangen erkannten den scharfen, metallischen Geschmack wieder. Ich hatte schon unzählige Male Blut gekostet.

Ich ging weiter und entdeckte etwas Weißes neben dem Heizkörper. Als ich näher kam, wusste ich, was es war, noch ehe ich mich danach bückte. Ein Stück Schädelknochen, blutrot, im Fleisch hingen noch ein paar graue Haarsträhnen. Ich hob ihn ans Gesicht und sog seinen Geruch auf. Ein kleiner Schrei blieb mir in Mund und Nase stecken. Jemand hatte eine Strafe vollzogen, ohne mich zurate zu ziehen. Ich warf einen Blick über die Schulter, die Hitze schlug mir ins Gesicht, und ich ließ den Knochen fallen. »Was geht hier eigentlich vor?« Draußen kreischten und lachten die beiden Kinder.

Dann sah ich das Bett, ein paar Blutspritzer auf der weißen Zudecke, zwei sauber gebügelte Leinenbezüge auf den Daunenkissen, ein halber Zopf in der Mitte des Betts und daneben noch ein Stück zersplitterter Schädel. Dazu der Geschmack von metallischem Schwefel auf der Zunge. Ich blieb neben dem Bett stehen, griff nach dem Splitter und hielt ihn fest. »Meine Herren! Das ist ja die reinste Fundgrube!« Ich beugte mich über das Bett, spürte die Matratze unter mir. Erst in diesem Moment entdeckte ich Abby, die bäuchlings auf dem Boden lag, auf halbem Weg zwischen Bett und Frisiertisch.

Ihr Körper bildete ein S, das Gesicht verbarg sich in den verschränkten Armen, die Beine waren gerade ausgestreckt und steif. Blut umrahmte ihren Kopf wie ein Heiligenschein, klebte wie eine zähe rote Honigmasse auf dem Teppich. Ich kroch über das Bett, kniete mich neben Abby und rüttelte sie an den Schultern. Meine Hände versanken in ihrem Fleisch, und ich starrte auf ihren Hinterkopf. Tiefe Einschnitte führten wie Baumwurzeln bis an die Hirnoberfläche. Ich steckte den Finger hinein. Er war brutal tief. Immer wieder tastete ich die knochige Spalte ab und wischte den Finger an meiner Hose ab. Papa hatte mir eingeschärft, vergossenes Blut nicht zu verschwenden.

Ich sah mich im Zimmer um, auf der Suche nach Hinweisen, wer Abby aus dem Verkehr gezogen haben könnte. Die Vorstellung, dass John möglicherweise noch jemanden gebeten hatte, ihm bei der Lösung eines Familienproblems behilflich zu sein, gefiel mir nicht. Wusste Lizzie, dass Abby hier oben auf dem Boden lag? Ich streichelte Abbys Rücken und dachte an Mama. Ich betrachtete das Bett und griff nach dem kleinen Schädelstück. Schwer wie Gold lag es in meiner Hand. Ich hielt es an die Nase, nahm den Geruch auf und entdeckte einen Hauch von Veilchenduft darin. Dann steckte ich es zur Sicherheit in die Hosentasche, um John zu zeigen, was während seiner Abwesenheit geschehen war.

Ich stand am oberen Ende der Treppe, als ich die Stimmen von Bridget und Lizzie hörte.

»Haben Sie das gesehen, Miss Lizzie? Eine entsetzliche Schweinerei, im Esszimmer.« Bridget war schnell.

»Wovon redest du?«

»Jemand hat sich da übergeben.«

»Zeig es mir.« Lizzie, als wäre sie auf einer Hirschjagd.

Ich musste John finden, Andrew finden. Auf dem Weg nach unten sah ich durch das Treppengeländer hindurch Abby auf dem Boden neben dem Bett. Dann hörte ich, wie Bridget sagte: »Ich mach mir Sorgen um Mrs Borden. Was, wenn sie es war?«

Am liebsten hätte ich gerufen: »Sie ist hier. Sie ist tot.« Aber ich durfte mich nicht erwischen lassen.

»Vielleicht war sie es«, erwiderte Lizzie. »Vielleicht ging es ihr tatsächlich schlecht.«

»Sehen wir lieber nach.«

»Oh, das geht nicht. Mrs Borden ist gar nicht da. Sie

hat eine Nachricht bekommen; jemand aus ihrer Familie ist erkrankt. Sie wollte hin und nachschauen, ob sie etwas für sie tun kann.«

»Ich habe niemand kommen sehn.«

»Es war aber jemand da.« Lizzie zögerte.

Die Stimmen verebbten, dann ging eine Tür auf.

Ich stieg die Treppe hinunter, meine Stiefel hallten auf den Stufen wider, doch ich fand alle Räume leer. Niemand im Klavierzimmer, niemand im Wohnzimmer oder im Esszimmer. Niemand in der Garderobe unter der Treppe. Irgendwer hatte das Blut da oben verursacht und alles sehr kompliziert für mich gemacht. Es würde nicht lange dauern, bis man Abby fand und die Polizei da war. Meine Zeit, um mit Andrew abzurechnen, lief ab.

Die Uhr schlug zehn. Andrew käme erst um eins. So viele Stunden im Haus durfte ich nicht riskieren. Ich musste in der Scheune warten. Ich ging Richtung Keller und stieg die Treppe hinunter, und als ich einen Stützbalken berührte, spürte ich etwas Feuchtes, leicht Klebriges. Ich probierte. Es war Abby. Jemand hatte ihr Blut bis unter das Haus getragen. Ein Trieb regte sich in mir, Jagdlust. Ich überschlug die Situation – die Polizei würde kommen und das Haus durchsuchen, auch den Keller. Ich ging zu der Doppeltür, die in den Garten führte, und zog daran. Glück gehabt – sie war unverschlossen. Ich öffnete sie einen Spaltbreit und spähte nach draußen. Lizzie stand unter einem Birnbaum, pflückte eine Birne und biss hinein. Ein Stück Fruchtfleisch fiel auf die Erde. Nach einer Weile warf sie das Kerngehäuse unter den Baum und kam zum Keller zurück. Ich versteckte mich hastig hinter der Tür und presste mich flach gegen die Wand. Sie ging an mir vorbei, ohne mich zu bemerken, fuhr sich mit der Hand über den Mund und brachte den Geruch von Gras und Schweiß mit. Lizzie ging die Treppe hinauf in die Küche. Ich stahl mich aus dem Keller und zurück zur Scheune. Ich brauchte ein gutes Versteck. Als ich eine Taube auf dem Scheunendach gurren hörte, sah ich zu ihr hoch. Und da entdeckte ich die Zwischendecke über der Tenne. So lang wie ein Sarg. Ich kletterte die Leiter hinauf, machte einen Sprung und zog mich in den winzigen Zwischenraum hoch, wo ich mich dicht an der Wand ausstreckte. Abbys Schädelsplitter bohrte sich in mein Bein.

Als Nächstes hörte ich eine Frau im Garten schreien. Es klang wie Morsezeichen. Kreisch, kreisch. Irgendetwas Unerwartetes war geschehen. Ich war mir nicht sicher, ob ich richtig hörte. Kurz darauf breitete sich draußen Panik aus. »Sorgen Sie dafür, dass der Gehsteig freigehalten wird. Niemand darf das Grundstück betreten.«

»Ja, Sir.«

Ich schob mich bis zum Rand der Zwischendecke vor und sah, dass das Scheunentor offen stand. Jemand war hier drinnen gewesen. Ich beugte mich herab und warf einen Blick aus dem Dachfenster. Auf der Straße hatte sich eine Menschenmenge gebildet, Polizisten patrouillierten vor dem Haus.

Vorsichtig drückte ich das Fenster auf. Tauben gurrten in den Bäumen. Ich sah einen Polizisten, der Bridget in den Garten eskortierte. Seine Hand lag wie ein Stein auf ihrem Rücken. Bridget weinte. Der Polizist sagte: »Bitte, lassen Sie sich Zeit, aber sagen Sie mir, ob Sie irgendwen gesehen haben, der Mr Borden nach Hause gefolgt ist.«

Sie schüttelte den Kopf. »Nein, Sir. Ich hab ihn reingelassen, und kurz darauf rief Lizzie, jemand hätte ihren Vater getötet.«

Jemand hatte Mr Borden getötet. Das kam völlig unerwartet. Was war in diesem Haus los? Hoffentlich hatte John nicht seine Pläne geändert und die Sache selbst erledigt. Ich zog mich vom Fenster zurück und betrachtete die Veränderungen auf dem Boden der Scheune – die Blätter einer Frauenzeitschrift lagen auf dem Boden verstreut, dazwischen große Stiefelspuren, Teile der Schmutzschicht waren weggewischt worden. Es war eindeutig, dass jemand hier gewesen war. Wieso hatte ich nichts davon mitbekommen? In der Scheune war es heiß, und ein Polizist brüllte: »Zurückbleiben. Zurückbleiben.«

Ich sah die kleinen Blutspritzer auf dem Boden der Scheune, die zu einer schweren alten Decke führten, kletterte nach unten und hob die Decke an: eine Axtschneide, blutverschmiert, mit winzigen grauen Härchen bedeckt wie menschliches Moos. Der Kopf war vom Griff abgebrochen, hart vom Gebrauch. »Sieh an, sieh an!« Darunter Blut, darunter graues Haar und zwei lange kastanienbraune Haarsträhnen. Ich hob den Kopf und schnüffelte daran. Dieser anhaltende Gestank nach Karamell. »Sieh an, sieh an!« Jemand hatte Abby umgebracht. Jemand hatte Andrew umgebracht. Ich musste die Axt in Sicherheit bringen, sie John zeigen, Antworten verlangen, meine Bezahlung fordern. Ich steckte den Axtkopf in die Hosentasche.

Draußen Stimmen. Ich warf einen erneuten Blick aus dem Fenster und sah zwei Polizisten. Einer versetzte einer toten Taube im Garten einen Tritt, der andere pflückte eine Birne vom Baum. Dann drehte er sich um. Ein Veilchen ums Auge. Ich kannte ihn, erkannte mein Werk wieder. Der Polizist von gestern. Nichts hier entwickelte sich zu meinen Gunsten. Ich sprang auf, hievte mich wieder in mein Versteck und lag dort keuchend auf dem Bauch. Ich bekam kaum Luft. Ich dachte an John. Wir hätten einiges zu besprechen. Ich lauschte ihnen allen, lauschte den Tauben auf dem Dach.

11 BRIDGET
3. August 1892

Später fegte ich die Küche und hörte gedämpfte Stimmen von der Hintertreppe. Mr und Mrs Borden. Ich fragte mich, ob sie ihm erzählt hatte, dass ich gehen wollte, und was er davon hielte. Mr Borden würde keine Schwierigkeiten haben, einen Ersatz für mich zu finden. Ich war auch nur eines von vielen Mädchen gewesen, das ein anderes ersetzt hatte. Aber er würde sich über das Geld ärgern, würde denken, dass ich mehr bekommen hatte, als ich wert gewesen war.

Ich fegte den Boden, fuhr mit dem Besen unter den Herd, schob die Strohborsten vor, so weit es ging, und sammelte Ruß und verschimmelte Essensreste auf den weiß gestrichenen Fliesen ein. Darunter auch ein Stück Orangenschale, hart und vertrocknet. Ich hielt es mir an die Nase, bitterer Zitrusduft. Jemand hatte ein Festmahl gehalten, und ich hatte nichts davon mitbekommen. Heimliche Schwelgerei, und die Reste verbrennen. Lizzie.

Das würde zu ihr passen. Ich schnüffelte erneut. Eine Erinnerung an Obst.

Im letzten Sommer, als Mr und Mrs Borden auf der Swansea Farm waren, hatten Lizzie und Emma auf einem Markt in Boston Südfrüchte gekauft. Orangen, Pfirsiche, Aprikosen. Gegessen hatten sie sie auf der Stufe vor dem Hintereingang. Der Duft nach Orangen, nach frischem Obstsaft, was für ein Genuss für Zunge und Nase! Wie der Saft der Pfirsiche über die Finger und Lippen lief! Die Schwestern beugten sich über die weit gespreizten Knie. Sie saßen da auf eine Art, die Mrs Borden ihnen nie hätte durchgehen lassen, und stopften sich mit dem Obst voll, lutschten den Saft wie Babys. Emma hatte mich gebeten, Wache zu stehen, damit kein neugieriger Nachbar auf die Idee kam, vorbeizuschauen. Oh, wie glücklich war ich, draußen zu sein und diese Köstlichkeit mitzuerleben. Emma und Lizzie saßen so eng nebeneinander, dass sich ihre Ellbogen berührten. Doch sie schienen gar nicht zu merken, dass sie sich immer wieder anrempelten.

»Die ist genauso gut wie die Orange, die ich in Rom gegessen habe«, sagte Lizzie.

Emma verdrehte die Augen. »Wie oft willst du das noch sagen?« Sie lachten, wie Schwestern miteinander lachen. Wie ich es mit meinen getan hatte.

»Bis ich es selbst nicht mehr hören kann.« Lizzie nahm noch eine Orange aus dem Korb, grub ihre Nägel in die Schale und brach sie auf. Die Schale landete auf dem Boden. Sie hatte eine Farbe, die man zu Hause in Irland nur selten zu Gesicht bekam. Lizzie teilte die Orange in zwei Hälften.

»Bridget, möchtest du auch mal probieren?« Saft, Finger.

»Meinen Sie das ernst?«

Emma nickte. »Hast du schon mal eine gegessen?«

»Nicht wirklich.« In einem anderen Haus, in dem ich gearbeitet hatte, trauerte die Dame dem Süden hinterher und sehnte sich nach ihrer Kindheit in Florida zurück. Einmal kaufte sie Orangen, und ich kochte ihr Marmelade daraus und backte einen Madeirakuchen. Ich hatte Orangenschale und Saft von meinen Fingern abgeleckt, aber näher war ich dem Geschmack der Früchte nicht gekommen.

»Wir laden dich ein«, sagte Lizzie, so wie man einen Gast auf seinen Landsitz bitten würde.

Ich biss in die Orange. Sie schmeckte wie saurer Zucker. Meine Fingerspitzen waren klebrig. Ich aß sie ganz auf.

»Warst du schon mal in Rom?«, fragte Lizzie.

»Sei nicht so unhöflich, Lizzie.« Emma wischte sich den Mund ab.

»Was soll das heißen? Ich mache doch nur höflich Konversation«, empörte sich Lizzie.

»Nein, Miss. Ich war nirgends, bloß zu Hause und in Amerika.«

»Na ja, eines Tages könntest du ja mal hin«, sagte Lizzie sachlich.

»Lizzie...«

»Könnte doch sein, dass sie einen reichen Mann heiratet«, grinste Lizzie.

»Und wo soll ich den hernehmen? In der Küche gibt es keinen.« Ich lachte darüber. Wie konnte Lizzie annehmen, dass jemand aus ihren Kreisen mich überhaupt wahrnahm?

Die Sonne fiel durch die Baumkronen und war kaum mehr als ein Hauch auf der Schulter. Ein kleiner weißer Hund rannte auf der Straße an uns vorbei. In der Ferne stiegen Dampfwolken aus den Baumwollspinnereien. Der Geruch nach Obst, ein heimliches Fest. Ich fragte nicht, wo sie das Geld dafür herhatten. Ich leckte mir die

Finger ab und ließ den lieben Gott einen guten Mann sein.

Diesmal hatte es keine Südfrüchte für mich gegeben. Die Mädchen hatten sie für sich behalten. Mr und Mrs Borden unterhielten sich weiter, und ich fegte den Schmutz und den Staub auf, kippte ihn in den Mülleimer und warf die Schale hinterher. Die Uhr schlug halb vier. Ich hörte ihre Stimmen von oben und ging ihnen nach, leise, immer nur eine Stufe auf einmal. Als ich vor der Schlafzimmertür stand, sagte Mr Borden: »Ich nehme an, dass jetzt endgültig Schluss ist mit den Tauben.«

»Wann willst du es ihr sagen?«

»Bald.«

»Du solltest es so schnell wie möglich tun, Andrew. Sie wird sich bestimmt furchtbar aufregen.«

»Es sind doch nur Tauben! Sie finden sich überall in Fall River, falls sie sie überhaupt vermisst.«

Lizzie hatte im letzten Herbst angefangen, sich um die Tauben zu kümmern, nachdem sie im Garten eine mit einem gebrochenen Flügel gefunden hatte. Sie hatte mich gebeten, einen kleinen Weidenkorb zu holen, und ich hatte ihn ihr gebracht. Sie setzte den Vogel hinein und stellte den Korb in ihr Zimmer. Dann riss sie lange Streifen von ihrem Bettlaken und bandagierte den Flügel.

Später fragte sie den Vater einer ihrer Sonntagsschülerinnen, ob er ihr ein Vogelhaus bauen könnte. Mr Borden war gar nicht angetan. »Du schaffst dir nur Probleme. Setz sie aus!«

»Nein! Sei nicht so gemein. Da draußen wird sie bei lebendigem Leib verschlungen.«

Der Vogel wurde wieder gesund, und so fing die Sammelei an. Es schien ganz einfach: Man musste nur ein paar Körner auslegen, warten und dann das Vogelhaus schließen. Die Tauben wurden immer dicker, und ich stellte sie mir in einer Pastete vor. Hin und wieder sang Lizzie morgens für sie: »*So wahr der Herr lebt: Es soll dich in dieser Sache keine Schuld treffen.*« Sie gurrte und zwitscherte, gurrte und zwitscherte.

»Ich will gar nicht dran denken, was los wäre, wenn eine auf die Idee käme, zu entwischen«, sagte Emma.

»So schlimm wär das ja nun auch nicht, oder?«, gab ich zurück.

Emma warf mir einen Blick zu, als könnte sie mir bis auf den Grund meines Herzens sehen. »Du kennst meine Schwester nicht.«

Hinter der geschlossenen Tür sagte Mrs Borden jetzt zu ihrem Mann: »Ich finde nur, du solltest dafür sorgen, dass es keine Überraschung wird.«

»Wie Johns Besuch.«

»Ich hatte keine Ahnung, Andrew!« verteidigte sich Mrs Borden.

»Dieses Kind hat vielleicht Nerven.«

»Du kannst ihnen nicht verbieten, ihre Familie zu sehen.«

»Für mich gehört er nicht mehr zur Familie.«

»Ärger bringt einen da nicht weiter.«

Ich wartete noch ein wenig auf dem Treppenabsatz, wartete, dass mein Name fiel, wartete auf Mrs Bordens Ärger, aber es kam nichts mehr, und so gab ich schließlich auf und ging zurück in die Küche. Dann hörte ich einen Schlüssel im Schloss und wie gleichzeitig jemand gegen den unteren Teil der Haustür trat, als sie aufging. Ich reckte den Hals und sah Lizzie hereinkommen. Sie streifte die weißen Handschuhe ab und stellte den Sonnenschirm in den Schrank unter der Vordertreppe. Ich ging ins Wohnzimmer und sagte: »Hallo, Miss Lizzie.«

»Hallo.« Kein Lächeln.

»Ist was, Miss?«

»Nein, nein. Es ist nur die Hitze.« Ihre Wangen waren rot und rund wie Äpfelchen.

»Soll ich Ihnen ein Glas Wasser bringen?«

»Bitte.« Wie sie das sagte, so grantelig. Lizzie war schlecht gelaunt. Ich brachte ihr das Wasser und dazu ein Stück Früchtebrot, reichte ihr das Glas und hielt den Teller in der Hand. »Sind Vater und Mrs Borden zu Hause?«

»Ja.«

»Wo denn?«

Ich deutete mit dem Kopf Richtung Treppe. »Im Schlafzimmer.«

»Dann muss ich sie mir den ganzen Nachmittag anhören, wenn ich in meinem Zimmer bin.« Schweißperlen standen ihr auf der Stirn. Wo war sie gewesen?

»Vielleicht könnten Sie in Emmas Zimmer?«

»Aber ich habe keine Lust, in dieser Schuhschachtel eingesperrt zu sein.«

»Sorry, Miss.«

Sie sah mich an und trank ihr Glas in einem Zug aus. Anschließend sagte sie: »Du hast nicht zufällig Blausäure im Haus, Bridget?«

»Ich glaub nicht, Miss. Warum?«

»Ich brauche welche für meinen Mantel aus Seehundfell. Ich dachte, solange es so heiß ist, könnte ich ihn reinigen und draußen trocknen lassen.«

Lizzie war nicht besonders geschickt im Reinigen so empfindlicher Sachen. Sie würde ihn ruinieren, und ich müsste wieder alles ausbügeln. »Da sollten Sie mal in einer Apotheke fragen.«

Ihre Brauen rückten dicht aneinander. »Meinst du nicht, dass ich daran schon selbst gedacht habe?«

»Doch, Miss.«

Lizzie schnappte mir den Teller mit dem Früchtebrot weg. »Du bist wirklich zu nichts zu gebrauchen.«

Damit ging sie die Treppe hinauf und knallte ihre Zimmertür hinter sich zu.

Im nächsten Moment ging sie wieder auf. »Du hast deinen Mist in meinem Zimmer vergessen.«

Die Putzlappen, den Eimer. »Au, Mist«, flüsterte ich. Dann rannte ich die Treppe hinauf.

Lizzie stand in der Tür. »Was hattest du in meinem Zimmer zu suchen?«

Ich versuchte, mich an ihr vorbeizudrängen. Unsere Schultern berührten sich. »Mrs Borden hat gesagt, ich soll da drin sauber machen. Ich wusste, dass es Ihnen nicht passen würde, aber sie hat drauf bestanden.« Ich hasste diese Nähe.

»Sie ist unmöglich.« Lizzie wich nicht von der Stelle. Ihr Atem streifte mich.

»Und dann kam Ihr Onkel, wo ich noch nicht fertig war, deshalb hab ich die Sachen vergessen.«

Lizzies Gesicht hellte sich auf. »Mein Onkel ist da?«

»Er war da, als Sie weg waren. Er hat gesagt, dass er heute Abend wiederkommt.« Die Sonne glitt über das Dach und warf einen Schatten in ihr Zimmer.

Lizzie schob mich von sich fort und klatschte in die Hände. »Famos.« Jetzt strahlte sie.

Sie trat zur Seite, und ich holte Eimer und Putzlappen heraus. Mein Blick fiel auf die weißen Kittel auf ihrem Sofa. Sie bemerkte es. »Ich habe viel zu tun.«

»Ja.« Ich sah erneut auf die Kittel, konnte einfach nicht anders. Was hatte sie damit vor?

»Sag ihnen, ich komme erst später nach unten.«

Dann packte sie mich an den Schultern, bugsierte mich hinaus und schloss die Tür.

Abend. Ich erledigte die üblichen Pflichten. Mr Borden saß auf dem Sofa und erzählte von seinen Schmerzen in Schultern und Rücken. »Es fühlt sich an wie eine chronische Verspannung«, sagte er zu Mrs Borden und drehte den Hals hin und her. Sie setzte sich neben ihn und legte die Hände auf die schmerzende Stelle. »Tut das weh?«

»Nein.«

Sie knetete sein Fleisch, als wäre es ein Stück Teig. »Und das?«

»Ein bisschen.«

Sie massierte ihn weiter, und Mr Borden sagte nichts mehr, schloss nur die Augen und zog Grimassen. Ich hätte ihm erklären können, dass er sich beim Abschlachten der Tauben den Hals verrenkt hatte. Ich kannte das von meinem Daddy, er hatte es von der Arbeit auf dem Hof, vom Holzhacken, und meine Brüder bekamen es vom Schmieden. Wenn man diese Schmerzen verhindern wollte, durfte man solche Sachen gar nicht erst tun. Ach, aber dafür war es jetzt zu spät.

Ich deckte den Tisch und polierte das Besteck besonders sorgfältig, bis ich mein Spiegelbild auf dem Rücken der Löffel und den Zinken der Gabeln sehen konnte. Ich erhaschte einen Blick auf Mr Borden, der seine Hand auf Mrs Bordens Knie gelegt hatte. Es sah fast aus, als läge sie dort nur zufällig, aber Mrs Borden verscheuchte sie nicht, sondern knetete weiter. »Eventuell solltest du Dr. Bowen aufsuchen«, sagte Mrs Borden.

»Ja, da hast du wohl recht. Vielleicht gehe ich morgen früh bei ihm vorbei.«

So verblieben sie; Mrs Borden murmelte irgendwas, und Mr Borden räusperte sich und nickte. Dann war ich fertig im Esszimmer und ging hinüber, um es ihnen zu melden.

»Sag Lizzie, dass sie uns Gesellschaft leisten soll«, meinte Mr Borden.

Ich dachte daran, wie er sie geschlagen hatte und dass ich das niemandem zumuten wollte.

Er räusperte sich. Irgendetwas an seinem Blick erweckte den Eindruck, als wäre er gar nicht richtig anwesend. Mir lief ein Schauer über den Rücken. Ich wandte mich wieder meiner Arbeit zu, ging in die Küche und nahm den Topf mit Hammelbrühe vom Herd, um sie in eine irdene Schüssel zu schütten. Ich wollte gerade nach oben gehen, um Lizzie zu holen, als es an der Haustür klopfte. Mir rutschte das Herz in die Hose, und ich hoffte, dass nicht ich aufmachen musste. Dann hörte ich es erneut klopfen, und Mrs Borden sagte: »Das ist er.«

»Vielleicht hatte er einen anstrengenden Nachmittag und hat keine Lust, sich den ganzen Abend zu unterhalten«, sagte Mr Borden.

»Hoffentlich.«

Dann hörte ich, wie Mrs Borden zur Haustür eilte und ihm aufmachte.

Johns Stimme erfüllte das ganze Haus. Nach der Begrüßung schlossen sie die Tür und kamen ins Wohnzimmer.

»Andrew!« John streckte den Arm aus, um ihm die Hand zu schütteln.

Mr Borden zögerte einen Augenblick und sagte dann: »John.«

»Es ist schon eine ganze Weile her.«

»Ja.«

»Ich hoffe, du bist wohlauf?«

»Ja.«

Sie schüttelten sich noch immer die Hand.

»Leg doch ab, John«, sagte Mrs Borden. Dann rief sie mich aus der Küche.

Ich trat ins Wohnzimmer, und John lächelte mir zu. Ich sah seine Zähne; irgendetwas hatte sich dazwischen verfangen. Er beugte sich zu mir herunter, damit ich ihm das Jackett abnehmen konnte. Sie unterhielten sich weiter, während ich das Jackett aufhängte. Auf dem Weg zurück durchs Wohnzimmer glaubte ich, aus dem Augenwinkel draußen etwas gesehen zu haben. Ich warf einen Blick auf das Fenster und beobachtete, wie hinter der Scheibe der Abend dämmerte, sah uns alle vier im Glas reflektiert, sah, wie Mr Borden einen Schritt von John zurücktrat und seine Hand an der Hose abwischte. Ich stellte mich vor das Fenster, sah draußen nichts mehr und wartete, dass mir jemand sagte, was ich als Nächstes tun solle.

»Hattest du einen angenehmen Nachmittag, John?«, fragte Mrs Borden.

»O ja, wie gewöhnlich! Obwohl ich leider nicht alles erledigen konnte.«

»Was genau führt dich her?« Mr Borden bleckte die Zähne.

»Ach, dies und das. Du weißt ja, wie es ist.«

»Verschwiegen wie eh und je, was?«

John lachte. Mr Borden starrte ihn an, bis John den Blick abwandte.

»Du hast bestimmt Hunger, John. Komm, das Abendessen ist fertig«, sagte Mrs Borden.

»Du verwöhnst mich, Abby.«

Mrs Borden errötete.

»Genau wie meine Schwester früher.« John lächelte ihr zu; sie versenkte sich in den Anblick des Teppichs und schrumpfte noch mehr zusammen.

»Ja, komm, lass uns anfangen.«

Dann sah Mrs Borden mich an und sagte: »Bridget, du kümmerst dich um alles, nicht wahr?«

»Ja, Marm.«

Sie gingen hinüber ins Esszimmer. Ich hörte, wie etwas gegen das Fenster im Wohnzimmer stieß, wölbte die Hände über dem Glas und spähte hinaus. Halbwegs rechnete ich mit einem Geist. Doch ich sah nichts. »Pah!«, dachte ich. »Meine Fantasie geht mit mir durch.« Dann folgte ich ihnen ins Esszimmer. Alle saßen weit auseinander. John breitete sich bei Tisch gern aus.

»Warum hast du so lange gebraucht?«, fragte Mrs Borden.

»Ich meinte, ich hätte draußen was gesehen.«

»Was denn?«, fragte Mr Borden.

»Ich glaub, es war nichts. Jedenfalls konnte ich nichts erkennen.«

»Sicher bildest du dir das nur ein.« John lächelte, wie er es immer tat.

»Nein, das glaub ich nicht.« Es klang entschieden. Ich weiß, was ich sehe, was ich höre.

Mr Borden räusperte sich. Es klang, als schabe er seinen Hals mit einem Messer aus.

»Tut mir leid«, sagte ich. Dann servierte ich, was sie haben wollten. Mr Borden, Hammelbrühe mit Brot; John, Hammelbrühe mit Brot; Mrs Borden, ein Stück Früchtebrot, zwei Biskuits. Alle eine Tasse Tee. Das Schlürfen und Kauen bohrte sich in meine Ohren. Ich stand an der Wand und wartete.

»Deine Geschäfte gehen gut?«, fragte John.

»Ja«, sagte Mr Borden.

»Wie kommt's?«

Mr Borden errötete und nahm einen Löffel Brühe. »Überschreite bitte keine Grenzen, John.«

»Das würde mir im Traum nicht einfallen, lieber Andrew. Ich mache einfach nur Konversation.« John legte eine Hand auf Mr Bordens Arm. »Wir sind doch eine Familie. Ich würde nie jemanden vor den Kopf stoßen wollen.«

Mr Borden zog sich in seinen Panzer zurück. »Trotzdem, meine Geschäfte sind meine Geschäfte.«

»Aber sicher.«

Sie setzten die Mahlzeit fort. Die Unterwäsche klebte auf meiner schwitzenden Haut. Ich wollte das alles nicht wissen. Ich sah Mrs Borden an und fragte mich, wo sie wohl meine Gelddose versteckt hatte. Mrs Borden atmete durch den Mund ein und aus, wie sie es auch tut, wenn sie beim Kochen neben mir steht und missbilligend zusieht, wie ich zu viele Kräuter nehme. Unangenehm. Mr Borden tauchte den Löffel in die Brühe und schlug dabei gegen die irdene Schüssel. Es war so laut, dass ich dachte, er hätte die Schüssel und den Tisch gleich mit zerschlagen, hätte ein Loch gemacht, das groß genug war, um John hineinzuwerfen. Ich presste mich noch stärker gegen die Wand, sodass die Dielen unter meinen Füßen knarrten. Langsam wandten mir alle drei ihren Blick zu, als hätte ich ihnen soeben eröffnet, dass ich ihr Essen vergiftet hatte.

»Hast du nichts Besseres zu tun? Geh und hol Lizzie«, sagte Mr Borden.

»Ich finde, sie sollte lieber hierbleiben und uns mit dem Essen helfen.« Mrs Borden kratzte sich die Schläfen, und Mr Borden ballte die Fäuste, bis die Knöchel weiß hervortraten. Er rollte sie auf dem Tisch hin und her, und ich sagte: »Ich kann in der Küche warten, falls Sie mich brauchen.«

Sie runzelte die Stirn, ob aus Ärger oder Traurigkeit, hätte ich nicht zu sagen vermocht. Ich wollte es auch gar nicht wissen. Ich war bereits draußen, wäre fast hinausgehüpft, und schloss die Tür hinter mir. Ich hörte sie noch ein wenig miteinander reden, verschloss dann die Ohren vor ihnen und ging in den Salon. Vielleicht hatte Mrs Borden dort mein Geld versteckt. Ich zündete eine zusätzliche Petroleumlampe an, musste husten, als sie qualmte, und fing an zu suchen. Auf allen vieren kroch ich durch das Zimmer, spähte unter das niedrige Sofa, entdeckte aber nur ein Bonbonpapier. Ich angelte es hervor, rieb Daumen und Zeigefinger über das Wachspapier und hielt es mir an die Nase. Butter, Melasse. Ein weicher Trost. Lizzie hatte wieder genascht. Ich steckte das Papier in die Schürzentasche und suchte weiter. Unter den Sofas war nichts, auch nicht hinter den Kissen, die mit Baumwolle und Samt bezogen waren, nichts im Innern des Klaviers, nichts in diesem Raum, den sie nur für Gäste benutzten. Ich ging hinüber zu der Garderobe unter der Treppe, öffnete sie, hielt die Lampe hoch und schob die Mäntel auseinander. Ich fand auch dort nichts und schämte mich allmählich, weil Mrs Borden schuld daran war, dass ich mich benahm wie ein Straßendieb. Ihretwegen kam ich mir jetzt wie eine Verräterin vor, wenn ich sie verließe. Ich schob die Mäntel wieder an ihre Plätze und betastete kurz den Pelz der ersten Mrs Borden, den Emma und Lizzie nach wie vor dort aufbewahrten. Das braune Fell war steif und erinnerte mich an streunende Hunde. Ich schloss die Garderobe und hörte, wie sich im gleichen Moment die Tür von Lizzies Zimmer öffnete und sie wütend herunterkam, bis sie am Fuß der Treppe vor mir stand.

»Was machst du da?« Sie zeigte mit ihrem Wurstfinger auf mich.

»Ich hab was verloren und such es.«

»Lass das lieber nicht Mrs Borden sehen, sonst denkt sie noch, du wolltest was klauen.«

»Das denkt sie sowieso.«

Lizzie lächelte. »Ach, Bridget! Bist du etwa nicht mehr ihr Liebling?«

»Schon gut.«

Sie schlich auf mich zu. »Wo sind sie?«

»Im Esszimmer. Ihr Onkel ist bei ihnen.«

Lizzie sah an mir vorbei und presste die Lippen aufeinander. »Worüber reden sie?«

»Ich hab versucht, nicht hinzuhören.«

»Na, komm schon, verrat es mir.« Ihre stumpfen blauen Augen sahen bis auf den Grund meines Herzens, als könnte sie es aus mir herauspressen. Ich wollte verhindern, dass sie mir zu nahe kam, deshalb sagte ich: »Ihr Onkel hat sich nach den Geschäften Ihres Vaters erkundigt.«

Sie klatschte in die Hände. »Ha! Das wird die Sache ins Rollen bringen.« Lizzies Stimmung hellte sich auf, mit einem Mal wirkte sie viel lebendiger.

Wir gingen in Richtung Wohnzimmer, und Lizzie sagte, ich solle ihr etwas zu essen bringen. »Aber keine Brühe. Alles, bloß nicht diesen dreckigen alten Hammel, den du schon die ganze Woche aufwärmst.«

»Ja, Miss Lizzie.« Niemand hätte diesen dreckigen alten Hammel mehr essen dürfen. Sie straffte die Schultern, strich sich über Rock und Kragen, fuhr mit der Zunge über die Zähne und ging ins Esszimmer, wo John sie lautstark begrüßte.

»Lizzie, Liebling!«

»Hallo, Onkel John!«

Ein Stuhl wurde zurechtgerückt, die Beine scharrten über den Teppich, wobei ich unwillkürlich zusammenfuhr. Ich ging in die Küche, um Lizzie etwas zu essen zu machen. Ich konnte sie reden hören, hauptsächlich Lizzie, die von ihrem Tag berichtete.

»Übrigens bin ich heute Mrs Hinkley begegnet, Vater.«

»Ach ja?«

»Sie hat mich gebeten, ihr vorzulesen.«

Das Besteck klapperte.

»Wie schön, Lizzie«, sagte Mrs Borden.

»Auf alle Fälle habe ich zugesagt und werde an einem der kommenden Abende anfangen«, spielte Lizzie sich auf.

»Wer ist Mrs Hinkley?«, fragte John.

»Eine aus der Kirchengemeinde. Eine alte Dame, die dabei ist, ihr Augenlicht zu verlieren«, erklärte Lizzie ihm.

»Ihr Vater hat im Krieg eine Menge Geld verdient. Eine wohlhabende Familie«, sagte Mrs Borden.

Das Besteck klapperte.

»Verstehe«, sagte John.

»Nun, jedenfalls hält sie mich für eine angenehme Gesellschafterin.«

»Hat sie dich schon mal lesen hören?«, fragte Mr Borden.

»Vater!«

»Es ist bekannt, wie du über die Worte stolperst, also achte darauf, langsam zu lesen.« Mr Borden klang, als machte es ihm Spaß, an ihr herumzukritteln, als hätte sich die ganze Grausamkeit des Tages in ihm aufgestaut.

»Ich kann sehr gut lesen!«

Ich schüttelte den Kopf. Die ganze verdammte Familie spielte verrückt. Ich dachte daran, auf der Stelle zu gehen. Aber Mrs Borden hatte meine Dose. Damit hatte sie mich am Wickel. Ich schnitt das Brot in dicke Scheiben, bestrich es mit Butter und Himbeermarmelade und nahm mir selbst auch ein Löffelchen voll. Der Geschmack erinnerte mich an Nanna, die zu Hause in unserer Küche stand und *The Rovin' Girl* sang, während sie Himbeeren und Zucker im Topf rührte und eine köstliche Marmelade daraus machte, die einem auf der Zunge zerging. Ich sah sie vor mir, Nanna beim Kochen, Nanna beim Singen, und ich tanzte durch die Küche und prallte gegen sie, während ich einfiel und den Text mitsang: *And there she came up over that hill, her rovin' heart still beating true. I bless the day I got to say: My girl came home with the love that once was mine.*

Bevor ich wieder zu den Bordens zurückkehrte, steckte ich mir noch einen Teelöffel Marmelade in den Mund. Ich hatte es verdient. Dann stellte ich alles auf ein Tablett, hielt die Luft an und trug es ins Esszimmer.

Sie waren noch immer bei Lizzies neuer Stelle. »Nun,

ich für meinen Teil finde es ausgezeichnet, dass du dich um jemanden in der Gemeinde kümmerst«, sagte John. »Nächstenliebe beginnt zu Hause, heißt es.«

»Natürlich«, sagte Mr Borden. »Hauptsache, Lizzie lässt sich nicht ablenken.«

Lizzie warf ihm einen mächtig finsteren Blick zu. »Wovon?«

»Vor allem davon, was dir gehört und was nicht.« Mr Borden hob seinen Löffel, und Lizzie rang die Hände auf dem Tisch. Ich stellte den Teller vor sie, schenkte ihr Tee ein, schenkte ihnen allen Tee ein. Es war schwül hier drinnen, ich bekam kaum Luft. Lizzies heißer Atem ging rasch. Sie biss in das Marmeladenbrot und bekleckerte das Tischtuch. Immer sorgte sie dafür, dass ich noch ein bisschen mehr zu tun hatte. Ich wollte gerade gehen, als Mrs Borden sagte: »Warum bleibst du nicht hier?« Ich fuhr zusammen, mein Hals verkrampfte sich, und mein Kiefer fühlte sich an, als hätte ihn jemand mit einem Hammer bearbeitet.

»Warum zum Teufel?«, fragte Mr Borden und bewahrte mich vor einem Abend mit ihnen.

»Es könnte sein, dass wir noch etwas brauchen.«

»Schon gut, Mrs Borden. Sie können mich jederzeit rufen, wenn Sie mich brauchen.«

Mrs Bordens Gesicht war stachelig wie eine Horngurke, der Mund verkniffen und blass. Sie konnte nur zustimmend nicken. Oh, und wie ich sie anstrahlte! Dann ging ich hinaus und ließ sie schmoren.

Ich suchte alle Ritzen auf dem Weg zu meiner Mansarde ab. Es war heiß da oben, ich spürte den Schweiß unter dem Haar. Ich nahm die Haube ab und fächelte mir damit Luft zu. Dann dachte ich daran, in Mr und Mrs Bordens Schlafzimmer nachzusehen. Ich drehte den Knauf um, wohl wissend, dass die Tür abgeschlossen war, tat es aber trotzdem. Manche Dinge müssen bewiesen, andere ausprobiert werden. Abgeschlossen. Ich stand auf dem Treppenabsatz, drückte den Kopf ans Fenster und sah hinaus in die undurchdringliche Nacht. Wie gern wäre ich da draußen gewesen, hätte dem grellen Zirpen der Grillen gelauscht, wäre gelaufen, ziellos, nur so, allein oder vielleicht sogar mit Mary. Vielleicht wären wir einem Freund über den Weg gelaufen, zwei Freunden, deren Freunden, die nach heißem Tabak, Küche und Gärten rochen. Wir wären durch ein paar kleine Gassen in Fall River gezogen, wo junge Leute um Geld spielen oder tanzen konnten, wie in Irland, damals, an einer Straßenkreuzung, sonntags nach der Kirche. Wir hätten uns darüber unterhalten können, wie uns das alles fehlte, ein Fiedler, der über seine Saiten strich, wir draußen an der frischen Luft, der aufgewirbelte Staub von der Straße in den Augen, auf unserer Zunge, geflickte Lederschuhe, die gegeneinanderstießen, tap, tap, tap, Fußgelenk, Zehen, Fußgelenk, Zehen, der Fiedler wusste, wie er uns auf Trab bringen konnte, wie wir schneller tanzten, wie wir lachten, wie lebendig wir waren! Mary und ich in den kleinen Gassen von Fall River. Mit ihr konnte man am besten tanzen, sie hakte mich fest unter und gab mir das Gefühl, fliegen zu können. »Schwing mich noch einmal im Kreis!«, würde ich sagen, und Mary würde es tun. Ich hätte sie dafür küssen können, dass sie mich die Bordens hin und wieder vergessen ließ. Und oft tat ich es auch und drückte ihr einen feuchten Schmatzer auf die Wange, als wären wir Schwestern.

Plötzlich knallten Türen im Haus. Es klang wie ein Donnerschlag. Oh, ich spürte es durch das Fenster hindurch. Ich zog mich zurück und setzte die Haube wieder auf. Noch einmal hallte eine Tür wider, und das ganze Haus bebte. Heute würde ich nicht weiter nach meiner Dose suchen können. Unten fand ich Mr und Mrs Borden im Wohnzimmer. Er saß auf dem Sofa, sie in einem Sessel am Fenster.

»Wo warst du?«, fragte Mrs Borden. Sie musterte mich von oben bis unten, als versuchte sie, ein Geheimnis zu ergründen.

»In meinem Zimmer, Marm.«

Sie sagte nichts. Was sollte sie auch sagen? Ich stahl mich an ihnen vorbei ins Esszimmer und fing an, den Tisch abzuräumen. Dabei fragte ich mich, wo John und Lizzie sein mochten. Lizzie hatte noch mehr Marmelade aufs Tischtuch gekleckert und jede Menge Brotkrümel auf ihrem Stuhl hinterlassen. Ich bürstete sie mit der Hand in meine Schürzentasche. Als ich das Geschirr in die Spülküche trug, fiel mir auf, dass die Tür zum Keller offen stand. Dann stürmte Lizzie herein. Sie sah aus, als hätte sie geweint, rauschte an mir vorbei ins Wohnzimmer. »Ich gehe noch rüber zu Alice Russell«, erklärte sie.

»Es ist schon spät«, wandte Mr Borden ein.

»Das hat dir in der Vergangenheit auch nichts ausgemacht, Vater.«

Ich hörte, wie sie die Garderobe unter der Treppe öffnete, einen Bügel herausnahm und die Tür wieder schloss. Und schon war sie durch die Haustür nach draußen gestürzt, nicht ohne erneut ein kleines Erdbeben im Haus auszulösen.

»Du musst mit ihr darüber reden, dass man die Türen nicht zuschlägt, Andrew.«

»Hm.«

Ich ging mit einem feuchten Lappen zurück ins Esszimmer und wischte alles sauber. Die Bordens waren still, so wie in letzter Zeit fast immer. Ich konnte mich einfach nicht an den Wechsel von heiß und kalt in diesem Haus gewöhnen; zumindest verließ ich mich nie darauf. Mammy und Daddy hatten sich immer irgendwas zu erzählen gehabt, hatten über ihre Gefühle gesprochen, wussten immer, wie die Dinge standen. Im Guten wie im Schlechten. So war ich es gewöhnt. Mr und Mrs Borden waren so still, dass ich hörte, wie John schnaufte, als er die Kellertreppe hinaufkam, und erst da ging mir auf, dass auch er draußen gewesen war und dass Lizzie bei ihm gewesen sein musste. Ich wollte gar nicht wissen, was sie zu bereden gehabt hatten. John stand in der Tür des Esszimmers und beobachtete mich.

»Du hast da was übersehen, Bridget.« Er zeigte auf Lizzies Stuhlbein.

»Oh.«

»Es wäre schlimm, wenn es Fliegen anzöge. Man wird sie so schwer wieder los.«

Es gab vieles, was man nur schwer wieder loswurde.

Aus dem Wohnzimmer rief Mr Borden: »Möchtest du dich nicht zu uns setzen, John?«

Er ging zu ihnen hinüber, und ich sah mir das Stuhlbein an. Ein winziger Klecks. Ich bückte mich, um ihn abzuwischen, und hielt dann inne. Wenn Mrs Borden mich bestrafen wollte, indem sie meine Dose einkassierte, würde ich es lassen. Mal sehen, was der süße Marmeladenfleck anlockte. Ich streckte den Kopf durch die Wohnzimmertür.

»Entschuldigen Sie die Störung, Marm, aber ich wasche jetzt noch ab und bin dann fertig für heute.«

»Danke, Bridget.«

John setzte sich Mrs Borden gegenüber, streckte die Beine aus und strich sich über den kurzen Bart. Sie beäugte ihn kurz und legte dann einen Arm auf ihren Bauch. »Wenn mich die Herren bitte entschuldigen wollen, ich fühle mich etwas unwohl.« Sie stand auf.

»Wie schade, Abby. Ich hatte mich darauf gefreut, wenigstens eine letzte Tasse Tee mit dir zu trinken.«

»Das können wir sicher morgen nachholen.«

»Ja, bestimmt.«

Mrs Borden rief mich noch einmal zurück. »Bevor du nach oben gehst, sieh doch bitte zu, dass Mr Borden und Mr Morse alles haben, was sie brauchen.«

»Ja, Marm.«

Sie ging zu Mr Borden, küsste ihn auf die Stirn, so wie wenn man jemandem seine Loyalität bekunden will, und er tätschelte ihr die Hand, ohne ihr nachzusehen, als sie hinausging, so wie John es tat. Ich war jetzt also auf mich allein gestellt und fragte: »Kann ich Ihnen noch etwas bringen?«

Mr Borden: »Nein.«

John: »Ich hätte nichts gegen ein paar Kekse in meinem Zimmer.«

Ich nickte und ging zurück in die Spülküche. Nach dem Abwasch brachte ich einen Teller mit ein paar Stücken Shortbread ins Gästezimmer. Die beiden Männer unterhielten sich; ich konnte ihre gedämpften Stimmen durchs Treppenhaus hören.

»Warst du mal wieder auf der Farm?«

»Ja, vor ein paar Wochen, übers Wochenende.«

»Waren die Mädchen dabei?«

»Ja.«

»Frische Luft tut ihnen gut.«

»Ja.«

»Könntest du dir vorstellen, auf den Hill zu ziehen? Weg von der dicken Luft hier unten?«

»Es ist alles in Ordnung auf dieser Seite von Fall River, vielen Dank, John. Ich bin mir sicher, dass sie im Lauf der Jahre kräftige Lungen entwickelt haben.«

»Bestimmt.«

Als ich die Spülküche aufgeräumt hatte, ging ich noch einmal zu Mr Borden, der in diesem Moment allein im Wohnzimmer saß. »Ich bin jetzt fertig für heute. Brauchen Sie noch etwas?«

Er legte die Hände auf die Beine. »Nein.«

Ich bemerkte eine graue Feder an seinem Ellbogen. »Sie haben da was am Ärmel, Mr Borden.« Ich zeigte darauf, und er sah sie, zupfte sie ab und hielt sie in der Hand.

»Ich dachte, ich hätte sie alle erwischt.« Dann starrte er mich an wie ein kleiner Junge, der in der Patsche sitzt.

»Wenn die Federn erst mal da sind ... «

»Ja, ja. Kriegt man sie kaum wieder weg.« Er betrachtete die Feder. »Vielleicht hätte ich das nicht tun sollen.«

Die Vögel, die Axt. Er wusste, dass ich es wusste. Plötzlich hatte ich ein mulmiges Gefühl. »Sie hatten bestimmt Ihre Gründe, Mr Borden.«

»Ich muss es erklären.«

»Daddy hat immer gesagt, dafür ist es nie zu spät.«

Er nickte. So ließ ich ihn allein zurück, ging über die Hintertreppe nach oben und hörte Mrs Borden in ihrem Zimmer leise schluchzen. Ich überlegte, ob ich noch einmal anklopfen und ihr beistehen sollte, aber sie hatte mich so wütend gemacht. Ich ging weiter zu meinem Zimmer und schloss die Tür hinter mir ab; irgendwie hatte ich das Gefühl, es wäre nötig. Dann setzte ich mich aufs Bett und zog mein Nachthemd an. Was für ein Tag war das gewesen. Ich hatte keine Lust, noch einen einzigen weiteren hier zu verbringen. Ich machte die Lampe aus, kuschelte mich ins Bett und horchte auf die Nacht, auf das Haus.

12 BENJAMIN
4. August 1892

Den ganzen Nachmittag lag ich in meinem Versteck in der Zwischendecke, hörte, wie das Stimmengewirr auf der Straße an- und wieder abschwoll, und spürte, wie meine Haut kochte und dann in der Hitze schmolz. Ich hörte auch die Polizisten, die wie verlorene Kinder in der Scheune ein- und ausgingen.

»Haben wir die Tenne durchsucht?«

»Ja, schon ganz am Anfang.«

»Sie haben gesagt, dass sie von Birnen gesprochen hat...«

»Ich habe draußen ein Kerngehäuse gefunden, aber nicht hier drinnen.«

»Der Chef will, dass wir die Waffe finden.«

»Wie kommt er auf die Idee, dass der Mörder sie nicht mitgenommen hat? Wo würde man so etwas hier verstecken, was glaubst du?«

»Das weiß ich auch nicht. Ich versuche immer noch zu

verstehen, wieso niemand etwas mitbekommen hat. Keinen Schrei, nichts.«

»Ist schon komisch, wenn du mich fragst.«

Ihre Unerfahrenheit war beinahe absurd. Beinahe hätte ich gesagt: »Ihr wärt überrascht, wie leise es am Ende eines Lebens zugehen kann.«

»Sollen wir uns hier noch mal umsehen?«, fragte der eine.

»Können wir machen. Wir werden zwar nichts finden, aber warum nicht?«

Die Männer waren faul. Träge bewegten sie sich durch den unteren Teil der Scheune, hoben Kleider und Holzstapel hoch, ließen sie wieder fallen und erklärten schließlich: »Nichts Außergewöhnliches hier.« Dann schoben sie ab. Ich hatte plötzlich dieses Kribbeln auf der Haut; am liebsten wäre ich runtergesprungen, zu den Polizisten gelaufen und hätte sie gefragt: »Wollt ihr mal was Unglaubliches sehen? Schaut euch diese Axt an, die ich gefunden habe.« Ich war gelangweilt von all dem Nichtstun. Ich wollte, dass sie versuchten, mir den Axtkopf wegzunehmen, dass sie mir zu nahe kamen. Dann würde ich zuschnappen und sie erledigen. Das wollte ich, weil ich es mit Andrew nicht mehr tun konnte.

Tauben trippelten auf dem Dach. Eine Wolke zog über den Himmel und verdunkelte die Sonne. Ich lag da und dachte nach. Wie kam ich jetzt an mein Geld, damit ich wieder nach Süden fahren und mit Papa abrechnen konnte? Ich würde ein Wörtchen mit John reden müssen, denn mit Andrew ging das nicht mehr.

Nach einer Weile hörte ich unten Schritte. Ich schob mich bis zum Rand der Zwischendecke und riskierte einen Blick. John stand da mit einer Birne in der Hand und sagte leise: »Benjamin, sind Sie da?«

Ich stützte mich auf die Ellbogen. »Ja.«

John kam weiter herein und sah auf. »Wie lange sind Sie da schon?«

»Eine ganze Weile.«

»Hat irgendwer Sie gesehen? Hat Lizzie Sie gesehen?«

»Niemand hat mich gesehen. Es wurde auf einmal ziemlich hektisch hier.«

John biss geräuschvoll in das saftige Fruchtfleisch der Birne. »Sagen Sie, wann sind Sie eigentlich auf die Idee gekommen, Abby zu töten?«

Die Art, wie er mich einfach so beschuldigte, als hätte ich gegen unsere Abmachung verstoßen! »Das war ich nicht.«

Er lachte. »Für so bescheiden hätte ich Sie nicht gehalten.« Er lachte mich aus, bis ich die Zähne fletschte. Erneut biss er in die Birne und hustete. Ich wünschte, er wäre daran erstickt.

»Es war noch jemand im Haus.«

John hielt inne. »Haben Sie ihn gesehen?«

»Ich dachte, Sie wüssten, wer es war.«

»Nein.« John ging zum Scheunentor, streckte den Kopf nach draußen und kam zurück. »Ich wollte, dass Sie sich nur um Andrew kümmern.«

»Irgendwer ist mir zuvorgekommen.«

»Wie Sie wissen, habe ich um äußerste Diskretion gebeten. Jetzt wimmelt es hier von Polizei.«

Ich schwang die Beine über den Rand des Zwischenspeichers und setzte mich auf, so gut es ging, mit gebeugtem Rücken und eingezogenem Kopf. »Ich habe Wort gehalten.«

»Tatsächlich? Immerhin haben wir es jetzt mit zwei Leichen zu tun...«

»Sehen Sie mal, was ich gefunden habe.« Ich hob den blutigen Axtkopf und das Stück Schädel in die Höhe.

John wurde blass. »Was zum Teufel...?«

»Die Axt habe ich hier drinnen gefunden, unter einer Decke. Und das hier.«

»Stecken Sie es weg.« John fuchtelte mit dem Arm herum, als wäre er dabei, zu ertrinken.

»Abbys Kopf? Wollen Sie ihn sich nicht mal näher ansehen?«

John fuhr sich über die Augen. »Wenn Sie es nicht waren, wer dann?«

»Werde ich meine Bezahlung erhalten?«

Er sah mich an, durch und durch hinterhältig. »Wie bitte?«

»Man hat mir eine Bezahlung versprochen.«

John hob den Finger. »Sie haben vielleicht Nerven, Sie ungehobelter Kerl!«

»Fair ist fair, John. Es wimmelt nur so von Polizisten da draußen. Ich könnte ihnen zeigen, was ich habe.«

»Kein Mensch würde Ihnen glauben. Man würde Sie für den Täter halten.«

»Wir wurden zusammen gesehen.«

»Soll das eine Drohung sein?«

»Ja.« Ich grinste, zeigte ihm die Zähne.

Laute Stimmen näherten sich der Scheune. Hastig presste ich mich gegen die Wand, sodass mich niemand mehr sehen konnte. Dann ging das Scheunentor auf.

»Oh, hallo, die Herren.« Schleimige Höflichkeit.

»Mr Morse! Mit Ihnen haben wir hier nicht gerechnet«, sagte der erste Polizist.

»Ich wollte Ihnen nicht im Weg sein.« John biss ein Stück Birne ab.

»Wir wollen uns die Scheune noch einmal genauer ansehen«, sagte der zweite Polizist.

»Ist das notwendig?«

»Ja. Sie ist Teil des Tatorts.«

Man hörte das Scheppern von Metall, Dinge wurden angehoben und wieder zurückgelegt.

»Jede Menge landwirtschaftliche Geräte hier drinnen«, meinte der zweite Polizist.

»Andrew bewahrte die gesamte Ausrüstung der Familie hier auf«, erklärte John.

»Sind Sie denn Farmer?«

»Andrew besitzt eine Farm in Swansea. Als Hobby sozusagen.«

»Warum bewahrt er die Geräte dann nicht dort auf?«

»Ich glaube, er arbeitete auch gern hier im Garten damit.«

»Ein älterer Mann rackert sich dermaßen ab?«

»Er hatte natürlich Helfer.«

Man hörte, wie die Gegenstände hin und her bewegt wurden.

»Ist Ihnen bekannt, ob jemand Groll gegen Mr Borden hegte? Die Helfer beispielsweise?«

»Da müssen Sie Miss Lizzie fragen. Ich bin zu selten hier, um das beantworten zu können.«

»Natürlich.« Der Polizist zögerte. »Aber Sie halten es für möglich?«

»Soweit ich weiß, war Mr Borden ein anständiger Mensch.«

»Wissen Sie von irgendwelchen Unstimmigkeiten im Haus? Irgendetwas, womit man hier nicht rechnen würde?«

Es gab jede Menge, womit man hier nicht rechnen würde.

John überlegte einen Augenblick. »Ich erinnere mich, dass Lizzie mir letztes Jahr von einem Einbruch am helllichten Tag erzählt hat…«

»Ja, das hat sie erwähnt.«

»Bedauerlicherweise und in Anbetracht der heutigen Umstände muss man wohl davon ausgehen, dass jemand sich die Familie aufgrund ihres Reichtums ausgesucht hat.« Wieder biss John ein Stück Birne ab. Ich stellte mir vor, wie seine eifrige Zunge den süßen Saft ableckte. Ich witterte eine Falle. »Nichts ist besser bei der Hitze als Birnen«, sagte John.

»Ich finde sie zu süß«, sagte der erste Polizist. »Lizzie sprach davon, dass hier auch Angelzeug aufbewahrt wird.«

»O ja«, antwortete John. Ich hörte, wie er das Kerngehäuse fallen ließ, dann das Rasseln einer Blechdose. »Da haben wir es schon.« Die Dose wurde geöffnet und inspiziert.

»Nichts Verdächtiges darunter«, sagte der zweite Polizist.

Eine Weile blieb alles still, dann fragte der erste Polizist: »Sagen Sie, gibt es da eigentlich noch eine Zwischendecke über der Tenne?«

Das Blut pumpte durch meine Adern, bis ich anfing zu zittern. Wenn sie mich fanden, würde ich es mit allen auf einmal aufnehmen können?

Ich hörte, wie John sich räusperte. »Wie meinen Sie?«

»Ist das da oben über der Tenne eine Zwischendecke?«

»Wieso?«, gab John zurück.

»Es sieht so aus.«

»Ach, das. Nein, das ist nichts.«

»Ich glaube, ich schaue mal nach.«

»Dazu würde ich Ihnen nicht raten«, sagte John.

»Warum?«

»Ich glaube, Sie hätten Probleme, sich durch die Öffnung zu zwängen. Es ist eigentlich nicht dafür gedacht, irgendwas zu tragen.« John räusperte sich.

»Woher wissen Sie das?«

»Ich habe geholfen, diese Scheune zu bauen. Andrew und ich hatten überlegt, noch einen Boden einzuziehen, fanden es dann aber überflüssig. Am Ende ist es nicht viel mehr geworden als ein teurer Taubenschlag«, lachte John.

»Ich glaube, ich sollte mich trotzdem mal da oben umsehen.«

»Glauben Sie mir etwa nicht, Wachtmeister?«, fragte John.

»Doch, doch, Sir. Darum geht es nicht. Ich meine nur, dass wir unsere Arbeit gründlich machen sollten.«

»Es könnte allerdings gefährlich für Sie werden.« John kurz vor dem Betteln, das würde die Dinge für mich noch schlimmer machen.

»Inwiefern?«

John schwieg einen Moment und sagte dann: »Ungesicherte Bauweise. Ich bezweifle, dass Andrew die Scheune regelmäßig gewartet hat. Nicht dass Sie sich verletzen.«

Eine Weile herrschte Ruhe, dann sagte der Polizist: »Vielleicht sollten wir einen Baufachmann kommen lassen, der sich den Zustand ansieht, bevor ich raufklettere.«

»Ja«, sagte John. »Aber würde das nicht einige Zeit in Anspruch nehmen?«

»Wir schicken nach jemandem und bitten ihn, so schnell wie möglich herzukommen.«

»Wenn Sie meinen«, antwortete John.

»Ich möchte einfach nur alles ausschließen.«

»Natürlich.«

»Sie haben uns sehr geholfen, Mr Morse.«

»Gut. Es freut mich, wenn ich Sie bei Ihren Ermittlungen unterstützen kann.«

Die Männer gingen wieder hinaus. Ich spürte den Axtkopf auf der Haut, seine wunderbare Schärfe. Langsam richtete ich mich wieder auf, löste die verkrampften Gliedmaßen, knack, knack, und dann ging mir auf, dass John mich möglicherweise gerettet hatte. Trotzdem schuldete er mir Geld. Ich war noch nicht fertig mit meinen Fragen an ihn. Ich würde noch einmal in das Haus zurückgehen. Ich wollte wissen, ob der Mörder etwas zurückgelassen hatte.

Die Nacht brachte den Mond prächtig zur Geltung. Alles wurde still. Ich kroch zum Fenster der Scheune und starrte auf ein erleuchtetes Haus. Ein paar Polizisten standen herum und wirkten gelangweilt. Einer kaute an seinen Fingernägeln und spuckte sie ins Gras.

Ich beobachtete das Haus. Menschen gingen in den Zimmern ein und aus, nach und nach erloschen die Petroleumlampen. Ich wartete, bis die Polizisten alle vor dem Haus standen, bevor ich meine Lampe anzündete. Da hatte ich die Scheune schon verlassen, Nachtluft, der Ruf einer Eule, klappernde Pferdehufe. Ich ging in den Keller. Jetzt brauchte man die Türen nicht mehr abzuschließen. Ein Geruch nach feuchten Kleidern, Urin und Schimmel hing in der Luft. Ich atmete tief ein und erklomm die Treppe wie ein Bergsteiger. Dann stand ich wieder in der Küche. Die Uhr auf dem Kaminsims schlug elf. Ich ging durchs Haus. Im Salon glomm eine Lampe, der dichte, ölige Gestank erfüllte das Haus. Ich war schon ganz benebelt davon. Ich ging zum Esszimmer, öffnete die Tür und stahl mich Stück für Stück hinein. Es roch nach Verwesung. Ich hob die Lampe in die Höhe, und da, auf dem Esstisch: zwei Leichen, starre Fleischklumpen. Ich sah ein paar Stellen mit getrockneten Blutflecken auf den weißen Laken, die Umrisse der Schädelhöhlen. Ich war noch ein Kind, als Grandpappy starb. Wundbrand. Papa hatte gesagt: »Er hätte zulassen sollen, dass der Arzt ihm das Bein absägt.« Ich versuchte zu verstehen, wie die Entfernung eines Beins einem Menschen das Leben retten konnte. Papa zwang mich, bei Grandpappys Leiche zu sitzen. »Auf diese Weise gewöhnst du dich an solche Dinge.«

»Und wenn er aufwacht?«

»Mittlerweile solltest du es kapiert haben, Junge: Tot ist tot. Wenn einer tot ist, wacht er nie wieder auf.«

Ich hatte neben Grandpappys infizierter Leiche gesessen und den Geschmack von Wundbrand, Fäulnis und verdorbenem Fett auf der Zunge gehabt.

Ich ging hinüber zu den Leichen auf dem Tisch. Ich wollte sehen, was die Axt mit Andrews Körper gemacht hatte. Ich hob das Laken, ein nackter Körper, und betrachtete Andrew von oben bis unten, schmale Gliedmaßen, leberfleckige Haut. Man hatte ihm den Bauch aufgeschnitten und nur lose wieder zugenäht. Die Nähte auf seinem Unterleib waren sauberer als die auf meinem Bein. Er stank, wie alte Männer stinken, ungewaschen, verbraucht. Seine Zeit wäre ohnehin bald gekommen. Ich beugte mich über ihn, strich mit dem Finger über seine Brust. Ich erwartete, dass er ein- und ausatmete. Blut auf seinem Hals, Blut in seinem Bart, Blut, wo jetzt ein halbes Gesicht fehlte.

»Andrew«, flüsterte ich. »Du hast jemanden sehr böse gemacht.«

Was für ein Gemetzel! Ich stellte mir Papa auf dem Tisch vor, dermaßen zerstückelt. Ich hätte sehr wütend sein müssen, um so etwas zu tun.

Schließlich wandte ich mich von Andrew ab und ging zu Abby, legte die Hände auf ihre nackten Füße. Eiskalt, verhornte, raue Haut. Ich massierte ihre Füße und entdeckte zwischen den Zehen eine Blase, voller Flüssigkeit. Ich drückte sie, bis die Flüssigkeit heraussickerte.

»Gefällt dir das, Abby?«, fragte ich. Ihre Zehennägel waren nicht geschnitten und ritzten mir die Fingerkuppen auf, während ich sie massierte. »Du warst nicht gerade eine feine Dame, was?«

Aber wie sich ihre Haut am Fußgelenk anfühlte, das gefiel mir: mamaweich. So wie Papa nie war. »Erzähl mir, wer dich so zugerichtet hat.« Ich war bereit, mich mit demjenigen anzulegen.

Ich verließ das Esszimmer und schlich mich durch das Wohnzimmer mit seinem Gestank nach feuchtem Teppich durch die Diele, wo ich einen schwarzen Hut am Haken hängen sah, bis zur Treppe und legte die Hand auf das Geländer. Dann ging ich hoch. Ging nach oben und zu dem Zimmer, wo ich Abby gefunden hatte. Ich öffnete die Tür und spähte hinein. John schlief mit offenem Mund.

Ich trat ein, setzte mich auf das Bett und sagte: »John! Wachen Sie auf.« John schnaufte tief auf und regte sich kurz. Dann hörte ich ein Geräusch aus einem anderen Zimmer. Ich würde mir John später vorknöpfen.

Ich öffnete die Tür zum Zimmer nebenan. Der Duft von Veilchen und gewaschener Haut schlug mir entgegen. Ein weißes Regal mit in Leder gebundenen Büchern, ein Frisiertisch aus Holz mit Haarbürste, Kamm, Spitzenhandschuhen, ein freistehender Spiegel, ein Haufen Kleider auf dem Fußboden, eine schlafende Lizzie. Ich beobachtete, wie sich ihre Brust hob und senkte; ein wogendes Meer. Ich sollte ihr ein paar Fragen stellen.

Ich schlich auf sie zu. Der Axtkopf presste sich gegen mein Bein. Aus einem anderen Zimmer drang das Quietschen eines Betts. Lizzie wälzte sich auf die Seite, und ich beugte mich über sie. John hatte solche Angst gehabt, dass sie mich sah und mitbekam, was ich in dem Haus tun würde. Aber ich hatte gesehen, wie sie mit Abby umgesprungen war. Lizzie war kein Hasenfuß. Sie hatte ihren toten Vater gefunden. Ich fragte mich, ob sie wusste, wer der Täter war.

»Sag es mir«, raunte ich ihr zu. »Konntest du etwas sehen?«

»Ja«, flüsterte Lizzie im Traum.

»Was haben sie getan?«

»Vater.«

Ich wollte haben, was mir zustand. Ich würde Lizzie ein paar Wahrheiten erzählen. Angefangen bei John.

»Ich habe dich heute gesehen. Dein Onkel hat mich geschickt.«

Lizzie schnaubte. Ein Drache.

»Er hat mich gebeten, mit deinem Vater zu sprechen.«

»Vater.«

»Ja.« Ich beugte mich noch dichter über sie. »John sagte, es gebe Probleme.«

Lizzie schmatzte im Schlaf.

»Aber ich hatte keine Chance. Nun habe ich Angst, dass er mich nicht auszahlen wird. Weißt du, wie wichtig Geld ist?«

»Geld«, flüsterte sie.

»Besorg es für mich.«

Ich war jetzt ihrem Gesicht so nah, dass ich spürte, wie mein Atem von ihrer Haut abprallte. »Erzähl mir, was du gesehen hast, Lizzie. War es John?«

»Abby gesehen.«

»Ich habe sie auch gesehen.«

Ein Bett quietschte. Lizzie jaulte kurz auf wie ein wütender Köter und öffnete die Augen, riss sie weit auf und wandte mir ihr Gesicht zu, starrte mich an. Auf den ersten Schrei folgte ein zweiter. Ich stand da wie erstarrt, hörte, wie jemand einen Schlüssel im Schloss herumdrehte, und rannte aus dem Zimmer. Ich erreichte die Treppe, sah John in der Tür seines Zimmers stehen, sah, wie er dorthin zurückwich, und rannte durch das Haus, aus dem Hintereingang auf die Straße.

Irgendwo schlug ein Hund an. Ich lief die Second Street hinunter, an einem Polizisten vorbei, hörte Schritte hinter mir. Ich rannte schneller, der Polizist ebenfalls.

Die Schneide des Axtkopfs schlug gegen meinen Schenkel, ich blutete.

Dann ging ich an den Schienen entlang, auf der Suche nach einem Güterzug. Immer wieder glitten meine Stiefel zwischen Schwellen und Gleisen aus und machten mich langsam. Irgendwo stieß eine Lokomotive einen Pfiff aus. Ich schleppte mich weiter, lief über breite Reihen von hartem Gleismaterial und kletterte in einen Güterwagen. Der Zug setzte sich in Bewegung. Alles tat mir weh. Ich wollte nur noch schlafen. Der Zug nahm Fahrt auf. Fall River war ein Reinfall gewesen. Ich steckte die Hand in die Tasche, betastete meine Beute. So vieles war unerledigt geblieben. Der Zug fuhr weiter, ich bemerkte Blut auf meinen Händen und leckte es ab, leckte die Finger sauber. Irgendwer im Haus hatte mich belogen. Eines Tages würde ich zurückkehren und mir holen, was mir zustand.

13 LIZZIE
4. August 1892

Bis zum Abend hatten Emma und ich eine Belohnung für die Ergreifung des Mörders unseres Vaters ausgesetzt. Emma fand die Summe zu hoch und zu übertrieben.

»Du klingst schon genauso wie er«, wandte ich ein.

Emma schüttelte den Kopf und zog einen Schmollmund. »Warum sagst du so was?«

»Ich finde, es beweist, wie wichtig es uns ist.«

»Geld beweist gar nichts.« Ihre Stimme war laut.

»O doch! Der Name Borden zählt in Fall River. Wir sollten es richtig machen.«

Emma hob abwehrend die Hände. »Genug! Ich will nur, dass man denjenigen findet, der es getan hat, und es hinter mich bringen.« Emmas krankhaftes Verlangen nach Antworten beschleunigte meinen Herzschlag. Am liebsten hätte ich meine Zähne in ihr Fleisch versenkt und sie aus meinem Leben gebissen, hätte ihren Kopf durchstöbert und herausgefunden, was sie von mir dachte, dass ich zu stur wäre, zu verschlossen, zu schlecht, zu dies, zu das. Ich spürte, wie ihre Gehässigkeit über meine Haut kroch, winzige Tode, die in mir den Wunsch erweckten, mich in nichts aufzulösen. Emma saß aufrecht vor mir und starrte mich an wie ein Elternteil, das missbilligend sieht, wie sein Kind sich zum ersten Mal danebenbenimmt. Es war derselbe Blick, den mir Mrs Borden gelegentlich zuwarf.

Emma flüsterte etwas und schüttelte den Kopf. »Ich kann einfach nicht glauben, dass niemand etwas gesehen oder gehört hat.«

»Was meinst du?«

Emma zuckte mit den Achseln, gab sich geschlagen. »Ich weiß nicht. Nichts.«

Ich spürte, wie sich etwas Schweres in meinem Magen überschlug und die Muskeln durchlöcherte. Sahen mich andere Menschen auch so? Dachten sie so? Meine Handflächen schmerzten, wurden zu kleinen Wüsten. Ich rieb sie aneinander, und die frischen Schwielen taten sich zusammen. Warum war es so schwer, meine Wahrheit zu glauben? Die Polizei hatte eine Frage nach der anderen gestellt und meine Worte notiert, als wären sie das Evangelium. Als Emma nach Hause kam, hatte die Polizei sie mit Informationen überschüttet, *ich wette, dass sie sich deswegen mir gegenüber so verhält,* sie dazu gebracht, bestimmte Dinge zu denken. Sie saß da und sah genauso aus wie Mrs Borden am Morgen, als sie mir durch das Haus gefolgt war: Schatten eines Schattens.

Ich hatte das Gefühl unterzugehen. Den ganzen Tag hatte ich versucht, die Tochter zu sein, die mein Vater aufgezogen hatte, hatte eine Frage nach der anderen beantwortet. Irgendwann nach dem Mittagessen hatte ich gehört, wie ein Polizist fragte: »Wie lange würde man allein in einem Haus bleiben wollen, in dem man seinen ermordeten Vater aufgefunden hat?«

»Vielleicht ist Miss Borden deswegen nicht weggelaufen, weil sie wusste, dass irgendwann jemand kommen und bei ihr bleiben würde.«

»Oder dass sie nicht in Gefahr war.«

»Welcher Idiot würde schon im Haus bleiben und warten, ob er noch jemand töten könnte? Miss Borden sah sich wahrscheinlich gar nicht als mögliches Opfer.«

Mein Blut kochte über. Es war nicht recht, einem trauernden Kind das Gefühl zu geben, dass es irgendwie für den Tod verantwortlich war, *heißt das, dass sie mich holen kommen werden?*

Emma rieb sich das Gesicht. Nichts von alledem wäre passiert, wenn sie mich nicht allein im Haus gelassen hätte.

»Glaubst du, dass sie bald einen Verdächtigen finden?«, fragte ich.

»Weiß ich nicht. Ich habe keine Ahnung, wie sie vorgehen.« Emma löste die Hände und faltete sie wieder, fast flehentlich.

»Was werden sie mit dem Mörder machen, wenn sie ihn finden?«

»Wahrscheinlich vor Gericht stellen.«

»Und wenn er schuldig gesprochen wird?«

Sie beugte sich vor und riss den Mund weit auf, ehe sie sagte: »Dann hängen sie ihn auf.«

»Ist das immer so?« Mir wurde von oben bis unten so heiß, dass sich mein Verstand im Kreis drehte und dann schlappmachte.

»Müssen wir ausgerechnet jetzt darüber reden?«

»Ich mache mir Gedanken, nichts weiter.«

»Wie wäre es, wenn du dir darüber Gedanken machen würdest, dass Vater tot ist?«, schrie sie mich an.

Ich hörte, wie mitten in meinem Ohr etwas zerplatzte. Es kroch heraus und schlug gegen die Wände des Hauses. Ein Fenster klapperte. Emma wiegte sich in ihrem

Sessel vor und zurück, legte die Hand auf den Mund und schloss die Augen. »Tut mir leid«, sagte sie. »Ich will gar nicht böse auf dich sein.«

»Und warum bist du es dann?« Meine Stimme – Kieselsteine, die über Holzdielen rollten. Es gefiel mir nicht, wie Emma mich ansah.

»Ich sollte dir einen Tee kochen.« Emma stand auf.

»Lass doch Bridget das machen.«

Emma verschränkte die Hände. »Bridget hat uns verlassen.«

»Warum? Was hast du getan, dass sie weggegangen ist?« Ich hätte gedacht, dass Bridget sich wohler fühlen würde, jetzt, da die Dinge sich verändert hatten.

Emma warf mir einen leeren, hinterhältigen Blick zu und ging ohne ein weiteres Wort in die Küche. Die Uhr auf dem Kaminsims tickte und tickte. Ich strich mit der Hand über die Tapete und dann über meinen Stuhl, fühlte die klebrige Glasur von Mrs Bordens Sahnekuchen. Als ich dann die Zähne berührte, schmeckte ich Dinge, die wir vor Tagen gegessen hatten.

Als ich zehn war, mochte ich es, wenn Vater und Mrs Borden hin und wieder Freunde einluden, ich mochte es, wenn man kaum auf mich achtete und ich hier einen Gesprächsfetzen auffing oder dort einen Schluck Glühwein ergatterte. Emma wurde oft aufgefordert, bei Mrs Borden und den Gästen zu sitzen. Ich durfte das nie.

»Das macht sie nur, damit ich so werde wie sie«, fauchte Emma.

»Das macht sie, weil du erwachsen bist. Du hast Glück.«

»So lustig ist es nun auch wieder nicht«, erwiderte Emma und kratzte sich am Hals.

Ich hatte ganz oben auf der Treppe gesessen und zugesehen, wie Emma im Wohnzimmer Tee trank. »Emma, mein Liebling, erzähl uns, was du gerade machst«, sagte Mrs Borden.

Schlürf, schlürf. »Ich male eine Landschaft.« Schlürf, schlürf. »Nichts Großartiges.«

»Deine Mutter erzählt uns ständig, wie talentiert du bist«, sagte dann eine Freundin.

Schlürf, schlürf. »Oh.« Schlürf, schlürf. Emma sah Mrs Borden an und erklärte: »Ich habe noch sehr viel über Komposition und Farbe zu lernen.« Schlürf, schlürf. Wann würden sie mich fragen, was ich tat? Schließlich entschuldigte sich Emma und verzog sich mit hochrotem Gesicht und einer Handvoll Kekse, die Mrs Borden gebacken hatte, in den Garten. Immer sucht man sich die falsche Schwester aus. Ich hätte liebend gern am Tisch gesessen. Ich stieg die Treppe hinunter, setzte mich auf Emmas Stuhl und hörte der Unterhaltung der Erwachsenen zu.

»Nein, Lizzie. Jetzt nicht.« Mrs Borden strich mir über den Kopf, sodass die Haut kribbelte. Meine Zeit kam nie.

Ich rieb mir über die Stirn, massierte den Schmerz weg. Emma kehrte ins Wohnzimmer zurück, stellte den Tee auf den kleinen Tisch zwischen uns und betrachtete mich.

»Alles in Ordnung?« Sie starrte mich so an, dass es mir kalt über den Rücken lief.

»Wieso?«

»Dein Kopf. Ständig fasst du ihn an.«

Ich rieb erneut. »Nur ein eigenartiges Pochen, nichts weiter.« Das Hämmern des Schlächters.

»Morgen früh rufen wir Dr. Bowen.«

Ich lächelte, Emma behielt mich im Auge, und ich sah mich im Zimmer um. Wir waren von mitfühlenden Seelen umgeben. Auf kleinen Tischen hatten Vaters und Mrs Bordens Freunde, die den Gestank ihrer Abwesenheit nicht länger ertragen konnten, halb volle Tassen mit Tee und Sahne hinterlassen. Unter dem Sofa lagen Papierfetzen, die aus den Notizheften der Polizisten herausgefallen waren und sich wie Hänsel und Gretels Krümelspuren vom Sofa in die Küche zogen, in der Hoffnung, nach Hause zurückzufinden. Ich rieb mir erneut die Stirn. Emma würde eine Menge zu tun haben, bis alles wieder in Ordnung war. Ich sah Vaters Blut auf dem Sofa.

Plötzlich rutschte es mir heraus. »Ich war heute Morgen hier und habe mich mit Mrs Borden unterhalten.«

Emma biss an. »Wann war das?« Ihre Stimme kratzte an meinem Ohr.

»Nachdem sie Bridget angewiesen hatte, weiter die Fenster zu putzen. Sie fand, dass ein seltsamer Geruch im Zimmer hing.«

Emmas Nase zuckte. »Wonach?«

Der süße Sirup breitete sich in meinen Gliedern aus. »Ich weiß es nicht. Wahrscheinlich roch es nach ihr.« Ich kicherte.

»Um wie viel Uhr war das?«, wollte Emma wissen.

Ich starrte sie an. »Das habe ich dir doch gerade gesagt.«

»Du hast gesagt, sie wäre weggegangen, um nach einer kranken Verwandten zu sehen.«

Ich rieb mir erneut die Stirn. »War sie auch, aber zuerst habe ich mich mit ihr unterhalten.« *War dies der wahre Lauf der Dinge?* Der Schlächter hämmerte mir den Verstand aus dem Kopf.

Emma wurde arrogant. »Ich versuche nur, etwas zu verstehen...«

Ich hörte, wie eine winzige Stimme mir riet, nichts mehr zu sagen, weil sie die darin schwimmenden Gedanken ohnehin nicht verstehen würde. Doch es war schwer, die Zunge im Zaum zu halten. Die Uhr auf dem Kaminsims tickte und tickte. Mir wurde schwarz vor Augen, die Kleider spannten sich um meine Rippen. Es war wie das Gefühl, zu fest umarmt zu werden, als ich noch klein war, zuerst von Vater, dann von Emma. Ein Gefühl, bei dem man Lust verspürte, aus der Haut zu fahren und so schnell wie möglich davonzulaufen, davon. *Dieses Gefühl sollte ich eigentlich nicht haben.*

Ich drehte mich zu Emma um und sah, dass sie mich anstarrte, als wäre ich ein Tier in einem Käfig. »Wieso guckst du mich die ganze Zeit so an?«

»Du bist so blass«, sagte Emma.

Ich betastete meine Haut, fummelte mir im Gesicht herum. »Wirklich?«

»Du solltest dich hinlegen.«

»Es gibt so viel zu tun. Wir müssen die Beerdigung planen.« Ich schob die Vorhänge im Wohnzimmer zurück, warf einen Blick aus dem Fenster und sah, wie Leute sich an der Hand hielten, wenn sie vorbeigingen und versuchten, zu uns hereinzuspähen. Köpfe können seltsame Formen haben. »Was glaubst du, wen Vater gerne dabeigehabt hätte?«

Emma stieß einen Seufzer aus, der sich um mein Ohr kringelte. »Darüber kann ich mich jetzt nicht unterhalten.«

»Es ist aber wichtig.«

Die Farbe schwand aus Emmas Gesicht. Ich beugte mich zu ihr hinüber und sah die hellblauen Adern am Kiefer, die sich zusammenzogen und pulsierten, viele kleine Ärgernisse, die darauf warteten, hervorzubrechen und sich auszubreiten. Ich beugte mich noch dichter zu ihr.

»Lass das«, fauchte sie wütend.

»Dann hör auf, mich so anzustarren.« Ich kratzte mich am Hals. Emma starrte mich weiter an, bis ich das Gefühl hatte, dass sie unter meine Haut kroch, Augen wie Parasiten.

»Wie denn?«, fragte sie.

Ihre Augen betrachteten mich immer noch wie ein

Festmahl, bohrten sich durch die diversen Schichten, bis ich sie im Innern spürte. »Das machst du immer«, sagte ich.

»Was mache ich denn?« Emma grub sich tiefer vor, nagte an meinen Knochen. All die kleinen Sehnen, die einen Körper zusammenhalten, drohten sich aufzulösen. Wie weit würde sie gehen?

»Nichts«, sagte ich. Doch je länger sie mich anstarrte, desto mehr dachte ich an bestimmte Dinge, etwa daran, wie letztes Jahr bei uns eingebrochen worden war, wie Emma ausgesehen hatte und wie sie mich danach noch tagelang angesehen hatte. Genauso wie jetzt. »Du hast Vater von der Halskette erzählt, stimmt's?« Ich biss die Zähne zusammen.

»Wovon redest du?«

»Letztes Jahr. Du hast Vater erzählt, dass ich die Halskette genommen hatte, dass ich diejenige war, die Mrs Bordens Schmuck gestohlen hatte.«

Sie schloss die Augen und schüttelte den Kopf. »Ich kann es nicht fassen. Aber das ist jetzt nicht so wichtig.«

Mein Herz hämmerte, *und eins und zwei und drei!*, und drückte gegen meine Brust, schnürte mir den Hals zu. »Wie soll ich wissen, dass du der Polizei nicht auch irgendwelche Dinge über mich erzählst? Sachen, die ich gesagt habe.«

Ihre Augen starrten ins Nichts. »Wieso sagst du ...«

»Ich habe einen kleinen Fehler begangen! Ich mache immer nur einen kleinen Fehler, und du sorgst dafür, dass ich bestraft werde. Manchmal hasse ich dich richtig.« Ich spürte, wie mein Herz im Kopf trommelte. Die Uhr auf dem Kaminsims tickte und tickte.

»Hör sofort auf damit, Lizzie!«, fauchte sie quer durch den Raum.

Mein Körper pendelte vor und wieder zurück, vor und zurück, wie ein Körper am Galgen hin und her schwingen würde. Mein Nacken schmerzte. Ich weinte. Ich zitterte, bis die Dielen flüsterten, *genug, genug.* Ich hörte, wie Onkel John rief: »Was ist denn los da unten?« Emma beugte sich hastig vor, legte einen skelettartigen Arm um meine Schultern und beschwichtigte mich. »Pst, pst, alles wird wieder gut«, sagte sie. Ihr Kopf kuschelte sich an den meinen, magnetische Haut, wir atmeten ein, und wir atmeten aus, wie Kinder, *wir elternlosen Kinder.*

»So solltest du immer zu mir sein«, flüsterte ich ihr ins Ohr. Eine Weile war uns beiden warm. Dann kraulten Emmas Finger meinen Kopf, beruhigten mich wie Gott und elektrisierten mich zugleich.

»Was ist denn das?« Ihre Finger verharrten auf meiner Schläfe. Dann löste sie sich von mir und sah mich an.

»Was denn?«

»Was hast du da im Haar?«, flüsterte sie.

Ich fuhr mir mit der Hand über die Stelle, an der sie innegehalten hatte; etwas Sprödes, Krustiges.

Emma zog meinen Kopf zu sich heran und untersuchte es. Die Uhr auf dem Kaminsims tickte und tickte. »Da klebt etwas Hartes in deinem Haar.« Ihre Finger strichen durch die Strähnen, zogen sie sanft auseinander. »Mein Gott.« Wieder flüsterte sie.

Ich sah mir ihre Finger an, erkannte ein winziges Stück Knochen. »Nein«, sagte ich, *nein, nein, nein.* Wir waren ganz still.

Emma musterte erst mich, dann das Zimmer. Sie wischte sich über die Augen und reckte den Hals zur Decke hoch. *Mrs Bordens Blut ist noch immer da oben!* Die Uhr auf dem Kaminsims tickte und tickte. Ich sah, wie sich Emmas Brustkorb hob und senkte. Ich fragte mich, wie es wohl wäre, wenn sie jetzt tot umfiele. Emma starrte mich erneut an, und nach einer Weile fragte sie: »Glaubst du, dass du dich verletzt haben könntest?«

Mein Herz setzte für einen Augenblick aus. Ich berührte die Stelle, an der ihre Finger verharrt waren, und fühlte kein Blut. Ich dachte angestrengt nach. Alles war sehr verwirrend. »Ja.« Ich fasste mich an die Stirn und rieb. »Wenn ich darüber nachdenke, hatte ich schon den ganzen Tag Schmerzen.« Wieder rieb ich mir die Stirn. »Als du weg warst, habe ich mich oft verletzt.«

Als Emma in Fairhaven war, saß ich in meinem Zimmer und kratzte an meiner Haut herum. Zuerst schabte ich die trockene Haut von den Füßen und ließ sie auf den roten Wollteppich neben meinem Bett fallen, dann kratzte ich Ellbogen und Knie auf, bis das Blut auf die weißen Laken tropfte. Hätte sie meine Briefe beantwortet, hätte ich mich nicht so leer und einsam oder verpflichtet gefühlt, nett zu Vater und Mrs Borden zu sein, mich mit ihnen zu unterhalten. Vieles wäre nicht passiert. Ich hätte an den Abenden nicht bei ihnen sitzen müssen. Ich hatte sie oft im Wohnzimmer angetroffen, Vater mit einem Buch auf dem Sofa, Mrs Borden mit einer dekorativen Stickerei, deren verschlungenes, buntes Garn bei jedem Stich log: *Trautes Heim, Glück allein. Hier ist mein Zuhause.* Eines Abends betete ich, dass sie sich mit der Nadel in die Finger stechen möge, Haut mit Haut vernähte.

»Hallo, Lizzie.«

»Guten Abend.« Ich setzte mich in den Sessel, der dem Salon am nächsten war, und beobachtete sie. Die Petroleumlampen verströmten einen höllischen Geruch nach Schwefel und warfen Halbschatten auf ihre Gesichter. Vater sah von seinem Buch auf und warf erst mir, dann Mrs Borden einen Blick zu, ehe er die Seite umblätterte. Mrs Borden stickte mit erhobener Hand, die strammen, groben Finger stachen durch den Stoff, ein ums andere Mal. Die Uhr auf dem Kaminsims tickte und tickte, ihr Ticken kletterte über den Rand, lief den Teppich entlang in meine Füße. Kleine Kanonen. Ich dachte daran, auf und ab zu springen, mit meinem Gehopse zu bekunden: Hier bin ich! Hier bin ich! Stattdessen hustete ich. Beide schwiegen. Ich hustete erneut und horchte auf ihren Atem, dieses Einziehen von Luft in alte Lungen, das Ausatmen durch einen trockenen Mund mit rissigen Lippen.

Dann sagte Mrs Borden: »Habe ich dir schon erzählt, Andrew? Bridget findet, dass es im oberen Stockwerk eigentümlich riecht.«

»Tatsächlich?«, erwiderte Vater. »Und was könnte es ihrer Meinung nach sein?« *Wen interessiert schon, was sie meint?*

»Ein Tier vielleicht?«, sagte Mrs Borden.

»Ein Nager?« Vater strich sich über den kurzen Bart.

»Könnte sein.« Mrs Borden stickte weiter.

»Das Wetter macht es schlimmer«, sagte Vater.

»Ich habe ihr gesagt, dass sie die Fenster öffnen soll.« Mrs Borden stickte.

»Vielleicht ist es im Gemäuer gefangen. Die Schäden am Haus und die Kosten für deren Beseitigung könnten gewaltig sein«, meinte Vater.

»Ja, so etwas ist teuer.« Mrs Borden mit der Nadel in der Hand, die im Stoff ein und aus ging, ein und aus. Mrs Borden wechselte von einem roten zu einem violetten Faden, ein und aus. »Vermutlich müssen wir bis zum Ende des Sommers warten.«

»Ja, bis dahin hat sich das Tier vollkommen aufgelöst und damit das Problem von selbst erledigt.« Vater lächelte, stolz auf seine Lösung, und wandte sich wieder seinem Buch zu.

Bei ihrer Unterhaltung hätte ich am liebsten gegen die Wand gehämmert. Sie hatten keine Ahnung. Ich räusperte mich. »Vielleicht bunkert Bridget dort oben Essen, und es ist schlecht geworden.«

»Warum sollte sie das tun?« Mrs Borden hörte auf zu sticken.

»Woher soll ich das wissen? Dienstmädchen neigen dazu, Dinge mitgehen zu lassen. Es würde mich nicht wundern...«

»Sei nicht albern.« Vater legte das Buch weg. »Wir alle wissen, dass Bridget nicht diejenige ist, die hier im Haus etwas mitgehen lässt, oder?« Unsere Blicke trafen sich. Sein Mund öffnete sich. Ich sah, wie seine graue Zunge über den Gaumen glitt.

»Leider finden auch in unserem geliebten Fall River Verbrechen statt, Vater. Alle möglichen Leute tun alles Mögliche.«

»Ja, das stimmt, Lizzie. Das stimmt.« Vater strich sich über den kurzen Bart. Mrs Borden legte ihr Stickzeug in den Schoß. Der Zeiger der Uhr auf dem Kaminsims drehte sich so schnell, dass er die Zeit übersprang. Wir wandten uns alle um und sahen zu. Der Zeiger drehte sich erneut und blieb dann stehen. Stille.

»Das ist seit einer Ewigkeit nicht passiert«, sagte Mrs Borden.

Wir schwiegen.

Dann sagte Vater: »Ich nehme sie morgen mit in die Stadt und lasse sie reparieren.«

Ich streckte die Beine, bis die Knöchel mit den Socken unter dem Rock hervorlugten, *mein Gott, was hast du für kräftige Beine,* ließ den Kiefer knacken und seufzte. Vater drehte sich zu mir um. Wir sahen uns an, und in diesem Moment war ich wieder ein kleines Kind. Am liebsten hätte ich ihn wie ein Kätzchen angesprungen und ihm die Klauen in die Beine gebohrt, meine Pfoten in seine Wange gekrallt und zugesehen, wie das Blut spritzte, damit er vergaß, worüber wir gerade gesprochen hatten. »Du freches Ding«, würde er sagen, »aber gerade deshalb habe ich dich so lieb. Was bist du für ein Wunder.«

ICH BIN das große Wunder, und dann würde ich mit meiner Katzenzunge über das Blut auf seiner Wange lecken und ihn mit meinem glänzenden Fell putzen.

Vater und ich musterten einander. Er hatte mich nie erwachsen werden lassen, als traute er mir nicht. Das taten wir Abend für Abend, jeden einzelnen Abend, und es endete damit, dass ich mir die Haut aufkratzte, weil Emma nicht zu Hause war. So oft dachte ich daran, nach Fairhaven zu fahren, mich in Emmas Bett zu stehlen wie der Mond und neben ihr zu liegen, mir Tentakel wachsen zu lassen und sie zu umschlingen, bis unsere Atemzüge eins wurden.

Eine Woche nachdem Emma nach Fairhaven gefahren war, hatte ich mich daran gewöhnt, Mrs Borden durchs Haus stampfen zu sehen, schwere Eisenfüße auf Treppen und Bodendielen, und jedes Mal, wenn sie an mir vorbeiging, wand sich ihr schnaufender Atem um meinen Hals und meinen Mund, als wollte sie mich anstecken.

»Du siehst so verloren aus, Lizzie«, sagte Mrs Borden.

»Nicht verloren. Ich weiß, dass ich in diesem Drecksloch gefangen bin.«

Sie lachte. »Das habe ich nicht gemeint, wie du sehr wohl weißt.«

Meine Lippen verzogen sich zu einem Lächeln, und ich versuchte, es zurückzuhalten.

»Emma wird bald zurück sein.« Singsang, Singsang.

»Ist mir egal«, sagte ich.

»Oh...«

»Eigentlich finde ich, dass es manchmal besser ist, hin und wieder zu Hause zu bleiben.« Ich hörte mich selbst, wie leicht mir das über die Lippen ging, wie meine Stimme sich streichen ließ, als wäre sie süße Butter. Wäre Emma da gewesen, hätte sie gesagt: »Was willst du ihnen denn jetzt wieder abluchsen?«

»Geht dich nichts an«, hätte ich gesagt. Doch nach einer Weile hätte ich es Emma erzählt: »Ich möchte, dass sie mich noch einmal nach Europa reisen lassen.«

»Du hast ganz recht«, sagte Mrs Borden. Ich zwang mich zu einem Lächeln, *was ist bloß mit mir los?*

Die Hintertür war aufgegangen, und Vater kam herein, stand steif vor uns. »Ihr beide redet miteinander, wie ich sehe.«

Mrs Borden hob die Brauen. »Lizzie und ich haben über die Vorzüge des Zuhausebleibens gesprochen.«

»Hin und wieder«, fügte ich hinzu.

Vater sah mich an. »Solange man sich nützlich macht.«

»Tu ich das nicht immer, Vater?« Mein Mund verzog sich zu einem Grinsen. Am liebsten hätte ich geschrien: *Gib mir, was mir zusteht!* Doch ich hielt den Mund.

»Hast du von deiner Schwester gehört?«, fragte er.

»Ja, es geht ihr gut.«

Mrs Borden musterte mich gehässig, ehe sie zu Vater sagte: »Bridget hat das Mittagessen fertig. Es gibt leckeren Hammelbraten...«

»Hoffentlich ist er nicht zu groß. Als du sie das letzte Mal zum Einkaufen geschickt hast, ist uns die Lammkeule am Ende verdorben«, sagte Vater.

»Ich bin mir sicher, dass der Braten genau richtig ist«, entgegnete Mrs Borden.

Vater grunzte. »Mir ist lieber, wenn man ein bisschen mitdenkt.«

Die Sonne klopfte an die Fensterscheibe des Wohnzimmers und drang durch die Ritzen in den Vorhängen, prallte auf meine Hände und ließ meine Knöchel knacken und anschwellen. »Lizzie«, sagte Mrs Borden, »da du ohnehin zu Hause bleiben willst, könntest du ja mit uns zu Mittag essen.«

Vater strich sich mit der Hand über das Kinn, seine Finger waren wie lange Streichhölzer, *entflamme und ver-*

brenne, lieber Vater. Ich hörte, wie Bridget in der Küche auf das Essen pustete, um es ein wenig abzukühlen. Dann hustete sie, und das Haus knackte über uns. Es klang wie ein Peitschenhieb. Vater musterte mich erneut.

»Ja, ich glaube, ich esse mit euch«, sagte ich.

Vater lächelte Mrs Borden zu. Mein Magen zuckte, überschlug sich.

Schweigend saßen wir auf den harten Holzstühlen, während Bridget das Essen servierte. Dann erkundigte Vater sich bei ihr nach den Fleischpreisen, und ich sagte: »Mein Gott, können wir es nicht ein einziges Mal einfach genießen? Ich weiß, dass wir es uns leisten können ...«

Vater schlug mit der Faust auf den Tisch. »Es ist mein Geld. Ich bin derjenige, der hier die Fragen stellt, danke, Lizzie.«

Ich schob mir ein Stück Hammel in den Mund, trockenes, heißes Fleisch, und schluckte mit Mühe. »Ich hasse es, wenn du so tust, als wären wir arm, Vater. Du hast ein Haus, das deinen Namen trägt!«

Mrs Borden legte Messer und Gabel auf den Teller und wischte sich den Mund ab. »Dein Vater arbeitet hart und verdient deinen Respekt.«

»Ich habe nur auf eine Tatsache hingewiesen.«

Bridget ging in die Küche und stand da, ohne uns anzusehen. Sie stützte sich auf ein Bein und ließ ihre Hand über die Anrichte gleiten.

Das Besteck klapperte auf dem Porzellan. Vater schnitt sein Fleisch, schob die Vorderzähne über die Unterlippe und warf einen Blick über den Esstisch. Ich wartete, dass er mich anschrie, doch es blieb still.

»Was ist los, Vater?«

Er kaute auf dem Hammelfleisch herum und schluckte es herunter. Mrs Borden wischte sich mit einer Leinenserviette über den Mund, der vom vielen Reiben gerötet war. Einen Augenblick lang sah sie jung aus. Einen

Augenblick lang. »Schmeckt es euch?«, fragte Mrs Borden. Ein kleiner Fleischbrocken blieb mir im Hals stecken. Es war schwül, ich schwitzte. Ich dachte an Emma, dachte an meine Langeweile. Ich dachte an Europa, wie schick ich gewesen war, *ich hatte sogar Kaviar gegessen!*

»Köstlich«, sagte ich. Vater schnitt das Fleisch wie ein Holzfäller und stopfte sich ein großes Stück in den Mund. Das Haus war still. An dem Tag sprach Vater kein einziges Wort mehr mit mir. Da fing ich an, mir alle möglichen Sachen auszudenken.

Wir baten Emma um frischen Tee, und sie kam zurück, die Uhr auf dem Kaminsims tickte und tickte, *sieben Uhr*. Onkel John kam mit schweren Lederstiefeln die Treppe herunter und sagte: »Kinder! Das ist nicht der richtige Augenblick, um sich zu streiten.«

»Waren wir zu laut?«, fragte ich zuckersüß.

»Nur ein bisschen. Aber das ist verständlich.« Onkel John küsste mich auf den Scheitel. »Ich glaube, es ist Zeit, etwas zu essen, meint ihr nicht?«

Mein Magen zog sich zusammen. »Ja, essen wir!«

»Ich habe keinen Hunger«, sagte Emma.

Onkel John rieb sich den Bauch, *miez, miez*, und tätschelte ihn dreimal. »Von Birnen allein kann man nicht leben.« Er lachte. Unser Onkel konnte sehr charmant sein. Ich sah, wie Emma die Augen verdrehte.

Wir saßen im Salon. Meine Hand kratzte über den violetten Bezug des Sessels, und im selben Moment war ich wieder auf meiner Grand Tour, in London. Der Sonnenhut auf der Schaufensterpuppe, das bimmelnde Ladenglöckchen, der Geruch nach Tierhäuten und Melasse aus der Werkstatt im Hinterzimmer. Ich zog die Handschuhe aus und strich mit den Fingerspitzen über den dunkelgrünen Samt des Sonnenhuts. Sauber genäht, mit fester Krempe. Die winzigen, glänzenden Pailetten auf der Vorderseite erinnerten mich an Sonnenträume. Ich beugte mich dicht daran, holte tief Luft, etwas leicht Würziges und Kratziges verbarg sich in dem Stoff, das wärmte und kribbelte. Die Erregung über etwas Neues. Ich beugte mich noch weiter vor und leckte hastig über den Hut, als wollte ich ihn verschlingen. In Fall River würde ich so etwas niemals finden.

»Lizzie!«, kreischte Emma.

Ich machte große Augen. »Ja?« Ich führte die Hand zum Mund und leckte Salz, einen Hauch von Holzpolitur, meinen eigenen Geschmack.

»Was möchtest du essen?« Emma war böse. War es falsch, einem Impuls nachzugeben? Sie gab mir dasselbe Gefühl wie Vater, ich schämte mich dafür, was ich war: das ewige Kind.

Kalte Hammelbrühe. Ich lächelte. »Irgendwas, Schwesterherz.«

Onkel John tätschelte seinen Bauch, und Emma schob ihre Stiefel unter dem Stuhl hervor und zog sie schwer über den Teppich. Dann verließ sie den Salon.

»Meinst du, die Polizei wird lange brauchen, um den zu finden, der das getan hat, Onkel John?«

Er hob eine Augenbraue. »Dieser Fall ist so seltsam, dass sie einige Zeit brauchen werden, um ihn zu lösen, denke ich.«

Ich fragte mich, wie lange ich brauchen würde, um mich wieder wohlzufühlen, in Sicherheit.

Emma kam mit dem Essen.

»Ich habe einen Bärenhunger«, sagte Onkel John.

Hartes Brot, Butter, alte Hammelbrühe. Faules Obst. Frische Milch, gewürzter Apfelkuchen. Onkel John schnitt sich eine Scheibe Brot ab, bestrich sie dick mit Butter, so wie man es macht, wenn niemand da ist, um einen daran zu hindern. Emma beobachtete ihn und nippte an ihrem Tee. Ich brach Stücke von dem Kuchen ab: köstliche, weiche Pyramiden in meinen Backentaschen. Der Zucker sang in meinem Blut.

»Sehr lecker, Emma«, sagte Onkel John.

Emma starrte mich an. »Du solltest nicht nur Kuchen essen, Lizzie. Nimm doch ein bisschen von der Hammelbrühe.«

»So hungrig bin ich nicht.« Ich steckte noch ein Stück Kuchen in den Mund. »Aber du solltest etwas davon nehmen, wenn du magst.«

Wir aßen mehr. Ich war gierig.

Nach einer Weile meinte Onkel John: »Weißt du, als ich heute Morgen unterwegs war, hätte ich dich der Gotteslästerung bezichtigt, wenn du mir gesagt hättest, dass ein so schöner Tag derart schrecklich enden würde. Allein die Vorstellung, dass eure arme Abby in aller Herrgottsfrühe...«

Ich trank Milch. Emma fuhr mit dem Finger über den Rand ihrer Teetasse und erzeugte ein schrecklich verzerrtes Klirren. »Woher weißt du, dass Mrs Borden so rasch nach dem Frühstück starb?«

»Es ist nur eine Vermutung.« Unser Onkel stopfte sich das Brot in den Mund. »Wie sollte man es sich sonst erklären? Es war eine ziemliche Überraschung, zurückzukommen und eine Menschentraube vor dem Haus anzutreffen, das kann ich dir sagen.«

»Ich bin mir durchaus darüber im Klaren, wie schockierend es war«, entgegnete Emma.

Onkel John hielt mitten im Kauen inne. »Natürlich, liebe Emma. Ich hätte daran denken sollen...«

Emma stand auf. »Entschuldigt mich. Ich brauche frische Luft.«

»Geh nicht raus«, sagte ich. »Der Mörder könnte noch da draußen sein.«

»Ich mache nur die Hintertür auf.«

Sie ging hinaus. Onkel John und ich aßen weiter.

Am Ende der Treppe, im Gästezimmer, hatte die Hitze von Mrs Bordens Blut nachgelassen. Onkel John betrat das Zimmer und setzte sich aufs Bett. »Seltsam, wenn man weiß, dass der Schrecken hier seinen Anfang nahm.«

»Irgendwo musste er ja anfangen.«

Er stellte die Knie nebeneinander. »Tja, das ist nun auch wieder wahr. Die Polizei hat mehrere Theorien.«

»Tatsächlich?« Ich musste wissen, welche.

»Jede Wette, dass sie alle falsch sind.« Onkel John hob eine Hand zum Gesicht. Seine langen Finger sahen aus wie tanzende Stabheuschrecken. Er beschnüffelte sie und sagte: »Wie um Himmels willen kann sich bloß immer so viel Dreck ansammeln?« Er nahm ein Taschentuch aus der Tasche, schob den Stoff unter die Fingernägel und säuberte sie. Ich roch ihn, roch die Erde.

Wir sagten beide nichts. Dann entdeckte ich das Blut neben dem Heizkörper am anderen Ende des Zimmers, *Blut fliegt, Blut steigt empor*, mir drehte sich der Magen um. »Bist du dir sicher, dass du hierbleiben willst?«

»Natürlich, meine Liebe. Es stört mich nicht. Das bisschen Blut.« Er lächelte breit, so wie Mutter früher, und da fühlte ich mich besser, warm im Innern, als wäre sie bei uns im Zimmer. Mein Onkel, ein Geschenk.

Er klopfte auf das Bett, und ich setzte mich neben ihn. Auch am Fußende waren Blutflecken. Ich legte meine Hand darüber. »Wie lange wirst du bei uns bleiben?«

»Solange ich kann, Lizzie.« Er lächelte, bleckte die Zähne. Onkel John fand immer die richtigen Worte, um einen zu beruhigen. »Hast du heute jemanden im Haus bemerkt?«, fragte er dann.

»Ich habe der Polizei schon gesagt...«

»Vergiss, was du der Polizei gesagt hast. Ich bin nur neugierig. Und? Hast du jemanden im Haus bemerkt? Einen Mann zum Beispiel?«

Ich war mir nicht sicher, worauf er hinauswollte. »Nein.«

Er musterte erst meine Hände, dann mich von oben bis unten. »Bist du noch immer böse wegen des Gesprächs mit Andrew gestern Abend?«

Ich fing an zu kochen. »Bisher habe ich mir keine Gedanken mehr darüber gemacht.«

Onkel John warf mir einen Blick zu. *Was dachte er?* Ich hörte den frühen Abendwind, der sich hungrig gegen die Hauswand warf. Irgendetwas kroch auf mich zu.

Mein Onkel warf einen Blick über die Schulter auf die Stelle, wo Mrs Bordens Leiche gelegen hatte. »Ich frage mich, ob sie es kommen sah«, sagte er leise.

Meine Stirn schmerzte. Ich rieb sie. »Möglich. Man muss davon ausgehen ...«

»Das glaube ich auch.« Er musterte mich eingehend, und die Haare in meinem Nacken standen aufrecht wie Weizen in der Sonne. Dann sagte er: »Warst du heute in der Scheune?«

Ich nickte.

»Verstehe.«

»Mehrmals. Warum?«

Ein langsames Lächeln breitete sich in seinem Gesicht aus. Es machte mich nervös. »Möchtest du reden, Lizzie?«

Ich hörte, wie Emma im Haus rumorte. Welche Kopfschmerzen sie mir bereitete. Ich hätte über alles geredet, Hauptsache, der Schmerz verschwand. »Na gut.«

Onkel John stand auf, schloss die Tür des Gästezimmers und wandte sich mir zu.

Ich löste das Band in meinem Haar und schüttelte es. Dann drehte ich mich um, sah auf die Frisierkommode und Mrs Bordens Blut, das an den Füßen der Tischbeine leckte. Einige Strähnen ihres grauen Haars klebten an den Griffen der Kommode, und ich fragte mich, wie lange sie noch da bleiben würden, bis jemand das

Zimmer sauber machte und die Schweinerei beseitigte. Um das Bett herum gab es blutige Fußspuren, eine Landkarte aus Schmerz und Fassungslosigkeit. Mrs Borden war durch das Zimmer geschleift worden, vom Fenster am Heizkörper vorbei bis zur Tür, wo die Fußabdrücke kurz innehielten, ehe sie die Treppen hinunterrannten und sie schrien, dass sie tot war. Jetzt lag sie mit dem Gesicht nach oben auf dem Esstisch.

Was für ein seltsamer Tag. »Ich weiß nicht mehr, was wirklich ist, Onkel John.«

Er rieb mir die Schultern, wie immer. »Mach dir keine Sorgen deswegen. Wenn es sein muss, werde ich dir schon sagen, was wirklich ist.«

»Was sollen Emma und ich jetzt machen?«, fragte ich.

»Mein Rat an euch wäre, zusammenzubleiben.«

Ich sah Onkel John an und schob mir das Haar von der Schulter. Da lächelte er und meinte: »Habe ich dir jemals gesagt, wie sehr du mich an deine Mutter erinnerst?«

14 BRIDGET
4. August 1892

Als ich das letzte Mal kündigen wollte, hatte mir Mrs Borden den Lohn auf vier Dollar die Woche erhöht und mich mit nach Boston genommen. »Du weißt ja, mein Rücken ist nicht mehr das, was er mal war. Ich brauche sie als Begleitung«, sagte sie zu Mr Borden, als er sich über die Kosten für die zweite Zugfahrkarte beklagte.

»Na gut.«

Wir wollten einen Tagesausflug machen, um ihre Tante zu besuchen, die sich an nichts mehr erinnerte, weder an Dinge noch an Menschen. Mrs Borden wollte einen guten Eindruck machen. Am Abend vor unserer Reise wusch ich Mrs Borden das Haar mit Olivenölseife und Rosmarin, kratzte mit meinen Nägeln über ihre Kopfhaut, bis ich sie unter den Fingernägeln hatte. »Du wirst es nicht bereuen, Bridget.« Ich hielt nicht inne, um zu fragen, was sie meinte.

Und so saßen wir schließlich im Zug, Mrs Borden in

ihrem beigefarbenen Reisemantel und ich in Schwarz mit ihrer rot-violett geblümten Reisetasche und all dem Zeug, das sie benötigte. Sie ließ mich am Fenster sitzen, nahm rechts neben mir Platz, dann kam der Pfiff von der Lok, und der Zug setzte sich in Bewegung. Fall River verschwand. Uns schwindelte vor Erregung, woanders zu sein.

»Ist das nicht schön, nur wir beide?«, sagte sie.

So dachte sie über uns. Da stimmte was nicht. Wir waren keine Familie. Aber die Leichtigkeit war ihr ins Gesicht geschrieben, sie lächelte und nahm mich an der Hand, so kühl, so fleischig, streichelte und tätschelte mich, wie Mammy es getan hätte, und ich sagte: »Es fühlt sich gut an, mal aus dem Haus zu sein.«

Boston. Ich half ihr beim Aussteigen, stützte ihren schweren Körper, als sie die breite Lücke zum Bahnsteig überwinden musste, und dann drängten wir uns durch die dichte Menschenmenge, durch Frauen in weiß-blau gestreiften Kleidern aus Baumwolle oder Seide, und verließen den Bahnhof. Wir gingen über das gepflasterte Trottoir und warteten an der Ecke auf die Straßenbahn.

»Ich vergesse immer, wie viel größer hier alles ist«, sagte Mrs Borden.

Es war in der Tat größer und brachte mich auf den Gedanken, dass ich wahrscheinlich schneller nach Hause zurückkehren könnte, wenn ich in einem Haushalt in Boston arbeitete.

Wir stiegen in eine Straßenbahn, lehnten uns gegen das glatte Holzgeländer, und ich fragte Mrs Borden: »Wann besuchen wir denn Ihre Tante?«

Sie befeuchtete ihre Lippen. »Gar nicht. Wir nehmen uns den Tag frei.«

Noch etwas, das ich für mich behalten müsste.

Die Straßenbahn bimmelte, fuhr um die Ecken, eine Straße nach der anderen entlang. Die Stadtluft schlug mir entgegen, diese Mischung aus Kaminholz, Schlamm und Kohle, Parfüm und Ledersohlen, Körpergerüchen, die aufstiegen, wenn Menschen dicht nebeneinandergingen, diese großartige Erregung. All das machte mich schwindelig. Wir fuhren die Straßen entlang, und am Ende stiegen wir vor dem Kaufhaus Filene aus. Mrs Borden pflanzte sich mit stolzgeschwellter Brust vor mir auf. »Ich wette, dass du hier noch nie gewesen bist.«

»Nein, Marm.«

Sie nahm mich am Arm, stieß mich durch den breiten Eingang und führte mich in die Damenabteilung. Dort gab es Kleider, wie Emma und Lizzie sie trugen, wenn sie in die Kirche gingen. Sie zwang mich, sie anzuprobieren, ein Kleid nach dem anderen. Seide und Damast, zu viel für meine Haut. »Das ist wunderbar«, sagte sie immer wieder. Während sie mich behandelte wie ihre lebende Puppe, entdeckte ich einen kleinen Sonnenschirm mit violettem Schnürband und silbern beschlagenem Griff und stellte mir vor, wie ich ihn besaß, stellte mir vor, wie Mary »La-di-da« sagen würde, wenn ich ihn ihr zeigte. Doch wir kauften nichts. Als es Mrs Borden langweilig wurde, verließen wir das Geschäft und setzten den Tag draußen fort.

Wir hakten uns unter, und Mrs Borden führte mich die Park Street entlang, am Brewer Fountain vorbei, wo kühles Wasser hoch aufstieg und über unsere Gesichter sprühte, vorbei an der Kirche und ihrem grellweißen Kirchturm, vorbei an den rot-weiß-blauen Flaggen des Union Club, wo sich Rosetten in die Ziegelsteinfassade schmiegten. Weiter und weiter ging es bis zum Boston Common. Wir passierten die gusseisernen Tore mit den eisernen Spitzen, wie in den Geschichten, die Daddy mir erzählt hatte, eiserne Spitzen, auf denen man Köpfe aufspießte, um Feinde abzuschrecken. Mrs Borden blieb stehen, ließ mich los, stand allein da. Dann drehte sie sich zu mir um und sagte: »Ist das nicht wunderschön?«

»Ja, Marm.«

»Ich liebe Ulmen. Wie groß werden sie wohl? Wäre es nicht herrlich, so groß zu sein wie sie?« Sie hob die Arme, sodass sich ihr Kleid um die Brust spannte.

Ich sah auf zu dem satten, grünen Baldachin, beobachtete, wie die Luft durch die trockenen Blätter fächelte, sah, wie ein wilder Hase sich an einem grauen Stamm mit rissiger Rinde rieb und sein Fell abstieß. »Ja, herrlich.«

Wir saßen eine Stunde lang im hohen Gras, eine Stunde, in der wir versuchten, die Gerüche in der Luft zu erraten.

»Das ist gerösteter Kaffee.«

»Das kommt vom Hafen.«

»Das sind frische Pferdeäpfel.«

»Jetzt riecht es nach Muscheln.«

Unsere Mägen bettelten um Essen. »Komm«, sagte sie. »Ich kenne da was.« Ich ergriff ihre Hände, die sich anfühlten wie Pergament, und half ihr beim Aufstehen. Wir gingen durch den Common in die School Street und etwas weiter, bis wir zum Parker House Hotel gelangten. Das kannte ich. »Miss Lizzie und Miss Emma essen hier manchmal«, sagte ich.

»Und jetzt auch du.«

Das Hotel bestand nur aus Backsteinen und Kalkstein, wie das Gutshaus, das ich einmal in Dublin gesehen hatte, als Daddy auf dem Liffey River arbeitete. Wir traten ein, setzten uns in den Speisesaal und lauschten dem Getratsche von Leuten, die sich über andere Leute ausließen. Man brachte uns frische, knusprige Brötchen, dunkelgelbe gesalzene Butter, eine Schale hellgraue sämige Muschelsuppe, bestreut mit Austernkräckern und einem Hauch von Petersilie. Ich tauchte meinen Löffel hinein und schlürfte wie eine Borden. Ich hatte Mrs Borden noch nie so viel lächeln sehen.

Am Nachmittag brachen wir auf und fuhren zurück in den Baumwollspinnereidunst von Fall River. Mrs Borden tätschelte die ganze Zeit meine Hand, und als der Zug seine Fahrt verlangsamte und in den Bahnhof einfuhr, sagte sie: »Bleiben hat seine Vorteile, Bridget.«

Das ärgerte mich, denn es erinnerte mich daran, dass ich so schnell nicht wieder nach Hause zurückkehren würde.

Ich wachte auf, ein neuer Morgen, immer dasselbe. Die Hitze kribbelte mich wach, und ich wälzte mich herum, spürte, wie mir schwarz vor Augen wurde, als ich mich bewegte, wie sich mir der Magen umdrehte. Es würde kein guter Tag werden. Ich schaltete die Lampe an, blickte auf meine Familie an der Wand und sagte: »Ich werd sie heute bitten, mir das Geld zurückzugeben.«

Ich lag im Bett. Der Morgen war so still wie schon lange nicht mehr, niemand ging umher, keine Taube war zu hören. »Na gut, ich steh jetzt auf«, sagte ich und öffnete die Tür, trat hinaus in den Flur, bemerkte, wie es draußen hell wurde. Ich hatte verschlafen. Leise tappte ich die Treppe hinunter, ohne stehen zu bleiben, um zu horchen, was Mr und Mrs Borden besprachen. Ich stellte die Hammelbrühe aufs Feuer – mein Gott, wie sie stank –, musste probieren, um sie etwas zu salzen, und da sah ich, wie etwas auf der Wand neben dem Herd glänzte, zwei lange silberfeuchte Streifen. Ich wischte mit meiner Schürze über die Wand, roch an der Baumwolle. Butter und Fett. Ich wischte erneut darüber, und die Streifen verflüssigten sich. Dann hörte ich, wie jemand die Hintertreppe hinunterstieg, und warf einen Blick über die Schulter. Mrs Borden. Sie kam auf mich zu, zunächst ohne ein Wort, und ich rührte weiter im Topf. Sie stand nur da, beobachtete mich und sagte schließlich: »Du bist spät dran.«

»Tut mir leid, Marm.«

»Dass es dir leidtut, sollte dich nicht vom Arbeiten abhalten.«

Ich machte mich daran, die Maiskuchen vorzubereiten. Sie sah zu, und es dauerte nicht lange, bis Mr Borden mit seinem Nachttopf die Treppe hinunterkam. Ich hörte, wie sein Urin darin schwappte, hörte, wie Mrs Borden mit den Zähnen knirschte. Der Geruch war scharf und pilzig. Die Küche wurde heiß, zu viele Menschen. Mr Borden ging nach draußen und leerte den Nachttopf. Ich rührte weiter, Mrs Borden sah zu und massierte sich die Schläfen.

»Geh und hol Mr Morse«, sagte sie. Sie warf mir einen Blick zu, wedelte mit der Hand, und ich tat, was mir aufgetragen war, tat, was ich tun musste, um den Tag schneller hinter mich zu bringen.

Ich klopfte an die Tür des Gästezimmers, hörte, wie er sich räusperte, wie ihn die morgendliche Übelkeit überwältigte und im Nachttopf landete.

»Mr Morse. Frühstück ist fertig.«

Er kam zur Tür, öffnete sie. Wir standen Auge in Auge da, viel zu nah für so früh am Morgen. »Guten Morgen, Bridget.«

»Morgen.«

»Ist es nicht ein herrlicher Tag?« Sein Atem wie alte Socken.

»Ja.«

»Ein guter Nachtschlaf wirkt Wunder.«

Ich nickte. »Frühstück ist fertig.« Ich ließ ihn stehen, ging in die Küche zurück und servierte die Hammelbrühe mit dem Maiskuchen.

John gesellte sich zu den Bordens im Esszimmer und unterhielt sich mit Mrs Borden darüber, wie sie geschlafen und wovon sie geträumt hatten. Ich trug das Essen herein, versuchte, den Gestank der Brühe zu ignorieren, den Brechreiz zu unterdrücken. Dann ließ ich sie allein, setzte mich auf die Hintertreppe und vergrub den Kopf zwischen den Beinen. Ich fühlte mich wie auf einem Schiff unterwegs nach Hause, auf dem Meer, und mein Kopf schwankte von Norden nach Süden. Ich lauschte dem morgendlichen Fußgängerverkehr auf der Straße und schloss die Augen, zählte von zehn bis null, null bis zehn, ein ums andere Mal und wartete, dass der Brechreiz nachließ.

Dann rief Lizzie meinen Namen, und ich kehrte ins Haus zurück.

»Was hast du heute vor?«, fragte sie und sah mich dabei seltsam an.

»Weiß nicht, mal sehen, was Mrs Borden mir aufträgt.«

»In der Stadt gibt es einen Ausverkauf für Stoffe. Du solltest ein paar Meter kaufen, damit wir dir eine neue Uniform nähen können.« Ihre Stimme war zuckersüß.

»Das werd ich nicht tun. Dazu hab ich keine Kraft.«

»Es ist aber nur heute. Mrs Borden geht auch hin.« Sie klang angespannt und wandte sich zum Gehen.

»Mir geht's nicht gut, Miss Lizzie. Ich würd lieber nicht...«

Sie sah mich an und sagte: »Na schön, mach, was du willst.« Damit ließ sie mich stehen und ging ins Wohnzimmer zu ihrem Vater.

»Guten Morgen.«

»Guten Morgen.«

»Wie geht es dir heute, Vater?«

»Das wird sich zeigen. Mir ist noch immer etwas unwohl.« Er sagte es langsam. Ich fragte mich, wann er ihr von den Tauben erzählen würde.

Ich ging ins Esszimmer, räumte das Geschirr ab und brachte es in die Spülküche, um abzuwaschen. Mrs Borden kam und zischte: »Wenn du damit fertig bist, wirst du die Fenster putzen.« Wie sie das sagte, als wären wir uns noch nie begegnet.

Ich spülte eine Schüssel, erwiderte jedoch nichts. Mrs Borden blieb stehen, sah zu und fragte dann: »Willst du noch immer weg?«

Ich säuberte die Schüssel. »Ja, Mrs Borden.« Ich blickte sie an. Ihre Augen matt, glasig, und sie wirkte sehr erschöpft. Ich dachte an meine Mammy. »Marm, ich hatte gehofft, dass ich meine Dose zurückkriege.«

Sie schüttelte den Kopf.

»Mrs Borden, es war mein ganzes Geld. Ich habe gekocht und sauber gemacht. Ich bin geblieben.«

Sie rieb sich die Schläfen. Wir sahen uns an, hörten, wie Lizzie und Mr Borden redeten und redeten, wie immer, und dann sagte sie: »Wenn du die Fenster ordentlich geputzt hast, sehen wir weiter.«

»Ja, Marm.« Ich versuchte, mich nicht zu ärgern, also sagte ich ihr etwas, das wahr war: »Ich denke noch immer an unsere Reise nach Boston.« Ich lächelte.

»Ach?«, sagte sie. Ich wusste nicht, was sie damit meinte.

»Danke, Abby.« Ihr Name rutschte mir so heraus, ganz leicht. Ich war nahe dran, nach Hause zu fahren.

Mrs Borden wich ein paar Schritte zurück, wischte sich über ein Auge, wollte etwas sagen, schwieg aber. Stattdessen stieg sie die Treppe hinauf und ließ mich mit dem Geschirr stehen, ließ mich zurück, um zu hören, wie Lizzie zu Mr Borden sagte: »Ich gehe jetzt meine Tauben füttern.«

Ich trocknete den letzten Teller ab, kehrte in die Küche zurück und sah, wie Mr Borden mit hochgezogenen Schultern dastand. Ich wischte die nassen Hände an der Schürze ab, und er sagte: »Entschuldige«, schob mich beiseite und stahl sich durch die Hintertür.

Ich ging in den Keller, um die Seife für die Fenster zu holen, hörte Lizzie schreien. Die Tauben.

Draußen in der Hitze brannte mein Gesicht, drehte sich mir der Magen um. Alles drehte sich, und im nächsten Moment hockte ich auf allen vieren im Gras und übergab mich hemmungslos. Anschließend meinte ich, ein Klopfen aus der Scheune zu hören, dachte, es müssten die Tauben sein, wahrscheinlich Lizzie, und ging auf die linke Seite des Hauses, wo ich anfing, die Fenster zu putzen. Am unteren Rand der Scheiben prangten schmierige Flecken. Ich fragte mich, wann sie dorthin gelangt waren, wann Lizzie beschlossen hatte, meine harte Arbeit zu sabotieren. Ich schüttete den Eimer aus, ging ins Haus, um ihn erneut zu füllen, und dachte daran, Mrs Borden zu erzählen, was ich vorgefunden hatte.

Mit sauberem Wasser machte ich mich erneut an die Arbeit und bemerkte die halb gegessenen Birnen, die von den Birnbäumen auf die Seite des Hauses führten. Dort hatten am vergangenen Abend John und Lizzie gesessen. Was für seltsame Spielchen hatten sie gespielt? Der Schweiß lief über meine Schenkel, erneut ließ ich mich gehen und erbrach mich auf meine Füße.

»Bridget?« Marys Stimme hinter dem Zaun.

»Ja?«

»Alles in Ordnung?«

»Besser als je zuvor.« Oh, wie gern hätte ich jetzt geschlafen. Ich lehnte mich an den Zaun.

»Was ist in dich gefahren?«

»Mein eigenes Essen.« Ich blieb stehen und wartete, dass der Brechreiz vorüberging. »Vielleicht ist es auch Mrs Borden, die mich bestrafen will.«

Mary lachte.

»Ja, wirklich. Wahrscheinlich wär's ihr lieber, dass ich krepiere, als dass ich geh.«

»Mein Gott, wart mal einen Augenblick.« Mary hinkte hinter dem Zaun davon und stand wenig später vor mir, mit rosigem Engelsgesicht und hochgezogenem Rock, unter dem das Ende ihrer Liebestöter hervorlugte.

Ich sah sie an. »Ich hab dich bei was unterbrochen, stimmt's?«

Mary versetzte mir einen Stoß gegen die Schulter. »Ach was. Ich hab nur die Böden geputzt.«

»Wirst noch'n Aufstand provozieren, wenn du so rumläufst.«

»Nicht so wie du, als Mrs Borden deine Neuigkeit hörte.«

»Sie hat meine Dose.« Mein Magen stöhnte, ein kleiner Teufel.

»Sie hält dich als Geisel!« Mary hinkte näher und legte ihre Hand auf meine Stirn. »Bridget, du kochst ja.«

Ich schob sanft ihre Hand weg. »Wenn du so weitermachst, könntest du Detektiv werden.«

»Du solltest nicht hier draußen sein.«

»Ich kann nichts dagegen machen.«

Mary schüttelte den Kopf. Wir beide sahen am Haus empor, registrierten die abblätternde grüne Farbe und ein Stück trockenen Taubenkot neben dem Wohnzimmerfenster. Eine Spinne hockte in ihrem Netz. Mr Borden hielt die Seiten des Hauses nicht in Schuss.

Dann sah Mary mich an. »Meinst du, dass du bis Sonntag wieder auf dem Damm bist, um Irish Switch zu spielen?«

»Keine Sorge. Ich schlag dich, selbst wenn ich noch krank bin.«

Sie grinste. »Tja, dann geh ich jetzt mal lieber und übe ein bisschen mit den Karten, wenn ich mit den Böden fertig bin.« Mary legte noch einmal die Hand auf meine Stirn, es fühlte sich kühl und wohltuend an, dann wandte sie sich zum Gehen.

»Mary, was soll ich machen, wenn sie mir die Dose nicht zurückgibt?«

Sie zuckte die Achseln. »Dir fällt bestimmt was ein.«

Was sollte mir einfallen? Ich sah zum Haus auf, hörte, wie das Holz im Herd knisterte, der Rauch durch den Schornstein nach oben stieg. Ich machte mich erneut an den Fenstern zu schaffen. Irgendwas musste mir einfallen.

Mrs Borden klopfte ans Wohnzimmerfenster, machte ein böses Gesicht und schimpfte, ich solle es ordentlich machen, als hätte ich nie zuvor Fenster geputzt, als hätte ich diese Arbeit noch nie gemacht. Ich putzte, meine Hände bearbeiteten die Scheibe in kleinen Kreisen, und Mrs Borden kniff die Augen zusammen und verzog den Mund. Meine Handgelenke verkrampften. Dann verschwand sie, und ich hielt inne. Danach hatte ich keine Lust mehr, weiterzumachen. Ich blieb noch eine Weile sitzen, hörte meinen Magen grummeln wie einen Dämon, hörte die Menschen, die auf der Second Street hin und her liefen. Alles wurde mir zu viel. »Ich rühre keinen Finger mehr«, sagte ich, und als ich ins Haus ging und niemanden sah, fiel mir auf, dass es jemandem neben dem Esstisch übel geworden war. Er hatte nicht einmal den Anstand gehabt, nach draußen zu gehen. »Typisch.« Ich ging hin und wollte mir die Schweinerei gerade näher ansehen, als Lizzie hinter mir auftauchte. Ich erzählte ihr davon und dass ich mir um Mrs Borden Sorgen machte. »Sie ist zu alt, um an einem so heißen Tag krank zu sein.«

Lizzie klopfte mir auf die Schulter. Ich mochte ihre Berührung nicht, sie war mir zu nah und hatte erhitzte Wangen, als wäre sie gelaufen. »Mach dir keine Sorgen, Bridget.«

»Wo ist Mrs Borden?«

Sie sah mich an, als wäre ich ein bisschen schwer von Begriff. »Jemand aus ihrer Familie ist plötzlich krank geworden und hat sie gerufen.«

Ich hatte niemanden eine Nachricht bringen sehen und auch nicht gehört, wie sie weggegangen war. Lizzie sah sich ständig über die Schulter, und ich fragte, ob sie auf John warte.

»Nein, er ist schon vor einiger Zeit aus dem Haus.« Lizzie knabberte ihre Fingernägel ab und spuckte sie auf den Teppich.

Auch ihn hatte ich nicht gehen hören. Ich hörte gar nichts mehr richtig. Ich musste mich wirklich ausruhen. Dann brach Lizzie ihren eigenen Schwur und bot mir an, mir bei der Beseitigung der Schweinerei im Wohnzimmer behilflich zu sein. »Putz du die Fenster zu Ende, ich kümmere mich um das hier.«

Ich zögerte. Wenn sie es nicht ordentlich machte, würde mir Mrs Borden meine Dose vielleicht nicht zurückgeben. Aber wenn ich daran dachte, es selbst tun zu müssen ... »Na gut.«

Lizzie lief die Treppe rauf und runter, polterte herum, gab kehlige oder grunzende Geräusche von sich. Sie lief in der Scheune ein und aus, bis ich allmählich den Verdacht bekam, dass sie etwas im Schilde führte. Jetzt war sie dabei, mit einem Besenstiel das Erbrochene zu einem braunen Schleimhaufen zusammenzuschieben, bevor sie es mit einem Lappen aufwischte und in einen Eimer warf. Lizzie und ihr trockenes Würgen. Um ein Haar hätte ich sie ausgelacht. Lizzie machte nur sauber, wenn sie etwas wollte. Ich verließ das Zimmer.

Der Vormittag schritt voran, es wurde immer heißer. Ich putzte ein Fenster im Keller und verdammte Mrs Borden in einen feurigen Abgrund, weil sie mich dazu gezwungen hatte. Dann tauchte Lizzie wie eine Heilige auf und sagte: »Komm lieber rein, und ruh dich aus.«

Wir gingen ins Haus. Zusammen tranken wir ein Glas Wasser. Sie starrte mich an. Meine Nackenhaare sträubten sich.

»Ich gehe jetzt nach oben«, sagte sie.

»Gut.«

Als sie weg war, streckte ich den Kopf ins Esszimmer. Sie hatte das Erbrochene unter dem Tisch nicht richtig aufgewischt. Ich ging mit meinem Wasserglas ins Wohnzimmer und setzte mich eine Weile auf das Sofa. Das Haus war totenstill.

Die Uhr schlug zehn, und kurz darauf rüttelte jemand an der Eingangstür, jemand, der reinwollte. Ich stand auf und wartete. Dann klopfte es, einmal, zweimal, und Mr Borden rief: »Ich kriege die Tür nicht auf.«

Ich lief hin, fummelte mit meinen Schlüsseln – »Uff!« – und schloss auf, sah ihn vor mir, bleich, schweißgebadet.

»Ist Ihnen nicht gut, Mr Borden?«

Er verdrehte die Augen, das war ungewöhnlich. »Leider nicht. Mir ist im Büro übel geworden, ich vertrage die Hitze nicht.«

Er trat ein, gab mir Hut und Mantel, und ich hörte Lizzie lachen, sah, wie sie auf halber Treppe stand und leicht hin und her schwankte. Mr Borden ging ins Wohnzimmer und setzte sich auf das Sofa, rieb sich mit beiden Händen das Gesicht.

»Ich mach es Ihnen bequem«, sagte ich.

»Nein, Bridget. Ich kümmere mich um Vater.« Plötzlich stand Lizzie hinter mir und rang die Hände. »Geh du nach oben, und leg dich hin.«

»Na gut. Rufen Sie, wenn Sie mich brauchen.«

Ich ließ sie im Wohnzimmer allein und hörte, wie Lizzie ihm sagte, Mrs Borden sei ausgegangen. Ich stieg die Treppe hinauf, alles tat mir weh, ging in mein Zimmer, zog die Tür halb zu und legte mich schwitzend aufs Bett.

Im letzten Winter schlugen Schnee und Wind die ganze Nacht gegen das Haus wie Gespenster, die Einlass forderten. Als wollten sie uns begraben. Ich war mit knackenden Fußgelenken über die Hintertreppe nach unten gegangen und hatte so lange an Mr und Mrs Bordens Schlafzimmertür geklopft, bis sich meine Knöchel rot färbten. Mr Borden machte auf. »Was ist denn los?«

»Ich mache mir Sorgen wegen dem Schnee. Klingt, als wär ein Schneesturm im Anmarsch.«

Er verschränkte die Arme vor der Brust. »Das Haus ist sicher. Der Sturm wird vorübergehen.«

»Ja, ich frag mich bloß, ob ...«

»Bridget, ich bitte dich. Das Haus ist sicher.«

Er schloss die Tür, und Mrs Borden rief ihm zu: »Was ist denn los mit Bridget?« Sie hätte selbst zur Tür kommen sollen, um mit mir zu sprechen. Beide hätten auf mich hören sollen. Ich ging in mein Zimmer zurück, und am Morgen weckte mich Mrs Bordens Geschrei. »Die Tür geht nicht auf! Andrew, der Schnee hat uns eingeschlossen.«

Ich lief die Treppe hinunter und fand sie an der Hintertür, vollkommen außer sich. »Es ist etwas Schreckliches passiert, Bridget«, sagte sie. Wir starrten auf die Tür. Ich hatte versucht, es ihm zu sagen. Das Haus hielt uns gefangen.

Später öffnete Lizzie einen Fensterladen. Meterhohe Schneewehen türmten sich vor dem Fenster. Sie presste die Hand auf die Scheibe, schmierige Fingerabdrücke auf meinem sauberen Fenster, und sagte: »Fühlt sich an, als wäre er hier drin bei uns.« Der Schnee war nicht weiß, sondern mit rußigem Graupel, Kieselsteinen und Dreck durchsetzt, auch kleinen Zweigen von den Bäumen.

»Mach den Laden zu«, befahl Mr Borden.

»Aber ich will sehen, wie lange ich die Hand an die Scheibe halten kann«, quengelte sie.

Er seufzte. »Ich habe gesagt, dass du den Laden zumachen sollst.« Seine Stimme war wie ein Donnerschlag. Lizzie gehorchte.

»Tee zum Aufwärmen?«, fragte ich.

Mr Borden wandte sich mir zu. »Sehr gern. Und sorg dafür, dass alle Fenster geschlossen sind. Ich möchte nicht, dass der kleinste Funke Wärme das Haus verlässt.«

»Ja, Sir.« Ich nickte und tat, was mir befohlen wurde. Das Haus war verbarrikadiert.

Der Anfang gemeinsam verbrachter Tage. Lizzie und Emma blieben in ihrem Teil des Hauses, oben in ihren Zimmern, wie Mäuse. Sie riefen mich und sagten: »Bridget, komm und räum unsere Teller ab.«

»Bridget, bring uns Tee.«

»Bridget, ist noch Kuchen da?«

Sie riefen und riefen, verließen nie ihre Zimmer und ließen mich schuften, bis ich Seitenstechen bekam. Ich musste ihre Nachttöpfe holen, ihre schmutzige Unterwäsche, ihnen mitteilen, was ihre Eltern vorhatten. Oft zankten sie sich, Schwesternstreit, erfüllten das Haus mit ihrem Geschrei und schlugen die Türen, und ich versuchte, mich taub zu stellen, sie zu ignorieren und meine Arbeit zu tun.

Dann, nach vier Tagen Schnee, mussten Lizzie und Emma nach unten zu Mr und Mrs Borden, als die Heizkörper oben ihren Geist aufgaben. Die vier saßen im Wohnzimmer, mit der tickenden Uhr, mit geschlossenem Mund, mit Mr Borden, der an seiner Pfeife nuckelte, während ich die Teller mit Resten von kaltem Braten brachte, den ich mit eisigen, tauben Händen tranchiert hatte, wobei mir das Messer aus der Hand rutschte und mir jedes Mal das Blut ins Gesicht stieg. Sie wärmten ihre Körper aneinander, bis sie gähnten. Meine Nerven lagen blank.

Lizzie und Emma flochten sich gegenseitig Zöpfe, Mrs Borden häkelte. Sie lasen, und ich tat, was mir aufgetragen wurde. Eines Nachmittags, als wir alle im Wohnzimmer waren, in Decken gehüllt und der Schnee noch immer dick, schliefen die Bordens ein, mit offenem Mund, die Luft strömte ein und aus wie die Gezeiten des Meeres und roch nach altem Fleisch und Butter. Ich saß da und kaute an den Fingernägeln, überlegte, was passieren würde, wenn ich die Nägelreste in ihre Münder warf. Sicher war nur, dass sie mich in die Agentur zurückschicken und sagen würden, dass man mich auf keinen Fall mehr weitervermitteln dürfte. Ich steckte die abgekauten Nägel in meine Schürzentasche, sah ihnen beim Schlafen zu und fragte mich, wovon sie träumten. Gott, war das öde!

Ich trat zu den Fotos auf dem Kaminsims. Da war Emma, da war Lizzie, von einem Jahr zum anderen. Emma sah immer aus, als hätte sie Schmerzen, als hätte man ihr irgendwelche schrecklichen Dinge erzählt. Lizzie war das genaue Gegenteil. Ich dachte immer, dass sie nicht aussahen, als wären sie miteinander verwandt, sondern eher so, als hätte man ein kleines Mädchen aus dem Nichts gezaubert und im Zimmer des anderen platziert. »Bitte sehr«, hätte jemand gesagt, »wir haben dir eine Schwester besorgt, damit dir jemand Gesellschaft leistet.« Emma machte immer den Eindruck, als wäre sie nicht besonders glücklich mit dem geschwisterlichen Arrangement.

Der Schneesturm hielt fünf weitere Tage an, und wir blieben zusammen in dem verbarrikadierten Haus eingeschlossen. Zu eng, zu heiß, bis das Wetter umschlug, bis der Schnee schmolz, und als es so weit war, machte ich als Erstes das Fenster auf und ließ die kalte Luft herein.

Ich dachte an den Winter und fragte mich gerade, wann Mrs Borden von ihrem Besuch bei den Verwandten zurückkehren würde und wann ich das Haus endlich verlassen, zu meiner Familie zurückkehren und mich wieder wohlfühlen könnte, als ich unten im Haus ein dumpfes Hacken hörte.

Ich dachte an Mr Borden und die Tauben. Tschock. Von den Tauben war nichts zu hören. Tschock. Mein Herz raste, ich klammerte mich ans Bett, drehte mich zu meiner Familie um. Tschock. Tschock. Ein Grunzen, wie ein Tier beim Fressen. Tschock.

Woher kam das Geräusch? Tschock. Tschock.

Eine Kutsche rollte über die Straße. Tschock, die Luft stand still, tschock, die Glocken läuteten viel zu laut. Ich klammerte mich an das Bett, konnte mich nicht rühren, konnte nicht atmen, konnte nicht denken. Jeden Moment würde meine Blase platzen. Es wurde still im Haus. Ganz kurz fragte ich mich, ob ich träumte. Ich wollte nicht die Tür aufmachen, wollte nicht nach unten gehen, wollte nicht wissen, was unten war.

Dann hörte ich Lizzie rufen: »Bridget!«

TEIL DREI

15 BENJAMIN
6. Mai 1905

Ich vergaß Fall River nie. Ich streifte von Stadt zu Stadt, schlug Leute zusammen, machte reinen Tisch und vergaß keine Sekunde, dass ich meine Aufgabe noch nicht beendet hatte. Mehr als ein Jahrzehnt später hatte ich es immer noch nicht vergessen. Es war nur eine Frage der Zeit, bis ich dorthin zurückkehren würde. Hin und wieder dachte ich an Andrew und Abby, fragte mich, wer sie umgebracht hatte, fragte mich, ob ich sanfter gewesen wäre, wenn ich Andrews und Abbys Mörder zuvorgekommen wäre. Aber wer wusste schon, was er im Eifer des Gefechts tun würde? Einige Monate nach Fall River half ich jemand anderem bei einem Problem, legte mich ins Zeug, verwüstete ein Gesicht, brach ein Genick, als wäre es ein Zweig, kassierte den Lohn, dann half ich einem anderen und noch einem, half immer weiter, bis ich genug beisammenhatte, um mir selbst zu helfen, mich um meine eigene Probleme zu kümmern.

Im Morgengrauen stand ich vor Papas Haus. Mehr als dreizehn Jahre waren seit meinem letzten Besuch vergangen. Ich schlich durch die Hintertür ins Haus, erschnüffelte mir einen Weg durch die Räume, bis ich im Zimmer eines Mädchens stand. Kleine Spieldosen auf einer Frisierkommode, ein Kleiderhaufen auf dem Fußboden neben dem Bett. Ich beobachtete, wie die Kleine schlief, trat näher. »Rate mal, wer da ist«, flüsterte ich. Sie schnarchte ein bisschen. Ich berührte ihr Haar, es war ein angenehmes Gefühl, und als ich mich hinabbeugte, erkannte ich an der Struktur ihrer Haut meine Schwestern wieder. »Dein Bruder.«

Irgendwo im Haus knarzte es. Ich ging dem Geräusch nach. Zwei schlafende Körper in einem anderen Zimmer. Ich trat ein, beobachtete Papa im Schlaf. Sein Gesicht war wie Leder, mit tiefen Falten. Er hatte etwas an sich, etwas Sanftes. Etwas, das ich noch nie gesehen hatte. Ich roch den Duft von Seife auf seiner Haut, und fragte mich, ob er schon immer so gerochen und ich es nur vergessen hatte. Papa strampelte unter dem Laken mit den Beinen, wie ich es oft gesehen hatte, und Angela schlang im Schlaf die Arme um ihn, bis er sich wieder beruhigte und weiterträumte. Sie schliefen friedlich, und das gefiel mir nicht. So hätte er mit uns sein müssen. Was hätten es für Jahre sein können. Vielleicht wäre ich noch immer zu Hause bei meiner Mama, bei meinen Schwestern, und hätte ein bisschen Liebe erfahren. So aber streckte ich die Hand aus und legte die Handfläche auf seinen Mund. Er schlug die Augen auf. Es ist ein seltsames Gefühl, wenn man in die Vergangenheit blickt. Es ist wie träumen. Papa sah mich an, sein Atem auf meiner Haut. Er bohrte die Zähne in meine Hand. Er sah aus, als würde er jeden Moment losflennen. Ich drückte fest zu, und Papas Hand umfasste die meine, zog sie zurück. Dann holte er tief Luft und sagte: »Du bist zurückgekommen!«

Ich nickte. Irgendetwas in mir hätte sich am liebsten an seine Brust geschmiegt, um warm zu werden.

»Ich vergesse nie etwas, Papa.«

Er starrte mich an. »Es ist noch nicht so weit.« Er stützte sich auf den Ellbogen und setzte sich auf, grunzte, als er gegen mich stieß, die Wut eines alten Mannes. Ich drückte ihn nieder, das Bett klapperte. Angela drehte sich neben ihm um, ihr Gesicht war vom Schlaf zerknautscht.

Papa versuchte, nach mir zu fassen, und das brachte mich zur Weißglut. Ich knackte mit den Knöcheln. Ich würde nicht nachgeben. Ich war hier, um etwas zu Ende zu bringen. Erneut legte ich ihm die Hand auf den Mund und sah kurz zu Angela hinüber, ehe ich Papa zwang, den Blick vor mir zu senken.

In all den Jahren, in denen ich Menschen behilflich gewesen war, hatte ich nicht verstanden, warum sie nie ganz damit zufrieden waren, wie die Dinge endeten. Lag es daran, dass sie nicht dazu kamen, ein letztes Gespräch zu führen? Oder weil es nichts geben würde, dass sie veranlasste, sich mit der Vergangenheit zu versöhnen? Hier war ich jetzt also mit Papa, und so fragte ich ihn: »Bin ich noch immer eine Enttäuschung für dich?«

Er versuchte, etwas zu sagen, aber ich schüttelte den Kopf und drückte meine Hand noch stärker auf seinen Mund. Ich sah ihm in die Augen, sah, wie sie hin und her schossen, spürte, wie seine Lippen unter meiner Hand bebten. Seine Augen waren voller Angst. Einen Augenblick lang dachte ich daran, loszulassen. Papa versuchte, sich zu wehren, doch ich war stärker und brachte es zu Ende, spürte, wie er unter meinem Griff still wurde. Als ich von ihm abließ, hörte ich eine Bewegung im Flur, das Quietschen eines Bettes. Ich stürmte aus dem Zimmer, raste aus dem Haus in den Morgen. Ich rannte und rannte. Doch es war seltsam. Ich empfand keine Erleichterung, fühlte mich dieses Mal nicht anders. Irgendwas fehlte.

Ich fragte mich, ob Lizzie sich auch so gefühlt hatte, als Andrew starb. Ich hatte ihre Spur verfolgt, hatte Zeitungsartikel in einem kleinen, mit Wachstuch gefütterten Rucksack auf meinem Rücken behalten, die Axt behalten, das Schädelstück behalten, gedacht, dass ich eines Tages zu John und ihr zurückkehren würde, wenn die Zeit es zuließ. Den ersten Artikel fand ich, eine Woche nachdem ich Fall River verlassen hatte. Des Mordes angeklagt. Was für eine teuflische Tochter, sie hatte ihren Vater und ihre Mutter getötet. Ich dachte über sie nach an jenem Tag im Haus, ihr Kommen und Gehen, ihre seltsamen kleinen Angewohnheiten, ihre Wut. Vielleicht war sie diejenige welche gewesen, hatte uns alle überrascht, hatte mich meines Geldes und meines Spaßes beraubt.

Ich stahl Zeitungen aus den Geschäften, sammelte Lizzie ein ganzes Jahr lang, während sie auf das Urteil wartete, und dann legte ich sie beiseite, nahm sie mir nur wieder vor, wenn mir danach war. Aber ich hörte nicht auf zu sammeln. Ich wollte wissen, ob es irgendwelche Hinweise darauf gab, wer das Verbrechen begangen hatte, wollte John im Auge behalten, erfahren, was mit dem Geld der Familie passierte. Ich sah die Zeichnungen von Lizzie im Gerichtssaal, ganz in Schwarz, und die Schlagzeile: LIZZIE BORDEN PLÄDIERT AUF NICHT SCHULDIG.

Sie brachte mich zum Lachen, diese Erklärung. Kaum jemand in der Stadt glaubte ihr. Zwei Tage nachdem Andrew und Abby getötet worden waren, machten Gerüchte die Runde. Lizzie war es, sie hatte ihre Mutter gehasst, das Dienstmädchen sagte, sie habe Lizzie lachen hören, als Mr Borden nach Hause kam. Es gibt nichts Besseres als Nachbarn, die mit dem Finger auf dich zeigen.

Doch nicht alle hielten Lizzie für schuldig. Reverend

Buck, ein Freund der Familie, erklärte, dass Fall River sich nicht leisten könne, ein so abscheuliches Wesen, einen solchen Schlächter auf freiem Fuß herumstreunen zu haben. Lizzie habe ihm erzählt, dass sie in jener schicksalshaften Nacht jemanden im Haus hatte herumlungern sehen. Sie hatte sich erinnert. Das muss lustig für sie gewesen sein. Die Polizei durchsuchte immer wieder das Haus, ging allen Geschichten nach, die Lizzie erzählt hatte. Als die Polizei entdeckte, wie viele Beruhigungsmittel man ihr verabreicht hatte, hielt sie ihren herumlungernden Mann für ein Hirngespinst, und ich war entlastet. Im Verlauf dieser neuen Ermittlungen machte die Polizei Entdeckungen, einen Blutfleck auf einem von Lizzies Unterröcken, Alice Russell plauderte aus, dass Lizzie am Tag nach dem Mord einen fleckigen Kittel und ein Kleid im Herd verbrannt hatte, Emma habe sie dazu ermutigt. Als Alice sie anflehte: »Lizzie, bitte denk daran, wie das aussieht«, hatte Emma das Feuer sogar noch geschürt, damit die Baumwolle schneller verbrannte.

Und dann, am 11. August 1892, war es passiert. Nach der Beerdigung und dem Beginn der Vernehmungen holte die Polizei Lizzie ab. Sie saß im Wohnzimmer, bei geöffneten Fenstern, was Andrew und Abby abends niemals zugelassen hätten. Emma war bei ihr, als die Polizei eintraf. Sie weigerte sich, Lizzie gehen zu lassen. Manche sagen, sie hätten sich bei der Hand gehalten, andere sagten, Emma hätte nicht zugelassen, dass sie sie verhafteten, solange die Fenster geöffnet waren. Man las ihr die Anklagepunkte vor und nahm sie fest. »Lizzie, Sie haben es getan.« Lizzie zitterte, Lizzie hätte beinahe geheult, Lizzie bog sich wie Schilfrohr. Wäre ich da gewesen, hätte ich ihr gesagt, dass sie nicht in diese Lage gekommen wäre, wenn sie Gefühle gezeigt hätte, ihnen das gegeben hätte, was sie sehen wollten. Doch ich wusste, man kann nicht mitspielen und gleichzeitig eine

Strategie entwerfen. Sie hätte sich besser aus dem Staub gemacht so wie ich.

Sie brachten Lizzie ins Polizeirevier, machten die Sache offiziell und bereiteten sie auf eine Überführung ins Gefängnis von Taunton vor. Emma setzte sich eine Weile zu ihr, während der Transport organisiert wurde. Ein Polizist sagte dem *Boston Herald*: »Die Schwester hielt Lizzie im Arm wie ein Baby. Vermutlich ist das für Frauen normal. Ich weiß es nicht, ich war noch nie bei einer Verhaftung dabei.« Der Mann verstand nichts von Frauen, dachte ich.

Was als Nächstes kam, las ich nicht gern, es erinnerte mich zu sehr daran, dass ich nie ausbezahlt worden war. Ermutigt von den 300 000 Dollar, die sie von ihrem Vater erben würden, sagte Emma zu Lizzie, sie solle sich keine Sorgen machen. »Ich rette dich. Egal, was es kostet. Ich rette dich.« Auf einem Foto sah man, wie die beiden Schwestern sich umarmten, ehe die Polizei Lizzie abführte und in den Zug nach Taunton setzte.

Fall River steckte die Fronten ab – schuldig, nicht schuldig. Während Lizzie in der Zelle eingesperrt war und ihre Demütigung in den Nachttopf urinierte, engagierte Emma den Anwalt ihres Vaters, Jennings, und dann bereiteten die beiden sich auf die Gerichtsverhandlung vor. Man liest immer dasselbe, wenn Freunde als Zeugen aussagen: »Ich kenne Lizzie seit Jahren. Sie würde so etwas niemals tun« oder: »Sie hat ihren Vater geliebt.« Alles Unsinn. Interessant wurde es, als einer nach dem anderen, Freunde und Bekannte, mit Reportern sprachen. »Na ja, Mrs Borden und Lizzie sind noch nie gut miteinander ausgekommen.«

Zehn Monate verbrachte sie im Gefängnis. Wahrscheinlich glaubten sie, dass sie sonst untertauchen würde. Jedenfalls gefällt mir diese Vorstellung. Aber sie bekam eine Sonderbehandlung, durfte hausgemachte

Mahlzeiten essen, durfte Erdbeeren in ihrer Zelle anpflanzen. Was für eine verwöhnte Göre! Dann, endlich, begann am 5. Juni 1893 die Gerichtsverhandlung. Dreizehn Tage lang schickten die Zeitungen ihre Reporter in das Kammergericht von New Bedford, um zu berichten.

Tag eins. Das Verfahren wurde eröffnet. Tag zwei, die Jury wurde an den Tatort gebracht. Ich hätte sie dort auch herumführen können: Hier versuchte Abby, ihr Leben zu retten, indem sie unter das Bett kroch. Wie Sie selbst sehen, war sie viel zu dick. Hier fand ich Blut. Hier hatte sich Bridget erbrochen. Hier wurde Lizzie wütend. Das sind die Türen, die verschlossen waren. Da drüben putzte Bridget die Fenster, während Abby sie anschrie. Das ist der Tisch, auf dem die Leichen lagen. Das ist, das ist, das ist. Die Geschworenen bohrten ihre alten Finger überall hinein und taten so, als untersuchten sie die Fakten, wollten aber in Wirklichkeit nur die Stellen berühren, wo die Leichen gelegen hatten.

Im Haus erfuhren die Geschworenen, dass Emma noch immer da wohnte, trotz allem. Einer der Männer sagte, es sei ihnen aufgefallen, dass überall Fotos der Familie zu sehen waren, auf den Fensterbänken und Beistelltischen, an den Wänden und auf den Kommoden, in Bücherregalen und Schränken. So hatte Emma stets Gesellschaft. Ein anderer Geschworener fand es traurig. »Sie war einsam. Ich stellte mir vor, dass es ihr nicht guttat, tagein, tagaus mit ihren Gedanken allein zu sein.« Wieder ein anderer: »Miss Borden kochte uns Tee, während wir dort waren. Sie schien froh darüber zu sein, sich nützlich machen zu können.« Unterschiedliche Wahrheiten.

Während die Tage des Verfahrens verstrichen, wurden in den Artikeln immer wieder Lizzies Kleider erwähnt, schwarz und trist, ein fehlender Knopf, ihr provinzielles Gesicht, ihre bleichen Wangen, ihr typischer New-England-Gang, wenn sie den Gerichtssaal betrat oder wieder verließ. Offensichtlich sorgte der Aufenthalt im Gefängnis für eine gewisse Gewichtszunahme. Lizzie saß da, starrte auf ihre Hände, starrte die Zeugen an, die nacheinander über ihre Beziehung zu Abby aussagten. Was würden die Leute über meine Beziehung zu Papa sagen, wenn ich jemals erwischt würde und vor Gericht käme?

Am dritten Tag erzählte John Geschichten darüber, wo er sich zum Zeitpunkt der Taten aufgehalten hatte, erzählte sie so, als glaubte er sie selbst. »Ich saß im Wohnzimmer, und Mr und Mrs Borden gingen den ganzen Morgen ein und aus. Irgendwann kam Mrs Borden mit einem Staubwedel und machte sauber.«

»Und was machten Sie?«

»Ich verließ das Haus und ging zur Post.«

»Und danach?«

»Fuhr ich mit der Droschke wieder zurück zum Haus der Bordens.«

»Als Sie zum Haus der Bordens zurückkehrten, ist Ihnen da etwas aufgefallen?«

»Nein, Sir. Genau genommen aß ich eine Birne.«

»Aber man informierte Sie darüber, was passiert war?«

»Ja.« Wie selbstgefällig er war.

»Haben Sie Mr oder Mrs Borden zuerst gesehen?«

»Ich habe Lizzie gesehen.«

»Nein, Mr Morse – welches Opfer haben Sie zuerst gesehen?«

»Ach so... Mr Borden.«

So faselte John immer weiter. Ich dachte an jenen Tag zurück, wie die Polizisten einzeln oder zu zweit eintrafen, nachdem man Andrew gefunden hatte, und wie sich die ersten Grüppchen von Menschen vor dem Haus einfanden. Es war kaum zu übersehen, dass irgendwas nicht stimmte, trotzdem hatte John zuerst eine Birne essen wollen und erst danach gefragt, warum die Polizei da war.

Am vierten Tag erklärte Bridget, diese explosive Quelle von Geheimnissen, die alle für ein bisschen beschränkt hielten, dass sie drei Polizisten in den Keller hinuntergeführt hatte, wo die Bordens eine Kiste mit Beilen neben dem Heizkessel aufbewahrten, nachdem sie erfahren hatte, dass Andrew und Abby ermordet worden waren.

»Ich habe die Dinger nicht angefasst, aber die Polizei hat drei mitgenommen«, sagte sie.

Man glaubte ihr nicht. »Wieso hat die Polizei drei Beile mitgenommen?«

»Weiß ich nicht.« Bridget hatte mit den Achseln gezuckt.

»Haben Sie sie angefasst?«

»Bestimmt nicht.«

»Können Sie uns beschreiben, was Miss Borden tat, als sie Sie von der Mansarde nach unten rief und Ihnen sagte, dass ihr Vater ermordet worden war?«

»Sie stand in der Tür. Sie war sehr aufgewühlt.« In der Tat. Lizzie war an dem Tag so zappelig gewesen, dass sie keine Sekunde stillsitzen konnte. Ich sah sie noch vor mir, im Haus, sah sie alle noch dort, wie sie sich bewegten, als wären sie einander fremd, und nicht wahrnahmen, wie das Blut in ihrem Innern kochte. Andrew und Abby auf dem Esstisch. Der Geruch nach verfaulten Birnen, verfaultem Fleisch. John, der mich im Schatten der Nacht beobachtete.

»War sie aufgeregt?«

»So aufgeregt hatte ich sie noch nie zuvor gesehen.« Bridgets Augen weiteten sich.

»Weinte sie?«

»Nein, Sir.« Heftiges Kopfschütteln.

»Während der Befragung haben Sie etwas anderes ausgesagt. Sie sagten: ›Die Kleine weinte.‹«

»Das habe ich nicht gesagt. Das kann ich nicht gesagt haben. Ich weiß genau, was sie getan hat.«

Je mehr Leute aussagten, desto tiefer geriet Lizzie in Schwierigkeiten.

»Sie hat sich nicht mit ihrer Mutter verstanden.«

»Es gab Spannungen.«

»Manchmal hat Mr Borden sie angeschrien.«

»Miss Lizzie kann sehr temperamentvoll sein. Zumindest habe ich das gehört.«

»Als ich Miss Borden am Tag der Morde befragte, veränderte sich ihre Geschichte immer wieder. Irgendwas stimmt hier nicht, dachte ich.«

Am siebten Tag geschah ein großes Wunder, eines von denen, die nur Menschen zustande bringen, die genügend Geld haben, um sich herausreden zu können. Verteidiger Jennings machte mit Erfolg geltend, dass Lizzies Aussage unzulässig war. »Man hat sie nie über ihre Rechte belehrt. Sie wusste nicht, dass alles, was sie sagte, gegen sie verwendet werden konnte. Sie stand unter Schock. Damals hatte man sie noch nicht in Arrest genommen.«

Der Richter stimmte ihm zu. Das Geld ihres Vaters war gut eingesetzt worden. Lizzie bekam eine zweite Chance, man strich ihre Aussage. Jedes Mal, wenn ich das las, wurde ich stocksauer und schrie: »Ein Teil von dem Geld gehört mir.« Was hätte ich für dieses Geld gegeben; es hätte mein ganzes Leben verändert.

Die Aussage über ihr Geld brachte Emma am elften Tag in den Zeugenstand. Sie war gezwungen, in aller Öffentlichkeit die Familienprobleme einzugestehen, die Eigentumsverhältnisse innerhalb der Familie und die Erbfolge darzulegen. Emma breitete die Puzzlesteinchen der Bordens aus, und ich fügte sie zusammen. Nie war ich dem Klang ihrer Stimme näher gekommen, der Stimme dieser geheimnisvollen Schwester, die ihren

Urlaub zeitlich so perfekt geplant hatte. Ich stellte mir vor, wie ihre Stimme vor Anspannung schwitzte und auf den Boden des Gerichtssaals tropfte, wann immer das Thema Abby angesprochen wurde.

»Warum hörte Ihre Schwester auf, Mrs Borden ›Mutter‹ zu nennen?«

»Das weiß ich nicht.« Man runzelte die Stirn.

»Wie hat Ihre Schwester sie dann angesprochen?«

»Mit ›Mrs Borden‹.« Wie kaltherzig das klang.

»Wann hat Ihre Schwester begonnen, sie Mutter zu nennen?«

»Ganz am Anfang, als sie noch klein war. Noch ehe ich sie Mutter nannte.«

Ich hätte ihnen versichern können, dass Lizzie sie an ihrem letzten gemeinsamen Tag nicht so genannt hatte.

Emma wurde aus dem Zeugenstand entlassen. Sie hatte ihnen nichts gegeben. Ich fragte mich, ob Emma so war wie ich, eine Art Ritter für Schwestern, gewillt, alles zu tun, um sie zu beschützen und glücklich zu machen. Auf den Zeichnungen sah es immer so aus, als versuchte Lizzie Augenkontakt zu ihrer Schwester herzustellen, während Emma stets den Blick abwandte. Ich schloss daraus, dass sie etwas über ihre Schwester wusste, das sonst niemandem bekannt war.

Für mich war es das Größte, als man Lizzie zwang, sich den zertrümmerten Schädel ihres Vaters anzusehen. »So etwas kann eine Axt anrichten«, erklärte der Staatsanwalt der Jury. Ich wusste, was noch alles etwas anrichten kann. Ich hatte Andrews und Abbys Köpfe gesehen, hatte die Hitze gerochen, die aus ihren Schädeln kam. Ich hatte immer sehen wollen, wie ihre Köpfe wirklich aussahen, nachdem die Haut abgezogen worden war. Waren sie wie Puppen aus Gips? Ein ums andere Mal verschlang ich die Artikel, als würde ich sie einatmen.

Eine schwarze Kiste wurde in den Gerichtssaal gebracht, auf den Tisch des Staatsanwalts gestellt und geöffnet. Heraus kam Abbys Schädel, heraus kam Andrews Schädel, fein gemeißelte weißgelbe Knochen. Der Gerichtssaal hielt die Luft an, Emma stieß einen Schrei aus, Lizzie verlor dort, wo sie saß, die Fassung und fiel in Ohnmacht. Man stelle sich vor, wie sie reagiert hätten, wenn sie das als Augenzeugen gesehen hätten, ganz frisch, so wie ich. Aber ich wusste Bescheid – die Staatsanwaltschaft tat dies in der Hoffnung, eine Waffe zu finden, um sie mit den Verletzungen zu vergleichen. Sie würden sie niemals finden. Ich musste laut lachen.

»Ein Skandal!«, sagte Jennings. »Weder meine Mandantin noch ihre Schwester wurden um ihre Einwilligung gebeten, dass man ihren Eltern das antat.«

Warum hätte man die Schwestern fragen müssen, ob man ihre Eltern nach der Trauerfeier enthaupten durfte? Die Gerichtsmediziner hatten gewartet, bis die letzte Droschke den Oak Grove Cemetery verlassen hatte, ehe sie die Särge in die Frauenunterkünfte in der Nähe des Friedhoftors brachten und öffneten. Was für ein Anblick das gewesen sein muss! Wie alle toten Dinge waren die Bordens verunstaltet, die Körper noch aufgedunsen, bevor sie wieder auf ihre alte Größe schrumpfen würden, ihre Köpfe eine dem Sommerhass geschuldete Sauerei. Die Ärzte hatten den Atem angehalten und sich darangemacht, die verwesenden Köpfe abzutrennen, damit man die Leichen wieder in die Erde herablassen, zuschütten und betrauern konnte.

Die Staatsanwaltschaft verniedlichte die Szene zu einem familienfreundlichen Urlaub – die Köpfe machten einen Ausflug nach Boston, fuhren in einem gemütlichen Eisenbahnabteil und kamen in der North Station an, fuhren über gepflasterte, mit Pferdeäpfeln übersäte Straßen, vorbei an mehrstöckigen Sandsteingebäuden und Bürgersteigen zur Harvard Medical School. Eichhörnchen tollten durch die Baumwipfel, als die Köpfe näher kamen, Straßenbahnen bimmelten zum Gruß, hießen sie in Boston willkommen, Hochspannungsleitungen zischten, und der Strom pulsierte wie Blut. Eine Großstadtshow für die traurigen New-England-Köpfe. Andrew hätte sich nicht mehr eingekriegt.

Ich erfuhr, was man tun musste, um menschliche Haut vom Knochen zu kochen. Zuerst wurde das Wasser in einem Behälter zum Kochen gebracht, dann nahm man die Köpfe aus ihrer Kiste, wobei eine dickliche Flüssigkeit aus der Unterseite in die samtene Auskleidung sickerte. Die Ärzte sagten: »Da wurde uns klar, dass ihre Gehirne begonnen hatten, sich zu verflüssigen. Mrs Bordens Gehirn war bereits durch eine große Lücke auf der rechten Hälfte ihres Schädels ausgetreten.« Ausgetreten. Das gefiel mir, wie das Bild von kochendem Wasser, in das man die Köpfe warf wie Lammhaxen, die dann im Topf tanzten, bis die Haut wie Tierfett blubberte und, vermischt mit Haar, an die Oberfläche stieg.

Es gab Zeichnungen davon, wie die Schädel im Gerichtssaal hochgehalten wurden. Die Bordens beziehungsweise das, was von ihnen übrig war, hatten sich gut erhalten, und man konnte mit Leichtigkeit sehen, wie viel das Beil zerstört hatte. Doch das gefiel Jennings nicht. »Wir wären Ihnen sehr verbunden, Euer Ehren, wenn man die Köpfe augenblicklich entfernte. Sie tragen nicht im Geringsten zur Klärung des Falles bei. Die arme Miss Borden ist ein Häufchen Elend. Sehen Sie sie nur an!« Aller Augen richteten sich auf die arme bleiche Lizzie, so wie sie es die ganze Zeit getan hatten, und Jennings sagte: »Ich möchte die Gelegenheit wahrnehmen, eine offensichtliche Tatsache zu konstatieren. Ihre Reaktion ist der Beweis dafür, dass sie es nicht gewesen sein kann. Der bloße Anblick der Köpfe macht sie krank.«

Die Köpfe wurden entfernt. Keiner hatte einen Sinn für derlei Späßchen im Gerichtssaal gehabt.

Am dreizehnten Tag, dem, auf den ich gewartet hatte, wurde Lizzie in den Zeugenstand gerufen und sprach für sich selbst. Doch es brachte nicht viel. Sie fasste sich an die Stirn, nahm sich zusammen und sagte: »Ich bin unschuldig. Ich überlasse es meinem Anwalt, für mich zu sprechen.« Danach setzte sie sich und sagte nicht mehr viel. Ich erinnerte mich daran, wie sie sich im Haus aufgeführt hatte. Damals schien sie eine Menge zu sagen haben. Sie war ein immerwährendes Murmeln gewesen, die Wiederholung eines Gebetes, ein besserwisserischer Wirbelwind.

Beide Parteien hielten ihre Schlussplädoyers, und dann wurden die Geschworenen aufgefordert, darüber zu beraten, ob sie eine angesehene Frau hängen lassen würden oder nicht. Wäre sie jemand wie ich gewesen, wie eine meiner Schwestern, hätte man sie aus dem Gerichtssaal geführt und auf der Stelle aufgeknüpft. Die Geschworenen zogen die Tatsache in Betracht, dass man an Lizzie kein Blut gefunden hatte, zogen die Tatsache in Betracht, dass es im Haus keinerlei Hinweise auf einen Einbruch gegeben hatte, zogen die Tatsache in Betracht, dass Andrew sehr streng sein konnte, zogen in Betracht, dass man keine Tatwaffe gefunden hatte. Wäre ich dabei gewesen, hätte ich ihnen eine Menge mehr liefern können. Als die zwölf Männer entschieden, dass Lizzie unschuldig war, weil »... wir davon ausgehen, dass Frauen ein derartiges Verbrechen nicht begehen würden«, brach im Gerichtssaal lauter Jubel aus, der drei Minuten andauerte und noch eine Meile entfernt zu hören war. Er rührte Jennings zu Tränen und versetzte Lizzie in Ekstase. Emma setzte sich zu ihrer Schwester und wartete, dass Lizzie ihre Fassung wiederfand.

Ich dachte damals, dass ich ihnen die Axt und den

Splitter aus Abbys Schädel gezeigt und ihnen gesagt hätte, dass die Bordens dank John trotzdem gestorben wären, wenn ich dabei gewesen wäre. Sie brauchten jemanden, der ihnen verriet, dass man sich um die Familie sorgen musste, nicht um einen Außenstehenden. Ich wusste, wozu Menschen in der Lage sind.

»Es wurde keine Tatwaffe gefunden.« Ein ganzes Jahrzehnt lang hatte ich ein großes Borden-Geheimnis bewahrt. Ich hatte Lizzie gerettet. Und jetzt stand sie in meiner Schuld, John stand in meiner Schuld. Die Vorstellung, dass eines Tages diese kleine Sache ans Licht kommen würde, gefiel mir. Es würde ihr das einbringen, was sie verdiente. Gib mir, was mir zusteht. Vielleicht könnte ich meinen Frieden mit den Dingen machen, meine Mutter und Schwestern suchen, wenn ich mit Fall River fertig war, wieder einer Familie angehören und ihr sagen, dass sie sich wegen Papa keine Sorgen mehr zu machen brauchte.

Ich stahl mich in einen Zug nach Fall River. Als ich dort ankam, ging ich durch dieselben Straßen, die mir John gezeigt hatte. Da war derselbe schwefelige Flussgeruch, dasselbe schmerzhaft dröhnende Läuten der Kirchenglocken. Mein Gaumen blutete, und ich trat an ein Schaufenster und öffnete den Mund. Ein Zahn hatte sich gelockert. Ich drückte ihn vorsichtig wieder ins Zahnfleisch zurück und ging weiter Richtung Second Street.

Da war das algengrüne, schiefergedeckte Dach von Lizzies Haus. Fußgänger schlängelten sich auf dem Bürgersteig entlang, Kinder lachten und rempelten sich gegenseitig an. In der Nähe des Hauses gingen die Menschen auf die andere Straßenseite, bekreuzigten sich, gingen im Zickzack hastig von einer Seite auf die andere. Ich beschleunigte meine Schritte. Ein kleiner Junge schoss an mir vorbei: »Karoo-karoo, ich hab's berührt! Ich hab das Mörderhaus berührt!« Er lief zu einer Gruppe von Kindern, die etwas weiter die Straße hinunter wartete. Sie griffen nach seinen Händen und rubbelten sie. Der Junge warf einen Blick auf das Haus zurück, von dem er geflohen war, und sah mich. »Tun Sie das nicht, Mister. Es ist verflucht.«

Ich blieb stehen. Second Street, Nummer 92: ein kleiner grüner Zaun, zwei spärlich belaubte Bäume zu beiden Seiten des Kieswegs. Eine Lampe. Wucherndes Gras. Die dunkelgelbe Farbe der Haustür war abgekratzt. Die beiden Ziffern aus Messing, 9 und 2, waren lose. Eine Taube trippelte unablässig auf dem Dach hin und her. Der Geruch nach altem Tierfleisch und aufsteigender Feuchtigkeit waberte aus dem Kellerbereich des Hauses. Ich ging auf die Tür zu und spürte, wie jemand an meinem Jackett zupfte.

»Mister, was tun Sie da?«, fragte der Junge. Sein Gesicht war sommersprossig, war gebräunt, war allzu besorgt.

Seine Stimme nagte an meinem Ohr. Ich knurrte ihn an.

»Tut mir leid, Mister.« Der Junge lief weg.

Ich ging um das Haus herum in den Garten. Die Scheune war nur noch ein Haufen termitenverseuchtes Holz mit kaputten Fenstern – so wie Mamas Haus gewesen war, als ich versuchte zurückzukehren, nachdem ich Papa bestraft hatte. Unter dem wuchernden Gras versteckte sich eine verrostete Schaufel. Die Borden-Schwestern hatten das Haus wirklich verkommen lassen. Ich ging zu den Obstbäumen, pflückte eine Birne und aß sie. Süß und saftig. Ich warf das Kerngehäuse weg, traf den Zaun, hörte den Aufprall. Als ich auf die Doppeltür des Kellers zuging, schlich eine schwarze Katze um die Seite des Hauses. Ich bückte mich, um ihr Fell zu streicheln, und sie fauchte. Ich fauchte zurück. Papa hätte Gefallen daran gefunden, eine solche Katze zu häuten.

Ich drückte gegen die Tür. Sie war immer noch verschlossen, so wie all die Jahre zuvor. Trotzdem wollte ich da rein. Ich drückte erneut, traf auf Widerstand, und dann gab die Tür nach wie ein Damm, der brach, und ich trat in den Keller, roch den Schimmel, sah Unmengen von übereinandergestapeltem altem Besteck, sah eine Ratte über den Boden huschen. Ihre Pfoten hörten sich an wie fallende Glasperlen.

Ich bahnte mir einen Weg in die Küche, wo alles zu Staub zerfallen war. Auf der Anrichte waren Teller und Pfannen wie Denkmäler aufgestapelt. Ich dachte an Abby, wie sie die verdorbene Suppe aß, ihre letzte Mahlzeit. Sie hätte sich etwas Besseres gönnen sollen.

Ich ging ins Wohnzimmer. Es war vollgestopft mit gegen die Wand gestellten Möbeln und roch leicht nach Kampfer. Am Kamin strich ich mit dem Finger über die Holzkante, hob den Blick und sah mich im Spiegel. Ich schaute nach dem Zahn, eine tote herabhängende Frucht, und zog daran. Dann riss ich ihn aus, saugte die Spucke ab und legte ihn auf den Kaminsims.

Da war das Sofa, auf dem Andrew gesessen hatte. Es war spröde, mottenzerfressen. Ich hörte die Holzlatten ächzen, als ich mein volles Gewicht daraufsacken ließ und mich ausruhte, den Nacken unter die Armlehne gequetscht. Ein Hauch von altem Moschus und Tabak. Ich dachte an Andrew und wie sein Kopf zur Seite gerutscht sein musste, während er starb. Man braucht Kraft, um auszuholen und eine Axt in Fleisch und Knochen zu versenken. Wahrscheinlich hatte sie schwer in der Hand gelegen, während sie hin und her geschwungen wurde. Der Holzgriff war an der Handfläche abgerutscht, hatte die Haut aufgerissen, bis sie blutete. Nach einer Weile hatten die Arme des Mörders geschmerzt, und er hatte ein oder zwei Augenblicke lang innegehalten. Er hatte auf Andrews Gesicht hinabgeschaut und sich gewundert, dass Knochen genau wie Waldholz splittern können. Dann hatte er tief Luft geholt, erneut zugeschlagen, zugeschlagen und ausgeholt, zugeschlagen und ausgeholt. Dass Lizzie das Zeug dazu gehabt hatte!

Ich ging nach oben in Lizzies Zimmer. Das letzte Licht des späten Nachmittags drang durch die Fenster, bewegte sich über ihre Regale, von denen die Farbe abbröckelte, und ihren Frisiertisch aus altem Holz. Der kaputte Rahmen ihres Einzelbetts lehnte an einer Tür. Der große Spiegel, vor dem ich Jahre zuvor gestanden hatte, hatte unten einen Sprung, der an ein Spinnennetz erinnerte. Ein halb abgerissener Streifen Tapete hing über die rechte Fensterhälfte, vergilbt und braun an den Rändern. Ich warf einen Blick hinaus auf Fall River. Dieses Drecknest.

Als ich lachte, hallte meine Stimme durch das Haus. Es war kein Zuhause mehr, jedenfalls nicht für die Schwestern. Ich musste sie finden.

Am nächsten Tag ging ich in die Stadt. Beim Klang der klappernden Knochen, die ich als Souvenir im Rucksack hatte, drehten sich die Köpfe nach mir um. Ein Vater sagte zu seinem Sohn: »Bleib dicht neben mir.« Ich ging weiter und überlegte, wie ich Lizzie finden könnte.

Stundenlang ging ich die Main Street entlang, sah das Kommen und Gehen der Leute, registrierte, dass die Hunde hier dicker waren, dass es mehr Gebäude gab, mehr Gründe, Zeit und Geld zu verschwenden. Doch nirgendwo entdeckte ich eine Spur von Lizzie. Ich ging weiter, kam sogar bei dem Arzt vorbei, der mein Bein wieder zusammengeflickt hatte, doch die Auslage war leer. Als ich in die Stadtmitte zurückkehrte, hatte ich Glück. Auf der anderen Straßenseite stand Lizzie wie eine Heilige in der Sonne. Emma war bei ihr, die personifizierte Verachtung. Sie verschränkte die spindeldürren Arme vor der Brust und sagte: »Lizzie, lass uns gehen.«

»Ich bin noch nicht fertig.« Lizzie sprach langsam, ihre Stimme war gealtert.

»Ich will nicht länger warten. Die Leute werden auf uns aufmerksam«, sagte Emma.

»Na und? Sollen sie. Wir sind Bordens. Wir haben eine Menge für diese Stadt getan.«

Emma ging ein paar Schritte weiter, in den Schatten einer Ladenfront. Zwei Kinder rannten über den Bürgersteig auf Lizzie zu, sie drehte sich um und sah sie lächelnd an. »Hallo, Kinder«, sagte sie, und jetzt klang ihre Stimme wie die einer Hexe. »Habt ihr dem Herrn schon für diesen wunderbaren Tag gedankt?« Die Kinder blieben stehen und schüttelten den Kopf. Eines war den Tränen nah.

»Nein, Miss Lizbeth.«

»Ihr solltet den Herrn nie vergessen.«

Die Kinder sahen sich nach ihrer Mutter um und liefen davon. Lizzie lachte.

»Ich wünschte, du würdest das lassen«, sagte Emma.

»Ich mache doch nur Spaß. Reg dich ab, Emma.« Sie stand immer noch in der Mitte des Trottoirs, zwang die Passanten, um sie herumzugehen, wie bei einem Tanz. Niemand sah Lizzie in die Augen. Emma ging weiter, bemerkte einen Mann, der auf sie zukam, und beide nickten höflich. Lizzie folgte ihr langsam. Ich schlich ihnen nach.

»Ich möchte eine Abendgesellschaft geben«, sagte Lizzie.

»Wir hatten erst letzte Woche eine«, erwiderte Emma gequält.

»Ich möchte aber andere Leute einladen«, meinte Lizzie schmollend.

»Du willst doch nur angeben.«

»Ach ja, Vater?«, lachte Lizzie.

Als Emma den Schritt beschleunigte, wogten ihre Hüften von der Anstrengung.

»Ich habe es nicht so gemeint.« Lizzie versuchte, die Lücke zwischen sich und Emma zu schließen. Ich folgte ihnen, hielt Abstand, wartete auf meinen Augenblick.

Die Sonne brannte. Vögel zwitscherten. Lizzie hob die flache Hand zum Himmel, schnalzte mit der Zunge und wartete, dass ein Vogel sich daraufsetzte. Als keiner kam, versuchte sie, sich bei Emma einzuhaken. Emma wich ihr aus. Wir gingen durch breite Straßen, aus einfachen Häusern wurden Villen mit Rasenflächen dazwischen. Kleine Köter kläfften, hoben das Bein vor Rosenbüschen und Geißbartsträuchern, scharrten die Erde um gelbe und blutrote Malven auf. Wir bogen in die French Street ein und gingen auf ein großes weißes Haus zu. Das also bringt einem eine Erbschaft ein – Geld, Leben.

»Ich esse heute im vorderen Zimmer zu Mittag.« Lizzie war zuckersüß.

»Wie bitte?« Emma straffte den Rücken.

»Du bist dran mit Essenmachen.«

»Ich bin doch nicht dein Dienstmädchen.«

Lizzie hakte sich bei ihrer Schwester ein, lehnte den Kopf auf ihre Schulter. Lizzie zupfte an Emmas Rock. »Sei nett, Emma, Liebling. Ich bin nur das Baby…«

»Ja, Emma, sie ist nur das Baby«, sagte ich und steckte den Daumen in den Mund. Ich hatte nicht vorgehabt, mich ihnen so schnell zu erkennen zu geben, aber was für eine Gelegenheit!

Emma drehte sich als Erste um und sog die ganze Luft um sich herum ein, als sie mich sah. »Meine Güte!« Ihre Wangen erschlafften, sodass die Wangenknochen noch schärfer hervortraten.

Lizzie musterte mich, studierte mein Gesicht.

»Es ist lange her, Lizzie«, sagte ich. »Aber jetzt bin ich

zurück, genauso, wie ich es Ihrem Onkel angekündigt hatte.«

Emma fuhr sich mit der Hand über die Brust, massierte ihr Herz. »Lizzie, kennst du diesen Mann?«

Lizzie neigte den Kopf zur Seite. »Ich bin mir nicht sicher«, flüsterte sie.

Ich näherte mich, sagte: »So wahr der Herr lebt: Es soll dich in dieser Sache keine Schuld treffen ...«

Lizzie fasste sich an die Stirn. »Wieso kennen Sie das?«

»Lizzie, wer ist dieser Mensch?«, fragte Emma.

Ich kam näher und öffnete den Rucksack mit meinen Geschenken. »Ich dachte, vielleicht hätten Sie gern Ihre Sachen zurück. Ich wollte sie Ihrem Onkel geben, aber dann wurde es kompliziert.« Ich lächelte beiden zu. »Eigentlich bin ich froh, dass ich sie behalten habe. Denn jetzt kann ich einfordern, was mir zusteht. Direkt von Ihnen.«

»Wovon reden Sie?« Lizzie war verwirrt.

»Von meinem Lohn. John hatte mich gebeten, Ihnen beiden zu helfen. Ich habe das Geheimnis für mich behalten. Doch inzwischen ist mir klar, dass John seinen Teil der Abmachung nicht einhalten wird.«

»Ich habe mit meinem Onkel nicht mehr viel zu tun.« Lizzie sagte es wie in Trance.

Emma zerrte an Lizzies Schulter und versuchte, sie von mir wegzuziehen. »Ich rufe die Polizei.«

Die Sonne war so heiß, dass meine Haut juckte. Ich griff in den Rucksack, nahm Abbys Schädelsplitter heraus und legte ihn auf den Boden. Lizzie fasste sich an die Stirn. »Das habe ich im Gästezimmer gefunden«, sagte ich.

Lizzie streckte den Arm nach dem Splitter aus, und Emma hielt sich die Hand vor den Mund, kreidebleich. »In jener Nacht hatte ich einen seltsamen Traum«, flüsterte Lizzie.

»Und dann habe ich noch das hier.« Ich nahm den

Axtkopf aus dem Rucksack und legte ihn neben den Schädelsplitter. Ich sah Emma an und fragte: »Haben Sie gewusst, dass sie all das tun würde?«

Die Schwestern starrten auf das, was vor ihnen lag. Emma wurde stocksteif, wie eine Leiche, und sah ihre Schwester an. Dann warf sie mir einen Blick zu. Etwas in Emmas Augen sagte mir, dass sie begriff. »Ist das wirklich?« Ihre Stimme klang erstickt.

Lizzie wandte sich ihrer Schwester zu, und Emma wich zurück. »Es kann nicht…«, sagte Lizzie.

Emma zeigte ruhig auf die Gegenstände. »Nehmen Sie das aus meinen Augen.« Einen Moment lang herrschte Stille. Eine leichte Brise streifte uns. Dann fing Emma an zu zittern, ein Erdrutsch von Gefühlen packte sie. Aus ihrer Kehle kam ein seltsames Geräusch. Ich hätte sie ausgelacht, wäre da nicht das Geld gewesen, das ich so dringend von den Schwestern haben wollte.

Lizzie versuchte, den Arm um den Rücken ihrer Schwester zu legen. »Ich habe es gewusst«, flüsterte Emma. »Ich habe es gewusst.« Emma schob Lizzie weg und rannte, so schnell sie konnte, auf das Haus zu.

Ich sah auf das Schädelstück und den Axtkopf. »Lizzie«, sagte ich, »eine Sache würde ich gern wissen: Sind Sie jetzt glücklicher, da Ihr Vater tot ist?« Irgendetwas in mir wünschte sich, sie würde Nein sagen. Ich wollte nicht der Einzige sein, der sich so unausgefüllt fühlte, nachdem er seinen Vater bestraft hatte.

Lizzie stieß einen Schrei aus und spuckte mir vor die Füße. »Sie ruchloser… gottloser…«, sie stotterte, sah aus, als würde alles aus ihr herausfließen.

»Ist das der Dank dafür, dass ich die Waffe an mich genommen habe? Ich habe geholfen, Sie zu retten. Ich habe das Geheimnis für Sie bewahrt. Ich will mein Geld.«

Sie fasste sich an die Stirn und starrte mich niederträchtig an. Dann griff sie in ihre kleine Börse, nahm eine Münze heraus und warf sie mir vor die Füße. Das gefiel mir nicht. Lizzie taumelte auf das Haus zu, ließ mich mit allen möglichen Gedanken zurück. In den Häusern regte sich etwas, die ersten Nachbarn streckten den Kopf durch ihre Fliegengittertüren. Wenn ich nicht aufpasste, hätte ich gleich eine Menschenmenge auf der Straße. Ich durfte mich nicht erwischen lassen, nicht jetzt, wo ich so nah dran war. Nur Lizzie und ihr Onkel waren daran schuld, dass ich in diese Lage geraten war. Ich hob die Gegenstände auf und steckte sie wieder in meinen Rucksack.

Es gab nur eine Möglichkeit. Ich würde sie bestrafen müssen, so wie Papa, so wie ich es immer getan hatte, um etwas in Ordnung zu bringen. Ich schmeckte süßes Blut. Ein Vogel sang laut in den Zweigen, Haustüren öffneten sich, Stimmen drangen daraus. Meine Beine waren aus Leder, als ich auf Lizzies und Emmas Haus zuging, meine Schritte klangen wie ein Peitschenknall, meine Hände waren nur noch Knöchel. Ich hatte das Gefühl, dass Lizzie mir eine Erklärung schuldete, mir erzählen musste, was genau an jenem Tag passiert war.

Ich konnte erkennen, dass das Haus vor Kurzem gestrichen worden war, weiß auf weiß, und es hatte einen kleinen Garten mit matten rosa und weißen Rosen. Dicke, einfache Betonstufen führten zur Eingangstür hinauf, ein guter Platz, um einen Schädel zu zertrümmern. Auf der Vorderveranda pendelte eine leere Zweierschaukel im Wind, und aus dem Augenwinkel sah ich, wie ein Mann aus seinem Haus kam, eine Gartenschere in der Hand, und ich nickte ihm zu wie ein guter Nachbar.

»Was machen Sie hier?«, rief er.

Ich wandte den Kopf ab. Er räusperte sich und beobachtete mich. Ich ignorierte ihn, sagte mir, ich könne ihn mir notfalls auch später vorknöpfen, stieg die Stufen wieder hinab und ging um das Haus herum. Erneut hörte ich seine Stimme. Auf der Seite des Hauses waren eine kleine Senke im Boden und darüber ein offenes Fenster. Ich sah mich um, auf der Suche nach etwas, worauf ich stehen konnte, und fand einen Korbstuhl in der Nähe eines Birnbaums. Ich schleppte den Stuhl unter das Fenstersims und warf einen Blick ins Innere des Hauses. Aus der Diele hörte ich Lizzie und Emma, ihre Stimmen klangen wie zerbrochenes Porzellan.

»Das kannst du mir nicht antun«, sagte Lizzie.

»Ich habe dir geglaubt, solange ich konnte.«

Sie kamen näher, jetzt stand Lizzie mit dem Rücken zur Zimmertür. Sie stampfte mit dem Fuß auf. »Du hast versprochen, dass du mich nie verlassen würdest.«

»Und du hast mir versprochen, dass die Vergangenheit bleiben würde, wo sie war.«

Ich leckte mir über die Lippen, presste mich an die Hauswand und lehnte mich dichter ans Fenster. Ich war dabei behilflich, sie zugrunde zu richten.

»Es war nicht meine Schuld. Das war ein Verrückter.«

»Ich will, dass du aus meinem Leben verschwindest.«

»Das meinst du nicht im Ernst.« Lizzies Stimme wurde leiser, erstarb, so wie damals, als sie ihre toten Tauben gefunden hatte.

»Ich bin müde, Lizzie.«

Lizzies Finger griffen nach Emmas Händen, streichelten sie.

»Ich habe Mr Porter bereits angerufen. Er holt mich gleich ab.«

»Du brichst Mutters Versprechen.«

»Wag es nicht!« Emma versetzte ihr einen Stoß, der Lizzie ins Straucheln brachte, und ging durch den Flur. Lizzie schrie ihr mit gutturaler Stimme nach: »Wir sind Schwestern! Wir sind Schwestern!«

Und dann: »Aber ich liebe dich doch.« Und zuletzt: »Lass mich nicht allein, Emma.«

Ich dachte an Mama, so hatte es auch zwischen uns geendet. Ende der Liebe, obwohl sie versprochen war. Ich spannte den Kiefer an.

Der Nachbar rief: »Was machen Sie da?« Ich wandte mich vom Fenster ab, sah, wie er gegenüber von mir in seinem Garten stand, und wusste, dass mir die Zeit davonlief. Deshalb sprang ich vom Stuhl und lief an der Hauswand entlang Richtung Vordereingang. Ich biss die Zähne zusammen und stellte mir vor, wie ich Lizzie den Mund zuhielt, welchen Druck ich ausüben würde.

Als ich vor dem Haus ankam, ging die Haustür auf. Emma mit zwei Koffern, ein vages Lächeln im Gesicht. »Eine letzte Chance«, rief Lizzie. Emma sagte nichts, sondern ging über den Pfad auf den Straßenrand zu. Ein gelber Cameron Runabout fuhr vor, ein Mann stieg aus und nahm Emma die Koffer ab, während sie in den Wagen stieg. Der Motor heulte auf.

Meine letzte Chance, die Dinge in Ordnung zu bringen. Die Haustür fiel zu, während der Wagen sich entfernte. Ich hörte den Nachbarn – »Ich habe Sie gewarnt, jetzt rufe ich die Polizei« – und ging mit kurzen Schritten zum Hauseingang und über das Wort *Maplecroft*, das in den Beton eingelassen war. Der Axtkopf klapperte im Rucksack. Ich dachte daran, wie gut es sich anfühlen würde, Lizzie die Faust ins Gesicht zu schlagen, wie rot es sich färben würde. Wenn ich mit ihr fertig war, würde ich das Haus plündern, mir nehmen, was mir zustand, und wegrennen, so schnell ich konnte, rennen, bis ich meine Mama fand, rennen, bis ich mich besser fühlte. Im Innern des Hauses schluchzte Lizzie, und ich klopfte an die Tür und wartete darauf, dass sie aufmachte.

16 EMMA
4. August 1892

John ging im Haus ein und aus wie ein Geist, sodass ich mir öfter über die Schulter sah, als mir lieb war. Ich wollte, dass er verschwand, dass er die Polizei mitnahm und die Leichen ebenfalls. Doch der Gedanke, mit Lizzie allein im Haus zu sein, war zu viel. Ich ertrug die Vorstellung nicht, niemanden zum Reden zu haben als meine Schwester, um mich von alledem abzulenken.

Ich bat Alice Russell, vorübergehend in die Second Street Nummer 92 zu ziehen.

»Aber Emma, was, wenn der Mörder zurückkehrt?«, sagte sie, und ihr Haar war schwer vom Schweiß.

Ich versuchte, sie zu beruhigen. »Wir können alle in Lizzies Zimmer schlafen. Zusammenbleiben.«

Als wir nach oben gingen, um mit Lizzie zu sprechen, hatte sie andere Pläne. Sie saß plump in ihre Kissen gelehnt, sah müde und zugleich ausgeruht aus, mit dem seltsam fremden Gesicht einer Trauernden. »Es gibt keinen Grund, dass wir uns hier zusammenpferchen. Alice sollte das Schlafzimmer von Vater und Mrs Borden nehmen.« Lizzie lächelte. »Da hast du es gemütlich, bist in meiner und Emmas Nähe und kannst uns dabei helfen, den Schock zu überwinden.«

Alice schlug sich mit den Fingerknöcheln gegen das Kinn. »Ich würde mich in ihrem Schlafzimmer nicht wohlfühlen.«

»Sie hätten bestimmt nichts dagegen, was meinst du, Emma?« Lizzie kaute an den Fingernägeln.

Ich schüttelte den Kopf. »Irgendwie fühlt es sich nicht richtig an, Lizzie...«

»Heute fühlt sich gar nichts richtig an, Emma. Aber wir tun, was getan werden muss.« Lizzie gab sich Mühe, vernünftig zu klingen. Ich hätte sie am liebsten geschüttelt.

Unten schlug es drei Uhr, und meine Gedanken kehrten nach Fairhaven zurück. Meine Kunststunde wäre gerade zu Ende gegangen.

»Alice ist meine Freundin, und ich finde, dass sie im Schlafzimmer übernachten sollte. Es ist das einzige anständige Zimmer, das noch da ist und Platz für all ihre Sachen hat«, erklärte Lizzie.

Einen Moment lang hatte ich Lust, Lizzie in die Rippen zu stoßen und sie zu erinnern: »Alice war zuerst mit mir befreundet. Ohne mich hättest du sie nie kennengelernt. Deshalb sollte ich entscheiden, was zu tun ist.« Aber ich wollte jetzt keinen Ärger machen, da noch so vieles unbeantwortet war. Alice streichelte Lizzies Haar, und ich wünschte, Alice würde dasselbe bei mir machen. Als Mädchen und junge Frauen saßen wir drei früher im Halbkreis und malten auf den Rücken der anderen.

»Rate mal, was ich jetzt male«, sagte ich dann.

»Ein Rechteck?«, sagte Alice, ohne auf die Einzelheiten zu achten.

Lizzie stieß meine Finger weg. »Ein Sechseck.«

»Ja!«

Lizzie lag immer richtig, und damals hätte ich gern damit geprahlt: »Seht nur, was ich ihr alles beigebracht habe! Sie ist die Klügste von allen.«

Plötzlich hielt Alice die Luft an, als hätte sie der Blitz getroffen. Sie wandte sich zu mir und sagte: »Mir ist gerade eingefallen, dass ich mich erst vorgestern mit deinem Vater unterhalten habe.«

Mein Herz machte einen Satz, als erwartete es einen letzten göttlichen Gedanken. »Was sagte er?«

»Er fragte mich nach meiner Mutter und meinem Vater. Ob sie nicht an einem der nächsten Tage zum Abendessen rüberkommen wollten.«

»Seltsam. Er hat mir nichts davon erzählt«, sagte Lizzie. »Er hat seit Monaten kaum mit ihnen gesprochen.«

»Vielleicht hat er sie ja gerade deshalb eingeladen«, sagte ich.

Alice fuhr sich mit dem Finger über die Lippen. »Aber ich habe vergessen, es ihnen zu erzählen. Ich habe ihnen nichts gesagt. Es war mir völlig entfallen.«

Irgendetwas in mir wünschte sich, sie würden tatsächlich zum Abendessen kommen, damit Vaters Geste des guten Willens ihn überlebte.

»Es ist jetzt so traurig, sich daran zu erinnern.« Alice streichelte weiter Lizzies Haar, und Lizzie kuschelte sich wohlig in die Bewegung wie eine schnurrende Katze.

»Das ist wirklich traurig, Alice«, sagte ich. »Mein Vater ist gestorben. Du hattest Gelegenheit, ein letztes Mal mit ihm zu sprechen, und hast alles vergessen.« Es war ein innerlicher Schmerz, einer von denen, die keine Mitte haben.

»O Gott, ich habe etwas Falsches gesagt. Tut mir leid.« Alice machte ein zerknirschtes Gesicht.

Ich stand auf. »Ich glaube, wir sollten Lizzie jetzt allein lassen.«

Alice schob Lizzies schweren Kopf von ihrem Schoß auf das Federkissen. »Natürlich.«

Als wir in Vaters und Abbys Schlafzimmer standen, schloss ich die Tür. Ich empfand Trost und Erleichterung darüber, dass wir ohne Lizzie waren und ich meine Freundin für mich allein hatte. »Ich bin so froh, dass du hier bist, Alice.«

Sie drehte den Kopf im Zimmer hin und her, erstarrte dann und fragte: »Was ist das für ein merkwürdiger Geruch?«

Ich schnüffelte. Ein heißes Zimmer, das fast den ganzen Tag verschlossen gewesen war. Ich schnüffelte erneut, und meine Nase nahm einen Hauch von Schwefel und versengtem Haar wahr.

»Es riecht irgendwie nach Tod.« Alice rümpfte die Nase, um den fauligen Geruch loszuwerden. »Ich glaube nicht, dass ich hier schlafen möchte, Emma.«

Ich wollte, dass sie blieb, wollte sie in der Nähe haben, wollte irgendwas Vertrautes. »Ich könnte versuchen, den Geruch zu vertreiben.«

»Ich weiß nicht…«

Ich durchsuchte das Zimmer – vielleicht ein Stück fauliges Fleisch von Abbys nächtlichen Fressattacken, eine tote Maus hinter einer Wand. Ich suchte, fand aber nichts außer einem gebrauchten Taschentuch unter dem Bett.

Als ich wieder aufstand, schnappte ich einen Hauch von Fäulnis in der Ecke auf. Ich atmete tief ein, sodass der Geruch vorübergehend alles andere ausstach. »Hier drin ist irgendwas Grauenhaftes«, sagte ich, schnüffelte erneut in der Ecke und folgte dem Geruch die Wand hinauf, so weit ich konnte, indem ich mich auf die Zehenspitzen stellte. Er kam von der Decke.

»Ich kann einfach nicht fassen, wie seltsam all das ist, Emma«, sagte Alice.

»Nichts ist mehr normal.«

»Ich meine, es ist so seltsam zu glauben, dass alles genauso gekommen ist, wie Lizzie befürchtete.«

Ich horchte auf. »Was meinst du?«

»Gestern Abend erzählte Lizzie, sie hätte eine Vorahnung gehabt. Und jetzt habe ich das Gefühl, dass sie sich bereits bewahrheitet hat.«

»Was hat dir Lizzie erzählt?«

Alice nahm meine Hand und berichtete mir vom Abend zuvor, wie Lizzie nach dem Abendessen zu ihr gekommen war und ihr erzählt hatte, dass der ganze Haushalt krank sei. »Lizzie war wirklich sehr beunruhigt. Ihr Besuch war so unerwartet, Emma.«

Ich stellte mir vor, wie Lizzie über die Straße auf die Borden Street zulief, wie sie es schon so oft getan hatte, die Lungen voller kreidehaltiger Luft und die Knie wacklig vor Anstrengung. Sie war um die Ecke gebogen, erhitzt, als wäre sie ein Leben lang gelaufen. Als sie in Alice Russells Haus ankam, hatte ihr das Herz bis zum Hals gepocht.

»Ich hörte den Radau, öffnete die Tür, und da stand Lizzie. ›Meine Güte, Lizzie! Was ist los mit dir, du siehst ja schrecklich aus!‹

›Jemand versucht, die Familie zu vergiften, Alice.‹«

Was dann geschah: Es wurde Tee gekocht, Kuchen aufgeschnitten, und Alice reagierte, wie es sich gehörte: Sie presste ihr fülliges Kinn gegen die Brust, riss die schweren Lider auf und schnaufte, wenn nötig, wie eine Lokomotive. »Wie kommst du darauf?«

Ich sah im Geiste vor mir, wie Lizzie sich mit der Hand Luft zufächelte. »Vater und Mrs Borden ist es heute Abend sehr übel, sie sind krank. Und neulich fühlte ich mich so grässlich. Wir sind in letzter Zeit ständig krank. Ich habe so ein Gefühl...«

»Du solltest die Polizei benachrichtigen«, hatte Alice gesagt und die Hand aufs Herz gelegt.

»Allmählich habe ich das Gefühl, dass Vater viele Feinde hat.«

Im Licht der Petroleumlampe hatte es sich für Alice Russell angehört, als wäre das Leben der Bordens verflucht. Lizzie erzählte ihr: »Ich habe Fremde in der Straße gesehen. Sind sie dir nicht aufgefallen?«

Alice schüttelte den Kopf.

»Nachdem letztes Jahr am helllichten Tag Mrs Bordens Schmuck gestohlen worden war, lungerten auch so seltsame Männer in der Nähe des Hauses herum. Ich glaube, dass derjenige, der uns bestohlen hat, weiß, dass Vater sein Geld im Schlafzimmer aufbewahrt. Vor ein paar Tagen sah ich einen Mann unter der Gaslampe an der Kirche stehen, und zu Anfang des Frühlings trieb sich einer direkt vor unserem Haus herum!«

»Mein Gott! Was sagt dein Vater dazu?«

»Ich habe niemandem etwas gesagt, vor allem Vater nicht; ich will ihn nicht erschrecken. Der arme alte Mann.«

»Und Emma?«

»Emma hält das für Unsinn.«

Alice nahm Lizzies Hand.

»Ist dir niemand aufgefallen? Nicht einmal der große junge Mann mit dem Schlapphut?«

»Nein, niemand. Aber es hört sich an, als hättest du dir genügend Einzelheiten gemerkt, die du der Polizei mitteilen könntest.«

Lizzie fummelte an ihrer Teetasse herum. Sie ließ Kuchenkrümel auf ihren Schoß fallen. Alice versuchte, ihr zu versichern, dass alles gut ausgehen würde, doch die Paranoia blieb.

»Ich bin mir ganz sicher, dass das auch erklärt, warum wir in letzter Zeit so krank sind. Sogar Bridget hat es erwischt.«

»Was glaubst du, wer so etwas tun würde?«

Lizzie schüttelte den Kopf.

Ich konnte mir nicht einmal ansatzweise einen Reim darauf machen, was Lizzies Vorahnung zu bedeuten hatte. Manchmal wusste Lizzie Dinge einfach. Jetzt zog Alice ihre Hand zurück und erschauerte noch einmal bei der Erinnerung an all das. »Tut mir leid, Emma. Was ich dir erzähle, ist zu viel.«

Genau das hatte ich hören wollen. »Wenn es dir nichts ausmacht, würde ich gern wissen, was sie dir noch alles erzählt hat.«

Alice zog die Augenbrauen nach oben. »Ich weiß nicht, ob ich mich an alles erinnere. Wir haben so viel geredet, aber es ist alles ein bisschen vernebelt. Jedenfalls ging Lizzie bald darauf nach Hause.«

Ich stellte mir vor, wie Lizzie nach Hause zurückgekehrt war. Hatte sie zum Mond aufgeschaut und nach mir gerufen, hatte ihre Stimme von den Mansardenfenstern widergehallt und war von einem Haus zum nächsten und übernächsten getragen worden? Hatte sie die Eulenrufe in den Bäumen gehört oder die Chöre von Grillen, die in der Hitze der Nacht pulsierten? Hatte sie gehört, wie der Bach der Schwerkraft folgte und sich in den Fluss ergoss? Und als sie nach Hause kam, hatte sie da irgendeinen Versuch unternommen, der Übelkeit ein Ende zu setzen?

Mein Körper schmerzte. »Versuchen wir, diesen Gestank loszuwerden, Alice.«

Ich öffnete die Fenster des Schlafzimmers. »Das reicht nicht. Hilfst du mir beim Saubermachen?«, fragte ich.

Alice atmete aus, stand still. »Ich glaube, ich sollte nach Hause gehen und ein paar Sachen holen, die ich hier brauche. Frag lieber Bridget.«

Mein Rücken verspannte sich. Bridget würde gar

nichts mehr tun. Ich musste daran denken, wie sie am frühen Nachmittag zurückgewichen war, an den Ekel, den ich in ihren Augen gesehen hatte, als ich ihren Arm hatte berühren wollen.

»Miss Emma.« Bridgets Stimme war tief und nervös gewesen.

»War ich jemals böse zu dir? Warum hast du Angst vor mir?«

Bridget hatte nichts gesagt. Ich hatte sie fragen wollen, ob alles in Ordnung sei, ob sie sich ausruhen wolle nach der vielen Fragerei. Stattdessen sagte ich: »Glaubst du, dass du für das heutige Abendessen noch zwei Personen mehr einplanen könntest?«

Die Treppe knarrte, und Bridgets Kopf fuhr herum zum hinteren Teil des Hauses. Wieder fasste ich sie am Arm, und sie zuckte zusammen und schob meine Hand weg.

»Ich habe die Polizisten gefragt, ob ich meine Sachen packen und gehen könnte. Sie haben Ja gesagt«, erklärte sie.

»Aber ich brauche dich – du musst mir helfen, das Haus in Ordnung zu bringen.«

Bridget holte Luft. »Nein.«

»Lächerlich. Du lebst doch hier.«

Sie nahm die erste Stufe, blieb stehen, nahm eine weitere und noch eine. »Ich habe sie heute Morgen gehört«, sagte Bridget.

»Wen?«

»Lizzie.« Bridget senkte den Kopf.

Mein Herz dröhnte. »Erzähl mir, was meine Schwester gesagt hat.«

»Als ich Ihrem Vater die Tür aufmachte, hat sie gelacht.«

»Lizzie lacht doch ständig über irgendwas. So ist sie nun mal.«

»Nein, Miss. Sie lachte wie ein Schakal, als ich die Tür öffnete. Sonst war niemand im Haus.«

Ich machte einen Schritt auf Bridget zu, versuchte, ihr noch näher zu kommen. »Das heißt doch nicht, dass du gehen musst. Du bleibst bei uns.«

»Dieses Haus ist nicht gut, Miss Emma. Es ist eine Brutstätte von Krankheit und Schrecken. Sie sollten auch nicht bleiben.« Bridget zog die Schultern zusammen. »Und dann hörte ich wieder dieses Geräusch.«

»Welches Geräusch?«

»Die dumpfen Schläge. Wie bei den Tauben.« Bridget schüttelte den Kopf und ließ mich auf der Treppe stehen. Was in aller Welt hatte sie gehört?

Bridget packte ihre Tasche und verließ die Second Street, ohne sich von Lizzie zu verabschieden. Am liebsten hätte ich sie zurückgeschleift, so wie man mich nach Hause zurückgeholt hatte. Warum sollte sie gehen dürfen?

Alice hatte versprochen, nach sieben Uhr zurückzukommen. Es blieb also an mir hängen, die Blutreste zu entfernen. Ich ging nach unten, holte einen Wassereimer und eine Scheuerbürste aus dem Keller, setzte Wasser auf, schüttete es kochend heiß in den Eimer, fügte Seife hinzu. Jeder Augenblick zerrte an mir. Als das Wasser etwas abgekühlt war, ging ich ins Wohnzimmer. Vor der geschlossenen Tür zwischen Küche und Wohnzimmer holte ich Luft und legte die Hand auf die Seite, wo ein dumpfer, aus Widerwille rührender Schmerz saß. Dann atmete ich tief ein und öffnete die Tür. Die Leichen waren inzwischen verschwunden. Vor dem Sofa fiel mir auf, dass es leicht von der Wand abgerückt worden war und ein Riss im Polster die Umrisse eines Mannes andeuteten. Ich wollte den Raum nicht betreten. Warum konnte ich nicht so sein wie meine Schwester? Sie war den ganzen Nachmittag völlig unbekümmert durch das Haus gelaufen. Ich zwang mich einzutreten und bemerkte einen metallischen Geruch: Hitze und zu viele Stimmen. Ich würgte. Auf dem Sofa, wo Vaters Kopf zertrümmert worden war, prangte ein diffuser Blutfleck. Er beherrschte inzwischen den Raum, ungerührt, als wäre er schon immer da gewesen, und ich hatte das Gefühl zu ertrinken. Wieso war niemand da, um mich aufzufangen? Lizzies Lachen hallte von oben wider, so wie sie immer lacht, und mein Körper wehrte sich dagegen. Ich warf einen Blick auf das Blut und trat einen Schritt näher heran.

Ich zählte nach, wie oft ich heute zufällig dabei war, als jemand den Zustand von Vaters Gesicht beschrieb, seine neue Form, oder die Art, wie Abbys Hinterkopf aufgehackt worden war: eins, zwei, drei, vier, fünf, sechs, sieben, acht, neun, zehn Mal. Ich berührte meinen Hinterkopf, strich über den Knochen, der Kopf und Nacken verbindet. Wie lange braucht ein Körper, bis er merkt, dass er nicht mehr atmet?

Noch einen Schritt.

Draußen: die leisen Geräusche der Polizisten, die um das Haus patrouillierten. Mein Kleid fühlte sich plötzlich zu weit an, meine Hände und Füße zu klein. Es gab noch so viel Arbeit zu tun. Ich wünschte, ich hätte einfach verschwinden können. Stattdessen machte ich einen weiteren Schritt auf das Sofa zu.

Und noch einen.

Ich schluckte, hatte plötzlich einen vergessenen Geschmack von Apfelmarmelade auf der Zungenspitze. Abbys Marmelade war immer zu dick, sie hatte eine ganz andere Konsistenz als die von Mutter. Es gab drei Frauen, die Marmelade kochten, und meine war die beste. Die von Abby blieb immer an der Zungenspitze kleben und schmeckte ein bisschen nach dunklem Apfeltoffee. Doch

Vater hatte offensichtlich eine Schwäche für sie entwickelt: Er strich sie dick auf das alte Brot und leckte sich die klebrige Masse von den Lippen. Ihm schmeckte sie.

John hatte davon gesprochen, dass die Männer den ganzen Tag Blut an Kleidern und Handtüchern abgewischt hatten. »Man konnte ihm nirgendwo entkommen.« Jetzt verstand ich.

Ich setzte mich ans Fußende des Sofas und tauchte die Hände ins Wasser. Die Stelle, auf der Vaters zertrümmerter Schädel gelegen hatte, war mit einer zähen Flüssigkeit getränkt. Ich erwartete jeden Augenblick, dass er ins Zimmer kam und sagte: »Ach, das war nur ein dummer Unfall; ich habe mich beim Rasieren geschnitten«. Oder: »Es gab einen Streit, aber jetzt ist alles wieder gut.« Ich war überrascht von der Erwartung, den Dingen, die die Toten einem bringen können. Es würde nicht leicht sein, den Fleck zu beseitigen. Die Spuren auf dem Teppich legten die Vermutung nahe, dass Vater durch den Raum geschleift worden war: Das Entsetzen über sein zertrümmertes Gesicht konnte man an einem weggeworfenen Taschentuch ablesen, und die Unterhaltung darüber, wo man die Leiche am besten aufbewahrte, bis der Bestatter eintraf, wurde von den geronnenen Blutspritzern am Eingang zum Esszimmer bezeugt. Wie lange hatte er hier gelegen, bis Hilfe kam? Ich sah auf meine Hände; ich hätte Handschuhe anziehen sollen. Plötzlich hörte ich oben auf den Bodendielen etwas knarren und schleifen und hielt den Atem an. Dann eine Stimme. Johns leise Worte, gefolgt von Lizzies mitreißendem Lachen. Ich biss die Zähne zusammen und konnte nicht verstehen, wie man einem solchen Tag irgendetwas Komisches abgewinnen konnte. Ich stellte den Eimer mit der heißen Lauge auf das Sofa und schrubbte in kleinen Halbkreisen, sah auf den Teppich und bemerkte, dass es zu viel und gleichzeitig nicht genügend Blut für das begangene

Verbrechen gab. Wo war der Rest von ihm geblieben? Als wir vierzehn und vier waren, glaubten Lizzie und ich, Vater sei groß genug, um die ganze Welt in seinem Körper zu beherbergen, und in der Mitte seines Bauchs gäbe es eine Karte, die in eine geheime Welt führte: Nischen, in denen man sich verstecken und abwarten, Fata Morganas aus der Wüste, in denen man schwimmen konnte, Tische aus Bonbons, Zuckerwasser, weite Schluchten voller Bäume und Tiere, alte Ruinen, eine Mutter. Als ich fünfzehn wurde, entdeckte ich, dass Vater kein Vater mehr war, sondern ein Mensch, wie alle anderen Erwachsenen anfällig für Fehler. Er konnte unmöglich alles enthalten, was wir uns wünschten. Was für eine Enttäuschung!

Meine Handgelenke waren betäubt von dem warmen Gefühl, das letzte Mal mit meinem Vater zusammen zu sein, mit diesen unangenehmen Überresten. Wie waren wohl Lizzies letzte Augenblicke mit ihm gewesen?

Ich schrubbte das Polster und ließ im Geiste das Gespräch mit den Polizisten noch einmal Revue passieren.

»Sie zeigte keine Hinweise einer Verletzung?«

»Keine, die ich gesehen hätte.«

»Und sie hat ausgesagt, dass sie ihn auf dem Sofa liegend gefunden hat?«

»Ja. So hatte Miss Lizzie Ihren Vater auch verlassen, als er vorzeitig nach Hause gekommen war.«

»Und Sie hat Ihnen gesagt, dass sie Mr Borden gefunden hat?«

»Ja. ›Man hat Vater zerstückelt‹ – das waren ihre Worte.«

»Ich habe heute Morgen gesehen, wie dein Vater zur Arbeit ging«, hatte Mrs Churchill mir erzählt. »Er sah so gut aus.« Sie hielt inne. »Jedes Mal, wenn ich die Augen schließe, sehe ich die Leiche deiner Mutter vor mir. Ich wünschte, ich wäre nicht mit Bridget nach oben gegangen, um diese dämlichen Laken zu holen.«

Ich hatte auf Mrs Churchills knollenförmige Knöchel gestarrt. Dann hatte sie hastig geflüstert: »Als ich hierherkam, fragte ich, wo deine Mutter sei, und Lizzie sagte, sie sei eine kranke Verwandte besuchen gegangen, doch als ich nachhakte, sagte sie etwas sehr Seltsames: ›Ich weiß nicht, aber ich glaube, dass man auch sie getötet hat.‹« Dabei hatte Mrs Churchill angefangen zu schluchzen. »Aber das werde ich der Polizei nicht erzählen, weil Lizzie in diesem Moment sicher nicht bei sich war. Gott, wenn ich daran denke, dass das alles passiert ist, während ich nebenan war. Ich habe nichts gehört, Emma. Sonst wäre ich sofort herübergekommen.«

Ich beugte mich vor und küsste Mrs Churchill auf die Wange, auf ihre gespenstisch kalte Haut. »Danke, dass Sie sich um Lizzie gekümmert haben«, sagte ich, und mein ganzer Körper zitterte. Warum hätte Lizzie so etwas sagen sollen?

»Dein Gehirn ist träge, wenn es um Fakten geht«, hatte Vater einmal zu mir gesagt. Doch jetzt war ich dabei, Informationen zusammenzutragen:

»Hat man den Täter gefasst?«, hatte ich gefragt.

»Ist irgendetwas aus dem Haus gestohlen worden?«, hatte ich gefragt.

»Wie lange wird es dauern, bis der Mörder gefasst ist?«, hatte ich noch einmal gefragt.

Ich schrubbte weiter, und meine Hand war blutverschmiert. Die Bürste im Wasser, die Bürste auf dem Sofa, ich schrubbte.

Vaters Blut war dicker, als ich vermutet hatte. Es war in den Teppich gesickert, hatte das Blumenmuster getränkt und einen Fleck auf dem Holzboden darunter hinterlassen. Ich tauchte die Bürste erneut ins Wasser und spülte sie aus, all das Rot, spülte sie noch einmal aus. Geistesabwesend berührte ich die Beine des Sofas und strich anschließend über meine Wange. Ich schloss die Augen, hörte einen lauten Plumpser von oben. Ich sah zur Decke auf, dahin, wo man Abby gefunden hatte, dachte daran, was oben alles noch zu reinigen war. Meine Knie bohrten sich in den Fußboden. Warum kam Lizzie nicht herunter, um mir zu helfen? Noch ein Plumpser. Gelächter.

Ich schrubbte den Teppich, mein Schädel juckte vom Schweiß und der Hitze, und ich hörte auf zu schrubben, um eine Bestandsaufnahme meiner Arbeit und von allem zu machen, was noch vor der Beerdigung erledigt werden musste. Meine Hände ertranken im Wasser, um die Handgelenke bildete sich ein blasser roter Ring, Blut, es hörte einfach nicht auf. Ich brachte den Eimer nach draußen, ging an der Absperrung der Polizei vorbei und schüttete das Wasser unter den Birnbaum. Auf der anderen Seite des Zauns hörte ich Mary und Mrs Kelly.

»Ich habe nichts gesehen, Mrs Kelly«, sagte Mary.

»Man stelle sich nur mal vor, wie das arme Kind nach Hause kam und das hier vorfand!«

»Diese Familie...«

Warum musste meiner Familie so etwas widerfahren? Ich wartete auf das Ende der Unterhaltung, und als es so weit war, gingen die Frauen weg, und ich war wieder allein. Ich trat ins Haus zurück und füllte den Eimer erneut mit heißem Wasser. Dann wischte ich auf den Knien die Wand hinter dem Sofa sauber, bemerkte die haarfeinen Risse über den Bodenleisten und versuchte, nicht an Vater zu denken, doch er war überall um mich herum. Ich schrubbte noch härter, im Wissen, dass auf der anderen Seite der Wand Vaters und Abbys Leichen ungläubig erstarrt waren. Die im Raum gefangene Hitze zerfloss auf meinen Händen. Ich wischte sie am Kleid ab, voller

Angst vor dem, was durch die Luft übertragen werden könnte.

Das Heulen eines seltsamen Winds schlug mir aus dem geblümten Teppich entgegen; ein verlorenes Kind, ein ängstliches Tier, ein Spuk. Ich schrubbte, meine Kehle war wie zugeschnürt und wund, jemand strangulierte mich, und das Geheul erklang erneut, so laut, dass es meine Ohren füllte, mir in den Augen brannte, die Härchen auf meinen Armen in winzige Nadeln verwandelte. Das Geheul. Das Geheul war ich. Wie hatte ich vergessen können, wie sich Trauer anhörte? Sie war mir nicht fremd.

Dann bewegte sich etwas über der Zimmerdecke, und eine Tür ging auf. Oben auf der Treppe seufzte Lizzie und räusperte sich, ehe sie hinunterstieg, und ich wandte den Kopf meiner Schwester zu: die Arme vor der Brust verschränkt, den Kopf zur Seite geneigt.

»Nicht weinen, Emma«, gurrte Lizzie und kam einen Schritt auf mich zu.

Ich wich zurück. Lizzie blickte auf die Tür des Esszimmers. Ihre Finger zuckten, sie öffnete den Mund und starrte auf die Schweinerei ringsum. Der Eimer mit dem blutigen Wasser summte. Als ich Lizzie ansah, meine sonderbare, fremde Schwester, verwandelte sie sich in einen Schatten. Ich roch die Geheimnisse, die sie umgaben, diesen muffigen Pilzgeruch. Während wir uns ansahen, berührte Lizzies Hand die Türklinke des Esszimmers.

»Lizzie, mach diese Tür nicht auf.« Ich wischte mir über die Augen, roch den Schwefel, den meine Hände ausdünsteten.

Sie warf einen Blick auf den Eimer mit dem blutigen Wasser und legte die Hand auf den Bauch. »Ist das alles sein Blut?« Wie ein verwundertes Kind.

»Ja.«

»Es kommt mir so unwirklich vor«, flüsterte Lizzie.

»Wie viel Blut hast du denn erwartet?«, hätte ich sie am liebsten gefragt, besann mich dann aber eines Besseren. Man sollte nicht auf einen bloßen Verdacht hin handeln. Lizzie kam zu mir und hockte sich neben mich: sie, ich, wir, wie Kinder, die sich gefangene Kaulquappen ansehen. Lizzie tauchte die Hand ins Wasser und schloss die Augen. »Warum fühlt es sich so kalt an?«

Ich nahm ihre Hand aus dem Eimer und hielt sie in meiner.

»Emma, ich glaube, dass ich gelogen habe. Das Haus war nicht den ganzen Tag abgeschlossen. Die Kellertür war nicht verschlossen.« Lizzies Stimme klang monoton, Anzeichen für eine Niederlage.

Ich hatte gewusst, dass da noch etwas war.

»Wann?«

»Ich hatte sie heute Morgen aufgelassen.« Lizzie – ein Wispern.

»Hast du es irgendwem gesagt?«

Lizzie war kreidebleich. »Nein. Sollte ich?«

Die Uhr schlug sechs. »Nein. Türen lassen sich öffnen und schließen.«

Lizzies Wangen erröteten. »Ja, stimmt.« Sie drückte meine Hand. »Ich habe Angst, dass ich etwas falsch gemacht haben könnte.«

Ich streichelte ihre Haut, strich das blutige Wasser weg. »Schon gut. Ich bin ja da.«

Lizzie senkte das Kinn. Irgendwie konnte sie mir nicht in die Augen sehen. »Hast du mich noch lieb?«

Ich erstarrte: Die Rippen schmerzten, die Hände ermüdeten, verkümmerten. Immer lief es auf Liebe hinaus. Zuerst wollte ich »Nein« sagen. Dann »nicht immer«, dann: »Manchmal wünschte ich, du wärst tot.«

»Ja«, sagte ich. »Tue ich.«

Lizzie starrte auf die Esszimmertür, zog die Mundwinkel hoch. Sie sah aus, als wollte sie weinen, wüsste aber nicht mehr, wie das geht. Als ich in Fairhaven war, hatte ich über die Existenz der Vergangenheit nachgedacht und wie sie sich unter der Haut verbarg. Damals war es schwer gewesen, sich einzugestehen, dass die Vergangenheit an mir nagte, dass alles zusammen – Vater, Mutter, Träume, Baby Alice, ein Spaziergang am Fluss, ein misslungener Liebesversuch, Lizzie, ein ächzender Mond, das Sterben der Dinge, Abby – zu einer Hülle, einer zweiten Haut verschmolzen waren. Die Erkenntnis war unangenehm gewesen. Ich hatte sie sogar gehasst. Doch jetzt war nicht mehr viel übrig. Das Leben, das ich gehabt hatte, löste sich auf. Alle Erwachsenen, die mich als Baby in den Armen gehalten hatten, waren tot, und niemand würde mich je wieder auf den Armen tragen. Ich sah meine Schwester an, sah das Blut. So viel Trauer im Herzen.

Tagelang hielt ich mich auf Trab, traf Maßnahmen für die Beerdigung, kochte Tee für Besucher, die bei uns vorbeischauten. Alle fragten nach Lizzie, wie sie damit fertigwürde, ob sie irgendetwas für sie tun könnten. »Es muss schwer sein für das arme Ding.« Der Nachbarchor, der nie für mich sang. Ich wollte, dass sie verschwanden, wollte allein sein, um mich sammeln zu können. Doch so machte ich weiter, und ehe ich michs versah, kam der Morgen der Beisetzung.

Kurz nach dem Morgengrauen ging ich in den Keller, um zu baden, lauschte den Vögeln, die zu den Nestern und wieder wegflogen, und der Stille des Hauses. Ein dumpfer Schmerz erfüllte mich, tief und scharf, ein kleiner Tod.

Ich ließ Wasser in die Blechwanne laufen, wie Regen, der aufs Dach trommelt, setzte mich auf einen Stuhl, tauchte die Hände ins Wasser, warm. Ich wusch meinen Körper, wusch meine Füße, erinnerte mich, wie Vater am Abend nach ihrem Tod Mutter gewaschen und sich geweigert hatte, ihr ins Gesicht zu sehen. Stattdessen beschäftigte er sich mit der Länge ihrer Gliedmaßen, der Größe ihres Herzens. Als er Mutters Hände ergriff, erwartete ich, dass er sie küsste. Stattdessen hatte er sorgfältig ihre Fingernägel gesäubert, ehe er die Hände sanft über ihrer Brust faltete. Ich fragte, ob ich helfen könnte, doch er sagte: »Der Tod ist nichts für Kinder« und ließ mich draußen vor seinem Schlafzimmer warten, falls Baby Lizzie aufwachte und nach seiner Mutter verlangte. Ich war zu Lizzie gegangen und hatte sie beschützt wie ein Soldat auf Nachtschicht.

Während ich mich wusch, versuchte ich, mich auf die bevorstehenden Aufgaben zu konzentrieren – Familienstrukturen, die geregelt werden mussten, die Platzierung der Särge –, doch eigentlich konnte ich nur an all das denken, was ich Vater noch hatte fragen und ihm sagen wollen:

1. Warum hast du mich nach Mutters Tod dermaßen ignoriert?
2. Warum musstest du Abby heiraten?
3. Warum hast du Lizzie immer alles durchgehen lassen?
4. Es war Lizzie, die in euer Schlafzimmer eingebrochen ist und Abbys Sachen gestohlen hat.
5. Ich hatte ein ganzes Leben geplant, und du hast es zerstört.
6. Erzähl mir noch einmal von dem Tag, an dem ich geboren wurde.
7. Es gibt etwas, das du über Samuel Miller und mich wissen solltest.
8. Ich weiß noch, wie sich dein Mund beim Lächeln verzog.
9. Manchmal bist du ein abscheulicher Mensch.

10. Ich habe Abby dabei ertappt, wie sie um ein eigenes Kind betete.
11. Erzähl mir noch einmal, welches meine ersten Worte waren.
12. Hast du gesehen, wer dir das angetan hat?
13. Ich vergebe dir, ich vergebe dir.

Das Wasser in der Blechwanne wurde kalt. Oben regte sich etwas. Ich zog mein seidenes schwarzes Trauerkleid an, strich es auf dem Körper glatt, bis es sich wie eine zweite Haut anfühlte, und legte ein ovales silbern und türkisfarbenes Medaillon aus Emaille um den Hals. Darin befand sich ein Foto von meiner Mutter und meinem Vater, endlich, Jahrzehnte nach ihrem Tod wieder beisammen. Ich kippte das Badewasser in den Abfluss und sah mich im Keller um: Schatten an den Wänden. War dort die Waffe versteckt? Ich tastete das Fundament ab, suchte nach Spuren im Holz, nach blutigen Rätseln. Auf der Wand neben der Kellertür: der rostbraune Abdruck einer Hand. Ich legte meine Hand auf das getrocknete Blut. Der Abdruck war kleiner als sie. Meine Hand zitterte. Soweit ich weiß, sind Männerhände durchweg größer. Aber das hier... Ich wollte lieber nicht daran denken, wem der Abdruck gehören konnte. Dann bemerkte ich in der Ecke einen Korb voller Wäsche, die Lizzie gehörte. Ich ging ihre schmutzigen Sachen durch, Tage, die Lizzie mit Nichtstun verbracht hatte, was für einen Gestank ihre Kleider absonderten. Ich fand einen steifen weißen Kittel und schnüffelte daran. Widerlich. Am unteren Ende des Kittels ein verblasster Blutfleck, etwa auf Leistenhöhe. Jemand hatte seine Periode gehabt. Es machte mir ein schlechtes Gewissen, in ihren Sachen zu wühlen. Ich versteckte den Kittel ganz unten im Korb und häufte Lizzies Kleider darüber. Die Luft im Keller war dunkel und schummrig, und ich erinnerte mich, wie sie gesagt hatte: »Die Polizei hat keine Tatwaffe gefunden! Stell dir vor, sie waren nicht in der Lage, eine zu finden!« Sie hatte es so gesagt, als wäre es ein Scherz.

Das Haus war für die Beisetzung vorbereitet, und ich wartete auf den Bestatter, während Alice Tee kochte. »Es ist das wenigste, was ich tun kann«, sagte sie. Alice sah mich an, sah die Kleider von Vater und Abby unter meinem Arm. »Sind es besondere Kleider, Emma?«

»Es sind Kleider, die sie getragen haben«, antwortete ich. Der Gedanke an etwas Besonderes war mir nicht gekommen. Eine achtlose Tochter: Was würden die Leute denken? Ich ging nach oben in ihr Schlafzimmer, um etwas anderes für sie herauszusuchen.

Das letzte Mal hatte ich die Kleidung für Vater ausgesucht, als er Abby heiratete. Sorgsam hatte ich Krawatte und Manschettenknöpfe ausgewählt, Lizzie hatte die braunen Lederschuhe bereitgestellt. Vor der Feier standen wir auf der Schwelle seines Schlafzimmers und bewunderten unsere Auswahl. Er hatte dezent ausgesehen, wie es sich für einen Vater gehörte.

Jetzt musste ich die Auswahl für das Ende treffen. Der gesunde Menschenverstand sagte mir, dass das Paar seine Hochzeitssachen tragen sollte, da das Gelübde der Ewigkeit tiefer und tiefer in die Erde hinabsank. Doch letztlich entschied ich mich gegen den gesunden Menschenverstand. Ich öffnete Abbys Schrank und betastete die tristen Kleider, die sie tagein, tagaus getragen hatte. Ganz hinten hing das Seidenzeug, blau, rot und orange, Umhänge aus Samt. Abby hatte die Gewohnheit, an vergangenem Glanz festzuhalten: Die Kleider, die ihrem Körper vor der Heirat gepasst hatten, waren inzwischen unter Schutzhüllen verborgen. Vielleicht hatte sie geglaubt, dass sie irgendwann wieder hineinpassen würde.

Da war auch ihr Hochzeitskleid, ebenfalls unter einer

Stoffhülle. Ich hielt inne: Hochzeiten, Beerdigungen, dieselben Familientreffen. Ich ließ das Hochzeitskleid hängen und zog ein einfaches Hauskleid heraus. Als ich es vom Bügel nahm, stieg mir der Geruch nach Schweiß und verblasstem Lavendelwasser in die Nase. Wie oft hatte Abby es getragen? Hatte sie den Duft ihrer eigenen Reife wahrgenommen? Hatte sie sich je gefragt, ob sie von innen her verfaulte? Jetzt würde die alte Frau in dem Gestank begraben werden. Ich wusste, dass ich etwas anderes für sie aussuchen sollte. Ich war erstaunt über die Details der Kleider, die ich Tag für Tag ignoriert hatte: Rosetten aus Spitze, feine Kreuzstichstickereien, eine Eule. Ich konnte der Versuchung nicht widerstehen, die Kleidungsstücke an meinen Körper zu halten und mir vorzustellen, wie ich darin aussehen würde, wie sie auf der Haut kratzen oder sich um die Hüften schmiegen würden. Am Ende entschied ich mich für das blaue Hauskleid und einen rosa Seidenschal für Abbys tote Schultern.

Bei Vater war es einfacher: Sonntagsanzug, schwarze Wolle und ein weißes Baumwollhemd, immer gleich. Ich nahm alles mit nach unten und händigte es dem Bestatter aus, als er eintraf. »Gehen Sie vorsichtig mit ihnen um«, sagte ich. Der Mann nickte.

Dann klopfte ich an Lizzies Tür, ehe ich eintrat. Lizzie saß in übertriebener Trauerkleidung auf dem Bett: pechschwarz von Kopf bis Fuß, Kleid aus Crêpe, große, flache Seidenschleifen um den Hals und auf dem Rücken, dazu ein kinnlanger Schleier. Über dem Herzen trug sie zwei schmale Bänder in Königsblau und Efeugrün, eines für Abby, eines für Vater.

Lizzie strich über eine Straußenfeder. »Du hast dir eine Menge Zeit gelassen, um mich abzuholen.«

Die Hitze kroch mir über den Rücken, hämmerte gegen meine Wangen. »Sie werden bald da sein.«

»Ich bin noch nicht ganz fertig.« Sie drehte die Feder ein ums andere Mal, ließ sie dann los.

»Steh auf, Lizzie!« schrie ich sie an, so laut, dass mir mein Hals wehtat.

Lizzie schlug die Faust auf die Matratze. »Du bist gemein! Ich gebe mein Bestes.«

Ihr Bestes. Nicht gut genug. Ich ging auf sie zu, schob den Arm unter ihre Schulter und versuchte, sie hochzuheben.

»Lass mich los!«, kreischte sie, schlug um sich, und ich zerrte erneut an ihr. Sie war schwer und wiederholte: »Lass mich los!«

Was hätte man alles sagen können.

Die ersten Trauergäste trafen ein. »Wunderschöne Blumenarrangements«, sagten sie. Ich lächelte höflich, erleichtert, dass jemand die Feinheiten meiner Trauer zur Kenntnis nahm.

Dann stand Bridget vor der Tür, in einem schlecht sitzenden, neu wirkenden Kleid aus schwarzer Seide und Baumwolle und überreichte mir einen Strauß Veilchen, den sie mit königsblauer Litze zusammengebunden hatte. »Könnten Sie die für Mrs Borden mitnehmen?« Sie hatte geweint.

»Bleibst du nicht?« Ich hätte sie gern berührt, um zu sehen, ob sie etwas mehr von dem preisgeben würde, was sie an dem Tag gesehen hatte.

»Nein, Miss. Ich gehöre nicht zur Familie.«

»Ich weiß, aber ich dachte…«

»Ich wollte Ihnen bloß die Blumen bringen. Sie hätten ihr gefallen.« Bridget drückte mir die Veilchen in die Hand, wobei eine Blüte auf den Teppich fiel.

»Das ist sehr nett von dir, Bridget.«

Sie warf einen Blick über meine Schulter ins Wohnzimmer. »Ist Miss Lizzie da? Geht es ihr gut?«

»Sie unterhält sich gerade mit der Familie. Sie hat starke Stimmungsschwankungen, seit es passiert ist. Willst du sie sprechen?« Ich hätte sie ins Haus ziehen sollen.

Bridget schüttelte so heftig den Kopf, dass ihre Wangen bebten. »Ich werd sie bestimmt noch sehen.« Wir starrten uns an, Bridget wurde bleich wie ein Gespenst. »Ich geh jetzt, Miss Emma.«

Bridget trat rückwärts zurück in die Hitze der Second Street. Ich streckte den Kopf durch die Tür, beugte mich in die leichte Brise, sah, wie Bridget um die Ecke bog, erhobenen Hauptes, als versuchte sie, in die Nachbarhäuser zu blicken, um zu sehen, wie sie lebten. Um ein Haar hätte ich ihr nachgerufen und gefragt, ob ich mit ihr kommen könnte.

Jemand zupfte an meinem Rock. Ich drehte mich um. Es war Mrs Churchill, schwarzer Schleier, Rouge auf den Wangen. »Alles in Ordnung, Emma?«

»Ich brauchte frische Luft. Bridget war da.«

Mrs Churchill hob ihren Schleier und versuchte, sich an mir vorbeizudrängeln und hinauszuspähen. »Oh. Kommt sie wieder? Sie könnte den Gästen den Tee servieren.«

Ich zog sie sanft wieder ins Haus und schloss die Tür. »Ich glaube nicht.«

Wir kehrten zu der kleinen Menschenmenge zurück, die sich im Wohnzimmer versammelt hatte. Ich ging in den Salon und legte die Blumen auf Abbys Sarg. Meine Knöchel streiften das glatte Holz. Ich hatte mich davor gefürchtet, es zu berühren, hatte Angst gehabt, der Sarg könnte umfallen, sich öffnen, ihren Körper auf den Teppich werfen.

Ich ging zwischen Küche und Wohnzimmer hin und her, bis der Trauergottesdienst begann, kochte ungeschickt eine Kanne Tee nach der anderen. Jedes Mal beobachtete ich, wie Lizzie auf dem schwarzen Stuhl saß, Beileidskundgebungen entgegennahm und sagte: »Danke, dass Sie gekommen sind« und »Sie können sich nicht vorstellen, wie entsetzlich es ist.« Lizzie, die perfekte Trauernde, Lizzie, die mich wieder einmal ausstach.

Als der Gottesdienst begann, saßen wir vor den Särgen. Meine Knie schlugen aneinander wie harte Steine, und meine Nerven waren so gereizt, dass ich am liebsten in Ohnmacht gefallen wäre. Ich starrte auf Vaters Sarg. Wie war es möglich, dass er jetzt nur noch hartes Holz und Messing um sich haben würde? Ich sah mich hastig um: Eines Tages würden sich diese wenigen Freunde und Verwandten auch für mich versammeln. Lizzie ergriff zitternd meine Hand, und ich drückte sie, bis sie sich beruhigte.

Der Priester hielt die Hände vor den Bauch: kurze Finger, tausendmal geübte Gesten von Vater, Sohn und Heiligem Geist. Er begann, Vaters Leben zusammenzufassen, und ich erwartete einen historischen Bericht über die wahre Liebe zwischen Mutter und Vater, doch alles, was kam, war, »geliebter Ehemann seiner ersten Frau Sarah, die, einige Jahre ehe er Abby kennenlernte, verstarb. Viele hier sind wie ich der Ansicht, dass die Ehe mit seiner lieben Abby die Lücke füllte, die Sarah in seinem Herzen hinterlassen hatte...«

An dem Tag, als Vater Abby mit nach Hause brachte, hatte es geregnet. Ich war dreizehneinhalb, sie waren noch nicht verheiratet. Es war kalt, und meine Finger kribbelten wie verrückt. Mutter hatte mir einmal gesagt, dass das Kribbeln daher kam, dass Finger jemanden kitzeln wollten. Daher stürzte ich mich auf Lizzie, zog sie an mich und bohrte meine Finger in ihre Rippen, bis das Blut auch das Gefühl zurückbrachte. Lizzies Mund öffnete sich weit; meine Freude triumphierte.

Abby hielt Vaters Hand, als sie ins Wohnzimmer trat. Sie lächelte, ihre Wangen verzogen sich zu weichen Bällchen, kleinen Kuchen. Draußen regnete es. Die dicke blaue Ader an der Seite ihres Halses pulsierte heftig, verband Panik und Erregung angesichts auf sie zukommender Mutterschaft.

Während Vater sprach, fiel mir auf, wie Abby seine rechte Hand drückte.

»Abby freut sich, euch kennenzulernen.« Vater schob sie vorsichtig auf uns zu.

Lizzie sprang von meinem Schoß auf und stellte sich vor Abby. Lizzie lächelte durch ihre Zahnlücken. Abbys Finger strichen durch Lizzies Haar, entwirrten Knoten.

»Wie geht es dir, Lizzie?«

Wie konnte sie bereits über uns Bescheid wissen?

»Prima.«

»Emma, sag Abby Guten Tag.« Vaters Stimme war kraftvoll, gleichzeitig spreizte er die Hand an seiner Seite.

»Hallo.« Es fiel mir schwer, das zu sagen.

Abbys Mund verzog sich zu einem entspannten Lächeln, einem, mit dem sie einen Maler hätte inspirieren können. Unwillkürlich erwiderte ich es.

»Hol den Mantel deiner Schwester, wir wollen einen Spaziergang machen«, sagte Vater zu mir.

»Aber es regnet doch«, jammerte ich.

»Nur ein bisschen.« Vater strich sich über den dunklen Bart, kämpfte darum, heiter zu erscheinen.

»Brauchst du Hilfe?«, fragte Abby.

»Ich weiß, wo er ist.«

Ich ging zum Schrank unter der Treppe, meine Hände tasteten über Wolle und dicke Baumwolle: Vaters Mantel, mein Mantel, Lizzies Mantel. Ich ließ meine Hand in den hinteren Teil des Schranks gleiten. Wolle und Pelz. Mutters Mantel. Gelegentlich, wenn niemand es sah, zog ich ihren Mantel an und stellte mich vor den Spiegel. Der Mantel reichte mir bis zu den Knöcheln, die Ärmel bis zu den Fingerspitzen. Wie viele Jahre braucht man, bis man in jemanden hineinwächst? Wenn ich mir Mühe gab, fand ich Mutter im Inneren des Kragens, unter zwei großen Knöpfen. Rosenöl, süß. Ich zog den Mantel enger um meinen Körper und stellte mir vor, dass ich im Innern meiner Mutter war: wie warm es gewesen sein musste unter ihrer Haut.

Jetzt wartete der Mantel in der Tiefe des Schranks. Ich rieb über den Kragen und schloss die Augen. »Heute wäre ein wunderbarer Tag, um dich zu tragen«, doch dann riss ich mich zusammen. Ich wollte dieses Geheimnis nicht preisgeben, für den Fall, dass Abby, diese Fremde, auf die Idee kam, ihn zu tragen. Manche Dinge brauchen Schutz. Ich nahm Lizzies und meinen Mantel heraus und schloss den Schrank. Als ich mich umdrehte, stand Abby in der Tür und sagte: »Wir dachten schon, wir hätten dich verloren.«

Als der Regen aufhörte, gingen wir zu viert die Second Street entlang, Lizzie und ich vorneweg. Hinter uns Vater und Abby im Gleichschritt. Ich beobachtete sie über die Schulter hinweg, registrierte Vaters zärtlichen Blick, wenn er Abby ansah. Ich hatte so etwas schon einmal gesehen – bei frisch Vermählten in der Sonntagsmesse.

Lizzie zog an meiner Hand, und wir hüpften voraus. Ich war froh, etwas Abstand zwischen mich und die väterliche Meuterei hinter uns zu bringen.

»Nicht so schnell, Kinder«, rief Vater.

Abby kicherte, verwechselte sein Unbehagen mit Glück.

Es folgten Gelächter und leise Worte, kleine Geheimnisse, die man vor Töchtern verbarg.

»Ich kann die Ähnlichkeit in ihren Gesichtern erkennen.« Abbys Stimme war freundlich.

»Manchmal scheint sie in ihren Persönlichkeiten auf, und dann weiß ich nicht, was ich tun soll.«

»Akzeptiere sie einfach«, sagte sie.

»Ich will nicht, dass sie genauso wie Sarah werden. Es gab Probleme zwischen uns.« Vater klang ernst.

»Aber sie liebte sie.«

»Bei Gott, das tat sie.«

»Und ich werde sie auch lieben.«

»Gut.«

Ich legte die Hand aufs Herz, mir stockte der Atem. Was für Probleme? Ich erinnerte mich an Vater, wie er, über Mutters Körper gebeugt, gebetet hatte, als sie gestorben war, die Art, wie er ihre Hand gehalten hatte. An diesem Tag hatte ein seltsamer Geruch im Zimmer gehangen. Er klebte an mir und begleitete mich noch tagelang. Einige Tage vor Mutters Tod hatte er sich langsam ins Haus geschlichen; säuerlich und alt, bitter auf der Zunge. Er hatte Mutters Haar beschmutzt, sodass ich Angst bekam, es zu berühren. Nachts nahm der Geruch die Form von Sirup an, ein Hauch von Schwefel kroch unter Türen hindurch und durch Schlüssellöcher. Ich hatte ihn akzeptiert. Als pflichtbewusste Tochter machte ich ein Loch in meine Lunge, das der Geruch gänzlich füllte. Eine Woche nach Mutters Tod verschwand er, und das Haus fühlte sich vollkommen leer an.

17 LIZZIE
6. August 1892

Am Morgen der Beisetzung erzählte uns ein Polizist, es habe sich am Tag zuvor ein alter Mann bei der Polizei gemeldet und gesagt, man solle ihn wegen der Morde hängen. Er hatte seine eigene Schlinge mitgebracht. *Wo gab es so etwas zu kaufen?* Der Polizist beschrieb ihn: zweiundsechzig, lichtes Haar, kurzer struppiger Bart. »Wir boten ihm Frühstück an, doch er schlug es aus. Sagte, er wolle nicht noch dicker werden und riskieren, dass der Strang riss.« *Hin und her, hin und her, hin und her.* Allein bei der Vorstellung fing ich an zu zittern. Das Geständnis des alten Mannes dauerte eine Stunde, und am Ende rief die Polizei seinen Sohn an, damit er ihn nach Hause brachte und ins Bett steckte.

»Warum hat er gestanden?«, fragte ich.

»Keine Ahnung. Andererseits gestehen uns viele Menschen Dinge, die sie nicht getan haben. Vielleicht hoffte er, dass wir ihn hängen würden, weil er lebensmüde war.«

Ich fragte mich, ob Vater jemals ein Geständnis abgelegt hatte. Wie würde es sich anfühlen?

Im Esszimmer, wo Vater und Mrs Borden zwei Tage in der Hitze versteckt verbracht hatten, bettete der Bestatter sie in ihre Särge und öffnete dann weit die Tür, um sie wie zwei Debütanten zu präsentieren. Der Geruch ihrer temporären Gruft verbreitete sich in Windeseile im ganzen Haus aus, stieß gegen die Vorhänge und bahnte sich einen Weg die Treppen hinauf zu unseren Zimmern. Emma riss ein Fenster auf und holte tief Luft. »Wenigstens wird all das bald vorbei sein.«

Zwei Tage lang endete jedes Gespräch mit demselben Wunsch: Wenigstens wird all das bald vorbei sein. Als Mrs Bordens Schwester am Tag vor der Beerdigung kam und fragte, ob sie Abby noch einmal sehen dürfte, sagte ich: »*Sie ist tot! Sie ist tot!* Besser, man geht da nicht hinein.«

Sie schmollte wie ein dummes, kleines Kind. »Ich wollte Abby damit bedecken.« Sie hielt eine königsblaue Schärpe aus Seide hoch, die an den Enden zerfranst war. Dann zögerte sie. »Mein Gott, ich weiß nicht einmal, wie ich wieder in ihren Besitz gelangt bin.«

»Wir entscheiden, was Vater und Mrs Borden tragen werden.« Ich verschränkte die Hände über der Brust, sie senkte den Kopf, starrte auf ihre Füße. Aus diesem Winkel konnte ich sehen, dass Mrs Borden und ihre Schwester denselben Haaransatz hatten und auch dieselbe Knochenstruktur am Hinterkopf. Ich lächelte.

»Lizzie, sie ist meine Schwester. Kannst du nicht wenigstens dieses eine Mal nett sein?«

Der Vorwurf gefiel mir nicht. Ich warf ihr einen Blick zu, der sie zwang, vor mir zurückzuweichen.

»Vielleicht könnte man sie ihr in den Sarg legen«, meinte sie und zog die Augenbrauen hoch, bis sie in der Mitte gegeneinanderstießen.

Wie viel Platz nimmt ein Körper im Sarg ein? »Vielleicht«, sagte ich.

Sie übergab mir die Schärpe. Sie war kalt, die Enden wie ein Kitzeln auf den Fingerkuppen, *ein Gefühl aus einer vergangenen Zeit*, und ich spürte eine Berührung in der Mitte meiner Wirbelsäule; Finger, die über meine Haut krochen und Muster bildeten. Ich schloss die Augen, und das Kitzeln hörte gar nicht mehr auf. Mrs Borden, Abby, *Abby!*, die Liebesherzen auf meine fünfjährigen Schultern zeichnete, mit warmen Händen, fleischig und weich. Ihre Schwester jagt mich um ihr Elternhaus, klopft mir auf die Schulter und sagt: »Du bist es! Ich lasse dich die Königin des Schlosses sein.« Als Königin esse ich zu viel Kuchen, und mein Bauch bläht sich auf und tut weh. Abby schickt mich in ihr ehemaliges Zimmer zum Ausruhen. In ihrem Zimmer hängen Abbys Kleider im Schrank, alle möglichen Schattierungen von Blau und Grün, die wie Träume duften, *Träume, die ich haben könnte!* Da ist ein blaues Kleid voll mit Abbys Träumen vom Glück. Ich betaste den Stoff, erspüre ein kleines Boot mitten auf einem endlosen Meer, mit Abby am Ruder. Sie lenkt das Boot über eine blaue Schärpe, und in der Ferne, etwa in Kragenhöhe, sieht man eine kleine Insel. Mit aller Kraft paddelt Abby das Boot auf die Insel zu und benutzt dafür nur die Hände. Sie schafft es ans Ufer und springt heraus, stemmt die nackten Füße in den Sand. Ich nehme das blaue Kleid aus dem Schrank und umarme es, halte es über mein Kleid. Abby kommt ins Zimmer und sagt: »Du kannst es behalten, mein kleiner Liebling.« Sie massiert mir die Schulter, und es fühlt sich an wie Liebe. Als wir nach Hause kommen, wartet Emma in meinem Zimmer auf mich.

»Sieh mal, Emma, was ich habe.«

Emma wirft einen Blick auf das Kleid. »Woher hast du das?«

»Mutter hat es mir gegeben. Es ist sogar ein Traum darin eingestickt. Von Booten und Abenteuern.«

Emma verschränkt die Arme und kneift sich fest in die Ellbogen. »Du solltest es Abby zurückgeben.«

»Warum? Sie hat gesagt, ich könnte es haben. Du kannst es auch tragen, wenn du willst.«

Ich drehe mich im Kreis, um ihr zu zeigen, wie das Kleid um mich herumwirbelt. »Was ist denn los?«

»Nimm nichts von ihr an.«

»Warum?«

»Weil ich es dir sage.« Emma geht in ihr Zimmer. »Warum musst du sie denn unbedingt lieb haben?«

»Tu ich nicht, wenn du es nicht willst«, flüstere ich, *ich will alle lieb haben*. Ich lasse meine Hände über das Kleid hüpfen, lasse die Finger an der blauen Schärpe herabgleiten.

Gleich als Mrs Bordens Schwester das Haus betrat, sagte sie: »Es gibt da eine Passage, die ich den Priester gerne bei Abbys Begräbnis vorlesen lassen würde.«

»Es ist bereits alles geregelt. Wir können nichts mehr ändern.«

Sie legte die Hand auf die Tür zum Esszimmer, als wartete sie darauf, dass Mrs Borden sie aufmachte, und dann brach sie in Tränen aus.

»Geh da besser nicht rein. Es war schrecklich heiß. Wir haben uns größte Mühe gegeben, die Tür zuzuhalten. Man hat kaum etwas gerochen.«

Sie nahm die Hand weg. »Warum sagst du so etwas Entsetzliches?«

Ich wollte antworten, als Onkel John die Treppe herunterkam und sagte: »Darf ich Sie nach Hause bringen?«

Sie nickte, und sie verließen den Raum.

»Keine Sorge, das alles ist bald vorbei«, sagte Onkel

John, als sie an den beiden Polizisten vorbeigingen, die den Hauseingang bewachten. *Die wären wir los.*

Ein dichter Nebel breitete sich in meinem Körper aus, machte mich schwindlig. Ich rieb mir die Stirn. Hinter meinen Augen machte sich ein Druck bemerkbar, ein winziger Blutfleck nach dem anderen flog vorbei, bis alles, was ich sah, rot war und Fleisch. So hatte Vater auf dem Sofa ausgesehen, ein Finger hatte gezuckt, *Nervenenden, Nervenenden,* so hatte Mrs Borden auf dem Boden gelegen. Ich presste die Hände auf die Augen. Woher weiß ich das? Ein Wimmern löste sich aus meinem Hals, stockend. Eine Hand auf meiner Schulter. Ich schlug die Augen auf.

»Lizzie.« Dr. Bowen stand vor mir. »Ich helfe dir, dich zu beruhigen.«

Wir setzten uns auf das Sofa im Wohnzimmer, *Vater, Vater.* Ich gab ihm die blaue Schärpe. »Könnten Sie das in der Verbrennungsanlage entsorgen? Ich ertrage sie nicht hier im Haus.«

»Natürlich.« Dr. Bowen steckte die Schärpe ein. »Erinnerungen können sehr wehtun.« Er holte sein Besteck und gab mir eine Spritze. Süße, süße Wärme. So war es seit zwei Tagen, seit ich diese Medizin nahm. Sie machte es leichter, mit der Polizei zu sprechen, die mich mit ihren Fragen löcherte.

»Das weiß ich nicht, das weiß ich nicht«, hatte ich gesagt. »Können Ihnen nicht die anderen sagen, was ich gesehen habe?«

»Wir müssen es aus Ihrem Mund hören, Miss Borden...«

Dann schlief ich, und Dr. Bowen und alle anderen gingen. Als ich aufwachte, war Emma da und kratzte an meiner Erinnerung wie eine alte Katze. »Erzähl es mir«, sagte sie oder: »Ich verstehe nicht. Ich verstehe nicht...« Ihre Stimme war so laut. Ich fühlte mich schrecklich, und dann bekam ich Angst, weil ich dachte, dass sie wieder weggehen würde, wenn ich ihr nicht irgendetwas sagte. Das hätte ich nicht ertragen.

»Komm und kuschel dich im Bett an mich«, sagte ich, und sie tat es. Einen Augenblick lang fühlte ich mich sicher, hatte das Gefühl, ich könne Emma alles sagen. »Neulich hatte ich einen Albtraum.«

»Als du schreiend aufgewacht bist?«

»Ja. Ich träumte, dass ein Mann sich über mich beugte ... Ich dachte, es sei Vater.«

Emma klopfte mir auf den Rücken. »Es war nur ein Traum.«

»Aber er war so wirklich. Vielleicht war es ja tatsächlich Vater, der nach mir sehen wollte?«

»Das ist bestimmt alles sehr verwirrend für dich.«

Emma drehte mich auf die Seite und zog mich an ihre Brust, ihr Herz schlug an meinem Ohr und meiner Schläfe. »Ja, genau. Deshalb kann ich dir auch nichts mehr erzählen.« Ich sagte diese Dinge, und Emma hörte gar nicht mehr auf zu weinen. Es machte mich verrückt, *warum weint sie? Sie war nicht einmal hier, als ich sie brauchte*, und jetzt wäre ich am liebsten in sie hineingekrochen und hätte ein Gebet gesprochen, damit sie endlich aufhörte. *So wahr der Herr lebt: Es soll dich in dieser Sache keine Schuld treffen.*

Bevor die Trauergäste eintrafen, rief Onkel John Emma und mich in den Salon. Wir saßen da und hielten uns an der Hand, und er sagte: »Meine armen Kinder, wer hätte das gedacht.«

»Ich bin froh, dass wir uns jetzt haben«, sagte ich. Ich beugte mich herab, küsste die Hand unseres Onkels, küsste Emmas Hand.

»Nicht jetzt«, flüsterte Emma. *Immer muss sie mir sagen, was ich zu tun habe.*

Wir hörten, wie sich zwei Polizisten draußen vor dem

Fenster unterhielten. »Wetten, dass es jemand ist, den sie kennen?«

»Wie kommst du darauf?«

»Man lässt sonst niemanden so nah an sich ran, dass er einen erschlagen kann.«

Sie lachten.

Ich fasste mich an die Stirn. Emma holte tief Luft und hielt sich die Ohren zu. Onkel John klopfte ihr aufs Bein. Sie wurde stocksteif. »Ich glaube, ich gehe mal ein bisschen frische Luft schnappen«, sagte er.

Ich schob den Vorhang beiseite und spähte hinaus, sah, wie der Priester auf das Haus zukam, wie er sich durch die Menschenmenge drängte, die sich draußen versammelt hatte. Reporter hatten sich zwischen die Fremden gemischt. Einer von ihnen sah mich. Ich lächelte, *so höflich bin ich.*

»Lizzie, zieh den Vorhang zu.« Emmas Stimme war gereizt.

Was muss ich denn noch alles tun, um sie glücklich zu machen? Ich beobachtete Emma, sah, wie ihre Finger mit den Daumen spielten. Ich blickte auf meine eigenen: ruhig, gelassen. Emma schnalzte mit der Zunge, stellte die Füße übereinander, löste sie wieder und zwang mich, den Blick von ihr abzuwenden.

»Was starrst du mich so an?«

Sie holte Luft, ihre Stimme klang gepresst. »Ich muss dich das einfach fragen, Lizzie. Bist du dir sicher, dass du niemanden im Haus gesehen hast?«

»Ich habe doch schon gesagt, dass ich es nicht weiß! Ich war zu sehr mit mir selbst beschäftigt, um auf Vaters Mörder zu achten.«

»Tut mir leid, ich will nur...«

»Du müsstest mir diese Fragen nicht stellen, wenn du nicht weggegangen wärst.«

»Was sagst du da?«

»Vielleicht wäre dann niemand gestorben.«

»Willst du damit sagen, dass es meine Schuld ist?« Emmas Stimme klang schrill, böse.

Ja. Nein. Ich will, dass alles aufgegessen wird. »Ich will nur sagen, dass vielleicht kein Ungeheuer hier eingedrungen wäre, wenn noch jemand da gewesen wäre, um das Haus zu beschützen.«

»Ich verstehe gar nichts mehr.« Emma rieb sich Augen und Gesicht.

»Glaubst du, dass ich das erfinde? Euch alle belüge?«

Sie schaute mich an und öffnete den Mund, um etwas zu sagen, doch kein Ton kam heraus. Ich sah ihre Zähne, ein paar mit schiefen Kanten, sah, wie ihre flache Zunge darüberglitt. Einen Augenblick lang war sie abstoßend. »Was bist du für eine schreckliche Schwester«, flüsterte ich.

Emma neigte den Kopf und spielte mit den Fingern. Eine winzige Brise streifte meine Ohren und mein Gesicht. Alles war still. Die Wände des Hauses ächzten leise, und Emma erschauerte. Irgendwo in der Tiefe meines Bewusstseins meldete sich eine Stimme. *Sie wird dich verlassen, wenn du Geheimnisse für dich behältst.* Schweiß rann mir über die Schläfen bis zu den Mundwinkeln hinab. Ich leckte ihn auf. Nichts ergab noch einen Sinn. Dann stürzte ich mich auf Emma, schlang die Arme um sie, setzte mich zu ihren Füßen und wartete, dass ihr Herzschlag sich dem meinen anpasste. Ich hielt sie fest und stellte mir vor, wie sie wegging. Ich weinte.

»Pst«, sagte sie. »Pst.«

Eine Zeit lang war alles Gold. Mein Herz pochte vor Liebe, beruhigte mich, und ich hüllte mich vor meiner Schwester in einen Kokon.

Dann sagte sie leise: »Wie kann eine Waffe einfach verschwinden?«

Ich fuhr zurück. Meine Hand landete auf Emmas

Wange und dann gleich noch einmal. »Du machst alles kaputt!«, rief ich. Ein kleines Feuer explodierte in meinem Nacken und unter den Armen. Ich stand auf, der Boden knarzte, ging auf den Garten hinter dem Haus zu, *wenn sie sich so nach diesem Schrecken sehnt, werde ich ihn ihr zeigen.*

Ich ging nach draußen zum Birnbaum und setzte mich unter seine Äste, sodass die Früchte mein Haar berührten. Ich streckte den Arm aus und pflückte eine Birne, biss hinein, ließ den Saft tropfen. Zähne schlugen aufeinander, und meine Haut war heiß. Emma und ihre ständigen Fragen. Wieso wollten alle wissen, was ich an dem Tag getan und gesehen hatte?

Ich ging zur Scheune und trat ein. Taubenfedern lagen auf dem Boden. Ich trat dagegen, wirbelte Wolken auf. Ich stieg die Leiter zum Zwischenspeicher hinauf, betrachtete vom Fenster aus das Haus. Ich hasste alles, was ich sah. Dann lief ich zu der kleinen Kiste in der Ecke. Ich werde sie ihr zeigen. Ich hob den Deckel und warf einen Blick hinein. Das, was ich zu sehen erwartete, war unsichtbar geworden. Panik erfasste mein Herz. Ich sah noch einmal hin. Ich rieb mir die Stirn. Draußen rief jemand meinen Namen, ich kletterte die Leiter wieder hinunter und beschloss, die Scheune nie wieder zu betreten.

Nach dem Schlussgebet wurden die Särge aus dem Salon auf die Straße getragen, das Kirschholz hob sich sonnenhell von dem dunkelgrünen Laub der Bäume ab. Wir folgten ihnen zum Leichenwagen, gesäumt von der Menschenmenge, die sich sechs Häuser weit zur linken Seite und sechs Häuser weit zur rechten Seite erstreckte. Emma verschränkte ihren Arm mit meinem, und ihr Körper neigte sich mir zu, aus dem Gleichgewicht gebracht durch die kleinen Klangwellen. Ich hielt sie fest und ging aufrechter, als ich je gegangen war. Es war leicht. Manche

Nachbarsfrauen streckten die Arme nach uns aus. »Euer Verlust tut uns leid«, sagten sie. Oder: »Können wir etwas für euch tun?« Ich lächelte ihnen zu, *diesen Menschen, die mich ewig lieben werden.* Zwei Kinder aus der Sonntagsschule pressten ihre verschwitzten, klebrigen Hände an mein Kleid und sagten: »Wir werden für Sie beten, Miss Borden. Möge Gott ihre Seelen beschützen.«

»Danke, Schätzchen. Wie lieb von euch.« Es gibt eine Liebe, die sich erst in der Trauer zeigt. Sie erfüllt das Herz mit Süße.

Ich sah am Haus empor zum Gästezimmer, wo man Mrs Borden gefunden hatte. Das Haus warf mir eine Handvoll reflektiertes Sonnenlicht in die Augen, und dort am Fenster konnte ich sehen, wie sie herabschaute, mit zerzaustem Haar, das ihr bis auf die runden Schultern fiel. Das Haus drehte sich um sie herum. Sie schloss die Augen, und als es anfing, die Vorhänge zuzuziehen, fielen Schatten über ihr Gesicht, ihre Wangen verwandelten sich in Berge, wuchsen über ihren Kopf und Körper hinaus, bis sie das Zimmer füllten und es in eine Höhle verwandelten.

»Ich will nicht mehr in diesem Haus wohnen«, sagte ich.

Emma stieß mir in die Rippen. »Aber es ist unser Zuhause.«

Ich bekam kaum noch Luft.

In diesem Moment wollte ich, dass wir nach Europa reisten, vor einem Kamin saßen und Champagner schlürften. Ich würde Emma zu meiner Schülerin machen, ihr neue Lebensweisen zeigen, ihr den Gedanken austreiben, dass wir in dieses hässliche Haus gehörten.

»Sag uns, was du gesehen hast, Lizzie!«, sagten die Frauen.

»Sag es uns, damit wir sie finden!«, sagten die Männer.

Diese kreidigen Stimmen in meinem Ohr, *all die Fra-*

gen. Ich verbarg das Gesicht in den Händen, und Emma fuhr mir mit dem Arm über den Rücken. Als Onkel John uns in die Kutsche half, warf er mir einen Blick zu, und ich wusste, dass ich es schaffen würde.

Wir folgten Vater und Mrs Borden über die Second Street. Ihre Särge schwankten leicht auf dem hinteren Teil des Leichenwagens, ein letzter Walzer. Es ging direkt in die Rock Street, die wir einst Hand in Hand entlanggegangen waren. Der Wind frischte auf, kühlte uns. Ich seufzte, nahm Emmas Hand und streichelte sie, versuchte, ihr trauriges, leeres Gesicht aus meinem Unterbewusstsein zu verbannen. Ich hatte dieses Gesicht erst ein einziges Mal gesehen, als ich ihr sagte, dass ich sie nicht länger lieb hatte. Nachdem sie mich zu dem Versprechen gezwungen hatte, so etwas nie wieder zu sagen, hatte sie erklärt: »Es ist wichtig, dass wir zusammenhalten, Lizzie.«

Die Särge wurden in die Friedhofskapelle getragen, während unsere Kutsche weiter dem Pfad folgte, gesäumt von Soldaten aus Eichenbäumen, auf das Familiengrab zu, wo Mutter und Baby Alice warteten. Nachdem auch Mrs Bordens Familie eingetroffen war und der Priester den Männern die Hand geschüttelt hatte, wurden Vater und Mrs Borden zu uns gebracht.

»Das ist es«, flüsterte mir Emma zu.

Ich musste nicht antworten. Ich sah zu, wie Vater tief in die Erde hinabgelassen und neben Mutter zur Ruhe gebettet wurde, und dann kam auch Mrs Borden in ihrem harten Holzsarg dazu. Ich rieb mir die Stirn.

Der Priester segnete die Erde und hielt sein Kreuz über das Grab, stieß Gebete hinein, seine Stimme flehte Gott an, er möge sich dieses Mannes und dieser Frau im Tod annehmen, so wie er es im Leben getan hatte, *ach, aber sie waren zerstückelt und verraten worden,* und er betete für Emma und mich, ihre vom Himmel gesandten Kinder.

Ich spürte, wie Emmas schweres Herz sie Zentimeter um Zentimeter in die Erde hämmerte, an allen drei Wurzeln vorbei, und zu früh begrub. Wir standen Arm in Arm am Rand des Fleckchens Erde, das eines Tages auch unseres sein würde. Die Grube sah so klein aus. Ich fragte mich, wie ich da hineinpassen sollte.

Dann trat der Priester vom Grab zurück, und ein kleiner Mann mit breiten Schultern und einer Schaufel nahm seinen Platz ein und sperrte Vater in die Ewigkeit ein: Einzelne Erdklumpen prasselten auf die Särge, gefolgt von einem Schwall loser Erde, und mir wurde klar, dass ich Vater niemals wiedersehen würde. Es würde einen Tag geben, *wann, wann, wann wird das sein?*, an dem ich vergaß, wie er ausgesehen hatte, und auch sein ständiges leises Murmeln. Als Vater uns vor vielen Jahren hierhergebracht hatte, um Mutter zu besuchen, sagte er, dass sie unser Bewusstsein nie verlassen würde, dass sie immer hier sein würde, wenn wir sie brauchten. Doch das war eine Lüge gewesen. Die Toten kehren nicht zurück.

Die Erde fiel weiter in die Gräber. Die Äste tanzten. Alles verlangsamte sich, und die Gesichter um uns herum sahen aus wie Metall. Meine Hand fuhr zum Auge, *ich bin noch heil*, alles verlangsamte sich noch mehr und fühlte sich an wie im Traum. Die Schaufel stieß weiter in die Erde, und die Särge wurden weiter zugeschüttet. Emma drückte und drehte meine Hand wie Knetmasse, und der Schmerz trieb mich weit weg von den Worten.

Wenn Erde mit voller Wucht auf Holz fällt, gibt es kein Echo. Nur ein dumpfes Geräusch, wie eine Axt, die durch einen Baumstamm oder Knochen fährt. Zumindest hörte ich die Polizei das sagen. Wenn Knochen brechen, machen sie ein grässliches Geräusch, als kreischten sie dir durch die Zähne und landeten auf deiner Zunge. Ich hörte, wie ich »Lebwohl« flüsterte, und die Gewissheit, dass ich Vater nie wieder etwas erzählen würde, dass ich nie wieder ein Wort zu Mrs Borden sagen würde, erschien mir seltsam.

Emma schluchzte. Ich legte ihr den Arm um die Schultern, *ich konnte eine noch bessere Schwester sein*, hörte, wie eine leise Stimme in meinem Kopf sagte: »Ich habe ein Geheimnis, aber du musst mir versprechen, es niemandem zu verraten, wie du es immer tust...«

Meine Wirbelsäule fühlte sich an wie ein Bienenstock, sprudelnder Honig drängte Richtung Kopf, und ich hatte das Gefühl, jeden Moment zu explodieren. Alles verlangsamte sich. Onkel John strich sich mit dem Finger über die Lippen und betrachtete die Stelle, wo Mutter begraben war. Ich würde jeden Moment explodieren. Im Innern meines Ohrs hörte ich die Uhr auf dem Kaminsims ticken und ticken.

»Emma«, hätte ich beinahe gesagt, »willst du mein Geheimnis erfahren? Ich habe mich an etwas von jenem Tag erinnert.« Ich sah mich am Fuß der Vordertreppe stehen und ins Wohnzimmer blicken. Es war der Morgen, an dem mein Vater starb. Ich hörte die drei am Tisch des Esszimmers, Vater, Onkel John und Mrs Borden. Sie unterhielten sich über Landwirtschaft, und ich dachte ein paar gemeine Dinge über dich, Emma. »Hoffentlich geht es ihr richtig dreckig«, sagte ich zu dem Haus und umklammerte das Treppengeländer, bis meine Finger zuerst weiß, dann blau wurden. Das Haus bebte, und ich wiederholte es.

Dann ging ich durchs Wohnzimmer und öffnete die Tür zum Esszimmer. Bridget lief um den Esstisch, um Mrs Borden Tee nachzuschenken, und ich sah, wie Onkel John Bridget zulächelte, sodass sie errötete.

»Setz dich doch zu uns«, sagte Onkel John.

Ich ging auf sie zu. »Was habt ihr heute vor?«, fragte ich.

»Ich breche bald auf. Wahrscheinlich werde ich den ganzen Tag mit meinen Geschäften verbringen.« Onkel John kaute auf dem Nagel seines Mittelfingers.

»Ich habe im Büro zu tun.« Vater war so abwesend, dass er mich nicht einmal ansah.

»Wann kommst du wieder, was meinst du?«

»Heute Nachmittag.« Er blickte auf.

»Oh«, sagte ich und sah zu, wie sie Maiskuchen und alte Hammelbrühe aßen. Schmatz, schmatz, schmatz.

»Willst du nicht mit uns frühstücken?« Mrs Borden fuhr sich mit der Zunge durch den Mund, silbern wie die eines Schweins.

»Ich habe keinen großen Hunger.«

»Du solltest etwas essen, Lizzie«, sagte Vater. Schmatz, schmatz.

»Ich habe doch gesagt, dass ich keinen Hunger habe.« Ich sah einen Vogel vor dem Fenster des Esszimmers, ein Schatten flog vorbei. »Ich gehe jetzt meine Tauben füttern«, sagte ich und ging auf die Hintertür zu.

»Warte, Lizzie«, rief Vater.

Emma, hätte ich beinahe gesagt. An diesem Morgen war die Sonne zuckerwarm. Sie tropfte auf meine Finger und meinen Hals, und ich hatte Lust zu tanzen, hatte das Gefühl, dass alles im Leben nur für mich bestimmt war. Das Gras kitzelte an meinen Knöcheln, und meine Haut zuckte. Ich öffnete das Scheunentor und trat ein. Ein merkwürdiger Geruch stach mir in die Nase, schlug scharf gegen Lippen und Zähne. Der Geruch nach verwesendem Fleisch. Ich ging zu meinen Tauben.

Emma, hätte ich ihr gesagt, ich habe das Frühstück nicht angerührt, weil ich wusste, dass es nicht gut war. Bitte erzähl es niemandem.

Okay, hätte sie gesagt. Mach ich nicht.

Ich war so wütend auf alle.

Wäre ich doch bloß zu Hause gewesen.

Ich hätte Emma gesagt, dass ich daran dachte, der Polizei zu erzählen, wie außerordentlich seltsam es gewesen war, Blut auf meinen Händen zu finden, nachdem ich das Geländer auf dem Treppenabsatz angefasst hatte. Ich leckte es mit der Zunge ab, konnte aber den Geschmack nicht einordnen und hatte mir draußen immer wieder die Hände gewaschen, bis das Blut verschwunden war, bis ich mich fragte, ob es überhaupt je da gewesen war.

Ich hätte Emma erzählt, dass ich, kurz nachdem die Uhr an jenem Tag zehn geschlagen hatte, gesehen hatte, wie Vater in seinem dunkelgrauen Anzug langsam auf das Haus zuschlurfte. Den ganzen Morgen hatte ich über ihn nachgedacht, über jedes Gefühl, das ich jemals gehabt hatte, über jeden Gedanken. Er war da, auf meiner Zunge. Teile von mir waren aufgebracht wegen der Tauben; ich konnte nicht verstehen, wie kalt und grausam Vater sein konnte, *vielleicht hasst er mich wirklich.*

Vater hatte an die Haustür geklopft, das Dröhnen hallte durch das ganze Haus. Bridget schob den Riegel an der Haustür auf und ließ ihn herein. Er kam ins Haus, hängte den Hut in die Garderobe und trat dann wie immer ins Wohnzimmer. Als ich ihn so sah, musste ich kichern. Ich stieg die Treppe hinunter und warf einen Blick auf die Tür des Gästezimmers.

Es gab so vieles, das ich Vater sagen wollte, dass ich dachte, ich könnte Feuer fangen und verbrennen. Zugleich hatte ich Angst, dass er nicht zuhören würde, so wie er mir lange Zeit nicht zugehört hatte.

Ich schüttelte den Kopf und stieg die Treppe weiter hinunter, hörte, wie Vater grunzte, als er versuchte, sich auf dem Sofa auszustrecken. Sein Magen klang nach Krieg, nach einer lodernden Feuergrube, nach einem kreischenden kleinen Teufel.

Ich überraschte mich selbst. Als ich sah, wie Vater auf

dem Sofa lag, sprach ich mein Lieblingsgebet: »So wahr der Herr lebt: Es soll dich in dieser Sache keine Schuld treffen.« Vater hatte mir dieses Gebet beigebracht, als ich noch ganz klein war, hatte es fest um mein Hirn und Herz gewickelt, damit es mich niemals verließ.

Vater hielt sich mit beiden Händen den Kopf. Ich wäre gern in seinem Innern gewesen, um all die Gedanken zu sehen und zu hören, die er stets vor mir verbarg. Ich wollte, dass er mir zuhörte, mich wirklich kennenlernte.

Vater schlug die Augen auf und sah mich an, aus der Tiefe des Sofas. »Mir ist so schlecht, Lizzie.« Dann stieg ein Summen durch den Fußboden, fuhr mir durch Füße und Beine, geradewegs in den Kopf.

Ich lächelte ihm zu. »Ich kümmere mich um dich, Vater.«

Er sah mich an, und ich lächelte erneut, spürte die Zähne rau auf den Lippen. Einige Wochen zuvor hatte ich von ihm geträumt. Vater war ein winziges Baby, das mir gegeben worden war, damit ich mich um es kümmerte. Ich badete es und fütterte es, wir beide waren glücklich. Er war eine kleine Puppe, mit der ich spielen konnte, die alles tat, was ich wollte. Mein kleiner Vater lag warm in meinen Armen, und wenn er mich ansah, sah ich mich selbst und küsste ihn auf die Wangen. Der Beginn einer Liebe.

Die Uhr auf dem Kaminsims tickte und tickte. Vater sah mich die ganze Zeit an, und das Traumgefühl verschwand. Als ich ihn nun auf dem Sofa betrachtete, wurden meine Arme und Hände schwer. Ich ging auf ihn zu, in der Hoffnung, erlöst zu werden, wieder glücklich zu sein, wenn ich ihm nah wäre, *ich möchte, dass mein Daddy mich lieb hat*, und ich sah, wie er starrte, starrte, starrte. Ich wollte ihm so vieles sagen. Ich ging näher auf ihn zu und meinte zu hören, wie er sagte: »Ist es zu spät für mich, ein guter Vater zu sein?«

Was für eine Unterhaltung hätten wir führen können.

»Was müsste ein Vater deiner Ansicht nach tun?«, fragte ich zuckersüß.

Sein Gesicht zog sich zusammen wie eine Trockenfrucht. »Ich würde dir erlauben, das Leben zu führen, das du verdienst. Alles für dich und Emma.«

»Würdest du Mrs Borden heiraten?«

Er schüttelte den Kopf, ein Erdbeben. »Diesen Fehler würde ich nicht noch einmal machen.«

Ich kam noch näher, und wir sahen uns an. Vater blinzelte. Ich spürte einen Stich im Herzen, und mein Körper wurde eiskalt. Ich bedachte alles. »Ich wünschte, es könnte anders sein. Aber das ist unmöglich«, sagte ich zu ihm. Vater blickte mich mit großen, verwirrten Augen an. Ich fragte mich, was Emma gerade machte. Ich vermisste sie. »Alles wird besser sein, wenn Emma nach Hause kommt«, sagte ich zu ihm. Die Decke knarrte, und mir lief es kalt über den Rücken. Die Uhr auf dem Kaminsims tickte und tickte. Mir wurde warm, noch wärmer.

Wie alt er da auf dem Sofa aussah, mit seinem weißen Haar und weißen Bart; mir ging auf, wie verschieden wir waren. Gern hätte ich ihn gefragt: »Kannst du mir noch eine Sache verraten?«

»Ja, Lizzie. Alles.«

»Kannst du mir erzählen, wie es war, als es nur mich, Emma, Mutter und dich gab?«

»Früher gab es Liebe. Nur Liebe.«

»Ja, so viel Liebe. Früher.« Ich lächelte. Ein Vater kehrte zurück.

Ich machte noch einen Schritt auf ihn zu, hörte Vogelgesang in meinem Ohr. Dies war der Beginn meines Glücks. Ich würde ihm zeigen, dass ich ihn endlich mehr lieben konnte.

»Lizzie?« Vaters Stimme war laut.

Ich nickte. Vaters Augen weiteten sich, und er grunzte etwas, die Worte blieben an einer Seite des Mundes stecken. Dann fing er an zu weinen. *Ich wusste nicht, dass so etwas möglich ist,* und einen Augenblick lang war ich verwirrt. Ich ging noch näher und sagte: »So viel Liebe, früher«, und er weinte noch mehr. Die Uhr auf dem Kaminsims tickte und tickte. Ich beugte mich herab, um ihn zu küssen, küsste ihn auf den Kopf. Er weinte. »Es ist gut«, sagte ich mit meiner reinsten Engelsstimme.

Lauter Vogelgesang in meinem Ohr, und das Glück begann. Über mir öffnete sich das Haus, so wie ich es mir immer gewünscht hatte. Ich spürte, wie die Sonne mich suchte, wollte, dass Vater sie sah.

»Sieh hinauf!«, sagte ich. »Sieh hinauf.«

Vater tat es. Ich beobachtete seine Hände, sah den goldenen Ring an seinem Finger. Ich lächelte. Die Sonne strahlte. Er hielt eine Hand schützend vor die Augen.

Ich wusste, dass er wartete, genauso wie ich. Auf all mein Glück wartete. Gemeinsam schlossen wir die Augen. Ich hob den Kopf zum Himmel empor. *Alles voller Magie! Ich will die Sonne berühren!*

Ich hob die Arme über den Kopf.

Zeitleiste

13. September 1822: Andrew Jackson Borden wird in Fall River, Ferry Street 12, geboren. Er ist das älteste von fünf Kindern.

19. September 1823: Sarah Morse wird geboren. Sie ist das älteste von neun Kindern.

21. Januar 1828: Abby Durfee Gray wird geboren.

1833: John Morse wird geboren.

1845: Das Haus in der Second Street 92 wird gebaut. Es ist groß genug für zwei Familien.

25. Dezember 1845: Andrew heiratet Sarah. Er ist Möbeltischler, sie Schneiderin.

1. März 1851: Emma Lenora Borden wird geboren.

3. Mai 1856: Alice Esther Borden wird geboren.

10. März 1858: Alice stirbt zu Hause an Hydrocephalus (damals allgemein als Wasserkopf bekannt).

19. Juli 1860: Lizzie Andrew Borden wird in Fall River, Ferry Street 12, geboren.

26. März 1863: Sarah stirbt an »abnormalen uterinen Blutungen« und »Rückenproblemen«. Sie ist neununddreißig. Andrew ist vierzig. Emma ist zwölf. Lizzie ist zwei.

An einem bestimmten Datum: Andrew lernt Abby in der Central Congregational Church von Fall River kennen.

6. Juni 1865: Andrew heiratet Abby. Abby ist siebenunddreißig Jahre alt. Andrew ist zweiundvierzig. Emma ist vierzehn. Lizzie ist fast fünf.

1866: Bridget Sullivan wird im County Cork, Irland, geboren.

1875: Lizzie geht in die Highschool.

1877: Lizzie verlässt die Highschool als Elftklässlerin.

24. Mai 1866: Bridget kommt auf der SS Republic in New York an.

1887: Lizzie hört auf, Abby »Mutter« zu nennen.

1. Oktober 1887: Andrew verkauft das Haus in der Ferry Street 12 für einen Dollar an Emma und Lizzie, in dem Versuch, die Spannungen im Haushalt zu lindern. Als Eigentümerinnen des Hauses können die Schwestern Miete kassieren und ein Auskommen haben.

November 1889: Bridget wird im Haushalt der Bordens als Dienstmädchen eingestellt.

21. Juni 1890–1. November 1890: Lizzie macht eine ausgedehnte Europareise. Sie ist neunzehn Wochen lang unterwegs.

24. Juni 1891: Am helllichten Tag wird in der Second Street 92 eingebrochen. Lizzie, Emma und Bridget sind zu Hause. Andrew erstattet keine Anzeige. Man glaubt, dass er Lizzie des Verbrechens verdächtigt.

Ende Juni 1891: Sämtliche Türen im und außerhalb des Hauses in der Second Street 92 werden Tag und Nacht abgeschlossen.

Ende Juni 1892 und **10. Juli 1892:** Onkel John kommt zu Besuch.

15. Juli 1892: Da das Haus in der Ferry Street 12 dringend einer Renovierung bedurfte, haben Emma und Lizzie Geld verloren (das heißt, sie konnten die Miete nicht erhöhen). Andrew kauft es für 5000 Dollar zurück.

21. Juli 1892: Emma fährt nach Fairhaven.

3. August 1892: Onkel John kommt zu Besuch.

4. August 1892: Andrew und Abby werden ermordet.

6. August 1892: Andrew und Abby werden bestattet; 2500 Menschen versammeln sich in der unmittelbaren Umgebung von Second Street 92.

11. August 1892: Die Leichen von Andrew und Abby werden exhumiert und einer Autopsie unterzogen. Die Köpfe werden entfernt und als Indizien aufbewahrt. Man erklärt Lizzie, dass sie der Morde verdächtigt werde, und nimmt sie kurz vor sieben Uhr abends in Gewahrsam.

12. August 1892: Lizzie wird in das Gefängnis von Taunton, Massachusetts, überführt. Eine Kaution wird abgelehnt.

17. August 1892: Die enthaupteten Leichen von Andrew und Abby werden erneut bestattet.

5. Juni 1893: Das Verfahren beginnt.

20. Juni 1893: Lizzie wird nach insgesamt zehn Monaten im Gefängnis freigesprochen.

Zwanzig Tage später, 1893: Lizzie und Emma kaufen ein Haus in der French Street 7, Fall River. Lizzie nennt es *Maplecroft*.

Anfang 1905: Emma verlässt ohne Vorwarnung Lizzie und Maplecroft. Die Schwester wechseln nie wieder ein Wort miteinander. Lizzie beginnt, sich Miss Lizbeth A. Borden zu nennen. Emma nimmt bis zu ihrem Tod einen fremden Namen an.

1906: Emma unternimmt eine Reise nach Schottland.

1. Juni 1927: Lizzie stirbt an einer Lungenentzündung. Sie ist sechsundsechzig Jahre alt.

10. Juni 1927: Emma stirbt an einer chronischen Nierenentzündung. Sie ist sechsundsiebzig Jahre alt. Die Schwestern werden Seite an Seite im Familiengrab auf dem Oak Grove Cemetery neben Andrew und Abby begraben.

1948: Bridget stirbt in Montana.

Letzter Wille und Auszüge aus dem Testament

Lizzie, 30. Januar 1926
Absatz 1. »An die Stadt Fall River die Summe von fünfhundert Dollar, aus deren Einnahmen die unbefristete Pflege des Grabes meines Vaters auf dem Oak Grove Cemetery im besagten Fall River aufgewendet werden sollen.«

Absatz 28. »Meiner Schwester Emma L. Borden habe ich nichts vermacht. Ihr Anteil am Besitz ihres Vaters sollte ihr ein sorgenfreies Auskommen garantieren.«

Emma, 20. November 1920
Absatz 1. »Ich vermache dem Kämmerer der City Fall River... die Summe von eintausend (1000) Dollar... ZU TREUEN HÄNDEN. Die Einnahmen daraus sollen für die andauernde Pflege und Instandhaltung des Familiengrabes sowie der Grabdenkmäler und Grabsteine... die zum Zeitpunkt seines Ablebens im Besitz meines Vaters, Andrew J. Borden waren, bezahlt und verwendet werden.«

Absatz 6. »Sollte mich meine Schwester Lizzie A. Borden überleben und ich zum Zeitpunkt meines Ablebens Anteile an dem Grundstück mit dem Wohngebäude... [in der] French Street besitzen... hinterlasse ich all meine Rechtsansprüche, Eigentumsrechte und Anteile meiner oben genannten Schwester Lizzie A. Borden.

Sollte ich jedoch zum Datum meines Ablebens über meine Anteile an diesem Grundstück... in der French Street bereits anderweitig verfügt haben und meine Schwester Lizzie A. Borden mich überleben, dann vermache und vererbe ich meiner oben genannten Schwester die Summe von eintausend Dollar ($ 1000).«

Danksagung

Schreiben ist zwar eine einsame Sache, doch man tut es nie wirklich allein. In all den Jahren habe ich in vielerlei Hinsicht enorme Unterstützung erhalten. Ohne sie wäre ich nie fertig geworden.

Es gibt zahlreiche Menschen, denen ich zu Dank verpflichtet bin, vor allem jedoch möchte ich Christine Balint für ihre frühe Betreuung, ihre Ermutigung und ihre Ratschläge danken. Die MA/PhD-Gruppe von 2006 bis 2010: unglaublich! Ein herzliches Dankeschön an Antoni Jach. Deine unerschütterliche Unterstützung über viele Jahre hinweg hat mir sehr viel bedeutet.

Mein besonderer Dank und meine große Zuneigung gelten Kylie Boltin, Kalinda Ashton, Kate Ryan und Alice Melike Ulgezer. Eure Hilfe, eure Vorschläge, lange Gespräche und das Lesen des Manuskripts in entscheidenden Phasen waren mir eine enorme Hilfe.

Danke auch an MC VI: Jacinta Halloran, Rosalie Ham, Leigh Redhead, Jenny Green, Yvette Harvey, Mick McCoy, Moreno Giovannoni, Lawrence McMahon und Lyndel Caffrey.

Vor allem Lyndel Caffrey: Du hast keine Ahnung, wie sehr du mir geholfen hast.

An die wunderbare Schreibgruppe: Evelyn Tsitas,

Erina Reddan und Caroline Petit. Ihr wart so hilfreich, weise und großzügig. Danke von ganzem Herzen.

Ein großer Dank geht an meine Arbeitskollegen, insbesondere beim Community Engagement: Eure Großzügigkeit, eure Unterstützung und euer Lachen bedeutet mir viel.

Meiner liebsten Squirrel Eyes, Felicity Gilbert, danke ich, weil ich an dich meine Gefühle auslagern durfte, als ich es am meisten nötig hatte. Danke für deinen Rat, dein Lektorat und deine Freundschaft.

Im Lauf der Jahre wurden große Teile dieses Romans mit der Unterstützung von Varuna, Writer's House und der Eleanor Dark Foundation geschrieben. Ein Dankeschön gebührt auch Peter Bishop.

Obwohl es sich um ein fiktives Werk handelt, basiert dieses Buch auf wahren Ereignissen. Ich hätte es nicht ohne die zahlreichen Informationen von Menschen schreiben können, die ihre Zeit diesem faszinierenden Fall gewidmet haben. Ihre sorgfältige Arbeit und leidenschaftliche Recherche erleichterten mir das Schreiben der nicht fiktiven Teile. Vor allem möchte ich die Leute bei *www.lizzieandrewborden.com* erwähnen: Sie öffneten mir die größte Schatztruhe, die sich ein Schriftsteller wünschen kann. Eine wunderbare Ressource, *Parallel Lives: a social history of Lizzie A. Borden and her Fall River*, wurde genau zum richtigen Zeitpunkt fertig. Ich habe das Lizzie Borden Bed and Breakfast Museum besucht und bin Lee Ann Wilbur für ihre Großzügigkeit, Gastfreundschaft und ihr Wissen zu ewigem Dank verpflichtet. Ein Dankeschön gebührt auch dem wunderbaren Stab des herrlich gruseligen Hauses in der Second Street.

Danke an Vashti Kenway und Susan Johnson und an alle guten Freunde in meinem Leben: Danke, ich liebe euch.

Ich danke meinen Eltern, Michael und Alana: Ihr habt mich immer ermutigt, Geschichten zu erfinden, und den

Augenblick akzeptiert, als ich in die Grundschule kam und erklärte, dass ich Schriftstellerin werden wollte, wenn ich groß bin. Danke für eure Liebe und Unterstützung.

Ein gewaltiges Dankeschön gilt meinem wunderbaren Bruder Josh und meiner geliebten Andrea Parker. Dafür gibt es keine Worte.

Danke auch meiner Großfamilie: Ian, Deb, Rhonda, John, Vicky und Tara. Besonderer Dank an Emma und Marty, die das Manuskript in verschiedenen Stadien gelesen haben. Danke an John Parker und Honor Parker für Irland.

Ich bedanke mich bei meinen wunderbaren Agenten Pippa Masson, Dan Lazar, Gordon Wise und Kate Cooper: Ihr habt mein Leben verändert. Danke auch an Luke Speed.

Besonderer Dank gebührt allen Mitarbeitern von Hachette Australia, vor allem aber meinem großartigen Verleger Robert Watkins sowie Karen Ward, Ali Lavau, Nathan Grice, Anna Egelstaff, Toma Saras, Daniel Pilkington, Andrew Cattanach, Louise Sherwin-Stark, Justin Ractliffe und Fiona Hazard. Danke, Josh Durham, für die wunderschöne Taube.

Ein riesiges Dankeschön geht an Corinna Barsan, Leah Woodburn, Sarah Savitt und die gesamte Verlegerfamilie bei Tinder Press und Grove Atlantic. Besonders herzlich danke ich Georgina Moore, Joe Yule, Amy Perkins und Yeti Lambregts für die faule Birne bei Tinder, aber auch Morgan Entrekin, Judy Hottensen, Deb Seager und Zachary Pace von Grove Atlantic.

Ich bedanke mich bei Cody und Alice für zwei Arten von Liebe, die mich so beschützten, dass ich auch finstere Orte aufsuchen konnte. Ihr bedeutet mir alles.

Und schließlich danke ich dir, Lizzie Borden, wo immer du bist. Danke, dass du mich ausgesucht hast, aber jetzt ist es Zeit, zu gehen.